可以悦读·外国文学

镜之孤城

かがみの孤城

［日］辻村深月 著
李大鸣 译

镜之孤城

孤城

① 孤零零地矗立着的一座城堡。
② 被敌军所包围，没有任何援军前来支援的城堡。

——摘自《大辞林》

比方说，我有时会梦想。

班里来了一个转校生。

这个孩子样样都行，是一个很优秀的孩子。

作为班里同学中的一位佼佼者，她性格阳光，热情，体格矫健，并且聪颖，大家都想和她交朋友。

然而，她在众多的同学里却格外地意识到了我，她的脸上浮现出了阳光般灿烂的亲切微笑。她走到我的跟前招呼我："小心，好久没有见到你了！"

周围的同学吃惊地看着我们，目光仿佛都在向我探寻："你们俩早就认识啦？"

在没有人知道的地方，我和她已经是好朋友了。

我没有任何特别之处，在体育方面也很一般，也不是很聪明，身上没有任何能让大家格外羡慕的特长，可以说什么都没有。

然而，我有机会比大家更早认识那个孩子，早早地就和她建立了友谊，被她选为最亲密的朋友。

我们会一起去厕所，一起换教室，休息的时间也在一起。

所以我不再孤独了。

尽管真田她们都渴望同她交朋友，她却告诉她们："我的好朋友是小心。"

我一直在内心盼望着出现这样的奇迹。

然而，我知道实际上并不可能出现这样的奇迹。

目　录

第一部　观察中的第一学期 / 001
　　五月 / 003
　　六月 / 044
　　七月 / 078
　　八月 / 105

第二部　有所察觉的第二学期 / 147
　　九月 / 149
　　十月 / 171
　　十一月 / 190
　　十二月 / 207

第三部　离别在即的第三学期 / 239
　　一月 / 241
　　二月 / 275
　　三月 / 308
　　闭城 / 410

闭幕 / 442

第一部
观察中的第一学期

五月

从拉上了窗帘的窗户外面,传来了移动超市车子到达的乐曲。那是迪士尼的旋律,小心所喜欢的游乐项目"小小世界"里的曲子。"小小世界"的音乐从安装在车子上的大喇叭里传向四方。小心从小就听着同样的曲子和车子一起到来。

音乐停下后,传来广播声:

"打扰大家了,感谢大家的惠顾。这里是三河蔬果店的移动销售车。这里有生鲜食品、乳制品、面包及大米。"

小心家离国道边的超市有挺远的路,如果不开车是去不了的,所以从小心童年时期就是这样,每个星期一次,她家后面的一个公园里就会有三河蔬果店的车子停在那儿。住在附近的老年人和带着幼儿的妈妈们听到了音乐之后,便纷纷赶来购物。

虽然小心从未去那儿买过东西,她母亲却是经常去那儿买的。听见母亲说过:"三河店来卖东西的大叔已经上岁数了,不知道他还能来多久呀?"

当年,大型超市没有开店的时候确实很方便,会有更多的人来这里买东西。现在则不同了,有的人抱怨车载喇叭里传出的音乐太吵,可以说是已经成为一种噪声问题。

小心觉得这还不至于算得上噪声,听到了音乐之后,感觉不好也不坏，能提醒她此时属于平日里的大白天。这音乐让她意识到这一点。

孩子们在笑，听得见他们的声音。

原来平日里的上午十一点是这样的一种时间呀，小心不去上学之后才明白。

本来，从小学生的时候起，三河蔬果店的车子对于小心来说都是暑假或寒假的时候才会看见。

到去年为止，她无法想象自己平日会这样全身僵硬地待在屋子里。

小心在房间里静静地看着音量调得很低的电视，希望电视屏幕发出的光亮不要透出去。

即使三河蔬果店的车子没有来，面对着小心房间的公园里也经常会有住在附近的年轻妈妈们带着孩子们来玩。小心看见那些手柄上挂着各色袋子的婴儿车并列停在公园的长椅边时，就会想："啊，上午快要过去啦！"她们是在十点至十一点的时候聚在这里，十二点是午饭的时间，她们那时就各自离开了。

这时，窗帘便可以稍微地拉开些了。

隔着淡橘色的窗帘布，房间在大白天里也有一些昏暗，一直这样待着，小心觉得会有一种内疚渐渐逼近，有一种觉得自己太不像话的自责的感觉。

一开始待在家里会觉得挺舒适的。虽然没有受到任何人的指责，但是渐渐地，小心也明白了这样下去是不行的。

社会上的那些既定的规则，全部都有它们存在的理由。

比方，到了早上应该把窗帘拉开。

比方，学校是孩子们都必须要去的地方。

前天，和妈妈一起去参观了自由学校[①]，小心本来觉得去那里上学

[①] 自由学校：日本民间公益组织，为不去上学的学生提供教学和交流的场所。学生拒绝去学校上学有各式各样的原因，其中以遭遇校园霸凌、抑郁等原因为主。

不会有什么问题。

可是，早晨起来后，她却感觉不行了。

原因和过去一样，肚子疼。

那不是装病，而是真的疼。

小心不明白为什么会这样。到了早上，应该去学校的时间了，也不是装，肚子真的会疼起来，有时头也会一起疼。

妈妈便对她说了，不要太勉强自己了。

所以，小心并没有什么顾虑，她离开二楼自己的房间，下到楼下的餐厅里。

"妈妈！我肚子疼了。"

正在准备热牛奶和烤面包片的妈妈听见小心这么说，脸上立刻变得没有了丝毫的表情，陷入了沉默。

她看也不看小心一眼。

妈妈只是低着头，仿佛没有听见小心的声音，径自把冒着热气的盛牛奶杯子端到餐桌上。随即，她又用不耐烦的声音问："你这肚子疼是什么样的感觉？"

接着她又把套装外系的红色围裙不耐烦地解下来，坐在了椅子上。

"和往常一样。"

小心小声地回答。她的话音未落，妈妈又继续问：

"你说和往常一样，怎么昨天还什么事都没有呀？自由学校和普通的学校不一样，用不着每天都去，上学的人数也比普通的学校少，老师们看上去也都很不错。小心你说过愿意去的。怎么办呢？你不去了吗？"

被妈妈逼问着，小心立刻便能明白她是想要自己去的。可是不对呀。

小心不是不想去，也不是装病，而是真的觉得肚子疼。

看见小心不作声，妈妈神情烦躁地突然看起了钟。"啊！已经这个时间啦！"她喷了一声。

"你到底打算怎么办？"

小心脚底像被钉上了钉子似的动不了。

"我去不了。"

不是不想去，是去不了。

小心鼓起全部勇气小声地说完之后，妈妈在她面前大声地叹了口气，表情就像她自己身上的什么地方也开始疼了似的。

"……你是今天不能去，还是再也不去了？"

小心回答不出来。

今天没法去，下次会不会肚子疼没有把握。自己明明不是装病，真是肚子疼所以去不了，却受到了妈妈这样的质问，她心里不由得感到了一阵悲哀。

小心无言地望着妈妈，妈妈说了一声"够了"，就站起了身。她冲动地拿起了盛早饭的盘子，把烤面包扔进了水槽边的三角形塑料筐里。"牛奶你也不喝了吧？我还特意给你热了！"说完，她也不听小心的回答就把牛奶倒进了水槽里。只见热牛奶的雾气腾起在了灶间，又迅速地和流水声一起消失了。

小心本想过一会儿吃这份早餐，可是她连说话的机会都没有。

妈妈看也不看穿着一身睡衣直挺挺地站在门口的小心，嘴里说了一声"你稍微让一让"，就从她旁边穿过，随即消失在里面的客厅里了。接着，便听见她给哪里打电话的声音："啊，不好意思，我是安西呀。"她刚才的不愉快仿佛一扫而光，声音听上去像变了一个人似的。

"哎，是这样的，说是肚子疼了起来。实在是太抱歉了。那天去参观的时候这孩子挺积极地主动说要去的。是呀！是呀！真是给你们添麻烦了……"

妈妈领着小心去的那所自由学校其实是一个叫作"心的教室"的

地方。

那个入口处的广告牌上写着"支援儿童教育"的文字。

从这幢氛围看上去既像学校又像医院的旧房子二楼上传出了孩子们的声音。估计都是些小学生。

"小心，我们进去吧！有点紧张吧？"

妈妈虽然笑着，看上去却比小心还要紧张。她把手放在小心的背上，推着她。

这里的名字居然叫"心的教室"，感觉挺不好意思的。

和小心一样的名字。

妈妈估计也意识到了吧，当然，她原来也不可能是为了让小心进这里而给女儿起这个名字的。这样一想，小心的胸口不由得一阵疼。

原来，不登校[①]的孩子们除了本来的学校还能来这样的地方，小心如今也是第一次知道。上小学的时候，在小心的班上没有孩子发生拒绝来学校上课的问题。大家可能或多或少地找个借口赖学一两天，但是没有哪个孩子会到这样的地方来上学。

在这里迎接她们的老师们都把这所"心的教室"称呼为"自由学校"。

小心换上了一双穿不惯的拖鞋，脚趾有点儿凉飕飕的不舒服，在被带去的房间里坐在一张椅子上，缩着脚趾。

"安西心同学，你是雪科第五中学的学生吧？"

仿佛是要确认一下，老师亲切地露出笑脸。她的模样年轻，就像那种电视里儿童节目中唱歌的姐姐类型的人。挂在她胸前的向日葵形状名牌上，写着"喜多岛"的名字，还画着她的素描像，看样子素描像是某个小孩给她画的。

---

① 不登校：指不去学校上课的状态。学生不登校的原因多种多样，在早期研究中多数因为身体原因或经济状况而不能去学校，近年来社会和媒体关注的多是由于校园霸凌或抑郁等原因不愿去学校的学生。

"是的。"小心回答的声音既小又含混。小心自己也不明白怎么只能发出这么轻的声音来,一点儿办法也没有。

喜多岛老师听了莞尔一笑:

"我也是呀!"

"哦。"

这以后,对话就中断了。

喜多岛老师长得漂亮,留着短发给人一种活泼的印象,而且她的眼神非常亲切。小心对她产生了好感,心里却不合时宜地羡慕地想着:她现在已经毕业了,不再是那个学校里的初中生了。

实际上,说小心是雪科第五中学的学生也并不完全准确,因为她刚入学不久,只是第一个月的四月份在那里学习过。

"已经给那儿打过电话了。"

妈妈返回来的时候又恢复到原先的不愉快的声音,在饭厅里,看着呆立在那儿的小心,她的眉头又皱了起来,嘴里说:"既然肚子疼就睡觉去吧!已经准备好了给你在学校里吃的便当,那么,你就在家里吃吧。放在那儿了,能吃得下的时候你就吃吧。"

她说这话的时候也不看小心一眼,然后便开始忙着出门了。

小心难过地想,如果现在爸爸在的话,或许能够帮帮自己。双亲都上班,爸爸的公司离家更远,所以他早上起床更早。等到小心起床的时候,他基本上都已经不在了。

小心觉得继续待下去的话更会惹得妈妈不开心,就一声不响地上了楼。她听见背后朝着她的方向传来了一声妈妈的叹息。

小心下午醒过来的时候,时间已经三点了。

在一直开着的电视上,内容已经变成了午后的大众节目了。娱乐界的八卦和新闻都已经结束了，换成了电视销售的节目档，小心一振，从床上起来了。

不知道为什么这样地困乏，同在学校时相比，待在家里更容易感受到睡意。

小心揉揉眼睛，擦干净嘴角的唾液，关上电视，走下一楼。站在洗脸台前把脸洗干净了，觉得肚子里空空的。

进了餐厅，打开了妈妈留在餐桌上的便当。

打开用格子布包着的便当时，小心想，妈妈在包起便当的时候，肯定以为自己是在自由学校吃这便当的。这么一想，她内心沉甸甸的，特别想和妈妈道歉了。

在便当的上面，放着一个小盒子，打开来一看，发现里面放着小心喜欢的猕猴桃。便当是小心喜欢的三色盖饭。

吃下了一口之后，小心低下了头。

怎么都想不通，参观自由学校的那一天自己觉得在那儿挺开心的，现在却去不了了。就是因为今天早上肚子疼了，这样一来，以后也再没有心情去了，整个事情都要泡汤了。

那个自由学校里，既有小学生，也有初中生。

大家看上去都不像那种"逃学的孩子"，全是一些样子很普通的孩子。既没有表情特别暗淡的，也没有长相特别难看的，都不像那种容易被大家疏远的类型。

但是，来这里的中学生们都没有穿校服。

有两个女孩子看上去比自己的年龄大一点，她们把彼此的桌子靠在一起说着话。"哇，太好了！""不过……"这景象和小心原先上的初中的景象没什么两样。看着她们，就觉得腹部下面又要开始疼了，不过，想到她们也是不愿意去上学的人，小心不禁觉得不可思议。

喜多岛老师领着她参观的时候，有一个挺可爱的孩子跑来告状："老师！真矢打我了！"小心看了想，如果来这儿，就会和这些孩子一起做游戏了。想象中这些真的都有可能发生。

在小心被领着四处参观的时候，妈妈和这里的总负责人一起待在最早进来的房间里。

虽然妈妈什么都没有向小心透露过，可是看样子在这次领着小心来参观之前，她自己已经来过这里好几次了。别的老师看见妈妈时都认识般地向她打招呼，说明他们不是初次见面。

小心记得，妈妈劝说她去参观学校时的样子有些不太自然："小心，有点话想和你说……"妈妈也是为难，她在这件事上也尽她所能地小心谨慎了。

走近妈妈等待的房间时，小心听见里面传出了多半是那个负责人的声音：

"这种孩子并不罕见，他们习惯了小学大家庭般的环境，进了初中以后，适应不了突然的变化。尤其是，第五中学在这场学校合并中受的影响特别大，在这一区域属于学生数量格外多的。"

小心听到这儿深深地吸了一口气。

——这话也不算伤人的话。她在内心说服自己。

的确，因为进了初中，从小学只有两个班级的环境突然变成了七个班级，一开始小心是感到不知所措。班级里几乎就没有以前认识的同学。

但是，并非如此。

我并非因为"无法融入"，根本不是因为这种无关紧要的原因而不能去上学的。

这人一点都不明白我的遭遇。

小心旁边的喜多岛老师脸上没有犹豫和其他的表情，毅然地说了一声"失礼了"，便推开了门。面对面地坐着的上了年纪的老师和妈妈一齐朝着进来的小心她们转过了头。

小心看见妈妈的手上握着一条手绢,她但愿妈妈不是因为哭了才拿着这条手绢。

如果电视开在那儿,小心自然会一直看下去。

坐在那里看着,就是什么事情都没有做,感觉一天便很容易地过去了。

然而,电视里的内容哪怕是有着故事情节的电视剧,小心看了以后多半也会回忆不起来,结果就会觉得一整天不知自己在干些什么。

节目里做主妇的人遇到街头采访,随口说一句:"孩子去上学的时候我……"小心听了后便会因为没有去学校觉得自己很糟糕,有种被她们非难的感觉。

在中学担任小心班主任的伊田老师是一个年轻的男老师,至今他还经常来家访。小心有时见他,有时不见他。这个老师来了以后,妈妈会来问:"老师来了呀,你见他吗?"

尽管心里明白应该去见见,小心嘴上却说"不太想见"时,妈妈并不发火,只是说:"没关系,今天就我一个人来见他吧。"然后她把老师引进客厅里。

"对不起,今天小心有点儿……"妈妈说道。老师也就说"不要紧,没有什么关系",放弃了和小心见面的打算,并不会生小心的气。

原先小心没有想到大人们对自己的任性能够如此地让步。一直以为老师说的话、父母说的话、大人说的话都是必须要听的。这样一来有了一丝希望,另外,小心也意识到一种特殊的状态——

大家现在都在迁就自己。

有时候,小学时期的同班生沙月呀,关系很好的墨田会上门来。现在和她们已经不在一个班级了,估计是老师指点她们这样做的。小心觉得自己不去学校很不光彩,所以也不愿意和她们见面。

本来，和她们见了有很多的事情想向她们打听，可是想到她们对自己小心翼翼的样子心里更加难受，结果对她们也避而不见。

还在吃便当的时候电话铃响了。思忖着不接比较妥当，小心便让它自己去响了，后来铃声停了自动地变成了电话留言。
"喂？小心吗？我是妈妈呀！你在家的话就接一下电话。"
是妈妈的声音，亲切而又温和。小心急忙跑过去拿起了听筒。
"喂……"
"喂，小心吗？对不起，是妈妈呀。"
和早上不同，她现在用的是一种温和的语调。妈妈在电话的那一头笑着。她究竟在哪儿呢？是从工作的地方跑开了吗？周边挺安静。
"你不接电话让我挺担心的，不要紧吧？在吃便当吗？肚子已经不疼了吗？"
"没关系了。"
"真的吗？我想，如果还疼的话去医院看看更好吧。"
"没关系。"
"妈妈今天要早点回家，不要紧。小心，才刚刚开始呀，今后的日子还很长。加油吧！"
妈妈用明快的声音来鼓励她。小心听着她的声音只是"嗯"着点点头。
今天早上妈妈还是那么感情用事的样子，估计有谁说过她了。大概在公司里向什么人求教过了。不过，总觉得妈妈是独自一人自我反省后打来的这个电话。
"加油吧！"小心不知道自己能否回报妈妈的期待，光是点着头。

四点钟过了以后，就不能再待在一楼了。
二楼的窗帘也要和早上一样拉起来。

等待那个声音出现时的紧张感，每一回都很强烈，到现在还是习惯不了。为了使自己不在乎那个声音，小心特地坐在调低了音量的电视机前，把自己的注意力放在电视节目上，可是仍然在无意中等待着那个声音。

正在想"快了吧"，就听见家门前的信箱里传来啪嗒一声响，是信件投进去的声音。

一听见这个声音，就明白："啊，东条来啦！"

那是和小心同一个班级的东条萌。

东条萌是转校生，因为她父亲工作的缘故转校手续办得晚了，四月份的新学期开始了一些日子之后，她才进了班级。

她是一个非常可爱的孩子，运动神经也很好，坐在小心的旁边。小心虽然也是女孩子，看见她的样子还是会感觉到心怦怦跳。她长着细细的腿和胳膊及长长的眼睫毛，像那种法国洋娃娃似的，虽然不像是混血儿，却长着一张混血儿般的跟日本人不一样的端正的脸。

老师把她安排在小心的旁边是有理由的，她搬来的家同小心家隔了两幢房子。既然是邻居，老师希望她们能友好共处，小心也觉得能这样真好。实际上，东条在转来之后主动地问过："叫你小心行吗？"后来，有两个星期她们上学和放学路上都在一起。

东条还让小心去她家里玩过。

东条家给小心的印象是和小心家同一种建筑格局，但是内部的格调完全不同。墙壁和柱子的材料、天花板的高度都是一样的。可是放在门口柜子上的东西呀，挂在墙上的画呀，电灯的种类和地毯的颜色都完全不一样。由于本来是同一种结构的房子，这样的差别就显得更明显了。

东条的家富有情趣，进了她家的门厅以后，立刻就能看见墙上挂着各种体现她爸爸的趣味的童话的绘画。

东条的爸爸是大学的老师，说是研究儿童文学的人。他从欧洲买来许多当年的图画书用的旧原画，表现的都是小心也知道的《小红帽》《睡美人》《小美人鱼》《狼和七只小山羊》《糖果屋》等图画书里的场面。

"尽是些怪怪的画面吧？"东条——当时小心叫她小萌，这样地问小心。

"我的爸爸是这个画家的作品收集者。收集了不少当年的格林呀，安徒生的图画书的插图。"

虽然东条说"尽是些怪怪的画面"，其实并不是这么一回事。有《狼和七只小山羊》里狼闯进了家里，小山羊们四处逃跑的著名画面；还有在《糖果屋》里，汉泽尔一边撒面包屑一边走路的画面。虽然上面没有魔女，但是光看这些就能明白是属于那个故事里的一个场面。

虽然是和小心家同样面积的房子，可是东条那个充满了情趣的家不知为何让人感觉更宽敞。

在客厅里有书架，不仅有英语书和德语书，还放着各种其他语言的书籍。

"这本是丹麦语的。"

东条拿起一本举在手上告诉小心，小心听了感叹无比。"太厉害啦！"她很实在地说。小心懂一点英语，但是丹麦语对她来说可是一种完全未知的语言。东条有点不好意思地告诉小心："安徒生是丹麦的作家呀。"

"我也看不懂，如果你对里面的氛围感兴趣的话可以借给你看。"小心听了这话特别高兴。用丹麦语写的书，虽然书名看不懂，可是从封面上的图案能知道是《丑小鸭》。

"另外，德语书也挺多的，就因为格林是德国人的缘故。"

听东条这样说，小心更加兴奋了。她知道不少《格林童话》里的故事，这些外语图画书看上去全都那么精美迷人。

"下次你也来我家玩吧，不过我家什么都没有。"

小心嘴上这么说，心里也觉得这个约定不久就会实现。当时她应该是这样想的。

可是，怎么会变成现在这样呢？

东条从小心的身边离开了。

关于真田她们背后说过什么话，小心觉得并不难猜。

小心叫东条"小萌"时，东条一副困惑的样子朝她扬起脸。

在她的脸上，表情明显像在说："别这么叫我。"别在大伙儿面前——特别是别在真田她们的面前这么叫我。

本来两个人约好一起去参观中学里的各个社团。

可是，到了约好的放学时间，东条却和真田她们一起迅速地走出了教室。真田到了教室外面的走廊上时，故意大声地说："啊……啊，单单的真可怜……"

"单单"也就是"孤单单"的意思了。小心正在慢吞吞地收拾回家要带的东西，感受到四周同学朝她投来的视线，她这才反应过来。

真田的话在脑袋里反复回荡，小心谁也不看，独自走出了教室。想到无论去参观哪个社团都有可能撞上她们，立刻便没有心思去了。

——为什么？自己会被她们盯上？

遭受无视。

背后被说坏话。

别的孩子们也受到告诫，不要和小心靠近。

被嘲笑。

嘲笑嘲笑嘲笑。

嘲笑小心。

有次小心肚子疼了，待在上锁的厕所单间里，却能听见外面真田的笑声。课间休息的时间马上就要结束了，可是这些人还在外面，小心咬牙忍着快要哭的心情开门出了单间，立刻从旁边的单间里跳出了大叫"啊"的真田。随后她看着小心的脸，讪笑着。

说是小心太慢了，要看小心在干什么，真田在旁边的单间里弯腰窥视。这也是后来偶然看见当时状况的一个同班同学告诉小心的。小心听了羞愤得脸都红了起来。想到自己蹲着的样子和脱裤子的样子都被看见了，心里立刻有一种东西碎裂的感觉。

那个孩子说完后又补上了一句"她太坏了"，然后马上又说："千万别说是我说的呀！"嘱咐了之后她才离去。

茫然又难受，小心不知怎样才好。

没有一个能够安心的地方。

总是发生这样的事情。直到发生了决定性的"那件事"——

小心就不去上学了。

东条住得最近，自从小心不去学校后，东条每天都把学校发的学习材料和通知送来。

她做得很认真规范。

小心总觉得和她再亲密些就好了，好像也有过能同她更加亲密的可能性。可是东条只是把这些东西投进她家的信箱里，没有进一步地按她家的门铃。小心很多次地躲在自己房间的窗户边，看着履行义务般地把东西投入信箱后离去的东条的背影。

东条身上穿的水手服式样的校服，领子是青绿色的，领巾是胭脂色的。四月份的时候自己也穿着同样的制服，现在只能茫然地眺望着她。

主要因为和别人的家离得比较远吧，东条没有和其他朋友在一起。小心看见她只是一个人，心里多少有些安慰。

关于东条是不是受到老师的指点，来看看自己，同自己说说话，而东条实际上却没有这么做——对于这种可能性，小心尽量地不去想。

"啪嗒"一声传过来，东条走了。

* * *

在小心的房间里，有一个全身镜。

小心拥有了这间屋子以后立刻就挂上了这面镜子，石质的椭圆形镜框是粉红色的。小心看见映在镜子里的自己脸色很差，就想要哭，没法继续看。

拉开窗帘确认了东条离去后，小心就慢慢地躺倒在床上了。音量小得几乎都听不见的电视闪着光，今天特别刺眼。

小心不去学校了以后，爸爸把小心以前玩的游戏机拿走了。他说："她学校也不去，再给她玩这游戏机的话，更不会学习了。"他还想把电视机也收走，妈妈说："再观察一段时间吧。"总算阻止了他。

当时虽然对爸爸恨得咬牙切齿，现在却不这么想了。可能真会像爸爸说的那样，把日子都耗在玩游戏上了，目前她确实是没有在学习。

进了初中，学习内容估计更难了，自己多半会跟不上了。今后怎么办呢？

照在脸上的光线太刺眼了。

还是把电视机关掉吧，小心想着。抬起了头，她突然倒吸了一口凉气。

电视机根本就没有开。

不知什么时候，电源已经关掉了。

在屋子里发光的其实是靠近门口那面镜子。

"咦？"

小心愣住了，然后她没有多想就走了过去。镜子闪着光，像是从里面朝外发出的光芒，亮闪闪的令人几乎睁不开眼。镜面映不出任何东西。

小心把手伸了过去。

小心伸出手去才想到，万一镜子很烫呢？然而镜子的表面和原先一样，感觉凉飕飕的。然而，问题不在于温度，小心的手刚用了点力——

"啊！"

小心大叫。

她的手掌被吸到里面去了，镜面的触感没有了，仿佛将手伸进水里。

她的身体也跟着向前倾，一起被吸到镜子里面去了。

糟了！太可怕了！她刚一想，身体就被光亮吞没了。在刺眼的强光中刚刚闭上了眼睛，身体就像穿过了一个冰冷的地方。

想呼唤妈妈，声音却发不出来。

身体好像到了远处，又像在上升，又像在前进，不明白怎么回事，有一种被向上拽的感觉引导着自己。

"喂！起来吧！"

小心躺在地上，右面的脸颊感觉到了地面的冰凉。

脑袋里一阵阵地刺痛，嘴巴和嗓子都觉得干巴巴的。在抬不起头的小心的旁边，又传来了声音：

"喂！快起来呀！"

是一个女孩子的声音，听上去是小学低年级的学生。

在小心的周围，没有这么小的孩子。她摇摇头，慢慢地睁开了眼，抬起了身子，朝着发出声音的地方看过去，随后，小心吃惊地倒吸一口凉气。

只见一个奇怪的孩子站在那儿：

"安西心，你醒过来啦？"

她的脸像狼似的。

原来是一个戴着狼面具的女孩，她的面具是节日里集市上卖的那种样子。

然而，怪异之处不只这一点。尽管她戴着这样的面具，身上穿的却像去参加弹奏钢琴比赛，或是什么人的结婚仪式一样的洋服——一件镶满了花边的粉红色连衣裙。简直就像丽嘉娃娃的服饰。

另外，她刚才居然叫着我的名字？

小心迷惘地四处张望。

这里是哪儿呀？地面上散发着绿宝石一样的光泽，简直就像童话书《绿野仙踪》里描写的那样。

小心觉得自己仿佛进入了漫画或是舞台里的世界。正这样想，她忽然感觉到头顶上有什么阴影，然后抬起了头。仿佛口中吸进了一大团空气，她惊讶地捂住了嘴。

居然有一座城堡高高地耸立在面前！

它是那么雄伟壮观，宛如在西方童话里看到的那种城堡。

"恭喜你啦！"

这声音回荡在睁大了眼睛的小心耳旁。女孩子戴着假面具，看不出她的表情，也看不见她的嘴型，然而多半是她的声音。

只听见她继续说道：

"安西心，恭喜你作为城堡的客人被请到了这里！"

在哑然无语的小心眼前，城堡的铁格子大门打开了，伴随着悠然的声音。

* * *

小心的脑袋里只有一片空白。

她接着只是在想：必须赶快逃走。

太可怕了。

戴着狼面具的少女，看不到一点儿她的真实表情，只见她仰面望着自己。

小心祈祷这是一场梦或者是幻觉，可是少女没有消失，依然仰面望着自己。

小心慢慢地转回头，看见有一面闪光的镜子。

虽然和小心屋里的镜子不完全相同，可是它们的大小差不多。朝着这面有着用各种颜色的磨得很圆润的石头装饰着镜框的镜子，小心冲了过去。大概，这面镜子和小心房间里的镜子是相通的。从这里穿过去的话，就能回到原来的地方了。

小心背对着城堡，一声不响地往前跑的时候，带着狼的假面具的女孩从她后面一把抓住了她，扑到了她的身上：

"你别逃！"

在她的冲击下，小心倒在了绿宝石色的地上，脸颊着地伏在地上。女孩又说：

"不要跑呀！我今天早上就开始忙。都面试过六个人了，你是最后的一个了。已经四点啦，没有时间了！"

"关我什么事！"

小心嘴里叫着。

她拼命地说出了这句话，对方是一个比她年幼的女孩子，所以小心说话的方式挺粗鲁。她脑子里还乱七八糟的一片混乱。

她一边挺身试图摆脱女孩，一边回头向上看，城堡依旧耸立在她眼前。

就像迪士尼乐园的灰姑娘城堡一样，就像从一个幻想的世界出来的一样。

她想，这好像不是梦境呀。能感觉到搂住她腰的女孩子压在身上的体重。这么一想，她又恐惧起来，朝着散发光亮的镜子使劲地爬过去。

狼少女又叫了起来：

"你干什么？怎么也不想一想？没看见城堡吗？我不是和你说了吗？冒险可能现在就开始了，这样一个梦幻般的新世界，你就不向往吗？发挥一下小孩子特有的想象力吧！"

"关我什么事呀！"

小心带着哭腔回答。

不知道为什么，总觉得现在还来得及。

能够回去，能够摆脱这一切。

小心的心里虽然更乱了，脑子里却因恐惧越来越冷静了。这不是梦境，这个孩子明显地在说一些我所想象不到的事情。

她猛然把小心的腰搂得更紧了，紧得快使小心透不过气来了，小心不由得叫了一声。

"能让你的愿望实现呀！能让平凡的你实现任何一个愿望呀！你听我说呀！"

小心听了心想：明明这是第一次听说呀。然而她趴在那里透不过气，没法回答。本来因为她是一个小孩子，所以并没有把她放在眼里，现在看来并不简单。小心想着使劲地翻过身，按住了狼少女的脑袋。她的假面具上的头发软软的，抓在手上的脑袋小小的，惊奇地感触到她真是一个小孩子。小心下定了决心推开她，摆脱了她的胳膊。

小心直起了身体，挣开了她以后，接触到了闪着光的镜子。她觉得自己的手和来的时候一样，有一种插在水里的感觉，被朝着镜子里面吸过去。

"停下!"

小心听见这声音之后停住了呼吸。然后她闭上了眼,继续把身体倾向镜子的方向,跃入了光亮之中。

"你这个人呀……明天一定要来啊!"

这句话结束后,小心耳朵里嗡嗡地响着,然后各种各样的声音一下子远去了。

小心睁开眼眨了眨,看见眼前是自己熟悉的房间。

有电视机和床,有从小就陈列在窗台上的长毛绒玩具,还有书架、桌子、椅子、化妆台。

再一看,镜子就挂在那里。

并没有发出亮光。

仅仅是照着自己睁大了眼睛的脸。

心脏怦怦地激烈跳动着。

刚才那究竟是怎么一回事呢?她一边想一边不由得把手伸向了镜子,又马上缩了回来。

现在,它又成了一面照着自己和熟悉的房间的镜子了。

然而,会不会在镜子里面有谁正看着自己呢?那个狼少女的胳膊会不会突然伸出来,一把抓住自己呢?小心越想越觉得害怕了。

不过,镜子看上去毫无异样,只是映出这里的景象,什么都没有发生。

小心看了看电视机上的钟,愣住了。最近自己喜欢看的重新播放的电视剧已经到了开始的时间了。这么快……时间在流逝。

也许只是钟走快了,小心思忖着打开了电视机,果然电视剧已经开始播放了。钟并没有出错,时间已经过去了。

——刚才究竟是怎么回事?

小心默默地咬着嘴唇。从镜子跟前退了几步,远远地看着。

刚才发生的事情都是真的吗?

穿着睡衣的身子刚才被紧紧地抓住过,那种感觉仍然残留着。

现在想想仍是又惊又怕,小心伸出手,尽可能地保持着距离,心情紧张地把镜子翻过去转向墙壁。接着,立刻远离了镜子。

她的手指还在轻轻地发抖。

"到底是怎么回事?"

她自问着。又想起刚才被谁怒吼过的事情来了。因为平时不怎么和人说话,偶尔自言自语的时候发出的声音相当低,现在从喉咙里发出的声音却很爽朗。已经很久没有同家人以外的谁说话了,很久了。

那只是做梦吗?这样想来,关于白天做的梦,有一种称呼叫白日梦。这也是普通的事情吧?

是不是我有点儿不正常呢?

冷静下来想一想,小心开始有点儿怀疑了,接着心头涌起了另外一种担心。怎么办?怎么办?怎么办?如果,只是因为这样子成天地待在家里,脑子里便产生了幻觉的话怎么办?

——能让你的愿望实现呀!

不知为何,乱哄哄的脑子里突然冒出这句话来。

——能让平凡的你实现任何一个愿望呀!

如果说是幻觉的话也未免印象太鲜明了,这个声音仿佛还在小心耳边响着。她的眼睛也会忍不住地注视墙上那面已经被翻过去的镜子。

就在这时,门口传来了妈妈的声音:

"我回来了……"

如果被妈妈发现正在看电视的话一定会挨骂。小心急忙拿起了遥控器,关上了电视,回答道:"你回来啦。"刚才,妈妈在电话里说过要早点儿回家,结果回来得确实挺早。

下楼之前,小心忍不住地又朝那面镜子看了看,背面朝外的镜子没有丝毫的光亮。

回到家的妈妈看上去既温和又愉快。

"小心,今天要做你喜欢的,从皮子开始做起的饺子,能帮我一起来做吗?"她说着在门边放下了双手提的超市袋子。袋子里面有咖啡牛奶、酸奶、鱼肉香肠。由于小心白天一直待在家里,妈妈曾经抱怨过:"冰箱里的东西减少得比以前快多了!"

"妈妈……"

"嗯?"

穿着西服的妈妈一边把后脑勺上的银色发夹摘了下来,一边脱去鞋子朝着厨房走去。

小心想对妈妈说说刚才的事情,可是看着她的背影,又觉得说不出来了。看见她的心情这么好,不想让她扫兴。特别是觉得她听了不可能相信。实际上连小心自己都觉得难以相信。

"……没有什么。"

妈妈回头看看欲言又止的小心。小心提着超市的袋子,走向厨房准备把里面的东西放到冰箱里,妈妈对她说"没关系",顺便还轻轻地拍了一下她的肩膀。

"如果是关于去自由学校的事,我和你说,妈妈一点都没有生你的气。"哦,小心这才想起来,原来妈妈以为小心还惦记着早上没有去自由学校的事,这时打算向妈妈道歉呢。

"这事刚刚开始,我觉得那儿挺不错的,你什么时候想去就告诉我一声。那天领着你去教室参观的是喜多岛老师吧?我今天给她打了电话,她说了,什么时候来都行。很不错的老师。"

"……嗯。"

小心刚才遇见的事情印象太强烈了,早上没有去自由学校的事情已经完全忘干净了。

小心现在又想起这件事，心情不由得郁闷了起来。透过妈妈的声音，能明白不像嘴上说的那样，实际上她是非常想要小心去自由学校的，小心有种受到了责备的感觉。

妈妈又说："下次上课的日子是星期五吧？"

小心听了只是小声地"嗯"了一声。

可能是接到过妈妈的电话了，爸爸也比平常的日子回家更早，他回家的时间正好晚饭都准备好了。

爸爸丝毫也不提早上小心没有去上学的事情。"哇，今天吃饺子啦！"他开心地坐在了桌子边。

"爸爸，你还记得吗？小心小时候只吃饺子皮的事？"

"记得记得，她一点儿饺子馅都不吃，结果把饺子馅都给我吃了。"

"对呀对呀，所以我连饺子皮都用手工来制作了，既然她不爱吃饺子馅，我得把饺子皮做得更讲究一些了。"

听着他们的对话，小心勉强地咽着嘴里的白米饭，爸爸向她问道："小心你还记得吗？"小心心想，我怎么会不记得？还不是因为每次吃饺子的时候你们都要提起，反反复复地听你们说起，这样才记住了。

"不记得了。"

小心淡然地回答。明明说过吃不了多少，妈妈偏偏每次都要给小心的碗里盛上这么多的饭。

这两个人大概希望我一直都是那个只吃饺子皮的孩子。

——长不大，和以前一样。而不是现在这个拒绝去学校的孩子。

晚上，小心入睡之前担心过，镜子再发光的话怎么办？然而反扣在墙上的镜子里没有露出光亮来。

小心放心了，但是仍然会忍不住地总是用余光看那面镜子。上床之后，她躺在那儿闭上眼，又好几次睁开眼去看了镜子。

自己究竟在期待什么呢？小心半睡半醒的脑子里模模糊糊地想着。狼少女说："冒险可能现在就开始了，你不向往吗？"说实话，小心有一点……向往。她确实期待发生些特别的事情。

她想到《纳尼亚传奇》。

在那本有名的童话里，从家中的衣柜可以通往另一个世界。这样的故事不可能不令人向往。

我也许不应该逃回来吧？小心怀疑自己是不是做了一件吃亏的傻事。可是，既然她是引导我去一个不可思议的世界的人，如果她不是打扮成狼的样子，而是"爱丽丝"里那样的兔子模样该多好……

小心因为觉得害怕，所以要逃回来，可是她却又有某种期待，不知道接下去自己会遇到些什么。看见镜子没有一丝亮光，她突然觉得惋惜了，觉得自己的做法太可惜了。

如果——

如果镜子又发出了亮光，假如，那样的话。

那时再进去一次可能也不错。

小心一边想着，一边昏沉沉地睡着了。

* * *

到了第二天的早晨，小心看见镜子并没有发光。

刚刚醒过来的时候，小心茫然地觉得昨天似乎发生了一件重大的事情。脑袋清醒了以后，小心一下子醒悟过来，向挂在墙壁上的镜子看去。

她起来之后胆子比昨天大了一些，小心翼翼地又把镜子转回来，看见里面只是照着穿着睡衣、头发还乱蓬蓬的自己。

小心和往常一样，吃完了早饭后目送着妈妈出门去上班，然后洗净了餐具，回到自己的房间。小心的心思又回到了镜子上，她觉得心里七上八下地难以平静。自从不再去上学，她在家里有时换装有时就一直穿着睡衣，今天她换去了睡衣，头发也仔细地梳好了。

大约到了九点钟，穿着打扮的事情早就结束了以后，镜子又发出了光亮。

和昨天一样，她看见镜子就像在太阳的光芒下小小的水洼，闪闪地发出了亮光。

小心立刻吸了一口气，慢慢地做了深呼吸。原来这是真的呀。她伸出手去，一直把手伸进了镜子里。手用力地伸进去后，身体也被吞进去了。

小心觉得自己的心里仍然有一些恐惧。

不过，她还有点儿兴奋的感觉，只觉得自己整个人很快被一团黄白色的、雾一般的东西吞没了。

小心原本以为会像昨天一样看见绿宝石色的地面和城堡前的大门，然而炫目的光线没有之后，她恢复了视力的眼睛所看见的是楼梯和大钟。

小心使劲地眨眼睛。

她感觉室内很像那种外国的电视剧或电影里看见的贵族城堡的入口——进了大门之后展现在眼前的那种大厅。

房间里有扇很大的窗户，紧靠着窗户的是左右对称的楼梯，就像动画片《灰姑娘》里，灰姑娘从上面往下跑的铺着华丽的地毯的楼梯。

在楼梯的上面，没有房间，而是挂着一个大钟的悬空的走廊。和那种普通的二层楼建筑不同，这个大楼梯是专门为了抵达那个大钟而建造的。

从正面看去，在大钟的里面有画着太阳和月亮的钟摆在摆动。

小心凭直觉明白了。

这里就是她昨天看见的城堡的内部。

在楼梯的周围，不仅有自己一个人，小心还看到了别人的身影。她眨了眨眼睛，发现他们也都满脸吃惊的样子看着新来的自己。

他们和自己一样，也是初中生大小的孩子。

一个，两个，三个，四个，五个，六个——包括小心在内，一共有七个人。

"你也来啦！"

小心听见有人说。

原来是那个狼少女蹦蹦跳跳地向她走来了。她戴着和昨天一样的假面，穿着一样的连衣裙。她站到小心的面前，脸上的表情仍然看不见。

"昨天你虽然逃走了，今天你终于还是来啦！"

"那个……"

因为今天除了自己以外还有其他和自己同样年龄的孩子，所以小心不像昨天那样觉得狼少女可怕了。这些孩子中间有男孩也有女孩。有低着头拿着类似于游戏机的东西的男孩子，戴着眼镜的孩子也有，还有被太阳晒得黑黑的孩子——看着看着，看到了其中一个孩子的脸以后，小心的手不由得握紧了。

那个男孩靠着大钟下面的墙壁站着，他的面容长得极其俊美。身上穿着睡衣似的休闲服，就像艺人似的潇洒。

仅仅扫了他一眼，小心就觉得自己看了不该看的事一样，连忙低下了头。

"你好！"从另一个方向传来了声音，小心顺着声音看去，看见一个女孩正对着她微笑。她看上去快活明朗，高高的个头，梳着一个马尾辫。

看见小心犹豫的模样，她又说："我们大家都是刚刚才到。"

"那个孩子说，你昨天逃走了，今天不能再让你逃了，所以大家在这里一起等着……"

"哪个孩子说的?"

小心问了一声,就见狼少女傲然地说:"不对!你们要尊称我'狼大人'!"

"是的,是的。"女孩忙点头纠正,"是'狼大人'说的。"

"大家都在等你。七个人不到齐了不行。"

"就你一个人跑了!"

女孩——"狼大人"说道。

"如果把大家同时招来的话可能会发生混乱,所以只好从昨天早上开始一个一个地把你们叫来,一个一个地向你们进行说明。没想到最后的一个人中途却逃走了,真够麻烦的!"

"哦,这里……到底是怎么一回事呀?"

在大家的注目下,小心有些不自在,她连忙问"狼大人"。然而女孩只是用鼻子哼了一声:

"我昨天正要向你说明呢。你却像个傻瓜似的逃走了,自己反省一下吧!"

"我们也是昨天才知道,也搞不清情况,和你是一样的。"

梳马尾辫的女孩热情地向小心解释。小心本来以为她和自己同龄,听了她的语气,感觉她比自己大。女孩身上有一种沉稳的氛围,更像成年人。

"据说在这个城堡里能实现自己的愿望!"

从旁边传来的这个声音既响又亮,类似于配音演员的说话声,平常听见这样说话的声音会给人带来异样的感觉。

小心向声音传来的方向望去,看见了一个戴着眼镜的女孩子,坐在右面楼梯的第一层上。她留着短发,穿着淡米色的连帽衫和棉布裤子,打扮得不是很有女孩味。

"就是!"

这个声音特别响,是"狼大人"的叫喊声。更让人吃惊的是,她说话的时候有一种令人耳鸣的嚎叫声重叠在一起，像那种远处传来的兽类嚎叫声。

小心听了腿都有些发抖了。

不仅小心在害怕，其他的人也都紧张地瞪大了眼睛，看着面前的这个"狼大人"。明摆着，小心听见的那种声音，他们也都听见了。可是狼少女对他们的吃惊一点都不在意，继续说道：

"在这个城堡的里面，有一间屋子叫作'祈愿的房间'，不能随便进的，只有一个人能够进去。能够实现愿望的只有一个人，各位小红帽。"

"啊？我们成了小红帽啦？"

怎么回事呀？刚才听见了那种狼一般的咆哮的声音，现在又被称作了小红帽，尽管眼前站着的是个年幼的小女孩，小心内心却不由得感到了恐惧。狼少女又说："你们不都是迷路的小红帽吗？

"从今天起，到三月为止，你们要在这座城堡里寻找打开'祈愿的房间'的钥匙。只会有一个人能得到这把钥匙，他拥有打开门实现自己愿望的权利。这件事叫作'寻找祈愿的钥匙'，大家都理解了吗？"

小心一声不响。

其他的孩子也都不说话，只是相互观望。

不是已经理解了，而是被吓得不敢说话了。大家心里都充满了疑问，不知道该从哪儿开始问才好。空气中能感受到大家同样的想法。

面对着不知说什么才好的小心他们，"狼大人"又大喊了一声："你们别再互相看啦！不要以为这样沉默最好，以为自己不打听别人也会打听，有什么想说的事情就直接说出来吧！"

"那好，我就直接问了。"

果然不出小心所料，张口问的是刚才主动向小心搭话的那个扎马尾辫的活泼女孩：

"为什么？为什么会有这种事情？为什么能让祈愿的事情实现？昨

天就听你说过了,可是为什么偏要把我——还有这里的其他孩子找来呢?另外,这儿是什么地方呢?现实的世界吗?你是谁呢?"

"哇……"

明明是自己说要大家想什么说什么,然而面对着这么快言快语的质问,"狼大人"却把耳朵捂住了。不是假面具上的狼耳朵,而是人的耳朵、她自己的耳朵。

"你怎么没有一点儿梦想的精神呀?应该对自己被选为故事的主角从心底里高兴才是呀!"

"不对,这不是高兴不高兴的事情。"

另一个男孩代替马尾辫的女孩说道。小心进来后看见他一直坐在左面楼梯的正中间,手里摆弄着一个游戏机。他的嗓门挺大,隔着厚厚的眼镜片看见他的眼神不那么友好。

"只是单纯觉得不明白。昨天家里的镜子突然发出了亮光,然后自己便穿越到了这里。我觉得莫名其妙。能不能从头解释给我们听?"

"哈哈,终于有男生开口说话啦!"

"狼大人"笑起来了。

"虽然男孩不像女孩那样有戒心,女孩子们在一起时却很快就能说上话,男孩反而不会马上开始交流,你要多加努力呀!"

"狼大人"说话的腔调有点像在看轻他,男孩听了不高兴地皱起了眉,直直地看着她。"狼大人"毫不在乎地继续说道:"这是定期挑选的。"她的言辞像上了岁数的老人一样,还故意咳嗽了一下。

"不仅仅是你们。到目前为止已经有好多次了,我把迷失方向的小红帽们这样定期地请进城堡。已经有过很多实现了愿望的小红帽。你们被选中是很幸运的事呀。"

"可以回去了吗?"

另一个男孩站起身来开口问了。他本来一直沉默地坐在楼梯的上层,个子很高,看上去很安静。小心看见他白皙的脸颊和散布在鼻尖周围的雀斑时，觉得他挺像"哈利·波特"系列里面的罗恩。

"不可以回去！"

在"狼大人"说这句话的同时，又传来一声"嗷……"的远远的嚎叫声，激烈地在空中震荡着。站起来的这个男孩仿佛受到了气流的冲击一样挺起胸膛，一动不动地站在那儿。

"让我把话全部都说完！""狼大人"面对着大家——由于她戴着假面具，看不见她的神情。

"等我把话全都说完了，你们再考虑来不来。听着，首先，用你们来的时候所使用的镜子就可以到这个城堡。本来是在这个门的外面，今后就到这个大厅里来——因为在外面有人逃走过。"

她说着向小心看了过来，小心被她看得又想逃走了，简直有点儿忍受不了大家一起盯着自己的目光。

"这个城堡从今天开始一直开放到三月三十日。到那时还找不到钥匙的话，钥匙就会没有了，你们也就进不来了。"

"如……如果找到了钥匙呢？"

传来的是一个小心第一次听见的声音。"狼大人"朝着声音的方向望去，小心也好奇地看过去。就好像怕被人看见似的，一个男孩夸张地发出了一声悲鸣。他躲在楼梯扶手的阴影之中。小心能看见一个胖乎乎男孩的小肥手在楼梯的一角不停地动来动去。他战战兢兢地接着说：

"如果找到钥匙了，那个人的愿望实现了，镜子和这里就不再相通了吗？"

"当那个'祈愿的房间'被打开之后，这个游戏就结束了。如果是这样，不要等到三月三十日，这座城堡就会关闭的。"

"狼大人"点着头继续道：

"此外，城堡每天在日本时间的早上九点至下午五点开放。所以，五点钟以前必须穿越镜子回家去。这个规矩必须遵守，如果过了时间还逗留在城堡里，将会遭到可怕的惩罚。"

"惩罚?"

"一个简单的惩罚——被狼吃掉!"

"咦?!"

大家几乎是同时地发出了悲鸣,都看着"狼大人"。小心也是一样。"真的吗?"她很想问,可是想到刚才听到过的那种令人双腿发抖的奇怪的咆哮声,她就不敢开口了。

你说被狼吃掉?也就是说,被你吃掉吗?

谁也没有开口问,全场一片寂静。有了思考的时间后,小心意识到,才想到了某种可能性。

昨天,"狼大人"对小心说过:"已经四点了,没有时间了。"小心穿越镜子回到自己的家后,她常看的电视连续剧已经开始了,没有看到片头。挂在房间里的钟上所指的时间也变了——这说明,这里的时间和镜子外的时间是同步的。

城堡开放的时间是上午九点到下午五点。此期间到三月三十日为止。

这么看来,有点像学校了。

默默地,小心依次扫视了一下大家的脸,除了"狼大人"。

这里有小心自己。

还有:

穿运动服的模样俊秀的男孩。

梳着马尾辫的精干的女孩。

戴着眼镜,嗓门像配音演员的女孩。

玩着游戏机,看上去性格有些任性的男孩。

模样有些像罗恩,脸上长着雀斑,性格安静的男孩。

胖胖的看上去有些胆小,躲在楼梯角落里的男孩。

——一共有七个人。

大家各不相同,然而,都在此时此刻的时空里,通过镜子穿越到这儿。

小心想到梳马尾辫女孩的那个问题:"为什么偏要把我——还有其他的孩子找到这儿来呢?"小心也不明白,不过至少有一点她能够意识到,几个人之间有一个共同点。

他们和小心一样,都是不愿意上学的人。

* * *

"那个,就是有关惩罚内容的问题。"

又有人提问题了,还是那个梳马尾辫的女孩。

被狼给吃掉。

随着她的提问,大家一起向那个宣布了吓人的惩罚内容的"狼大人"看去。

这个女孩的神情虽然也是充满了疑惑,比小心看上去还是冷静多了。

"你说的'被吃掉'是字面上的意思吗?"她继续问道。

"狼大人"点点头:"是呀,从头到脚全都吃掉。不要以为能像童话里那样,把妈妈叫来切开狼的肚子,弄些石头塞进去。大家都要小心了!"

"是被你吃掉吗?"

"你们大家自己去想象吧。也许真的会出来巨大的狼——用强大的力量对你们做出惩罚。一旦开始了,谁都阻挡不住,我也没办法。"

"狼大人"扫视着大家的脸。

"还有,只要有一个人遭受惩罚,其他的人也要担负连带责任。有一个人逗留在这里的话,其他的人也都回不去,必须注意。"

"其他的人也都会被吃掉吗?"

"没错,是这样。"

"狼大人"回答的声音挺轻巧。

"总而言之,必须严守时间。不允许任何人在城堡开放以外的时间一个人偷偷摸摸地寻找'祈愿的钥匙',都理解了吧?"

"狼大人"说着,小心渐渐地觉得她戴的狼面具的嘴巴在动似的。

"我们才刚刚认识,就要相互担保吗?"

小心听见说话的声音调门挺高,是那个戴眼镜留短发的女孩子。

"大家彼此都还不了解,是不是要我们一定要彼此达成信赖关系才行?"

"对呀!所以你们起码要搞好彼此的关系。拜托啦!"

虽然她说拜托大家——大家还是陷入了沉默。

"'狼大人',你在城堡开放的时间里也和我们在一起吗?"

小心鼓起了勇气,第一次主动地提问了。"狼大人"转过身子朝她看过来,小心立刻条件反射般地缩起身体。

"我有时在有时不在。虽然一般不在,需要的话出来也行。你们就把我看成照顾和看管你们的人吧。"

作为照顾他们的人,这种态度也未免太蛮横了。

又有人提出了新的问题:

"那个三月三十日是不是搞错啦?应该是三月三十一日吧?"

说话的是那个一直没有发过言的男孩,穿着运动服的那一个。小心在心里把他叫作"小帅哥"。他长得很清秀的眉眼特别像小心喜欢的少女漫画里的男孩子。

"狼大人"听了直摇头:

"无须改正,城堡开放的期限就到三月三十日。"

"那么为什么这么定呢?"

他问道:"有什么意义吗?"

"没有什么特别的意义,三月三十一日,也可以说成是这个世界维护的日子吧。不是常常有这样的说法吗?因为改造装修而暂停营业等等。"

"狼大人"在介绍她自己的城堡时的语气很像在说旁人的事情。小帅哥尚未被说服的样子,还想再说什么,结果他什么也没有问,只是说了一声"知道了",就扭过了头去。

"真的能够实现自己的愿望吗?"

这回提问题的是玩游戏机的男孩,他懒洋洋地转过头,向"狼大人"问道。小心觉得他手里的游戏机不常看见,可是从她站的位置看不清那是什么游戏机。至于他说话的语气,好像有种跟人挑衅、故意找碴的感觉。

"只要能找到钥匙,任何愿望都能实现吗?靠着这种能通过发光的镜子随意穿越时空的,复杂、怪诞、超自然的力量就能实现愿望了?使用魔法呀,进入游戏的世界里呀,这些愿望真的可能实现吗?"

"可能的呀,不过非常艰难。实现了这种愿望的人基本上没有人获得幸福。有的进入了游戏的世界以后马上被敌人攻击而死,差不多都这样的结果,如果你不害怕的话。"

"真没劲。不过,实在不行的话就选《精灵宝可梦》吧,用不着我来打,指挥里面的宝可梦来打就行了。"

带着游戏机的这个男孩淡然地说着,独自点点头,不知道他是不是认真的。

"接下来,我再说明一下在这个城堡里必须注意的问题。"

"狼大人"扫视着大家说道:

"能够进入这里的只有你们七个人。即使你们想带别的人,他也进不来。所以,不要想着再找什么人来帮助寻找钥匙。"

"那么,能不能把这里的事情告诉别人呢?"

说话的还是刚才发言的那个小帅哥。"狼大人"仔细看看他。到目前为止她一直是不带犹豫地快速回答各种问题,只有这时她沉默了一下。

"想说的话，你不妨试试看！"

想了想之后，她回答道：

"如果你以为说了会有人相信的话就说吧！可是，被人当成了精神病的话就是你自作自受了。很简单，只有你自己能进这儿来，很难把你的话向别人证明。"

"但是，当着谁的面能够钻进镜子的吧？看见自己的儿子消失在一个发光的镜子里，没有人会不担心，肯定就能相信了吧？"

玩游戏机的男孩子说完，"狼大人"发出了一声叹息：

"你的意思是要你的父母相信你吗？不是朋友，而是大人吗？"

"怎么了！"

他的脸色一下子变了。"狼大人"不容他开口继续说道："这样的话，等到你们回到家里，大人就会把镜子砸了。即使不把镜子砸了，也会让你们远离镜子，不许你们出入这种不可思议的地方，你们就不能再到这里来，找钥匙的事情就结束了。如果你们觉得这样也可以，那就随你们的便吧。不过，对于这种情况，我这里也有对策的。有外人的时候，在打开入口时会有警戒措施。"

"你的意思是，有外人在的时候，镜子里的通道会关闭吗？"

"你的理解很正确！"

"狼大人"朝着小帅哥直点头，她面具上的大耳朵也跟着一起摇晃。

"只要你们遵守我说的这些规则，你们便能自由地在这里生活。"

"狼大人"继续说道：

"在城堡开放的时间里，除了寻找钥匙，做其他的事情也都可以。你们可以玩、可以学习、可以把书和游戏机带来。便当呀，点心呀，也都允许你们带来。"

"在这儿没有吃的东西吗？"

听见躲在楼梯角落里的小胖子男孩问出这样的问题，小心多少有点儿感到吃惊。

他看上去就是那种贪吃的类型,但是他却不顾自己的外形主动地发出这种问话,小心几乎有点儿佩服他了。小心记得在班级里如果有这样的孩子,多半会成为其他孩子攻击的目标。

"没有。"

"狼大人"淡然地回答。

"别忘了你们可能会成为狼的食物。多吃点,吃得肥一点、胖一点吧!"

随后,"狼大人"就慢慢地向着大家扬起了下巴说道:

"你们彼此介绍一下吧!从现在开始,你们要相处将近一年的时间,大概要天天见面了,作为天天要见面的人员,互相介绍一下吧。"

听着她的话,大家又在那里面面相觑了,然而又担心狼少女会不会训斥他们"你们别再互相看啦!"大家都低着头,害怕地想到那嚎叫般的咆哮声时,梳着马尾辫的女孩子开口道:"'狼大人'你能不能暂时离开一下?我们会团结在一起的,既然到了这种莫名其妙的地方,我们也想能够彼此搞好关系。但是,我们想先把这里的事情梳理一下。"

"嗯,这样也行。"

"狼大人"没有显出特别不高兴的样子,点了点戴着假面具的头。

"那么,你们自己商量吧,过一阵子我再回来。"

说完,她便消失了。

她举起了双手,像是抚摸空气一样地挥动着,随即,一眨眼的工夫她就彻底不见了。

留在城堡的七个人全都傻了眼,然后,他们面面相觑。"你看见了吗?""看见了,她消失了。""哎?哎?""真厉害呀!"

大家七嘴八舌地议论着。

真的没有想到,她居然这样突然地消失掉,小心他们自然而然地交谈了起来。

"首先……我叫小晶。"

背对着大钟,大家围坐在两边有楼梯的大厅里,马尾辫的女孩先自我介绍说。

小心抬起头看着她,觉得她的自我介绍有点不全面。

只说名字,没说姓。

然而,在大家都不作声的时候,她继续说道:

"我念初中三年级,请多多关照。"

"嗯,请多关照……"

"请大家多多关照。"

见她比自己年长,小心用的是敬语。

小心从来没有在孩子们中间用这种郑重的语言来自我介绍过。

一般的情况下,总是会有负责的老师或其他大人在场。今年四月份的时候,大家刚刚进入初中,一起在教室里做自我介绍时,一个姓名排在前面的男孩只报了一下自己的名字,三言两语地就把自己介绍完了。伊田老师在一边听了向他指出:"哎,你也未免说得太简单了吧?""你要告诉大家自己的姓名,毕业的小学,还有起码得说一点兴趣呀,喜欢的东西之类的。"被老师这么提醒了,后来大家就纷纷地说了自己喜欢的棒球、篮球等兴趣爱好。小心后来就说自己的爱好是唱"卡拉OK"。如果她说自己喜欢看书的话,有可能会被看作是个性阴沉的孩子,在她前面做自我介绍的女孩子里有几个人说喜欢唱"卡拉OK",没有人听了现出奇怪的神情,所以小心觉得自己说同样的话不会有问题。

没有了管理大家的"狼大人",没有人会对介绍自己的方式提出异议。刚刚自我介绍过的小晶属于比较强势的,她首先只对自己做简短的说明,等于做出了一个榜样,接着大家跟着她学样就可以了。

"我叫小心。"

小心狠了下心，跟着说道。马上把名字都记住可能挺困难的，她思忖着，其实只是在这么几个人里打个招呼而已，她却从心里觉得别扭，浑身不舒服。

"我是初中一年级学生，请大家多多关照。"

"我叫理音。"

接着是小帅哥介绍自己。

"许多人都说我的这个名字起得像外国人，其实我是日本人。理科的理，声音的音。我的兴趣和特长是踢足球。初中一年级。请你们多多关照。"

原来他也是初中一年级学生，和小心是一样的啊。

"多多关照。"大家回复他的声音参差不齐，能感觉到大家都有点儿小小的尴尬。可能有人在听了他的话以后会想，是不是自己名字的汉字和爱好都要说一下呀？

然而，小晶没有做补充发言，小心也没有再问。在这里，像那时一样地顺势说喜欢"卡拉OK"什么的，感觉上反而更不好。

"我叫风歌。初中二年级。"

戴眼镜的女孩说。听惯了她的高调门嗓音后，觉得她这种清楚明亮的声音感觉也不错。说完后，她思考般地沉默了两秒钟，随后又很麻利爽快地说：

"请大家多多关照。"

她不跟着小帅哥的样子学，没有附加自己的信息。

"我叫政宗，初中二年级。"玩游戏机的男孩说道。

他不看任何人，又自顾自飞快地说着：

"啊，我这个名字常被人说是武将的名字，或是刀的名字，或是日本酒的名字。我都听够了，耳朵都听出老茧了，不想再听了。这是我的本名。"

只有他没说"请多关照"，结果大家失去了向他做任何表示的机会，坐在他旁边的高个儿男孩轻轻地吸了口气。也就是刚才站起来说"可以回去了吗?"的那个男孩,长得像"哈利·波特"系列里的罗恩一样。

"我的名字叫昴。请大家多多关照,我是初中三年级的学生。"

他挺随意地说道。

小心觉得他有点不可思议,有一种仿佛与世隔绝的感觉。在小心认识的男孩里,没有人会用这样漫不经心的腔调说话。小心从来没有见过这种腔调的男孩。

"嬉野。"

接下来的声音听上去很轻。

是那个胖胖的,曾经打听这儿有没有吃的东西的男孩发出的声音。"咦?"大家都惊奇地朝他看时,他又重复说了一遍"嬉野"。

"这不是我的名字,而是我的姓。不过是挺少有的姓。大家请多关照。"

小心对他这种谦恭的样子产生了好感,觉得他身上有些东西和自己挺像。心里很想问他,这种姓的汉字怎么写,可是又不知道这样问好不好。在这里随便打听的话有点儿会破坏和谐的感觉。

然而,有人却唐突地问了:"哎?汉字怎么写呀?"小心听了有点惊讶,只见是理音在问。

不过,听见有人搭话,嬉野好像摆脱了紧张,脸上的表情显得轻松了,并没有不愉快的样子。

"是女字旁一个喜的嬉字,原野的野字。"

"呀,笔画真多呀。我还写不出这个字呢。嬉这个字呀,我是哪一年学的呢?考试的时候你很紧张吧?写这个姓把时间都给占去了吧?"

"嗯,确实费时间。我觉得解题的时间都损失掉了。"

嬉野开心地笑了。他的笑使气氛变得轻松了。"初一。"他随即又补充了一个自己的信息,"请大家多多关照!"

"大家都是初中生呀!"

小晶点着头巡视了大家的脸，作为全体的责任人，她希望大家都能配合她。

"我想，那个'狼大人'没准正在偷听……你们有没有人知道呀？为什么她会把我们叫到这儿来？"

在她询问大家的声音里，包含一种紧张的情绪。小心觉得自己的感觉不会是错觉。

"不知道。"

政宗紧跟着回答。

"不知道，想不到什么原因。"

"……是呀。"

小晶点点头，好像松了一口气似的。旁边看着的小心也一起放下心来。

究竟是什么原因，我们这些人被叫到了这里？

大家的自我介绍已经结束了，接着，彼此都不再看来看去了。大家又沉默了。

有的人说话比较尖刻，有的人比较笨拙，形形色色，其实他们和小心一样都觉察到了同样的问题。

大家都没有去学校。

然而，没有人触及这一点，都不问、都不说。

这种心情，没人用语言进行表达，有一种看不见的互相体谅的心情。没人想在这儿点穿这个问题。

压抑得令人透不过气的沉默持续着，就在这时候传来一个声音。

"你们好了吗？"

不知是从什么时候开始，"狼大人"站在了楼梯的上面。大家都被她神出鬼没地突然冒出来的行为吓了一跳，一齐抬头朝她看去，"哇……"地叫了出来。

"干什么呢？你们别像看见妖怪似的样子呀！"

她对大家说。

不，你这个样子已经和妖怪差不了多少了。大家都这么想，可是只是在心里想，没有人说出来。

"好吧，大家都在思想上准备好了吧？"

她问道。这回没有人相互观望了。

——思想准备。

这就是指寻找"钥匙"，然后实现自己的愿望吧？大家互相做过了介绍，彼此的姓名和个性都知道了。接下来就是考虑这个城堡和钥匙的事情了。

钥匙只有一把。

能实现自己愿望的只能有一个人。

大家想的都一样。仿佛已经看透了大家的心理，"狼大人"说了：

"好啦，今天到这里吧，大家解散。你们可以随意，留在这儿寻找钥匙也行，在城堡里散步也行，回家去理清自己的思路也行。喜欢怎么做就怎么做吧。啊，还有……"

她最后又追加了一点。听她这么一说，小心觉得胸中有种甜美、柔软、激动的感觉。

"在城堡里，已经给你们准备好了各自的房间，供你们自己使用。房门上都有不同的名牌挂着，到时候你们可以自己确认。"

六月

五月过去了,六月到来了。

那是一个淅淅沥沥地下着雨的早晨。

对于这种会被滴落在窗户上的雨滴声弄醒的天气,小心并不讨厌。

去中学的时候都要骑着自行车,下雨要穿着学校指定的雨衣上学。到了雨过天晴的下午展开早上被雨淋得湿漉漉的雨衣时,雨衣表面残留的气味是小心所喜欢的,也许有的人讨厌这种味道。记得有本书上写过,这是水和灰尘混合之后形成的。小心反正是喜欢的。

四月的时候,小心还去上学时,在学校放自行车的地方,她一边闻着这种气味,一边对当时同她一起放学回家的孩子们随意地说道:"这是雨的气息。"

后来,真田她们在放自行车的地方拿着雨衣学着小心的样子说"这是雨的气息",然后彼此笑成一团。小心看着她们这样做时觉得自己的身体顿时僵住了,她不知道她们以前一直是躲在哪里观察着自己。

小心喜欢雨,这并没有问题。

可是,学校这种地方,并不是能够坦诚直率地说话的地方,小心明白了这一点以后,心里感到特别绝望。

小心在二楼起了床,下到了一楼。

今天，小心再次声称不想去自由学校时，妈妈没有生气。起码，在表面上，她没有表现出不高兴的样子。

"老样子，你的肚子又疼了是吧？"

听见妈妈冷淡的声音，小心无可奈何地想：自己是真的肚子在疼，为什么她的语气就像自己是在装病似的？"嗯"地低声回应了之后，妈妈又说："那么，你就睡觉去吧。"

她就像不想再看小心的脸似的。

从上个月起，小心一次也没有去自由学校。

小心其实有不少话想和妈妈说，想告诉她自己不是在装病，对于自由学校并不讨厌。觉得自己想的事情应该都告诉妈妈，可是又觉得再继续留在一楼的话，让妈妈更加生气也是挺可怕的事。小心虽然很悲伤，因为没法让妈妈相信她的肚子疼不是装的，然而她更加害怕听见妈妈往自由学校打电话请假的声音，所以她就赶紧上楼了。

小心躺在自己的床上时，听见了妈妈打开大门出去的声音。

平时，妈妈都会向小心招呼一声"我走啦！"，可是这次她却没有。

小心希望妈妈只是暂时地出去一下，走下楼梯到门口张望，发现妈妈的包和鞋子都已经没有了。小心站在光线暗淡的门口，想到没有去自由学校的自己，一种寂寞无奈的情绪涌上了心头，仿佛无法呼吸了。妈妈今天早上出门连招呼都不和自己打了。

她到厨房看了看，在餐桌上，依旧有今天的便当和水壶放在那儿。

回到了能听见雨声并能闻到雨水气息的自己的房间，小心就看见镜子发出了光。

自从五月末的那一天起，每天的早上都是这样。

镜子闪着光亮。

那个城堡的入口已经打开了，正在呼唤着小心。

小心茫然地回忆起那个五月最后一天的情景。

那一天，大家都像理所当然似的，分别去寻找确认了各自的房间。小心也去了分配给她的屋子，打开了门以后，她倒吸了一口凉气。

这个房间远比小心在家里住的大，地上铺着毛茸茸的地毯，还放有雕刻着漂亮的花纹的书桌和很大的一张床。"哇！"小心不由得叫了起来，她慢慢小心地坐到床上，觉得身体立刻深深地陷进了软软的床垫之中。

窗帘是红色的天鹅绒做的，白色格子的窗户突出于墙外。有一个空空的鸟笼放置在窗台上，这种窗户小心只是在西洋童话里看见过。

此外，还有很大——特别大的一个书架。

小心面对这个书架不由自主地倒吸冷气。它有一种旧书的气息，就像那种大书店——人迹稀少的，卖专业书籍的地方所具有的、沾有点灰尘的气息。小心喜欢这种气息。

小心被这个占据了整整一面墙壁的，高得快要达到天花板的书架所折服了。

她想，是不是只有自己的房间有这么大的一个书架呀？

就在这时，远远地从不知什么地方传来了钢琴的声音。

小心竖起了耳朵。

有人在断断续续地敲打着钢琴的琴键。只听见一小段一小段地传来了西方古典音乐的旋律，小心不知道旋律的名称，只是在某个广告里或其他什么地方听见过，所以她觉得挺熟悉。好像是谁正在试弹，小心想："哦，某个人的房间里有钢琴。"

她正在这么想，接下来，突然传来了"砰"的一声巨响。是粗暴地用手砸在琴键上的声音，小心被这声音吓了一跳，演奏一下结束了。

用眼睛搜寻一下就明白了，小心的房间里没有钢琴。在她的那个大床的枕头边，立着一个泰迪熊，还有就是遮住了一整面墙的书架了。小心不知道自己能不能看懂这些书，她边思忖边取下了几本，打开一看，愣住了。原来都是外语书。如果是英语的话，她多少还能看懂一些，可是里面不仅有英语的书，还有一些看上去像是德语、法语的书。它们都是童话书。从封面上能知道，是《灰姑娘》及《睡美人》，还有《冰雪女王》和《狼和七只小山羊》。还有一本的封面画着老爷爷、老奶奶领着头在拔萝卜，多半是《拔萝卜》那个故事。"狼大人"叫小心他们"小红帽"，这个称呼的出处——《小红帽》也在这里面，好像是德语的，小心看了感到一阵恐惧。

是不是可以从这里拿走一本，带回家里去看呢？如果是英语书，边查字典边看说不定也行。

小心眺望着书架。

她觉得以前曾经看见过几本同样的装帧漂亮的书……也许并不完全一样。在东条的家里，她父亲收藏的那些原版书和这些书的氛围相仿。意识到了这一点，小心的胸口突然有些隐隐作痛，东条曾经说过，会把这些书借给小心看，看来这个约定已经不会实现了。

自己的这个房间里没有钢琴，小心有点儿不满足。不过，即使房间里有钢琴，小心觉得自己也弹不好。估计钢琴是放在经过了挑选的、会弹钢琴的孩子房间里。那样的话，大概是梳马尾辫的小晶，或者是戴眼镜的风歌。

小心慢慢地放大了胆子，仰面躺倒在床上，看着天花板，只见天花板上也画着美丽的花朵图案。

——可以使用这里，真是一件很有魅力的事呀。小心深深地吸了口气，懒洋洋地闭上了眼。

既然有了机会，不如也上别处去看看。小心走出房间后，打算略微地在城堡中走走看。

长长的走廊上，挂着小心从未看见过的大幅风景画，还有着用火光来照明的烛台。走了一段时间后，小心到了一个有壁炉的会客室一样的地方。前方好像还有不少房间，不过周围连一个人影都没有，小心便又重新回到了楼梯的地方。到了那儿，小心看见"狼大人"独自站着。

"咦……大家呢？"

"回去了。"

"狼大人"冷冰冰地说。小心听了有些惊讶，时间也没有过多久，怎么都已经回去啦？没人和小心打过招呼。

"大家是一起走的吗？"

"不是，三三两两，各人自己走的，可能有的人今天还会再来。"

从九点开到五点，这个时间段里大家进出城堡是自由的。

听到她的回答，小心明白自己没有被大家刻意避开，她觉得放心了。不过，大家再集合一次多好，这么各自走了，看来他们都是些自由惯了的人。

小心觉得也应该学着他们自由的样子，回自己的家里去。本来，就算回到家里也没有什么事情可以做，还不如马上就去寻找那个"祈愿的钥匙"，可是她却又不愿意被人觉得自己对"祈愿的钥匙"充满执着，特别是，她不知道大家是不是真的把那个钥匙当成了一件重要的事。

小心把手伸进了发亮的镜子里，光芒开始包围住她的时候，她扭过头去，看见楼梯和大厅空荡荡的，"狼大人"已经不在那儿了。

那天以后，小心一次也没有去过镜子的另一边。

站在发出亮光的镜子前，她踌躇不已。

她曾经有好几次想去，可是，迈不出腿。可能是因为她太胆小了，每当城堡关门的五点钟到了以后，镜子的光不闪了，她立刻就会觉得安下了心。尽管这样，她却又期待着"狼大人"或其他的什么人来强行拉她去那里。这样想着，她觉得自己就是个胆小鬼，

她想，那时一起在城堡的那些孩子是不是后来还聚集在那里？如果

是那样的话，他们就已经抱成团了，自己更难加入了。本来，觉得同这些彼此自我介绍过的孩子能成为好朋友。可是，少去一天就好像和他们少了一天的缘分，越不去越失去了去那儿见他们的动力，越来越萎靡。这样，就和不愿意去学校一样——和不愿意去妈妈推荐的自由学校也是一样的。

不过，能待在那个令人心情愉悦的，像外国童话一样的房间里，未尝不是一件富有魅力的事情。

有一点，小心觉得挺欣慰：那几个孩子都不提他们不去上学的事。没有人在那里多透露自己的事情，小心觉得挺像那种自己没有参加过的线下的网友聚会。大家都只用名字而不用姓称呼彼此，谁都不说自己住的地方在哪。

这方面让小心感到特别轻松，可是，她还有些淡淡的苦闷，心里有时会觉得沉甸甸的。

——本来，她和这些孩子的处境差不多，应该能够互相沟通，聊聊各自的遭遇。但是她把自己封闭了起来，更加给自己增添了苦闷。

虽然才认识，小心却不可思议地对他们怀有一种奇妙的亲近感。

小心把妈妈给她做好的便当和水壶装进了包里，挎在肩上。在发出闪光的镜子前，她换好了衣装，洗净了脸站着。

本来是自己不去城堡，可是到了现在，又惦记着怕谁已经找到了那把钥匙——她此刻只是希望还没有人找到那把钥匙。

小心有一个渴望实现的愿望：

——她想让真田美织从这个世界消失。

嘲笑她喜欢雨的味道的真田美织，如果能从小心的面前就像从来也没有存在过一样地消失，那该有多好呀！

这个愿望就像一种推动小心的力量，小心把双手伸向了镜子的表面，朝着城堡的入口推过去。

就像身体从发光的水底浮上去一样。

她止住呼吸，然后再吸气。

鼓起了勇气睁开眼，她眼前的景象和上次一样——挂着大钟的墙壁左右有两条楼梯，正面有彩色玻璃拼镶的明亮的窗户。

她捏紧了手里的包，搜索其他人的影踪。那时七个人在这里聚集过，现在一个人也没有。小心本来还担心，自己一直没有再来过，见了面怎么说才好。看见没人在心情就放松了。

大家是不是都没来呢？

小心回过身去，看见自己刚才穿越过来的镜子表面上还亮闪闪的，就像水洼上飘的油在阳光下反射出彩虹般的颜色。再仔细一看，发现七面并列排在那儿的镜子里，和小心穿越过来的镜子一样，还有两面镜子也发出同样的光。最右面的一面、从左面数起的第二面都在发光，剩下的四面没有发光。它们和普通的镜子一样，只是映照出楼梯还有小心自己的模样，小心看着吓了一跳。

也许，只有到了这里的孩子们的镜子才会发光。

小心觉得"狼大人"说不定会来向她进行说明。她转身看看后面，却没有看见她的身影。

小心一边觉得放心，一边又提醒自己不能放松警惕。自己刚才穿越过来的镜子位于七面镜子的正中间。镜子上面没有任何标示，她觉得不能搞错了。上次来的时候还没有注意到这些。

不知从什么地方传来了声音。

看来确实有人来了。

小心觉得应该去看一下。这个声音好像是从一楼的深处传来的，是与这个城堡不太相称的声音。和上次听到的钢琴声、说话声都不一样，听着像一种特殊的声音。

小心想自己若是没有听错的话，那好像是玩游戏机时发出的电子音。

*　*　*

  这个房间里有壁炉、沙发和桌子,在普通的家庭里等于是客厅了。
  然而这是城堡,这样的房间该怎么称呼,小心也不清楚。要么叫大客厅,要么叫接待室,总之它应该是接待客人的地方,或者是大家聚集的地方。
  因为房门是敞开的,里面全看得见,用不着敲门。
  小心看见里面有两个男孩子。
  一个是上次自我介绍过的戴眼镜的政宗,另一个是给人有点不可思议的感觉的昴。房间里有个电视机,看样子是从外面带进来的,式样挺旧了,特别笨重的样子。电视机的画面是小心也知道的电子游戏,一款以《三国志》的故事为背景制作的动作游戏。在那个游戏里可以一个接一个地把敌人杀死,玩起来特别爽快刺激。
  小心看了轻轻地喊了一声:"哇!"
  前一阵子,爸爸说"给她玩游戏的话,她就不好好学习了",然后他收掉的就是这个游戏。后来,小心白天一个人在家的时候到处找过,爸爸的书房、卧室……可是都没有找到。看样子爸爸把它藏得很严实,小心没能找到。
  小心想,如果先到自己的房间里把东西放好就好了。她右手提着包,站在门口朝里面看着,里面的两个人马上都注意到小心,同时把脸转向了她。但是,政宗立刻把脸转回了电视机。"啊!糟糕!被跳过去了!死掉了!"他自言自语地在说着。小心看见他这个样子,觉得自己没有被他当成一回事。不知道接下去应该怎样同他们交谈,一时说不出话了。
  这时,昴帮了小心一把。
  昴依然是一副凡事都无所谓的模样,在政宗叫着"啊,不好,血条空了……死掉了"的时候,他把手上拿的游戏机手柄放在了脚下,脸转向小心问道:"哦,你来啦?要说欢迎吧,好像也不对。这里也不是我的家,你和别人都有平等地使用这里的权力。"

"你、你们好……"

小心发出了慌乱的声音。政宗却对小心他们的对话毫不在意,对昴催促着"喂!昴!",完全无视了小心。

昴——小心听见政宗只称呼昴的名字,略微感到有些紧张。她想,他们的关系已经这么近啦,彼此已经不叫姓只叫名字了。

政宗也不看小心,又催促昴:"你不要忽然停下呀,因为你我死了怎么办呀?"

"抱歉抱歉!"

昴瞥了一眼嘴里嘟嘟囔囔准备再开始游戏的政宗,问小心:"过来坐吗?"

"一起来玩吧?"

"这游戏是你拿来的吗?"

"不是,是政宗拿来的。"

虽然被提到了名字,政宗仍然面朝着电视机上的画面,默默地重新操纵手里的手柄。嘴里说道:"超级重!这个旧电视机是我爸一直放在储藏室里的,估计他都把它忘掉了。没有了也不会有人发现,所以我把它弄来了,这家伙真沉,恨不得扔了它。我搬它搬得累坏了,游戏机也是家里不用的家伙。"

政宗自顾自地说着,不管别人听不听他的话。小心不知如何应答,只好在嘴上应付"哦……唔",随后她看着昴又问道:

"今天只来了你们两个人吗?"

"嗯,现在只有我们俩,他们也许待会儿会来。我们至今是拿全勤奖的,他们是有时来有时不来。"

昴说着笑了起来,他的笑容看上去很优雅。

"小心你一直没有来这儿,我以为你对这里没有兴趣。"

"我……"

小心不知道该怎么说了,她甚至觉得他是话里有话地指责她一直不来却突然又来了,只能干张着嘴看着他。结果,昴先向她道歉了:"啊!对不起!我这么叫你小心有点太随便了,对不起。"

"嗯,没关系。"

小心本来就没有说过自己姓什么,昴这么称呼自己情有可原。然而,他不是用"喂"或是"哎"之类的称呼来应付小心,说明他这个人有些特别。像政宗那样,说话时不向小心的方向看,虽然给小心的感觉很不亲切,可是在男生中这样的人多如牛毛。

小心第一次走进这间漂亮的大房间,她环视了一下房间里的摆设。

墙壁上挂着一幅描绘着森林和湖水的大型油画,还挂着猛然一看让她有些吃惊的古代骑士用的盔甲,以及用鹿头做的标本,鹿头上长着巨大的鹿角。小心看见了鹿头顿时想起了"狼大人"的那个假面具,小心的心里一下子有些紧张起来。

小心在动画片和童话里常常看到这些,这次是第一次亲眼看见实物。两个男孩坐在织着图案的软软的地毯上玩着电子游戏。

为什么他们在这里玩游戏呢?

就像察觉到了小心脑子里的疑问,昴看着她说:"怎么啦?"政宗又开始了游戏,他的眼睛看着电视机。和刚才一样,嘴里一个人不停地朝电视嘟囔着:"嘿!""怎么回事?"

"那个钥匙,你们都没有去找吗?"

听见小心的问话,昴只是回答:"哦?啊……"

小心不这样直接地询问的话,总是不能被他们当作一回事儿,她再继续等下去的话,政宗也不可能主动地和她说话。小心忍耐不住了,直接叫了政宗的名字。

"政宗，记得你上次说过想去找那个'祈愿的钥匙'。我还以为，在我没有来的这些日子里，你们已经找到了。"

"如果找到了，大家就不能到这里来了。本来这个城堡能开放到三月底。"

刚才政宗一点儿都没有搭理小心，现在他却立刻开口回答了。不过，他的眼睛仍然没有看她。

"所以说，谁都没有找到吧？我也使劲地去找过，没有找到。"

"原来是这样呀？"

政宗说话的语调虽然不太客气，但是毕竟回答了她的问题。小心知道了钥匙还没有被找到，顿时放下了心。

"政宗找得可起劲啦！"

昴嘿嘿地笑着说。政宗听了垂下头去嘀咕了一声："你真烦人！"

"我也帮助他找过，至今为止没有取得任何成果。所以我们才一起商量着玩点游戏算了，本来是在政宗的房间里玩的。后来小晶说，与其躲在房间里玩，不如在大家能一起玩的地方玩。"

"原来是这样啊！"

"小晶现在虽然还没有来，不过她和其他的孩子都是经常来的。"

"……昴，你没有什么兴趣吗，对那个'祈愿的房间'？"

"我吗？"

小心听了他所说的"我帮助他找过……"，觉得有点不可思议。昴对她点头道："嗯，没什么兴趣。"小心更加吃惊了。

"说实话，我对实现愿望的事情没有什么兴趣。寻找钥匙的事情本身挺像那种解谜游戏，挺有趣的。其实，我更感兴趣的是政宗带来的这些电子游戏。"

昴用手指了指正在对着电视画面格斗的政宗。

"我家里是没有这种电子游戏的。所以我从来就没有玩过这种游戏，现在玩到了以后感到特别吃惊，觉得很有意思。再说，你不觉得这个城堡好吗？大家都可以自由地使用，也可以自由地玩游戏。"

"所以呀……要先找到钥匙，然后收起来，直到三月底为止，只要不打开那间'祈愿的房间'就可以了。"

政宗说着终于朝着这个方向——也就是昴的方向，看了过来：

"这样的话，城堡就不会关闭了，到期限为止大家一直能来这儿。不过，我虽然觉得这样好，有的家伙可能会想马上实现自己的愿望，如果被这样的家伙先找到了钥匙，那不就完蛋了？所以觉得被我先找到才好，昴也配合我一起找了。这样的话能一直玩到三月底了。"

"那么，除了政宗以外，别人也在找钥匙吗？"

小心犹豫地问道。她还从来没有想到过，可以把钥匙先找到，一直放到城堡开放的最后期限。政宗不太高兴地看了小心一眼。回答她这个问题的是昴：

"看样子也找过。大家虽然都没有明确地说过，可是都曾经找过吧。只是，都没有找到吧。我们把公共房间里的抽屉呀，地毯下面呀等等的地方都搜寻过，没有看见过类似于钥匙的东西。剩下的，只有我们每个人的房间了……"

"不是曾经向'狼大人'确认过了吗？规则不会对谁特别有利。大家自己的屋子属于私人的空间。也许里面设有一些线索或是机关，这方面让大家自己去商量。"

"线索？"

"耐人寻味吧？她说了，在这个城堡里已经安排了线索，大家得要好好去找才行。"

政宗模仿着"狼大人"的口气说了这些话。看样子，小心没来的时间里，"狼大人"曾经向大家说过一些事情。

"小心你也想找吗？那一把能实现愿望的钥匙。"

"我……"

面对着声称过"没有多大兴趣"的仿佛置身事外的昴，小心不知该说什么才好。对着政宗也是,小心不想被他看作寻找钥匙的竞争对手。

于是,小心只好很暧昧地答复:

"我只是问问。"

可是,就在这时,政宗却令人吃惊地说道:

"我说呀,你从那天以后一直没有来过这里,以为你是属于天天去学校的那一类人。今天怎么来啦?是感冒了,还是学校里放假了?"

"哎?"

小心不禁瞪大了眼睛。这次他说的全是针对着自己的话,语言都是指向自己。

政宗终于看向了小心。他把电子游戏也都暂停了,画面回到了等待开始的状态。

"学校。"

政宗重复了一遍,用着淡然的语调。

"以为你是去学校的,到底有没有去呀?"

小心从紧握的拳头到脑袋,轰的一下子热了起来,她什么话也说不出来了,羞耻的感觉让她不知道说什么才好。

首先,她特别想不通,有一种遭到了背叛的心情。原先明明大家约定了不接触这个话题的呀!

小心本以为这里的规则是大家互相之间不点穿这个问题。这样子,不容易伤害彼此的面子,能让大家更容易相处。

维持自己面子的一套说辞先从她的头脑中掠过:

对呀,我是去上学的。不过,因为身体太弱了,所以有时候去、有时候不去。经常要去医院做一些检查——只是这样想一想,小心觉得那真是一种美妙的理由。真这样该有多么好呀。小心身体弱的话,大家也能理解她为什么不去学校。那样不算是精神上的软弱,小心的爸爸妈妈肯定会觉得那样更好。

"我是……"

小心嗫嚅着，再有十秒钟的时间的话，小心就要说出那些谎言了。

可是，就在这时，政宗又随口说起来了。他说的话再次震惊了小心。

"你听了也别想太多，我听说，有的人认为，对于去学校的家伙，没必要过多地接触。"

"哎？"

小心听了忍不住抬高了声音，看着政宗的脸。政宗仍然没看小心，继续说道："想一想，难道不是的吗？说是义务教育，大家都一起去上学，忍受着教师的发号施令，却没人怀疑有什么不对。真是太可怕了，这么不正常，却一直这样。"

"政宗，你说的过分了！"

昴苦笑着，担心地看着小心。

"你把小心吓着了。"

"就是这样呀！"

政宗不服气似的噘起了嘴：

"我的爸妈在我上初中一年级的时候和班主任发生了很激烈的矛盾，他们后来也想通了，认为我没有必要再去那所低档的学校了。"

"你爸和你妈都说你可以不去学校啦？"

小心问道，她觉得太不可思议了。"啊？"政宗朝她瞥了一眼，丝毫没有踌躇地点点头，回答说：

"不如说，是我爸妈不让我去。说是那个学校不对劲。"

小心惊奇地睁大眼睛。政宗继续说："事实就是如此，不是吗？"

"那些老师，因为是教师的身份就摆出了不起的样子，其实就是一般人。只不过是拥有教师资格证，他们中间脑子比我们差的人有的是。尽管这样，因为面对着小孩子，把教室当作自己的王国，就得意扬扬、趾高气扬。这样的人见了让人生气！"

"政宗的家里，好像就是这种观念。"

昂的脸上微微地浮现出苦笑，他像是在替政宗辩解般地说：

"他们的主张是：在学校里学习的东西太一般化了，在家里学习也可以。他们认为不适应在学校学习的原因不在政宗的身上。谁都有适应或不适应的可能。"

"可是我不属于不适应的问题。"

政宗听了不高兴地看了昂一眼。

"其实我的学习成绩并不差呀。"他说着叹了一口气。"小学的时候我是去上学的，但是，我的学习基本上是在私塾和待在家里通过函授教育进行的，班级里上课的内容基本上没有怎么听。不过，我参加全国的模拟考试之类的时候分数和排名都不错呀。"

"现在，你仍是通过私塾和函授教育学习吗？"

"现在只去私塾。不是那些讲师水平不高的地方，爸妈专门替我找了评价高的私塾，我去的是那种。"

他说私塾都是晚上上课，白天现在这样的时间里就自由了。

"一般来说吧，像学校那种体制内的地方，去上学的都是只会随大流的孩子。我认识一个人是开发设计这个游戏机的，他到高中为止就没有好好地上过学。他说学校一点也不开心，老师也好、周围的同学也好，尽是一些傻瓜。"

"咦！开发设计过游戏机……"

小心看了看他们玩的游戏机。这种游戏机是特别有人气的名牌产品，是在世界上广受欢迎的东西。

"真的吗？我家里也有呀。是政宗君认识的人设计的吗？"

"是呀。"

"好厉害！"

说着，小心想起来，在大家第一次见面的日子里，这个男孩拿着一个掌机，看上去式样特别新颖。

"还有，会不会是……上次，你拿来的游戏机是不是属于还没有上市的品种呀?"

"哎?啊……"

政宗朝着小心扫了一眼。

"大概是的,那个,是那人让我来测试用的。"

"哎?测试是怎么回事呀?"

"是叫体验试用吧?大人们会试用的,但是也要听取小孩子们玩了以后的感想。所以叫我玩的时候发现了问题告诉他,尽管还只是开发研究的阶段,他就把半成品的游戏机交给我了。"

"哇!好厉害!"

小心不由得感叹起来。政宗虽然和自己同样都是初中生,却和大人有那样的接触,让她觉得政宗的形象顿时高大起来。

"厉害呀!"

昴也开了口。

"本来,我听了政宗的话也很惊讶。"

"所以说,关于上学的事情,对于我来说已经没有多大的意义了。用不着遵循那种一般规则,反正,我很可能会从事这方面的工作。就是现在,游戏机公司已经把我的意见作为参考了,那个公司还说希望我考虑将来去那儿工作呢。"

"去那儿工作……"

作为将来的去向——小心听后立刻哑然了。政宗嘟囔着又补充道:

"哦,我今天拿来的这个是第二代,家里当然还有第三代。实际上正在研发的第四代游戏机也让我来试玩呢!只是这台旧电视机没有办法玩,插口对不上。"

"第三代!"

小心虽然不懂这些专业的事情,可是她仍然从嘴里发出了惊呼。政宗看见她这么惊讶显得挺满足,笑了起来"第四代才厉害呢",随后他哼了一声点点头继续说：

"你是女生呀，怎么也会玩电子游戏？"

"嗯，我觉得不少女孩子会玩电子游戏。"

小心小学的朋友中有好几个人玩电子游戏，她马上就能想起她们来。

"哎……"面对着从鼻子里哼了一声又点点头的政宗，小心又在心里感叹起来。

过度震惊，她接下去不知道说什么才好了。做父母的居然会说孩子用不着去学校了。用不着再去，不适应学校是因为学校和老师不好。这是在小心的家里无法想象的一种观点。

政宗说过的那些话，小心越想越觉得震撼。

——我听说，有的人认为，对于去学校的家伙，不必要过多地接触。

政宗把不去学校说成是"好事"。虽说是绕了一个圈子，语气也不太客气，但是小心是第一次觉得自己的行为受到了肯定。

"昴君的家里也是这样的吗？和政宗家一样？"

小心忍不住地问了。昴点点头说："嗯，差不多吧。"他没有多说，脸上的笑容有点儿尴尬，看样子不希望小心多问下去。

小心很想多听到些政宗和昴的事情。此外，有关那些今天没有来的孩子的情况、有关他们各自的问题，小心都想知道。

小心已经意识到，实际上的事情和自己的想法并不一致。

本来以为大家对于不去上学的事情格外地在意，所以在这儿都小心地不接触这个话题，事实上却并不是这么一回事。最起码，政宗和昴都没有把不上学当成一回事，所以他们那天连提都不提。

"一起玩吧？"

昴把电子游戏的手柄拿在手里，看向小心。仍然坐着的政宗也向小心看了过来。

"……好的。"

小心简单地回答了一声,从昴的手里接过了手柄。

结果,那一天其他人都没有来,城堡里只有小心他们三个人。

说心里话,小心感到很走运。对于小心来说,这也是第一次,没有其他的女生在,只和两个男生围坐在一起玩游戏。倘若小晶或者风歌——这两个女生后来来了看见这个场面,她们会怎么想呢?小心觉得有些焦虑。

"明天你也来吧!"昴劝说小心。

时间过得飞快,他们一直玩到了城堡关门的五点钟以前,中途小心他们曾经为了拿饭或者拿点心而回过家,还回去上过厕所——不知何故,在这个城堡里连洗澡的地方都搞得很完善,却没有厕所——除此之外,他们便一直玩着电子游戏。大概,小心由于自己的游戏机被父亲藏起来前每天都玩,所以她玩起来水平不差,就连说话时总喜欢用一种愤世嫉俗的语调的政宗,也总算像是把小心当成了自己人。他对小心说道:

"我们大概明天也会来,你有时间的话也一起来吧。"

"谢谢!"小心回答说。

实际上,小心高兴得不知该怎么说才好了。她已经好久没有和父母以外的人在一起说说话了。

到这儿来并不可怕。

就在这时,传来了一声"嗷……",听着像是"狼大人"的声音,像是远处的嚎叫声。小心颤抖了一下,紧张地巡视四周。然而,并没有看到"狼大人"的身影。

"哦,每到五点钟差十五分钟的时候,就会听到'狼大人'这种遥远的嚎叫。"

昴对小心解释道:

"估计她的意思是催促大家回去了。"

"难道'狼大人'不是每天都在这里吗?"

"不是的,那位小姐有时在、有时不在。就像她起初说的那样,叫了她就会出来,有时不叫,她也会突然地冒出来,让人吓一跳。你要叫她吗?"

"啊。哦……不要,没关系。"

小心急忙摇头,她又想起了当初想逃回家的时候,被狼少女扑倒在地时的情景,她心里对那个女孩子还是感到有点儿恐惧的。

此外,小心觉得昂说话像个绅士一样。"狼大人"的外表看上去就是个小女孩,他却把她看作成人一样地称作"那位小姐"。

为了穿越回去,大家一起往放着镜子的大厅走时,小心突然想起了什么,停下了脚步问道:

"你们已经知道了吗?那个'祈愿的房间'在什么地方?有人看见过吗?"

小心认为,那间能够让人实现一桩愿望的屋子就在这个城堡里。那么,他们多半已经知道在什么地方。

听见小心这么问,政宗和昂互相看了看。政宗的眼睛在眼镜后面看向旁边,告诉小心说:

"还没有找到呢。"

"哎?那么……"

"不仅要找到钥匙,不去找房间的位置也是不行的。"

听见昂这么说,小心轻轻地吸了一口气。

"是这样子呀!"

"也真是的,既然是这样,她就应该早早地全都说个明白呀!那位'狼大人'!"

政宗说完觉得自己这么说挺可笑的,忍不住扑哧一声笑了出来。"为什么突然问这事?"他注视着小心。"没什么。"小心答道。

可是，小心觉得挺有趣的。

政宗虽然说起话来言辞很粗鲁，可是谈到了"狼大人"的时候，他却挺有礼貌地用敬语称呼她，听着挺好玩的。如果问他为什么这么说，他一定会不开心，所以小心闭口不问，只是觉得他这样挺好的。

小心恍然大悟了。

虽然还没有像昴那样地称呼"那位小姐"，政宗其实和他一样，这些孩子其实都很绅士。

"回头见！"

政宗身上背着一个放着游戏机的背包，站在最靠右边的闪着亮光的镜子前，向他们挥了一下手。

"嗯！"昴点点头，他也站在了左边第二个镜子前，把手伸向了镜子。只见镜子的表面上他的手碰到的地方就像融化的玻璃，把他的手吞了进去。宛如将手伸进飞流直下的瀑布中，阻挡了水流落下似的。小心看了依然觉得有点儿恐惧，他们两人却仿佛完全习惯了。

小心是第一次看见他人往镜子的另一边穿越的样子。

忽然，她产生了一个激进的想法。

如果说，只要把手伸进这些正在闪着亮光的镜子——当然也包括那几个没有闪光的镜子——就能够像和小心的房间连接起来一样，同其他孩子的房间连接起来的话，那么就意味着，她也能够去别的孩子的房间。比如说趁大家都不知道的时候。

当然小心并没有想去其他人的房间。

这有点像偷看别人的日记，不过是比偷看日记还要不好的行为。小心自己就绝对不希望别人擅自进她的房间。

现在小心只不过是稍微有点儿担心，不过她觉得对这个问题用不着太在意。此刻刚把手伸进镜子里的，正看着她的政宗和昴都是可以信赖的人。其他的孩子估计也同样可以信赖。

"回头见。"

"回头见。"

"嗯,下回再见。"

小心分别同二人打过招呼以后,把手一下伸进了自己面前的镜子里,这个动作就像穿过光的幕帷似的。

* * *

第二天,小心又去城堡了。

一旦去过一次以后,她便觉得以前自己的纠结很莫名其妙。现在对于同其他的孩子相会,她已经不再有任何抵触了。

她又和政宗及昴一起玩起了游戏。大约在十点钟过了以后,在这个已经完全变成了"游戏的房间"的客厅里,随着一声"大家好",小晶出现了。

小心和小晶已经有些天没见了,可是小晶没有显出生疏的神情,她看着小心说:"啊,小心呀。好久不见!"

上次已经听说了,小晶是初中三年级学生,现在看见她,小心觉得她确实是比自己年长。听见她亲热地招呼自己,小心感到很开心。不过,自己如何回应却有点儿头疼,犹豫了一下,她开口道:"啊,小晶前辈好!"

接着,就听见政宗爆笑起来:

"太好玩了!在这个地方,又不是搞社团活动,叫前辈实在是太有趣了!"

"哎?哎?那么,怎么称呼好呢?"

小心不觉得这是好笑的事,她不知所措地问。小晶本人却给她解了围:"没关系,我很开心,就叫前辈吧!实际上,光叫名字也行、加上别的称呼也行,都可以。小心你说话礼貌周到,很可爱呀。"

小晶就像开玩笑似的,一下子把小心的名字叫得这么亲热,小心听了吃惊不已。只见小晶灵活自如地转变称谓,看情形她和政宗他们早已经熟悉了,小心深深地惊叹她高超的交际能力。

这样的人为什么没去上学呢?小心觉得她这样的人在学校里应该属于同学里的中心人物。

"小心看上去脾气温和,又很可爱,学校里的前辈们都挺喜欢你的吧?"

"啊……没有,我进了中学以后很快就不再去了,所以,没有认识任何前辈,社团也没有进去过。"

虽然,小心已经被政宗他们说服了,明白自己没有去上学不算是可耻的事情。可是,她仍然在自己的话里把这件事情说得含含糊糊。想到自己没有去过任何社团,也没有去参观,她便格外难过了。

但是,小晶听了她的话后,开玩笑的神情一下子变得有些严肃了,旁边的政宗和昴都一同张着嘴,露出"啊"的口型。小心意识到不对劲的时候,小晶却发出了"哼"的一声,仿佛已经没有了兴趣,背对着大家准备离开了。

"原来如此。你也没有进社团呀!那么,和我一样呀!"

"哎?"

"今天,我就待在房间了。风歌好像也已经来了,你们叫她好了。"

小晶说完这话,就沿着走廊,朝着自己房间的方向走去。走廊上铺着红色的地毯,左右的墙壁上排列着烛台,高个子的小晶的背影渐渐远去。

看见小晶走远之后,昴便靠近了小心,小声地说道:

"那个……"

"嗯?"

小心正有些莫名其妙,担心自己说的话里有得罪了小晶的地方。昴却告诉她:"其实很微妙的……小晶呀,她其实是不太愿意说那些和学校有关的事情。"

"哦……"

小心对于小晶这种心情是很理解的。可以说，小心也是同样的想法。只不过政宗和昴都没有把这种事看得那么严重，所以小心才会和着他们一起坦率地议论学校的事。

政宗似乎有点儿不耐烦地说："我觉得这种事情没有什么大不了的……"他说话的时候目光一直看着电视机上的游戏画面，没有表现出帮小晶解释的样子。

小心回想了一下意识到，那次大家自我介绍的时候，头一个开口的小晶只介绍了自己的名字和年级，给大家起了一种示范作用。

小心眺望着小晶已经消失的走廊方向，把问题梳理了一遍。

大家彼此都小心地避开那个问题确实也挺好的。确实，知道了有些人和有些家庭本来就认为不去学校是"没有什么了不起的"，心情自然会感到轻松一些。估计不仅是自己，大家都会有同样的感受。

昴说得有道理，这是一个"微妙"的问题。

"风歌也来了吗？"

她是初中二年级学生，也是比小心大一岁的前辈了。

小心想起了风歌的样子，嘴里嘀咕了一句，政宗听了故意用嘲弄的语气说："对于她，你就不称前辈了吗？"小心对这种玩笑还不太习惯，慌忙地向他摇着头："我是因为……怎么说呢？看见小晶很像前辈的样子才这么称呼她的呀……"

"那么，算起来的话，我和昴都属于你的前辈了呀！"

政宗用玩笑的语气继续逗着小心。不知道怎么说才好的小心刚刚张开了口，政宗就抢在她前面，把话题转了回来："风歌她经常来的。只是她基本上不同我们照面。"

"就是说，她独自一人待在房间里吗？"

"是的。曾经有一次，我问她玩不玩电子游戏，她说不玩。看她那种宅女的样子，她说不玩游戏跟撒谎似的。"

"政宗！"

昴用责备的语气大声地叫着政宗，政宗听了不服气地噘起了嘴："干吗呀？"不过他意识到昴看着他的目光仍然是那么严厉，就故意大声叹了口气："她好像总是躲在自己的房间里。"

接着他又把话题变了："不知道她在里面干什么，基本上她都是一个人独自行动。"

"昨天虽然没有看见，一般过了下午一点钟以后，嬉野就会来的。"

"哦……"

小心听到嬉野下午会来，不知怎么就觉得确实像他会来的时间。多半，他是在家里吃完了午饭以后才来，这是符合他性格的做法。

嬉野和小心一样，也是初中一年级学生，小心想他和自己一定差不多，都是进了中学没有多久。想到这儿，她想起了那个和他们同样年级的初中一年级的男生了。

"那个男孩呢？"小心问。政宗严肃地向她看来，不太高兴地问道："谁呀？"

"理音。"

"哦，那个小帅哥呀。"

他有点刻薄地说。

小心想向他说明，自己不是因为理音是个小帅哥才在这里打听他，但是又不知道这个话如何说才好。这时，昴在嘴里嘟囔了一声："什么呀？背后说别人坏话吗？"看见政宗没有回答，昴向着小心夸张地耸了耸肩膀：

"总是在傍晚，"昴替着政宗向小心说道，"理音常常在傍晚的时候才来。他总是穿着运动服，可能是白天要上私塾或者学些其他的东西。在城堡关门之前常常会碰见他。"

"他也和我们玩电子游戏。"

政宗在旁边补充说。

城堡的大钟指向了十二点,让大家知道已经是正午了。

小心回到家里,吃了妈妈给她准备的咖喱饭,刷过牙,又回到了城堡。别的人也是,有的人回家吃中午饭,有的人吃带来的便当,这段时间大家各人管各人。

小心吃完了中午饭后重新回到城堡,就好像在学校里到了午休的时间临时解散,然后下午又回到座位上一样。这么想着,小心在穿越镜子时感到有种快乐。刚进中学的时候,小心对于午休那段时间尚没有适应,所以心情低落。她的快乐回忆是来自那个自由自在的小学时期。

和大家一起吃东西最开心了。过去妈妈曾经把苹果递给她说:"你要自己学着削皮吃"。小心想着以前妈妈说话的情景,把几个苹果和一把刀尖上裹着锡纸以防扎手的小水果刀放进了包里。

小心穿过镜子进入城堡时,看见旁边的一面镜子在闪着光,她碰见了风歌。风歌和小心相反,她正要回家。

"啊。"

小心不禁地发出了声音,正把手掌伸进镜子里的风歌扭头向她看来。她面无表情地看着小心,一副无动于衷的样子。这样想来,至今为止小心尚没有和她说过任何话。

"哦,你……你好。"

"……打扰了。"

尽管是没有情绪的话,也很简短,听上去却是和上回一样尖尖的调子。她在小心的旁边,唰的一下向镜子里滑了进去,消失不见了。

小心回到客厅里,正像昴说的一样,嬉野已经来了。

嬉野占据了上午小心坐的地方,正在玩游戏。看见他在的场面,小心觉得本来显得挺大的电视机一下子变小了。估计还是因为嬉野太胖了。

尽管昨天小心来的时候受到了政宗的无视，可是今天嬉野意识到小心进门时，立刻朝她扭过脸，反应很快地说：

"啊……哦，你是，小心……"

"嗯，她是小心。"

不知道应该怎么称呼，嬉野含混地拖着尾音，昂帮了他一把。嬉野又看着她小心地说了一遍"小……心"。

"本来以为你不会再来了。"

"她昨天开始来的，游戏玩得不错。"政宗说道。

小心也看着他说："嬉野，请你多多关照！"

因为人数很少，和平时学校里换班级时相比，小心觉得更容易对话。没想到——

"哼。请多关照。竞争对手，增加了呀！"

听见嬉野细小的声音，小心的身体一下僵硬了。感觉他话里的意思是"来了一个麻烦人物"。果然，自己这段时间一直没有来很不利，小心立刻陷进了负面的想法里。

——嬉野第一天来就惦记着吃饭的事。那时小心还觉得他挺可爱的，像是一个性格温和的人。

小心向他走近，坐在了电视机的面前以后，嬉野手里握着手柄，却又不时地朝着门口的方向张望。看见他这样，旁边的昂告诉他说："你等小晶的话，她是不会来这边的。"

嬉野顿时竭力振作精神挺起了胸。昂继续说：

"她上午来过了，现在好像在她自己的房间里。"

"原来是这样啊！"

嬉野听了马上泄了气。政宗在一边嘀咕了一声"真无聊"，他挺罕见地放下手上的手柄，看着小心。随后狡黠地问她：

"你知道吗？嬉野的愿望是什么？"

"不知道呀。"

愿望的话，就是指想要在"祈愿的房间"里实现的愿望吧？小心才来，怎么能知道呢？她正思索着，政宗却一脸坏笑地看着嬉野说：

"他说想和小晶交往！"

"咦？"

小心这声惊叹立刻就被嬉野的叫声盖住了："等等！你为什么要替我张扬呀！"他顿时面红耳赤地喊着："快别说啦！"但声音听上去并非真的在生气。昴只是无可奈何一声不响地坐在旁边，他没有积极地阻止政宗。

"这样呀，嬉野君，你喜欢小晶呀？"

嬉野没有回答。小心思考着自己这样问大概不太好，却听见嬉野小声地答道："是呀？不行吗？"

"不是不好……"

不是认识了没有多久吗？小心把自己嘴里快要冲出来的疑问使劲地咽了回去。

"一见钟情呀。"嬉野说。

小心有点儿傻眼了。"一见钟情"的说法只是在漫画呀，小说中看见过，现实生活里这样说的人——特别是男生，她还是第一次见到。

"然后，他就向小晶告白了，不过遭到了她的拒绝。那还是刚来这里的时候，才一个星期的时候吧。太快了！"

"小晶也觉得挺困惑呀。"

昴露出了苦笑，向小心说明。随后他压低了声音：

"她觉得看见嬉野有些别扭，打交道的时候挺麻烦的。"

"哦……"

小心觉得可以想象。刚才，嬉野偷偷地窥视着小心的身后，显然没有担心看见小晶会尴尬，而是一副热烈期盼的样子。因为喜欢上了一个人，大概就会成为那样，估计见了面以后他会显得格外兴奋。

在小心的周围也有类似的事情，同样会有人对恋爱是这种反应。不过多是女生,男生里很少见,小心是第一次看见这样的男生。

"政宗,你为什么要在什么都不知道的小心面前说这些呢?"

嬉野虽然像是恼火般地说着,其实他还是挺开心的。小心觉得自己不开口也不好,就说道:"不过,小晶是个很优秀的人呀。"

嬉野听了脸色立刻明亮起来,露出了惊讶的神情,乐呵呵地朝着小心看来。

小心继续说道:"她既可爱又很大方,我很理解你这种对她向往的心情。"

"是呀。"

嬉野点点头。

话说回来,小心完全没有想到,自己缺席的这两个星期里,居然已经发生了类似恋爱的事情。虽然说是小晶感到很困惑,可是,万一那把"祈愿的房间"的钥匙被嬉野找到了,小晶就会和他交往吗?在这样的情况下,小晶的心情究竟会怎么样呢?小心不由得考虑了起来。

如果,有一种不可思议的力量开始起作用了,照着嬉野的愿望小晶也开始喜欢他的话,那时的小晶,真是那个嬉野所喜欢的小晶吗?被谁扭曲了原来的感情或想法的人,能够算是原来的那个人吗?

小心把她带来的苹果从包里拿出来,放在了桌子上。

小心没有去他们那个散乱地放着手柄的地方,而是坐在了沙发上说:"我带苹果来了,你们吃吗?"嬉野立刻高兴地说:"给我们吃苹果啦?!"

嬉野这么大大咧咧的回应,连问话的小心都觉得有点儿惊讶,她只好微微苦笑着想:是呀是呀,这人不是坏人呀。

低调地看着小心的政宗和昴,都露出了吃惊的神情。小心听见嬉野问"能削皮吗?"先是心里一紧,花了点儿时间才反应过来是在问她会不会削苹果皮。

"嗯。"

政宗听了只是"哼"了一声，此外再也没有多说什么。小心觉得这并不算是什么特别麻烦的事情，手里拿着苹果削了起来。这时才发现自己忘了带砧板和盘子了，只好也算了，将苹果放在塑料袋子上切开来，把袋子当成了盘子。

　　嬉野一直看着小心手上的动作，赞叹道："小心真厉害呀，削苹果这么熟练，和我妈一样。"

　　政宗什么也没有说，只是一边玩着游戏，一边吃着小心切好分给他的苹果，让小心觉得挺安心。

　　接近傍晚的时候，小心在城堡里巡视了一下。

　　鉴于刚才吃苹果时没有盘子，小心想如果这个城堡里有厨房的话，她要去看一看。虽然"狼大人"曾经声称这儿没有食物，可是说不定餐具还是有的。

　　城堡确实挺大的，可是也并没有像电子游戏里的梦幻世界中的城堡那么无边无际的大。

　　小心他们穿越时使用的镜子所陈列的，有大楼梯的大厅位于城堡的前端，然后是长长的走廊，走廊两边有他们各自的房间。接着便是他们玩游戏的那个属于公共地盘的大厅。

　　小心发现这里还有食堂。

　　进去后，她不由自主地发出了"哇！"一声惊叹，因为她看见了在食堂窗外的景色。

　　在城堡的其他地方，所有的窗户都是磨砂玻璃的，看不到外面的景象。

　　然而，透过这个食堂的窗户能看见外面的绿色。小心走过去，发现是一个内花园，还能看见对面的那个放着镜子有大楼梯的建筑。小心明白这个花园的四周围着建筑。

　　小心想到外面去看看，可是窗户上没有任何拉手。看来，那个花园只是用来观看的。高高的树底下,万寿菊和鼠尾草花正在竞相开放。

在食堂里,放着长长的桌子,就像那些动画片里出现的"有钱人的家"一样。小心常常在电视剧里看见,一家人会坐在这种长桌子的两头吃饭。食堂里还有壁炉,在壁炉的上面,挂着绘有插满了花的花瓶的画。

屋子里没有其他的人,给人一种冰冷的感觉,可是虽然很久没有人使用过的样子,白色的桌布却整齐地铺着,看上去上面好像没有一点儿灰尘。

小心打开食堂里的一扇门,看见了她正在寻找的灶台——门里面是很大的一个厨房。

小心找到了开关是扳手式的水龙头,她往上扳了一下又往下扳了一下,都没有水流出来。还有一个银色的大冰箱,里面却是空的。小心把手伸进去试了一试,一点儿也不冷,看样子没有开动制冷。橱柜靠着墙壁,里面有白色的陶瓷盘子、汤碗、茶具等等各种各样的东西,看上去都没有被使用过的样子。

这里究竟是做什么用的城堡呢?小心感到非常不可思议。

虽然零碎的小东西一应俱全,却没有煤气和水。浴室里虽然有着时尚的浴缸,却没有厕所,小心他们只能一次次地越过镜子回家解决。这样想来,政宗他们玩电子游戏的电源问题是怎么解决的呀?

小心又想,自己这样散着步走来走去的,万一遇上了谁就尴尬了。

至今为止,虽然已经习惯了和政宗他们几个人一起聊天的氛围,可是一对一地单独说话则不一样了。就在今天,和风歌在放镜子的地方突然相遇时就觉得很别扭。

小心一边想着,一边视线落在了食堂的红砖砌的壁炉上。

——她忽然想到了那个"祈愿的钥匙"。

这个壁炉的内部,会不会有谁已经搜寻过啦?它应该是通向烟囱的吧?或者,就像浴室和水槽都没有水一样,壁炉也是没有用过的吧?

小心一边琢磨一边伸着脑袋往壁炉里看，然后她"啊"地叫了一声。

不是因为看见了钥匙。

而是，那里有一个像手掌差不多大的，淡淡的痕迹般地显出的一个"X"的印记。不知是多久以前开始有这个标记的，上面蒙着一层薄薄的灰。也许是偶然的划痕，但是看上去又明显是一个"X"的印记。

就在这时，小心背后传来一声大叫"哇！"，同时还有肩膀被按住的感觉。小心立刻吓得"哎！"喊叫起来，扭头一看，更恐惧了。

面前是那个狼的面具对着她。

原来是有段时间没有看见的"狼大人"。

"哦……'狼大人'呀……"

"你一个人在找钥匙呀？佩服，佩服！"

"别吓我好吗？"

小心真是被吓了一跳，心脏还在怦怦地跳着。"狼大人"的打扮和最初的样子有些不同，她今天穿着一件绿色的连衣裙，裙边还有刺绣。

她问小心："你找到了吗？"小心向她摇了摇头回答："没有。"随后，两个人就一起朝着大家齐聚的"游戏的房间"（这个"游戏的房间"其实只是小心给它起的名称）走去。

中途，小心看见从走廊的另一端走过来一个人，她猛然心跳了一下，随后轻轻地吸了一口气。

那是被政宗称为"小帅哥"的理音，他远远看见小心和"狼大人"，"哦"地招呼了一声。

今天，他没有上下都穿运动服，只是穿了一条运动裤，上身是一件T恤衫。不过，虽说他穿的是运动裤，却是时髦的运动裤，不是学校指定的那种类型，而是黑色的阿迪达斯。T恤衫上印着《星球大战》里的反派角色的图样。小心虽然没有看过电影，却知道是怎么一回事。

关于自己一直没有来的事，小心正在揣摩该如何解释，理音却什么事都没有的样子，主动地向她说道："好久没见啦。"小心便马上自我介绍说："啊……我……是小心……"

于是，理音便笑了："什么呀？我知道了呀！"听了他的话，小心明白他已经记住了自己的名字，不禁高兴起来了。理音上次没有戴手表，这次他戴着一只印有耐克标志的手表。搞体育的男生往往都使用这种设计的手表。

"怎么了？"

被理音一问，小心愣了一下。她马上意识到自己看着他的手表被他发现了，便立刻接口道："没什么，我是在想现在几点了。"理音无言地点点头，然后用手指向了走廊的前方：

"那儿有钟呀。"

走廊的前方——有镜子还有楼梯的大厅中央挂着大钟，小心看着理音眯着眼朝那儿看着，暧昧地回复他："啊，嗯……"在他眯着的眼睛上面，耷拉着一点儿他的额发，额发的颜色有些偏淡，接近于茶色。

是不是真的像昴说的那样，理音常常在傍晚时分才来呀？他们还说他白天大概得去私塾及其他的地方学习。小晶也好，理音也好，他们都很擅长待人接物，去私塾和其他的兴趣学习也都能行，却都不去中学上学，真有点儿不可思议。这两个人都属于有人气的类型，无论同性还是异性，似乎都会欢迎他们。

回到了"游戏的房间"，小心发现人数有所增加。

小心削苹果用过的塑料袋一直放在桌子上，风歌坐在旁边的沙发上看着书。

"今天大家都到齐啦！"

听见站在门口的"狼大人"的声音，正在看书的风歌和正在玩游戏的男生们一起抬起了头。男生们朝着理音发出了短促的"哦"或"唔"的声音，算是打了招呼。风歌什么话也没有说，只是扫了"狼大人"和小心他们一眼，视线立刻重新回到了书的上面。

嬉野朝着小心开口道："喂！小心！"

"什么事？"

"我想问问，小心你现在有没有男朋友或喜欢的人呀？"

"哎？"

被他突然一问，小心不禁睁大了眼。是不是嬉野的心里积攒了太多的情绪，没人诉说，想和小心聊聊他和小晶的恋爱问题呀？可是她扫视了四周，发现气氛有些怪怪的。

政宗停下了手里玩的游戏，脸上露出了嘲讽的笑容。昴则是困惑地微笑着。在不知怎么回答嬉野才好的小心面前，政宗泼冷水般地说道：

"真伤感呀！"

关于究竟是怎么一回事，迟钝的小心现在大致上也弄明白了。虽然她不知道怎么会变成这样，可是她直觉上还是感到了。

"小心你明天也来吗？几点钟到呀？"

对着没有答话的小心，嬉野进一步地问道。小心只得勉强地回答他："我还不知道……"

"狼大人"的样子似乎都已经看明白了。她挺直接地询问政宗，语气像是在提醒人：

"哎哟，怎么回事呀？嬉野从小晶转向小心啦？"

被她一说，嬉野立刻"哇……哇……哇……"大叫起来，打断了"狼大人"的话。随后，他又夸张地绷起了脸朝向小心，用着带哭腔的声音问道："她说的话你听到了吗？"

小心真不知道应该怎么回答才好。

她好不容易才挤出了一声："没有……"说实话，她恨不得自己真是迟钝得什么都不明白。对于小心他们现在的动向，理音是在意还是不在意呢？看样子他真的没有什么兴趣——他只是朝他们瞥了一眼，随后就问政宗："今天的游戏，有什么新的吗？"小心听见他的话，身上觉得一阵热。

接下来的声音，对于小心就像一桶倒在她头上的凉水。

"真像个傻瓜！"

这话是从风歌的嘴里说出来的。

她尖亮的嗓音非常冷漠。

听见了她的话，那个和她同样冷漠的——小心不想重新回忆的声音，在脑海的深处重新响了起来：

你真像一个傻瓜，快死去吧！

小心咬住了嘴唇。

嬉野还在天真地向着她反复地问道："你真的没有听见吗？"小心对于在嬉野面前只能暧昧地装出笑脸的自己感到很厌恶。能向他发火就好了，很想向他抗议却做不到——可是，在心里却又很讨厌自己的这些想法。

小心不理解的是，小晶和理音这些人看上去全都很普通，为什么不去学校？至于嬉野不去上学的原因，她现在觉得很理解了。

这种满脑子想着恋爱的男生，理所当然会被大家讨厌，最终他就无法去上学了。

七月

进入了七月,小心在城堡里的心情就变得越来越糟糕了。

原因都在嬉野的身上。

"小心,我带来了饼干,你吃不吃呀?"

"小心,你的初恋是什么时候开始的呀?我那时,还是上幼儿园的时候……"

本来在"游戏的房间"是很开心的,可是下午来的嬉野总是朝她问来问去的。加上政宗在旁边也会讨厌地露出讪笑看着他们,小心自然只能常常躲在自己的房间里了。

这样子,可能不去城堡更好,然而,越是不去的话,一旦要去就会产生一种畏难情绪。上中学的问题也好,那次妈妈想把她送去自由学校结果却失败的例子也好,都是同样的教训,她不想再犯老错误了。

纵然是躲在自己的房间里,嬉野有时也会来敲门:"小心,你在里面吗?"小心听见了嬉野的呼唤声,不由得觉得自己无处可逃。

小心来这个城堡的真正目的是寻找"祈愿的钥匙",可是,当她寻找的时候,嬉野居然也会从她身后跟上来:

"小心,我和你一起找行吗?"

当然不行啦,大家都是竞争对手呀,怎么能一起找呢?嬉野问的话太幼稚啦!

在别的孩子面前，嬉野会像和她很熟悉了一样，连"小"的字眼也不用了，开口闭口"心"长"心"短地称呼她。"本来，我喜欢的女孩和她类型不太一样，她属于家庭型的女孩……"这种情景，小心通过气氛便能够感觉到不舒服。

小心觉得他实在太扭曲了。

因为，他其实并不是真正喜欢小心，而是觉得自己的恋爱很开心，向大家宣传这一点。

可是尽管这样，小心却无法明确地向他说出自己对他的讨厌。说不定这是自己真正糟糕的地方，然而她要考虑到，嬉野虽然现在对她怀有好意，当她一旦对他冷淡了，他说不定就会用坏话来诽谤她了。

"小心你有什么愿望想要实现呀？"

嬉野快活地问她。小心迟疑地回答："还没有想好呢……"倘若她说出来，自己的愿望是要真田美织从这个世界消失，他肯定会大惊失色的。

"哦，是这样呀……"

沿着走廊一边走，嬉野一边不停地窥视着小心的脸，仿佛有什么话要说。

就在不久之前，嬉野的愿望还是"和小晶交往"，现在，他说不定已经把目标从小晶转到了小心身上。小心这么一想，不由得恐惧了起来。不是因为自己对嬉野的厌恶，而是害怕这个城堡里神秘的"祈愿"力量，一旦对自己产生了作用，就会扭曲和改变自己的感情了。

小心内心烦躁地抬头望着走廊前的天花板。

她常在漫画和小说中看到，里面的人物会使用某种不可思议的工具，让他人对自己言听计从，任意地进行操纵。现在她才体会到，这样其实完全不合理的。

小晶知道了嬉野的喜爱对象已经从她身上转移到了小心那儿，便同情地朝着小心皱起眉说："你的压力大了！"不过，她此后便经常从自己的房间出来了，明显放松了并常常露出笑颜。

和那个喜欢嘲笑别人的政宗不同，理音和昂不会当着小心的面提及恋爱方面的话题。在这一点上，小心觉得他们不错。

小心曾经偶然听见，嬉野对着理音问："你有没有女朋友呢？有没有想过要在这儿找一个呢？"对于嬉野这种带有牵制性质的问话，理音只是回了一句："没有。"显然他对于这种事没有多大的兴趣。嬉野当然也会向其他的男生进行同样的询问。

小晶和理音他们都对小心不错。

至于来自政宗的玩笑话，也不能算无法忍受的事情。

可是，使小心觉得不愉快的是风歌的反应。

本来这里只有三个女生，当初大家互相介绍时，小心以为很快就能和风歌搞好关系。可是，一直没有机会和她聊聊天，互相连个沟通的时间也没有，后来她一脸鄙夷说的那句话，一直像根刺一般地扎在她的胸口：

"真像个傻瓜！"

其实她是指嬉野飞快地转换恋爱对象的事，并非把矛头指向小心。

小心通过镜子穿越的时候、晚上睡觉的时候，都会反反复复地说服自己，可是心中的乌云总是散不开。风歌就是来到城堡，也总是待在自己的房间里，即使和大家在一起的时候，她也是和那次一样地坐在沙发上独自看着书，小心一直没有机会和她面对面地说话。

有一次，嬉野不在，小心和政宗他们待在"游戏的房间"里，小心被他们用玩笑的语气说道："对你来说真是个灾难呀！"那时风歌也在一旁。

小心不知怎么回答才好，意识到风歌就在旁边，只能暧昧地点点头，发出了"唔……"的一声。就在这时，风歌视线依旧停留在书本上，嘴里却又说出了上次同样的那句话："真像个傻瓜！"

小心顿时心跳了一下，风歌没有看小心，继续说道：

"往往就是那种不招人喜欢的男生,偏偏会喜欢班级里最可爱的女生,这种人一点儿都不会掂量一下自己。对于这种人,在旁边看着都觉得受不了!"

"哇……可怕!你太严厉了!"

政宗用嘲讽的样子向她耸耸肩膀。小心什么话也说不出来。风歌不朝她看一眼使她觉得挺难受,她只好使劲地咬住了嘴唇。

"可爱的女生"——不知道她指的是不是自己。小心想否定她的说法,却觉得那么做没有什么意义。

小心觉得自己一直很谨慎。

她和昴及政宗在一起的时候,因为是和两个男生在一起,她非常小心,生怕惹得其他女生不开心。

尽管这样,为什么还会形成现在这样的局面?

由于和风歌之间的隔阂一直得不到消除,小心变得心灰意懒,她有一回没有去城堡,给自己放了一天假。

虽然放假的说法也有点儿怪怪的,可是小心的心情有些变了,自进入了七月份以后,城堡对于小心来说变得和中学及自由学校一样了,成了"不得不去的令人忧郁的地方"。

然后,在缺席后的次日——

到了城堡,小心像通常一样,先向"游戏的房间"走去。随即,她看见里面的光景之后不禁倒吸了一口凉气。

"不过,小晶你虽然这么认为,我觉得那个电影还是续集更好看。"

"哎?那个电影还有续集吗?"

"咦?你居然没看过?续集很棒的呀!"

风歌和小晶并肩坐在沙发上。

她们都没有察觉到站在门口的小心。小心虽然不明白她们在议论什么,却看见两个人的面前摆着放在纸巾上的花朵形状的饼干。

花朵形状的饼干中央有巧克力鲜奶油,这是小心非常喜欢的一种点心。刚看见,就激起她的甜蜜回忆,令人嘴馋得也想吃上一块。

然而,她不可能向她们开口。

小心趁着两个人还没有发现她,急忙转过身,朝着自己的房间匆匆走去。心里不停地祈祷:别被她们看见自己离去的背影。

什么时候开始的?这两个女生已经如此地亲密无间啦!她们说着小心不知道的事情,讨论得那么热烈。小心觉得胸中被刀子割了一般疼痛。

小心一步又一步地朝前走着,把注意力集中在向前迈去的脚步上,随即便到了有大楼梯的那个大厅,她将要横穿过大厅时,看见了闪着亮光的镜子。她不想去自己在城堡里的那个房间,而是想去现实中的,和父亲母亲一起住的那个家,通往自己房间的镜子闪着七色虹光,她像寻求逃避的场所一样,把手伸了过去,立刻回到了家中。

这种样子从城堡逃回家里,对小心来说还是第一次。

虽然因为心中有个祈愿才坚持到了现在,但是可能自己已经快到忍耐的边缘了。小心觉得自己在这儿也要快待不下去了。

* * *

小心的愿望:

让真田美织消失。

小心和那个女孩——真田美织之间,本来一次都没有说过话。

小心感觉真田是个性格活泼、强悍的女生,在入学后第一次学生活动时看见她主动地参加年级委员长的选举时,就曾经想过:"哦,原来她是这种类型的女生呀!"

真田好像已经决定进排球社团了,她听见真田和别的女孩说过。小心觉得真田能够毫不犹豫地选择出自己要进的体育社团，说明她的运动能力相当不错。作为从小学就开始担任年级委员长的孩子，一般来说比学习成绩更重要的是运动能力，并且有魅力吸引其他的孩子。

大家进入了同一个班级，然后彼此互相介绍，虽然每一个人的长相和名字都还没有完全对上，但是各自的性格脾气终会慢慢地了解到吧。四月份的时候，小心曾经那样想过。

雪科第五中学的学区是已经定好的，学生分别来自六个小学。它属于规模大的一所中学。此外，由于相邻的学区有一些孩子想进这个学校，得到了特别的许可。所以小心在新学期的班上熟识的孩子很少。就像是来自四面八方的孩子们被混搭地编成了一个班级。

和小心来自同一个小学的孩子只有五个人，三个是男生，两个是女生。

真田来自一个规模比较大的小学，她在班里的朋友自然就比较多。她好像还上着私塾，所以同在私塾里认识的其他小学的孩子们关系也不错。

真田的特点是无所畏惧，在新教室的环境里，她大着嗓门说话，对任何人都显得毫不在意。小心和同她从一个小学来的学生却都显得顾虑重重。就好像，这个中学是属于真田她们的，小心他们只是在那里借读一样。也不知道怎么会变成了这种状况，反正从初中的第一个学期开始就是这种样子了。

虽然大家都是同一个年纪，可是真田她们仿佛把学校和班级里所有的权力都握在手中了。

她们拥有首先说自己想进哪个社团的自由。有的孩子后来提出想进同样的社团时，她们拥有在暗地里阻止的权力。"不合适吧？别进了吧？"她们能决定哪个孩子可以进哪个孩子不可以进，拥有选择自己要好的朋友进社团的权力，还有给班主任老师起绰号的权力。另外还能最先决定喜欢哪个男生，拥有同他恋爱的自由。

被真田美织挑选为"喜欢的人",并且告白、交往的男生是池田仲太。这个男生原本是小心小学时期的同班同学,他们六年级的时候在一个班里念书。

他还是小心的朋友。

不过,也就是一般的朋友。小学校毕业的时候,小心和他一起筹备毕业典礼上的谢师会的工作,他虽然嘴巴上嘀咕着:"怎么搞的?太麻烦了!"实际上该做的事情他全都能做到,让小心不由得刮目相看。小心并没有感觉他有多么帅,原来只是纯粹地认为他是个不负责任的人,后来一下子转变了看法:

"我还以为男生都不会好好干呢。"

听见了小心随口说的这句话,他的反应是:"哎?不该是这样吗?不想在最后的最后出现问题吧?不管是怎样的男生,都不是傻瓜呀,所以必须得干好呀!"他说的有些答非所问。两个人没有再多交谈。

所以,小心后来的遭遇显得莫名其妙。

"我说呀……"

四月中旬的时候,在中学的自行车停车场里,小心听见背后有人对她说话,回头发现是池田站在那儿。

"我,太讨厌你这样的丑八怪啦!"

哎?小心想说话,可是嘴里连声音都发不出来。

她不由自主地睁大了眼睛,觉得以池田为中心的视野晃了起来。眼睛虽然直视着前方,看见的景象却转了起来。

池田君的脸上没有什么表情。

在他的后面——别的班放自行车的地方,似乎有谁蹲在那里,敛声屏气地向他们望着,小心感觉那里藏有好几个人。

"好了，这就是我想和你说的！"

虽然他已经说完了，小心却仍然站在那儿动弹不了。只见池田懒懒地把手揣在口袋里的背影渐行渐远。当他走到了刚才传出动静的自行车停放处时，那里便传出了"噗……哈哈哈哈……"的笑声。"真是笑死人了！是吧是吧！刚才，你们有没有觉得，她好像以为仲太要向她告白呢！她想得真美！"

是女生的声音。

站起来的那个身影是真田美织。

就听见池田用一种冷冷的语调问她："这样子行了吗？"

只见真田像是在朝这儿张望，小心急忙垂下了眼皮。真田接着拉大了嗓门。既然她现在用这么大的嗓门说话，为什么刚才还要躲在那里呢？就听见她说道：

"仲太呀，他根本就不喜欢你的！"

说实话，小心在意识到她是对着自己说的时候还真是费了点儿时间。仿佛像要填补这个空白似的，很快又有声音传来：

"还要装作无视的样子，真是个丑八怪！"

——至今为止，小心即使和朋友中的谁吵架的时候，也都没有听见过这么粗暴的语言。

更重要的是，真田美织不是她的朋友。她连小心认识的人也很难算得上。小心对她一无所知，她对小心的事情应该也都不了解，这个人说话的时候大概根本就不动脑筋。

"你真像一个傻瓜，快去死吧！"

——在小学里的时候，池田仲太好像挺喜欢小心的。

小学时代的朋友后来知道了这件事，告诉了小心。且不说他没有向小心告白过，小心从他本人那里一直连一点儿动向都没有察觉到，所以她听了特别吃惊。不过，这件事在男生中间好像已经是尽人皆知了。

池田仲太和真田开始了交往后,把他的"过去"全告诉真田美织了。

＊　＊　＊

本来一共是三天。

再加上了星期六和星期天,正好有五天,小心没有去城堡。

至今为止,小心虽然经历过不去中学和不去自由学校的事,可是对她来说,城堡本来曾让她感觉待在里面很开心,现在却变得没法去了,心里就格外觉得沉重了。原先,她很喜欢待在家里看那些平时回放的电视剧、新闻节目等等,现在全都失去了兴趣。

非常无聊。

房间里,那面背面朝外挂在墙上的镜子闪出光亮的时候,她觉得格外刺眼。

它的光亮仿佛在劝诱着小心,呼唤着她。

可是,那些孩子究竟有没有呼唤小心呢?小心觉得,说不定他们对小心去不去根本就不在乎。大家都怎么样啦?聚在那里的孩子们和镜子这边的小心是没法取得联系的。

再比方说,那些孩子即使想让小心去,小心也无法知道。

星期六的时候,父母问她:"和我们一起去购物吧?"然而她回答:"我就不去了。你们去吧。"爸爸也好妈妈也好,听了她的话全都不作声了。

他们的表情既不悲伤也不愤怒——或者可以说是这两种感情都有的模样,两个人只是互相地看看。然后,仍然在那一天,爸爸来问小心:"你打算怎么办?休息日你也不出门,这样你以后怎么办呢?"

不知道。

小心也想知道应该怎么办。

她不出门的原因很简单,害怕在外面遇见班里的同学,想到那个场面,她的腿就沉重得抬不起来了。

小心知道,爸爸妈妈都很不安,不知她今后会怎样。他们的心情日益沉重,当他们的语言伴随着那份沉重的心情传递给她时,她感到自己都快要窒息了。

真是太可怕了。

自己也不知道自己想怎么样。

那些不去上学的其他的孩子,他们都是怎么想的呢?小心很想知道。

——她决定了,自己要向嬉野明确地说明,自己并不喜欢他!

虽然,嬉野并没面对面地向她进行过告白,她这么做可能被看成一种自作多情的行为。那样当然糟糕,可是她仍然要向他说明。

然后,她要和风歌谈谈。

尽管她被风歌说的那句"真像个傻瓜!"吓得不轻,任何辩白的话都说不出来,可是她必须告诉她,自己根本就不擅长那方面的事情。

还有那件糟糕的事,无辜地被卷进了告白呀,交男朋友什么的事情里。小心至今为止对谁都没有说过——对妈妈他们也没有说过,但是她觉得这事可以和小晶他们说。政宗听了说不定又会嘲讽一番,然而他谈论的时候总是用着成人的思维,说话口气透着成熟。小心很想听一听,他对真田美织和池田仲太这样的人是什么看法。

小心真正想要的是别人能告诉她,她至今为止并没有做错。

到了星期一,小心穿过了镜子又去城堡了,和她上次去已经相隔五天了。

然后,当她从镜子里出来后,看见有一个信封放在镜框的上面,是水色的传递留言的专用信封。小心钻出来的时候把它碰掉了,一下掉在了地毯的上面。

信封上既没有写寄信人的名字,也没有收信人的名字。小心疑惑地歪着头,从地毯上拾起了信封。信封的口也没有封,里面只是放了一张和信封颜色一样的纸。

小心:

你来了的话,就到我们一起玩游戏的房间来吧。或许你能看见有趣的事情。

昴

小心看完一阵心跳。

她先是高兴地想,原来自己还是有人惦念的呀!

大概因为无法和镜子那一边的小心取得联系,才想出了这样的办法,把信贴在镜框上,以免小心才到城堡又马上逃回去。小心想到上回来的时候,看见了小晶和风歌谈笑风生的场面,立刻从这里逃回家的事,不由得心中感到一阵温暖。

小心急忙来到了"游戏的房间",看见大家都在。除了理音以外,嬉野的身影也在,小心不禁有点儿踌躇。

"小心!"

招呼她的是小晶。随着她的声音,大家全都向小心看来。嬉野和风歌也都向她转过脸。

"啊。"

嬉野只是轻轻地叫了一声。小心本以为他会显示出一贯亲热的样子向她招呼"小心",没想到他并没有这样。不知为何,他只是低着头。

小心不知道自己应该如何解释这五天没有来的原因,她觉得应该向大家进行说明的想法本身就挺奇怪的,于是什么话也没有说,只是求助似的看着昴。然而，昴只是笑眯眯地用一种轻松的口气说道："小心，好久没见啦。"

政宗还是手里握着电子游戏的手柄，和过去一样露出了讪笑的表情。

房间里的气氛怪怪的，小心刚刚意识到，就听见嬉野开了口。小心马上紧张地朝他看去。随后，她立刻呆呆地张开嘴，无声地倒吸了一口凉气。

嬉野并没有向小心看过来，他的视线朝向了风歌。

"风歌，你的好朋友是怎么称呼你的呀？是不是称呼你小风什么的呀？"

今天风歌仍然坐在那儿看书，她的目光依旧停留在书页上，嘴里回答道：

"没有人这样叫我，我妈也一样，都是叫我风歌。"

风歌的语气里含着不耐烦的情绪，她把视线从书本上收回，抬起头目光尖锐地盯着嬉野：

"你说的话，是什么意思呢？你这个问题的含义是什么呢？"

"没什么，我只是想，别人会对你用些什么称呼。"

风歌又准备打开手里的书了——她的视线和小心碰上了。看上去她好像有话要和小心说，结果她还是垂下了眼皮，抿紧了嘴巴。

小风？

小心听得直眨眼。风歌的话语虽然那么冷漠，嬉野却仍然不住地看她。对于小心，他只是看了一眼算是打了招呼，并不和小心说话。

到底是怎么一回事呀？小心正觉得无法理解的时候，风歌仿佛难以承受嬉野那种目光一般，烦躁地说：

"我说呀，你别烦人了，你就和那种可爱的女生去交往好了。为什么突然又来找我说话了？"

"哎？我觉得风歌也是可爱的女生中的一员呀！我这么想不

对吗?"

听了嬉野的这句话,风歌睁大了眼。看着一下子僵住的风歌,嬉野进一步地问道:"你为什么那么说?"他脸上是不可思议的表情。

风歌轻轻地吸了一口气,随即,她又有点儿严肃地嘟囔了一句:"……随你的便吧!"和她过去的那种居高临下的腔调相比,语气多少有点儿柔和了。

小心反应很快地朝着昴看去——因为是他给了她那封信,告诉她在这儿能看到有趣的事。昴依旧在那儿嘻嘻地笑着,看着他们二人。

——小心觉得真是太可笑了。

总之,现在就是这样了。不知道什么起因,嬉野喜欢上风歌了。

这里总共只有三个女生,他把三个人轮流喜欢了一遍。

* * *

"我说,我们三个女生单独一起喝茶好吗?"小晶这天邀请了小心。

当时小心正待在自己的房间里,她已经被嬉野的行为搞得既糊涂又觉好笑。听见了一阵轻轻的敲门声,她想到以前嬉野曾经来找过她,立刻变得紧张起来。

可是,当她打开了门以后,看见站在那里的是小晶——她的后面还有风歌。

"哦……"

小心还没有和风歌用亲热的语气说过话。她只是觉得,风歌说不定不愿意和她在一起。回想到她们二人曾经在小心不在的时候聊得热火朝天,小心仍然会感到胸中有些苦闷。

然而,风歌虽然没有说什么,也没有看小心的脸,却也不像有什么不高兴的样子。

说心里话，受到了她们两个人的邀请，小心觉得很开心。她让她们等一等，去拿了这天从家里带来的点心，接着就和她们一起到了走廊上。

小晶带她们去的地方，就是小心曾经独自进去过的食堂。
"我泡了红茶！"
小晶说道。
小心心想这里的厨房不能烧水，她怎么泡茶呢？——只见她从一个帆布包里取出了水壶。在小晶的帆布包上，别着形形色色的时尚小徽章，有星星的，有绣着金银线的心型的。
小晶打开了水壶的盖子，从里面缓缓地升起了热气。
她到厨房取来了三套茶具，放在每个人的面前，随后将红茶注入了茶杯里。
"谢谢。哦，别客气，请尝尝这个吧。"
小心也把她带来的饼干盒子放在了桌子上。小晶微笑地向她说了一声："谢谢你。"
"这个地方，虽然有个厨房却没法用。没有水，也没有煤气。城堡里的光线明亮，既不热也不冷，怎么能够做到这样呢？"
听见小晶这样说，迟钝的小心才刚刚意识到："是呀。"她不由得抬起头看着天花板。天花板上吊着挂满了水晶玻璃的大吊灯，可是吊灯里的灯并没有亮，看不出它应该放射黄色还是橘色的光芒。
小心没有觉得冷也没有觉得热，可是并没有觉得有空调开着的感觉，如果有空调在调节温度的话，总会发出一些噪声。
"可是，供电还是有的吧？男生们能玩游戏哦。"
"哎，你说得对呀！那又是怎么一回事呢？"
风歌的话提醒了小心，她认真地听着，风歌又说：
"我曾经考虑过电源的问题，问过他们，就是很平常地通过插座出来的电。"

"哎？在'游戏的房间'里还有电源插座呀！"

小心吃惊地说道，这儿既没有水也没有煤气，居然唯独有电力供应。

听了小心的惊叹，小晶扑哧一声笑了起来。小心被她的笑声惊了一下，她觉得自己并没有说错什么话。只听见小晶说道：

"不错呀，你的这个称呼——'游戏的房间'。"

"啊……"

"这些家伙，成天就在玩游戏。以后，我也要这么叫了。"

小心刚才把她心里一直用的称呼不经意地说了出来，正觉得不好意思，小晶爽朗的笑声立刻缓和了她的心情。

"电流是通的，不光是在那个'游戏的房间'里。这个水晶吊灯也一样，虽然它没开，这个房间也很亮堂，但是它是会亮的。瞧！"

小晶一边立刻地采用了"游戏的房间"的称呼，一边按下了墙上的开关。只见，带有橘色的光亮像一种光的膜，瞬间洒在了房间中。小晶只不过是试一试，立即又关上了开关。

为什么只通了电呀？

小心想着以后如果遇见了"狼大人"，就要向她问问这些事情。当她正在琢磨的时候，风歌面向红茶杯子合起了双手，嘴里念着"我开动了"，低下了头。

小心看着她想：原来她还是一个讲究礼貌的孩子。换作小心的话，在这种没有成人只有孩子的场合，她不会那样主动地举起双手合在一起。

"请喝、请喝。"小晶招呼着她。小心于是也低下头道"我开动了"，然后端起茶杯嗅了嗅，闻到热红茶上飘出了一股水果的香味。

小心等着红茶凉一凉的时候问小晶："这茶的味道怎么这么好闻呀？"

小晶告诉她："这是苹果红茶。"

"还有,不光这里的供电和水的事情很奇怪,用过的餐具也会莫名其妙地被洗干净,很不可思议。"

"哎?"小心诧异地说。

小晶低下头看着自己冒着香气的茶具继续说:

"上一回,在这里也曾经像现在这样借用过餐具,因为没水,不就是没法洗这些杯子了吗?所以我就把它们放在那儿走了,再来的时候,发现它们都像原来一样,被洗得干干净净放在橱子里。似乎有谁把它们洗干净了。"

"居然会这样呀!"

"嗯。我问过大家了,都说没有洗过。真想不到,在我们回家以后,说不定'狼大人'独自给我们洗了。"

"这样看来的话,她也挺可爱呀!"

"是不是呀?"

真有趣,想象"狼大人"戴着那个假面穿着连衣裙洗餐具的样子。小心正笑着,拿着茶杯喝了一口的时候,小晶突然说:"嬉野真让人头疼呀!"她的话直击了最近一直让小心感到烦恼的问题核心。

小心急忙一口吞下了嘴里的红茶,看着小晶。泛着酸甜香味的红茶流入她的胃里,肚子觉得一阵温暖。这红茶真好喝。

小晶轮流地看着风歌和小心,困惑般地笑着:"是吧,那种类型的男生。那种男生就好像缺乏对女生的免疫力。女生稍微对他好一点,关系一不错,他立刻就会向她告白,要和她交往。明明可以只做一般的朋友,大概他太憧憬电视剧或漫画里出现的'恋人'一类的东西了。"

"太烦人了。"

说话的是风歌。

她和刚才同男生们在一起的时候一样,一副毫无感情的样子。

"他居然还说,只要是女生谁都可以。这不是把人全当成了傻瓜了吗?"

"我说……"

小心招呼着,风歌第一次向她看去。

并非觉得风歌不开心,只是因为她的眼镜里的目光看上去有些严峻,小心有点儿犹疑。可能是因为她经常使用"真像个傻瓜"一类的强硬语言,小心有点儿战战兢兢地问她:

"风歌你是怎么被嬉野喜欢上了?啊,没什么,我不是因为嬉野被你夺走了什么的,我不是那样想的。我只是好奇,怎么突然变成了这样?"

"哇……小心。你用不着焦虑,谁都不会那样想的。"

小心正觉得自己有点儿语无伦次的时候,小晶笑着插嘴道。风歌还是沉默着,终于,在小心耐心的等待下,她用着冷淡的语气说"他来找我商量。小心,你上个星期不是没来城堡吗?于是,那家伙就来和我商量了,说是你会不会遇上什么问题了,该不该去探望你。他还说,如果从大厅的镜子穿越过去,不就能到小心的家了吗?我心想这样做就太粗鲁了,而且也违反规则,所以对他发了火。后来,也不知是怎么一回事,变成现在这样了。"

"风歌她发了很大的火呀!"

"当然啦,如果换作是我的话,绝对无法容忍!"

风歌说着扭过了头去。

听着她的话,小心觉得很感激。想到嬉野居然打算穿过镜子到自己家来,顿时有些毛骨悚然,没想到是风歌保护了她。

"谢谢你!"

小心尽可能满怀诚意地说。风歌却露出困惑的样子答道:"没有什么。"

"不过,不管怎样,只要不是自己的镜子,就不可能通过它穿越到那一边去。我其实阻拦过,嬉野还是试着把手放上去了……"

"什么?"

"但是,他的手伸不进去。小心的镜子就像普通的镜子一样,摸上去是硬硬的玻璃的感觉。除了自己的镜子,是去不了别人的镜子的那一边的,这个好像是规则。"

"原来是这样啊……"

本来觉得万一搞错了进了别人的镜子就太糟糕了,这样看来完全是多余的担心。小心放心了,小晶却笑着说道:

"那天,风歌把嬉野批评得太厉害了。她说一个人把恋爱视为生活的全部简直是变态,人没有那种东西也照样可以生活。风歌生气地说他没有男子气,这些话反而入了他的心坎,好像让他对风歌刮目相看了。"

"刮目相看?"

"嬉野说:'你认为人没有恋爱也照样能够生活,那么看来,风歌同学,你是不是连初恋都没有经历过?太可爱啦!'"

"不要说啦。"

小晶模仿嬉野的语气惊人地相似,然而风歌却皱起了眉头。小心自始至终都充满了惊奇地听着这些情节。她怎么也想不通,不知道嬉野喜欢一个女孩是因为哪方面的要素。

"他觉得小晶和小心都不上钩,以为我会好骗些,这个家伙,把别人都看成了傻瓜。"

风歌自言自语地说着,深深地叹了一口气。

听了她的话,小心暗暗地高兴起来。风歌用亲切的语气称呼小心,说明她并不讨厌小心。小心顿时安心了,双腿从脚趾开始感到一阵轻松。

"那个……我想再说一次,真的非常感谢!"

"哎?"

听见小心迟疑的话语声,两个人一起向她看来。因为对于小心来说,这是很重要的话,她担心她们的看法,不知道究竟怎么说才好,却非常希望她们能够倾听。她今天下了决心,要把事情告诉她们。

"我这个人,其实,对恋爱方面的事情很不行的。我遭遇过一些严重的问题。"

至今为止,她从未向别人诉说过。可是,一边说一边意识到了,她其实很想和别人说一说这些事情。

有关真田美织的,被卷进了她的恋爱之中,让小心感到深恶痛绝的事。

同池田仲太发生在自行车停车场的事情。

然后从那时开始,班里同学对她的排挤。

说着这些话,小心的腋窝里渗出了汗,耳根处也热了起来。

"那以后,过了一阵子之后⋯⋯"

后面的事,小心对谁也没有说过——这事连学校里要好的同学也不想告诉。即使是很久以前就开始交上的朋友,正因为关系好才不想让他们知道。

反而,对着连住在哪儿都不知道的,一点儿也不知根知底的这两个女生,她却很想说一说,这一点连小心自己也觉得很吃惊。

"那些孩子还到我家里来过。当时我放学回到家里,一边等着妈妈下班,一边在做家庭作业。"

* * *

"叮咚⋯⋯"门铃响了起来。

小心想,这个时间会有谁来呢?是快递还是别的呢?怀着这样的心情,小心一边"哎"地应了一声,一边从桌边站了起来,正打算向门口走去时。

从门外传来了一声怒喝:"安西心!"

那不是真田的声音。

那是小心不熟悉的某个女生的声音。小心知道她的模样,是别的班级的班干部,真田的朋友。

为什么?小心现在仍然觉得不可思议的是,她们如何知道她在家的?从小心握紧的拳头传上来战栗的感觉,让她的耳朵和眼睛都变得极度敏锐。家里的门是锁住的,因为妈妈嘱咐过她,独自在家时要锁好门。隔着门,她觉得外面不只是一个或两个人,而是有许多人。

咚!咚!咚!大门被人用力地敲响了。

"出来吧!你在家里吧!"

"到后面去吧,从窗户上说不定能看见她。"

小心身上起了鸡皮疙瘩。

她听见有人叫着:"了结了吧!"

"了结了"是什么意思呢?小心完全不懂。然而,还没有进中学的时候,小心和同一个小学的朋友曾经忧虑地讨论过,关于上了中学以后,如何才不会被高年级的学生排挤的问题。

她们所说的意思是排挤她呢,还是了结了她?这两种意思都让她惊恐万分。特别是,她们都不是高年级的女生,只是与她同一个年级的女生。

她们和小心没什么不一样,都只不过是同一个年龄的女孩子。

为什么?小心连太阳穴上都起了鸡皮疙瘩。

她飞速地回到了客厅里。急忙把客厅、灶间、一楼的所有房间的窗帘都拉上了。她不知道是否已经迟了,只看见已经有点儿昏暗的,尚有点儿光亮的外面,聚集着一群人。还能看见多半是她们骑来的自行车的影子。

是东条——小心绝望地想。

各种恶劣的可能性都有,在小心的想象里,不停地出现了那样的光景:

那个家伙,真是让人无法容忍,太自以为是了,了结了她!

小萌你家和她家很近，告诉我们她家在哪儿。

好呀，我给你们指路……

小心无法确认东条是否也在外面。她的心情很矛盾，既非常想知道，又非常不想知道。东条的容貌长得像洋娃娃般的可爱，小心以前一直对她充满憧憬，想和她做好朋友。此刻，她在外面究竟是什么模样呢？小心仅是想象了一下就觉得自己快透不过气来了。

"你快出来！胆小鬼！"

这次听上去很像真田美织的声音。

为了防止自己的身影映在拉上的窗帘上，小心躲在沙发的旁边，全身都贴在地面上，连喘息都不敢发出声音。

客厅的外面是长着绿草的院子，院子的周围有矮栅栏。小心颤抖着屏住呼吸，等待她们离开。小心不知道怎么办才好，只能在心中默默地叫唤着：妈妈！妈妈！妈妈！

家里，是小心唯一能够安心的地方。

如果在学校遇上了不开心的事情，会想回到家里就能彻底摆脱那种是非了。

这儿是小心和爸爸妈妈一起生活的地方，应该是爸爸妈妈的——家人的地盘。可是为什么在现在，会有他们两个人根本就不认识的，也不是小心朋友的同学找上门来，小心完全不理解。

咚咚咚咚！咚咚咚咚！砸门的声音一直响着。

外面的女生们全都处于兴奋状态，大家嘴里反复发出"喂！快点出来！""胆小鬼！"等等喊叫。

她们喊叫的声音挺多，大约有十个人左右的样子，可是使用的语句并不多，总是谁先带头喊叫，接着大家一起跟在后面重复。

只听见有人说："我们到院子里去吧！"然后小心感觉到有谁进了她家院子。不是夸张，小心这时呼吸一下停住了。她望着窗帘紧闭的落地窗，很想确认一下到底有没有锁住。

她觉得，如果那里没有锁住的话，正处在兴奋状态的真田她们会毫不犹豫地冲进来。找到了藏在家中的小心以后，会把她从家里拖到外面——然后把她杀掉。毫不夸张，小心这时真有这种想法。

由于实在太害怕了，小心不敢发出任何声息。

在昏暗的房间里，透过窗帘看见她们的影子变得浓黑起来。然后有影子向落地窗伸出了手。

小心闭上了眼睛，用手捂住了嘴巴，她几乎连耳朵都想塞起来。就听见咔嚓一声摇晃窗子的声音。当小心睁开眼时，幸运地看见落地窗还是原来的样子。

落地窗原来都已经锁住了。

只听见外面有个声音说："窗子打不开！"语气听上去那样普通，和在教室里说话时没有区别，她也是小心一个班里的学生。

小心不敢发出丝毫动静，不敢大声地喘气。她一边咬着嘴唇弓着腰，心里悲叹自己为什么成了这样，一边在灶间、榻榻米的房间等处忙着确认窗子是否锁上了。

她不由得思考着，自己为什么这么害怕却没有流泪，正想着，就感到有一滴咸咸的泪珠落在冰冷的嘴唇上。她的眼泪早就不知不觉地从眼里往外流了。

她也不知道，自己这么害怕为什么却还能有力气。确认了最后一处也锁上之后，她顿时觉得自己已经筋疲力尽。她就像冬天里雪地上堆的那种雪兔子——没有腿，蹲在地上，身体缩成了一团，脸也埋着。她的姿势后来就和乌龟差不多，躲在房间的角落里，只是一个劲地发抖。

傍晚的光线一点一点地从昏暗的房间消失了。

小心在那样的状态中，唯一的意识就是不住地道歉。她不是向真田道歉。对于外面的那些女孩子，她没有任何应该道歉的地方。

小心只是在心中向着爸爸妈妈不停地道歉。

这个家也是爸爸和妈妈的家，却被那些不认识的孩子闯了进来。她们踩进了妈妈精心保养的庭院里。

对不起！对不起！对不起！

"她为什么不出来呀？太坏啦！"真田美织从外面传来的声音变轻了。对着其他的孩子说着，她的声音中渐渐地夹入了哭泣声：

"她这样，太卑鄙啦……"

接着传来她细声的哭泣，别的孩子劝她的声音也传了过来："哇！美织，你不要哭呀……"

在她们的那个世界里，仿佛一切都应该围绕着她们旋转。

"仲太真可怜呀！"

真田美织又说了。

"是不是？那个人对别人的男朋友送秋波，被摸了还高兴得不得了吧？"

这是另一个女孩的声音。

根本就没有什么被摸的事呀！小心听了觉得自己太冤枉了。她的舌头也僵住了，连自言自语的声音也发不出来了，只是觉得恐惧。

在失去了光明的房间里，寒冷的地面夺去了仍然穿着学生制服的小心脚上的热气，夺去了她身上的热量。

"无法容忍！"有一个人说。

这是真田的声音还是别人的声音，小心已经分辨不出了。

无法容忍也没有什么关系，小心想着。

我对你们这些人也是绝对无法容忍！

已经过去了多少时间，小心不清楚。她觉得是非常久了。这段时间已经足够了，足够用来把她迄今为止在心里还存留的一点儿明亮或者说是温暖——那种希望般的东西从根底铲除了。

真田她们仿佛玩够了游戏似的。从小心的家门口，传来她们互相告别的声音："拜拜！""明天见！"

小心依然不敢动，她怕这是她们设下的圈套。

如果自己站起来，把灯打开了，被她们知道自己躲在家里，真田说不定会进来，自己说不定就会被她们杀死。这个担心无法从小心头脑里驱除。

静静地，黑暗的屋子里传来了大门打开的声音，妈妈回家了。

小心听见妈妈有些奇怪和担心的声音："小心？"顿时感到牙齿之间一阵疼痛，泪水流了出来。

妈妈！妈妈！妈妈！

小心很想扑向妈妈的胸前，抱着她放声大哭。可是挤出的泪水仅仅停留在她眼眶里，身子还是动弹不得。妈妈走进了客厅，开了灯。

直到这时，小心才抬起了头。

——她的样子就像一直在睡觉，困倦地揉着眼睛。

"小心。"

妈妈站在那里，身上仍然穿着上班时的灰色西服，放下了心似的吐出了一口气。看见她的脸，小心虽然有着把今天发生的事情全部原原本本地告诉她的冲动，又觉得已经都是过去的事情了，小心抑制住了自己。

"妈妈！"她发出了空洞的叫声。

"怎么啦？连电灯也不开，挺让人吃惊的，妈妈还以为你没有回家，正担心呢！"

"嗯。"

"正担心呢！"妈妈这句话拨动了她的心弦。

可是，不知为何。

小心却说出了这样的话：

"不知道什么时候，我睡着了。"

小心后来对自己这样解释：那天她并不在家里。

从一开始，小心就不在家里。真田她们面对的是空屋，她们肆意地敲打着大门,走进了院子,围着房子转悠。

什么事情都没有发生。

在小心家里没有发生任何事。

小心也没有面临被杀的威胁。

不过,第二天的时候,小心说了:

"我肚子疼。"

真的是疼,她没有撒谎。妈妈也说了:

"你的脸色好难看呀。要紧吗?"

从此以后,小心开始不去上学了。

如果……是那样的话……

一直过了很久,小心才明白,自己曾经有过微微的期待。

会不会,妈妈他们察觉到,院子里的草坪被人踩过了?

即使小心不说,如果有邻居看见了,发现安西家的外面被那些孩子围着,然后告诉小心的妈妈或爸爸,或者到警察那儿举报这件事的话。

然而,这样的事情并没有发生。

无法相信,那一天她们的暴行并没有强烈到把草坪破坏掉的程度。真是可恨。

事情刚刚发生后的话,也许会有愤怒的力量,对于改变了小心中学生活的这个事件,过后再说的话,妈妈他们可能就不会当作一回事了。

事情发生了以后,小心没有大哭着扑向妈妈的怀抱,现在她觉得很后悔。

"真田美织她们来过了!"

那件事情用语言来表达的话,也不过就是这么一句话。如今,小心绝望地明白了,如果说:"她们来闹了,特地来家门口闹了。"大人们听了会说,不就是这么点事吗?然后,一定会当作简单的事情处理了。

那些孩子没有破坏任何东西，小心的肉体也没有受到过伤害。

但是，小心经历的那段时间，不光只有那些话，还有着更决定性的、更彻底的东西。那天有锁和窗帘保护了小心，倘若没有那些东西的话。如果小心没有防备地去了学校的话，她能够保护自己吗？

因此，小心不去上学了。

去的话，说不定会被她们杀掉。

小心明白了连自己家也不一定安全，带着恐惧的心情，小心选择关门躲在自己的房间里。唯一，能够从自己的房间来去自由的地方是城堡。

如今，只有这个地方——这个城堡才给了她希望。

镜子另一边的城堡是唯一的地方——唯一能够完全把小心保护起来、远离那些女孩的地方。

* * *

小心说完这些话之前，小晶和风歌的视线一直没有离开她。

小心不是很擅长表述。她慎重地挑选着词汇，慢慢地诉说着，说到了一半的时候，她无法认真地看着她们了。

新的眼泪没有再涌出来，眼睛的表面是干涸的，有好几回，小心发现自己连眨眼也忘掉了。有时候她会突然发不出声音，停顿一下。

不过，小晶和风歌都很耐心，认真地听完了小心的话。

城堡外一直是那么明亮，从食堂看出去的内花园里，没有傍晚，没有光线的变化。纵然在雨天来这里，依旧是晴朗明亮的天空。

"这样的情况，是不是现在仍然在继续？"

沉默着听完了小心的诉说，小晶问道。

小心刚才并没有说出自己不去学校的事情。小心感觉小晶不喜欢提及拒绝上学方面的问题。

她不知道小晶会怎样判断自己说的事情。说不定，小晶会觉得这种事情并非严重的事情。

虽然感到害怕，小心还是明确地点了点头：

"仍然在继续。"她的话音刚落，小晶就从坐着的食堂椅子上站了起来，把右手放在小心的头上，揉搓着她的头发。

"哎？哎？"

小心困惑地抬起了被揉乱了头发的脑袋，仰起了脸。

"了不起！"小晶说。

两个人的目光合在了一起后，小晶的眼睛直视着小心，温柔而又珍惜地说：

"了不起，你很坚强！"

听到了这句话，刹那间——

小心的鼻子里一阵酸，她的思考一下子停顿了。刚要咬紧牙齿，已经来不及了。

"啊！嗯……"

小心在点头的时候，望着地面的眼睛里，泪水涌了出来。

沉默的风歌从旁边递来了手绢。在她的眼睛里，和小晶一样，闪着亲切的光芒。

看见了风歌的目光，小心的泪水更止不住了。她泪流满面地道着歉："对不起！"勉强地想做出一个笑脸来，表情却不听话地更加悲伤，泪水顺着脸颊向下流淌。她接过了风歌的手绢，屏住了气，随后静静地做着深呼吸。

八月

小心即使是在家里不出门也能够感觉到，各处的学校都已经放暑假了。

虽然小心从未料想到，自己初中一年级的暑假会是现在的状态，可是八月份还是对每个孩子都一样公平地到来了。

白天，闭门不出的小心在自己的房间里能听见各种声响，其中有小学生们或者是和自己差不多年龄的初中生们，一边聊着天一边骑着自行车路过的声音。有时看见仿佛像小心上过的小学的孩子们的身影，从她家楼下走过。

暑假的八月初的时候，小心一家在吃晚饭，爸爸对小心说："这下好啦！"

一瞬间，小心以为他不是在对自己说。自从不再去学校以后，小心记得再也没有发生过能让爸爸夸奖自己的事情。

然而，爸爸居然又说："现在的话，你去外面就不会引人注目啦。"小心听了立刻停下了夹菜的筷子，看着爸爸的脸。

爸爸说话的样子很随意：

"暑假了，这样的话你白天到外面逛逛就不用担心警察来进行辅导，到图书馆去看看书怎么样呀？成天待在家里也很憋闷吧？"

"爸爸，你等等……"

妈妈从旁边插嘴道。她体谅到小心的心境,说道:"小心会不会不喜欢这样?白天出门的话,遇见了自己学校里的同学会感到尴尬吧,是不是呀?"

"嗯……"

小心不知道怎么说才好,妈妈皱起了眉说:"小心!以前我也说过,如果,你不去上学的理由是因为有别的什么事的话,什么时候都可以告诉我。"

"嗯。"

小心低下了头,轻轻地咬着筷子。

不知从哪天起,妈妈不再要求小心去自由学校了。不过,小心从氛围上感觉到妈妈仍然在和那个学校的老师们联系。小心仍然不想听见妈妈要她去那所学校的话,所以她和妈妈在这方面没有过交谈。

不过,妈妈的心态似乎有所变化。以前,小心好像被妈妈认为是得了倦怠症。后来,她却会绕着弯向小心打听:"你是不是遇上了什么事啦?"

—— 还没有进入暑假时,爸爸和妈妈曾经劝说小心去听私塾的暑期讲座。

不是附近的私塾,而是远处的奶奶家还是其他什么地方的私塾。在那种没有熟人的私塾里,小心不是就可以把落下的一学期里的功课全都补回来吗?听了爸爸妈妈的建议以后,小心这天晚上觉得心里沉甸甸的,怎么也睡不着。

中学的教科书一直放在桌子的抽屉里,连打开的折痕都没有。大家在一学期里把里面的内容都学习过了,小心却没有学过。是不是已经晚了?自己是不是已经彻底地追不上啦?

小心不想再去学校了,她还要担心的是自己的学习跟不上了。

小心想象了自己去听暑期讲座的情景,和自由学校一样,小心提不起兴趣来。她告诉父母,自己会"考虑一下",其实这时已经进入了暑假,妈妈却并没有显出焦躁。

"小心,你不用勉强自己。"

妈妈对她说。

在第一学期开头的那段时间里,班主任伊田老师曾经频繁地来家访,最近,他已经不像原来那样常常来了。小心想,他大概对她已经没有什么信心了。

沙月她们是小心小学时期就关系挺好的朋友,她们有时会代替东条来送学校发的各类东西,最近也不见她们来了。小心有时也会后悔,在她们来的时候应该和她们见见面。不过,同她们隔绝后的宁静更让小心在精神上感到舒适。

没有人来打扰,小心觉得真爽快,内心特别愉悦。

但是,想到今后会一直这样,小心又觉得浑身沉重起来。

* * *

"小心你没有跟上一学期的功课,这种焦虑我能够理解。"

第二天,小心去了城堡,在食堂里遇见了风歌,她用平静的语调对小心说。

自从小心在这儿说明了自己的情况以后,自然而然地,他们形成了有趣的格局。男生们在"游戏的房间"里玩,女生们聚集在食堂里。小心只要到了城堡,总是先进自己的房间放下包,然后直接就去食堂。

对于现在的小心来说,来城堡和小晶及风歌见面,比任何事情都要开心。

嬉野本来跟在女生后面那么紧,现在看见她们三人坐在食堂里亲密无间的样子,大概也明白插进她们里面说话不是那么容易,就不像原先那样地跟在女生的屁股后面了。

小心和风歌之间，当小晶不在食堂的时候，彼此逐渐地敞开心扉，交流不去上学的体会和烦恼。

"风歌你也遇到过学习上的困难吗？"

从外表上看，戴着眼镜梳着短发的风歌很像一名优等生，显得脑子很聪明的模样。听了小心的问题，风歌主动地微笑道："挺意外吧？我自己也知道，别人看见我的样子会觉得我是擅长学习的小孩。其实我的学习成绩并不好。学习上碰到过很多不懂的地方。究竟该从哪里着手，连我自己都不明白。"

"那么，私塾什么的……"

小心正要向她询问时，传来了另一个声音：

"早上好！风歌、小心。"

随着一声明快的招呼声，小晶走了进来，小心她们的话题就此中断。

小心虽然和风歌经常聊起这方面的话题，而和小晶之间，她们却仍然有一种无法提及学校问题的氛围。

小晶的嘴里嘀咕着："啊……这儿真是凉快呀，来这儿好像终于活过来了！"她拿出了水壶，准备起了茶水。

小心和风歌都拿出了带来的点心以后，小晶把今天带来的印有图案的纸巾铺在了桌子上。看见这种在边上印着玫瑰花枝和小鸟的纸巾，风歌挺罕见地感叹："真可爱呀！"她取了一张问小晶："在哪儿有卖呀？"

小晶笑道："不错吧？周末的时候去了邻近的文具店，那儿有卖的。另外还有许多可爱的图案，挑选的时候还挺费心的。风歌，你喜欢这类东西吗？喜欢的话就送给你。"

"是挺喜欢的……嗯，是的。"

"很可爱呀！"

小心也说了以后，风歌抬起了头：

"小晶呀……"

"嗯？"

"再送给小心一张好吗？"

"行呀，当然可以了。"

"可以吗？"

小心问了一句，风歌说了声"是"，就把手里的那张给了她。小晶从水壶里倒了红茶在杯子里，苹果的香味伴着热气散发开来。纸巾的图案和红茶好看的颜色显得那么般配。

"谢谢你！"

小心道谢之后，风歌重新又铺开了一张新的纸巾，把点心放在上面，仿佛正在等候这一刻似的——嬉野出现了。

挺少见的，因为他一般都是吃完午饭后才来。

嬉野磨磨蹭蹭地站在那儿，似乎在等着小心她们发现自己的到来。

"啊，嬉野！"

小晶向他打招呼。嬉野小声地答应"早上好"，眼睛则看着风歌——他现在喜欢的人。

风歌只是随意地向嬉野看了一眼，沉默地放下了手中的茶杯，然后一直看着自己的手。

看着他们，小心也只能是无可奈何。嬉野大概是真心地认为风歌"可爱"，但是他嘴里说出的对女生的"喜欢"实在太轻率了。小心经历过所以明白，他先主观地定下自己"喜欢的人"，然后便遵循着某种公式来行动。

"你怎么啦？"小心问。

自从女生们常在这里聚会后，他来的次数就不多了。小心发现嬉野的一只手藏在后面拿着什么东西。

嬉野把手拿到前面来的时候，小心"啊"地轻轻叫了一声。

"今天是你的生日吧？风歌，我带了花给你。"

小心不知道他拿来的花叫什么名字，一朵粉红一朵白色的，长长的花茎用商场的包装纸包在一起,成为一束花。

"哎?今天是你的生日?"

小晶和小心不由得看着风歌。风歌不知何时已经抬起了头,嘴里道:"你记得真牢呀!是的!"

嬉野开心地说:"当然啦,我听到了。我肯定不会忘记的。"

"原来如此,风歌,你早告诉我们就好啦!"

"可是,我觉得这也不是什么非说不可的事情呀。"

听了小晶的话,风歌回答的声音依旧是原先那种酷酷的清亮感觉,她望着地面估计是有些不好意思。

"那么,大家一起来庆祝吧!一起来干杯!"

小晶举起了茶杯,和风歌的茶杯碰在了一起。有点儿纠结地接过了花束的风歌淡然地说了一声"谢谢"之后,嬉野快乐地"嘿嘿"笑了起来。

看样子嬉野是打算一直待在这儿了,他向小晶问道:"小晶,我的那份呢?"本来,小心觉得他能带花来很不错,可是现在看见他脸皮挺厚地问她:"这饼干我能吃吗?"顿时感到刚才对他的刮目相看的心情无影无踪了。

小晶大概也已经完全不耐烦了:"喂,这里是女生的茶话会呀!你应该注意点!""该回去啦!"然而她尽管用着露骨的语言想让他先走,他却顽皮地反问道:"哎?你怎么这么说呀?"他的样子很滑稽,小心在旁边笑了起来。

"已经快到吃午饭的时间了吧?"

听见小晶这么说了,大家一齐解散,纷纷准备回家去吃中午饭了。

"哇,得赶紧回去啦……"嬉野最先冲出了食堂。

他拿来的花束留在了桌子上,两枝用包装纸包在一起的花虽然美丽地绽放着,却显得有点儿没精打采。

"我觉得他是从院子里摘来的。"

小晶说道：

"反正是什么也不考虑就摘下来，弄得像一束花的感觉。花也挺可怜的，得快点插进水里去。包装纸看上去也是皱皱巴巴的，一定是派过别的用处的旧纸。真难看。"

"是吗？"

听了小晶的话，风歌不由得歪起了脑袋。小晶有点儿吃惊地住了口。风歌静静地拿起了花束，站起身，随即便向食堂门口走去。

小晶朝着她的背影有点儿尴尬地发出了一声："啊！"然后接着说："是不是要把花插在哪儿？找个可以当花瓶的东西吧。"

"用不着。"

风歌答道，她没有回头：

"这儿没有水，我把花带回家里去。"

"是吗？"

"嗯。"

听着她们这样的对话，小心觉得忐忑不安。从小学时代开始，这种事情就时有发生。女孩子们之间的气氛迅速地变得紧张起来——这种时刻会突然到来。

风歌走掉了，剩下的小晶和小心无言了。小心忍受不了这种沉默，先开口道："那么就下午见了。"小晶慌忙回答她："啊，嗯！"见她的脸色看上去和平常一样，小心便准备离开了。

随后，小心听见她又说话了，自言自语地嘟囔着：

"……大概就是因为那样，她才没有什么朋友吧。"

传到正离开食堂的小心耳朵里的这个声音，让她感到一阵战栗。会不会是听错啦？但是她抑制住了自己想要回头的冲动，迈着双腿朝前走着，急忙离开了那里。目标是镜子另一边自己的房间。

没有听错吗？

用不着回头看也知道，小晶确实说了。虽然她是在自言自语，多半觉得小心听见也没有关系。

回到了家里,小心把妈妈给她准备的冷冻奶油烤菜放在微波炉里加热。吃的时候她郁闷地想着,原来那种人与人的摩擦和纠结在城堡里也会有呀。可是风歌和小晶都是小心喜欢的人呀。

当天下午,小心原以为小晶和风歌不来城堡了,一点钟后,她回到城堡时,看见二人都已经到食堂了。

她们仿佛在等着小心,小晶笑着说:"嬉野也来过了,被我们赶走了。"

"我们继续进行生日派对吧,这是我的一份心意。"

小晶说着伸出了手,手上有三个文具夹。

这种时尚的夹子是木质的,手柄上有可爱的黏土做的西瓜、柠檬和草莓。夹子装在透明的小袋子里,袋子口用青色格子的带子系着。

"我在家里用现成的材料包装的,有点儿粗糙。"

虽然小晶这么说,可是从小心的眼睛看过去,完全不是她说的那样。礼物和在店里买的包装一样。风歌把它拿在手上,仔细地端详着,对小晶说道:"谢谢你!看着觉得真可爱!"

"你喜欢太好了!"

小晶笑容满面地说。

"祝你生日快乐,风歌。"她又郑重地说。

* * *

第二天的早晨,小心从睡梦中醒来以后感到心情雀跃。

妈妈和爸爸吃完了早饭都离开家去上班了,小心一个人待在空旷无人的家中,慢悠悠地做着深呼吸。

外面大多数的店都是十点钟开门。

小心打算去买送给风歌的生日礼物。

昨天是风歌的生日，嬉野和小晶都准备了礼物，小心却没有准备。风歌一点也没有在意的样子，小心昨天也并没有说什么。但是小心想要表达自己的心意。

在一片安静的家里，没人能知道小心打算去做什么。

如果能够秘密地出去再秘密地回来就好了。

小心这次不是站在通往城堡的自己房间里的镜子面前，而是站在自家门口挂的那个镜子面前，做着深呼吸。虽然考虑过戴一顶帽子，可是觉得小学生戴帽子没有什么关系，中学生戴帽子的话反而太显眼了。

小心上身穿着T恤衫，下身是裙子，洗脸的时候比平时更加仔细地连洗了两遍，头发也认真地梳过了。

小心忐忑不安地推开了家门。

夏天炫目的光线照进了昏暗的玄关里，"啊！"小心不由得眯起了眼。天空中，金黄色的太阳高挂着，鸟儿在飞翔。柏油地面的热气从脚底升起。

在外面了。

是已经久违的，外面的世界。

吸入肺里的空气清新无比，没有一点儿刺激的感觉，小心感到了慰藉。传来知了叫声的方向，有带狗散步的人和孩子们的喧闹声。

虽然炎热，却是让人感到爽快的天气。

小心毅然地走出了家门。

关于送给风歌的礼物，她心里已经有了打算。

她要去卡莱奥。

步行也能够走到卡莱奥那里，那是附近的一个购物中心。小心进小学时开张的，里面有麦当劳和美仕唐纳滋，此外还有各种各样的店。那里的一家杂货店，有许许多多像昨天小晶带来的那种可爱的纸巾。小心曾经看见过，品种繁多得令人无从挑选。自从不再去学校以后，小心的零用钱就再没有用过。

好久没有到外面来了，小心感到很愉悦，内心充满了快乐的预感。不像去自由学校时那样被妈妈领着，小心从来也不知道独自一人的时候心情会这么好。

小心正在想着这些时——

这时小心已经走到了大路上。

在她上了大路的同时，有自行车从她的身边穿过。小心看见了，立刻双腿僵硬了。两个骑着自行车的男孩穿的是小心上的雪科第五中学的运动装，只听见他们嘴里说着"麻烦了！""哎哟！"，朝着前方而去。

每一个年级的运动装的颜色不同，他们穿的不是小心年级的蓝色，而是胭脂色——他们是二年级学生。

小心能清晰地听到他们的声音，这使她快乐的心情遭到了破坏。

她不是想要听，她低下了头，避开了他们的视线。然而，她却又非常地在意他们。眼睛想要朝着他们看，可是心里又有一个声音在阻止她。

她的耳朵似乎极想听见那两个男生的声音。总是觉得会有人在说自己的坏话，还疑虑重重地感觉他们回头看过她，随后小声地议论着她。

实际上，这是不可能的。

雪科第五中学是一个规模很大的中学，他们不可能认得出不同年级的女生，更何况自己连社团也没有进去过，他们更不可能知道她了。

他们明明和小心不同年级，也不是像真田那样的女生，却引发了小心的恐惧。

如果他们是真田认识的男生怎么办呢？想到这儿，小心立刻蹲在地上，急切地想要躲起来了。

随后，她又突然觉得更危险了。

这个地方离东条的住处也很近呀！她也是真田的朋友呀！

小心重新站在大路上张望的时候,觉得柏油路面的热气烘着脚腕。在蒙眬的道路远方,看得见她打算去的购物中心的广告牌。父母以前开车带她去的时候觉得那儿很近,现在却觉得遥远无比了。

想到要走那么长的距离,小心的腿变得沉重起来。

她咬住了嘴唇,深呼吸了一下。

可是,既然自己已经来了。

她仿佛说给自己听,迈出了腿。刚才站了挺久的地上,好像留下了小心所穿鞋子的浅浅的痕迹。一步又一步,她的步履特别沉重。

究竟走了多少路呢?

小心走到了半路上,觉得精神不好,便向开在路边的便利店走去了。

随即,她觉得眼睛发花了。

走进店里,先映入眼帘的是放着便当和饮料地方。那里的光过于强烈,小心的眼睛都有点儿睁不开了。以前小心也多次来过这里,对这里的光亮应该是熟悉的。问题不是光亮度,而是色彩太鲜艳夺目,东西也太多。小心总是满怀歉意地让妈妈帮她来买的点心和饮料,居然有这么多的种类,它们一个个地排列在那里,看上去简直就像画在墙上的画似的,密密麻麻又整齐地挤在一起,给小心的感觉极其异常。应该购买其中的哪一个才好呢?小心觉得眼花缭乱。

小心伸向商品的手有点儿不受控制了,没有握好抓在手上的饮料瓶,饮料瓶掉在了地上。"对不起!"她不由得道了一声歉,拾起来抱在胸前,脸上却轰的一下热了起来。刚才的道歉或许是不必说的,声音或许太大了。

小心身后有一个上班族打扮的男子默默地走过,他的肩膀虽然没有触到小心的身体,小心却吓了一跳。小心一直只是待在家里和城堡里,除去家人和城堡里的人,她没有和其他的人接触过,此刻有陌生人离她这么近,让她几乎有点儿难以理解,简直像是不真实的。

一切都像是虚拟的，不可思议。她觉得自己没有精神，眼睛发花，种种的语言都可以用来表达小心眼下的纷乱的心情，她觉得内心五味杂陈。

真可怕。

便利店里怎么这么可怕。

抱在胸前的饮料瓶是凉的。小心仿佛依托着这种冰凉的感觉似的紧紧抱着它，这时她突然地醒悟了：

不可能了！

她今天是无法抵达那个购物中心了。

* * *

到了傍晚，小心去城堡的时候，风歌已经不在了。

小心去了食堂，没有找到小晶和风歌，她又去了"游戏的房间"，在那里的政宗告诉她："哦，风歌呀，她上午虽然来过了，说不定这一阵子她不会来了。"

上午，小心从便利店逃逸般地赶回家之前，慌手慌脚地从货架上选了巧克力点心。现在她手上拿着放巧克力点心的袋子，茫然若失地问：

"怎么一回事呢？"

"她说是要去参加父母安排的暑期讲座。从现在起要上一周的短期集中讲座，要把落下的课补上。"

小心觉得自己的脑袋深处发出"咚"的一声，像被谁打了一下似的。

去上暑期讲座，补上落下的课程。这一切，都是妈妈他们提出过的建议，这些建议全都像沉重的包袱一样压在她的心头。

小心原来想和风歌她们打听打听，问问她们不去学校是怎样解决自己的学习问题的。现在看来风歌已经先找到了办法。小心觉得肚子一下子疼了起来，变得焦虑不安了。

"那么小晶呢？"

"我哪里知道呀？风歌也走了，她会不会在自己的房间里？"

这天，"游戏的房间"里也很罕见地只有政宗一个人。政宗说，今天嬉野和昴都没有来。

"嬉野不来是常见的事，昴说过要和父母一起去旅游。暑假了呀。"

"……哦。"

小心想起了自己今天在便利店里突然不舒服的事。能够出去旅游的昴给她一种微妙的成年人的感觉。

"政宗，你的学习怎么办呀？"

"啊？像我这样的天才你觉得还要担心吗？"

政宗的回答总是那么随意：

"以前我没有说过上私塾的事吗？就这样我的学习成绩还是很好的呀！"

"是这样呀……"

小心回答了一声后，走出了房间。面对着小心的背影，政宗又招呼了一声："啊，那个……我告诉你，那些在学校里学的东西呀，到了现实社会中都是没什么用的。"

小心知道了政宗在私塾里的学习那么顺利，对他特别羡慕。

她无力地答了一声"嗯"，再也不想多说了，朝着食堂走去了。

在食堂的桌子上，小心放上了给风歌的生日礼物。

小心把便利店里买来的巧克力点心用妈妈过去不知什么缘故带回家的英文报纸包了起来，用透明胶带封好，再贴上印有图案的贴纸。小心在包装这份礼物的时候努力地想把它搞得好看一些，所以用了各种东西来装饰它，结果反而令人觉得乱七八糟的。嬉野的那一束花远远比小心的礼物来得漂亮。

这样的礼物没有送到风歌的手里，说不定还是一件好事。

小心这样想着，感到今天一天的事情重重地压在胸口上，沉闷极了。

面对着这份不像样的礼物，小心思忖着自己为什么就没有办法像小晶那样做得漂漂亮亮，在便利店买东西也成了困难的事情。她越想越觉得不安了。

虽然已经进入了暑假，可是在心理上，小心刚有一点儿放松的感觉。然而，没想到她对外面的世界会害怕成那种样子。

说不定放声大哭一场会感觉好些，刚这么一想，她马上又打消了这个念头。这种事情，要在家里的自己房间，或者是浴室里才行。如果在这里被人看见她痛哭流涕的样子，会让人感觉她是一个情绪不稳定的女孩，她可不想让人对她有这样的印象。

"哎？"

正在此时，小心听见了一个声音。

她慌忙地朝门口望去。然后，不由得轻轻眨了一下眼。因为她看见了一张很少见的脸在那儿张望——是理音。

"咦，今天只有你一个人？其他的女生呢？"

"啊，小晶大概在她自己房间里，风歌从今天起要参加暑期讲座了……"

"暑期讲座是什么呀？"

"哎？"

理音说着走进了食堂。

只见他鼻梁直挺，带一点睡意的大眼睛上的睫毛长长的。小心近距离看着他，觉得他的确是个容貌俊美的男生。小心还发现他的皮肤晒得黑黑的，心里不禁叹道：哦！他是属于能够走出家门的男生呀！这样一想，她的心情立刻又沉闷起来了。

"你不知道什么是暑期讲座吗？在私塾那些地方学习，利用暑假放假的时间把一个学期的功课重新复习……"

"啊,是这样呀,放暑假了呀。确实很累,学习这种事情。"

理音看上去没有政宗那样的顽皮捣蛋的样子,小心反而觉得有些不知所措。她看了看理音的脸,听见他问:"怎么啦?"

"理音,你没有什么计划吗?关于学习方面的事情。"

"我不喜欢学习,大部分都不行。话说回来,难道有人喜欢学习吗?啊,不过,小心你好像正在学吧?挺认真的样子。"

"我没有学呀!"

小心想,自己真的没有在学,为了这件事,眼下快要被不安的心情弄得窒息了。不过听见理音用名字称呼她,一下子怦然心动了。显然对学习的话题没什么兴趣的理音"哼"了一声后,目光投向了食堂的餐桌。

"这个,是礼物吗?"听见他这么问,小心顿时后悔了,刚才把它藏起来就好了。

"嗯。"

"给风歌的?"

"嗯。她过生日了,你知道吗?"

"当然知道啦,嬉野嚷嚷得那么厉害,他可真有趣呀。前不久还说小心是他的意中人呢!"

"快别提啦!"

小心不由得立刻低下了头。这个拙劣的包装使她内心充满了羞愧,眼下她恨不得马上消失。

然而,理音却说道:

"挺遗憾的呀。既然好不容易地带来了,却没法交给她。"

理音的话并不是什么特殊的语言。

可是,听了他的话,小心的胸口立刻涌起了一股暖流。

这是个包装得挺糟糕的蹩脚礼物。

里面是到处都能买到的便利店的商品——小心在匆匆逃回家前忙乱地从货架上拿的巧克力点心。

她向理音"嗯"了一声。

"嗯,我很想给她的。"

昴和家人一起出去旅游了,风歌去了私塾参加暑期讲座。听了这些,小心觉得大家都不来了,自己依然还不停地来城堡有点儿傻乎乎的。

特别是,父母劝她去参加暑期的讲座,她却把这个机会放弃了。

"学习,要跟不上了吧……"

小心嘀咕了一声,第一个学期已经结束了,就像她的一个心病似的,现在不由得说了出来。

"哎?"

理音向她看来,小心慌忙改变了自己的表情。她挤出了笑脸,试图抹去暗淡的神情,嘴里简单地回答道:"没事。"理音却并没有忽略她刚才的话。

"你在担心学习的事情吗?小心,好像你是初中一年级吧?和我一样。"

"嗯。"

"是吗?"

到此,他们说完话了。

——估计理音的情况和小心差不多。想到这儿,虽说有些抱歉,小心觉得舒服多了。

那个暑期讲座,虽然被小心拒绝了,可是如果她回心转意的话,还是能够去的,那里估计中途也能够进去。

但是,虽然小心在理性上明白,却解决不了她内心的焦虑。当然,不想去私塾也是她的真实想法,这个想法一时还难以动摇。

学习跟不上是一件可怕的事情,但是去私塾也可怕。

那么，怎么办才好呢？怎么行动才能够朝着自己希望的样子发展呢？怎么才能回归到小心的"日常生活"中呢？想来想去，只有一个办法：

"祈愿的房间"的钥匙——"祈愿的钥匙"，小心找到它就好了。

真田如果消失了，小心一定就能够回到教室去了。

* * *

进入了第二周以后，小晶也不常到城堡里来了。

至于嬉野，根据政宗的消息，他已经去了奶奶的家里，所以完全不到城堡来了。

在小心家，她的爸爸和妈妈的工作都很忙，所以无法休假。再加上他们看小心既不去中学也不去自由学校，所以都打消了今年夏天带孩子去什么地方游玩的计划。小心也感到抑郁，所以不会主动向他们打听。

然而，几个人里只有政宗和小心一样，每天都到城堡里来。小心会在平日来，到了周末，父母都在家，她也不会来了。可能政宗不管外面的人是否休假，仍然会到城堡里来。小心觉得很好奇，因为关于学校方面，他家和小心家的想法完全不同，她很想知道政宗的父母是做什么工作的，是什么样的人。

政宗常常是一个人，当小心进入"游戏的房间"时，他只会向她瞥一眼，既不发出声音，也不向她打招呼。

当昴和其他的男生不在的时候，政宗玩的不是连接到电视机上的游戏机，而是拿来拿去更方便的掌机。

"啊，那个……"

有一天，小心看见他正盯着手里拿的游戏机的屏幕，不由得发出了声音，政宗朝她抬起了头："怎么了？"

第一次看见政宗时，他手里就拿着这种掌机。她记得政宗说过，是一个熟人给他的"测试机"。小心感到非常羡慕,但是,既然有特殊原因,就应该算是企业机密了,小心不知道能不能随便地给她看看了。

"哦……"

政宗注意到了小心的视线,他看看手里的游戏机,能听见它发出来轻轻的音乐声。政宗问她:"借给你玩吧?"小心听了惊讶地瞪大了眼。

"行吗?!不是你说过……"

"你不是说你爸爸把游戏机藏起来了吗?可以呀。我家里还有最新的机型呢,有的是呀!"

政宗说着:"你喜欢RPG(角色扮演游戏)吗?"然后他弯下了腰,从自己的背包里取出了游戏盘。政宗玩的掌机游戏和他平时与大家玩的赛车游戏或搏斗游戏不同,似乎是有着故事情节的RPG。

"我基本上没有怎么玩过RPG,总觉得既长又很难。"

小心对政宗的关照挺感谢的,嘴上随意地说着。没有想到——

正在搜寻着背包的政宗突然意外地"啊"了一声,不快地看着小心的脸。随后,他故意叹息了一声:

"本来觉得你一个女生也会玩游戏,挺有意思的。没想到,你还嫌长?"

政宗一脸的失望——藐视地看着小心说道:

"你是不是从来就没有玩过有故事情节的游戏呀?你以为那种单调的打来打去就是游戏吗?"

"可是,我觉得挺难的呀……"

"你说难?"

政宗又显出了难看的脸色。

"真没办法和你说了,我认为,玩了RPG以后,才会真正地明白游戏的精彩。我呀,也就是玩了游戏以后,才第一次被故事感动得哭了。"

"哎?你玩游戏时哭了?"

这回轮到小心吃惊了。她有些目瞪口呆地看着政宗：

"你是不是因为游戏玩失败了被自己气哭啦？"

"不是的，我是感动呀。哎哟，别问了好吧，这种事……"

政宗不耐烦地说着。小心由衷地觉得吃惊。她在电视广告上常常看见的游戏片段里，确实就像电影一样地出现不少感人的场景，可是没有想到男生还会被感动得哭了。

小心被政宗的一顿数落弄得挺不开心，却觉得无法反驳。

"你在看小说或看电影的时候哭过吗？漫画、电影什么的呢？"

"那种时候当然有啦……"

"那么，那和打游戏的时候有多大的区别呢？你的想象力是不是太贫乏啦？"

小心虽然明白自己说的话造成了政宗的不愉快，可是她觉得自己也不应该被政宗这样地驳斥：

"那好，你不借给我也没什么关系！"

小心不由自主地说出了这句话以后，政宗马上不开心地皱起了眉。他这时手里握着游戏机，正准备递给小心，中途说了一句"啊，这样"，把手又缩回去了。

"原来你没有多大兴趣呀！"他说着，非常恼火的样子，接着也不愿意再和她啰唆下去了，陷入了沉默。

小心想，政宗属于大大咧咧的男生，一定很快就会把他和小心的这些口角忘得一干二净。

然而，小心没有想到，当她中午回家吃了午饭再回来后，城堡里却没有了政宗的身影。

不仅是这样，政宗那天再也没有来。结果小心一个人坐在"游戏的房间"里，嘴里嘀咕着："怎么回事！那个宅男！"生气地拍打着放在高级沙发上的垫子。

噗、噗、噗。她连续地拍了三次，深深地呼吸着。

她看着政宗留在电视机前的游戏机,思索着趁他不在的时候把它弄坏——当然她绝对不会这么做的,只是在心里这样想一想,多少开始有点儿冷静了。

也许,政宗真正喜欢的是那种 RPG 一类的能够独自玩的游戏。但是,在这里的时候,他选择那些动作游戏是为了和大家能够一起玩。小心有点儿醒悟了。

第二天,好久没有来的昴出现在城堡里了。

政宗没有来,昴独自一人待在"游戏的房间"靠窗户的地方,耳朵里塞着耳机,像在听着什么。耳机上的线一直通到他的包里。

"昴。"

小心第一次叫他时昴没有听见,他的注意力似乎集中在音乐上,小心再次叫他的时候轻轻地拍了拍他的肩膀,昴终于反应过来,抬起了头,拿下了耳机:

"抱歉,我没有听见你的声音。"

"不,是我在打扰你。今天,你没看见政宗吗?"

"好像他没有来呀。我好久没有来,挺想见见他的,有点遗憾呀。"

昴伏下身体收拾耳机,他的皮肤白皙,脸上散布着雀斑。

"我觉得,你好像和'哈利·波特'系列里的罗恩很像哦,没有人说过吗?我第一次看见你的时候就有这种感觉了。"

"哈利·波特?"

"是呀,'哈利·波特'系列的书呀。"

小心边说边意识到,不光是书,他和电影里的罗恩也是很像的。可是昴只是朝她耸了耸肩膀,摇摇头说:"第一次有人这样对我说。"

"看来小心很喜欢看书呀。"

看着他说话的样子,小心不由得想——如果在自己的班级里也有这么样的一个成熟的男生就好了。

"昴是星星的名字吧？所以吧，我才会觉得有一种幻想的色彩，才会产生出联想。"

"是吗？确实，从老爹那儿得到的东西里面，我最喜欢的是自己的这个名字了。"

"哎？"

和他的名字的事情相比，像他这样的男孩居然用"老爹"这种称呼，小心听了他的话觉得有点儿惊讶。昴的脸上显出微笑，看着刚摘下的耳机说：

"这个也是老爹送给我的，这个月和他见面的时候。"

"哎？"

听见他的说法，小心觉得很不寻常。和自己的父亲怎么会说"这个月和他见面的时候"？昴难道平时不和他的父亲一起生活吗？

昴抬起头看着小心，他大概察觉到小心的欲言又止了。小心不知道该不该问他，但是她又觉得昴喜欢得到她的关注。倘若她没有会错意的话……

"昴，你……"

正当小心想要打听的时候，却觉得门口有人在朝他们张望。昴先意识到了，朝门口看去。原来是风歌站在那儿，小心和她已是许久未见了。

"风歌。"

"小心，谢谢你的礼物！"

"嗯……"

为了尽早让风歌看见，小心把礼物竖着放在风歌的镜子前，还附上了卡片，卡片上写着："时间晚了请别介意，祝你生日快乐！"

风歌的手上拿着那包礼物，进入了"游戏的房间"，在桌子上打开了礼物，然后一直注视着那个装着巧克力的盒子。

看见她的样子，小心吓了一跳。

虽说这盒巧克力是小心费了大力气买来的,可是仔细想想,如果她认为是小心把家里现成的东西包装了一下带来的话,也是没有办法的。

昂看见小心和风歌开始说话了,就站起了身,说:"我要先回去一下。"他收好了耳机,对女生们很有礼貌地说道:"我们回头再见。"小心和昂刚才说的话题还没有结束,然而小心也只能"啊,嗯"地目送他。

虽然昂已经不在了,风歌仍然看着那个点心的礼物。小心正考虑该说点话来解释解释这份礼物时,风歌却抬起了头说:

"这种点心,是你喜欢的吗?"

"哎?"

"这种我从来也没有吃过,我想你大概是特地把你特别喜欢的点心送给我了。"

"……嗯,是很好吃。"

这个的确是小心喜欢的点心,但是若要问小心是不是像风歌说的那样"特别喜欢",小心一时还难以确定。风歌说从未吃过,会不会是因为她很少去便利店呀?风歌是个有礼貌的女孩,她的父母说不定一贯主张不让家里的孩子多吃这种点心。小心正在思索着,只见风歌笑容满面地说道:

"太高兴了,我要好好地尝尝!"

她的声音听上去充满了喜悦,不像是仅仅考虑到小心的心情才这么说,小心感到一阵温暖。

——风歌真是一个不可思议的女孩。

她的感情很少会流露在脸上,有时候让人觉得不知她在想些什么。但是,在她的身上,看不到想在别人面前伪装成好人的功夫或心计,听见她这样的女生发自内心的声音,小心高兴得有些心花怒放的感觉了。

"虽然想现在和小心一起吃……我一个人回家里吃也可以吧?"

风歌特地问道,让小心有点意外。

"你是特地送给我的,我想独自品尝。"

"可以呀！当然可以啦！"

这天的中午，风歌似乎已经在家里吃过了巧克力点心，她回到城堡后告诉小心："味道很好！"

听见她这么说，小心觉得自己去那趟便利店很值得。

城堡里的出席率虽然下降了，有的人却在进入暑假后频繁地露面了。这个人是理音。

他给人的印象依旧是个活泼的受人喜爱的男生。自从第一次见面以后，小心就觉得理音越晒越黑，人也长高了。小心看见，他脸颊上的皮肤被晒得有点儿要脱皮似的，担心他会不会是逃学在外面玩耍的孩子。小心想，他看上去并不是那种同坏同伴或者被称为不良少年的朋友们厮混在一起玩耍的孩子，可是万一是么回事怎么办呢？

"咦？人都去哪儿啦？"

"今天只有我和小心在。上午昴还在，放暑假后大家似乎都有自己的事情。"风歌说。

钟上的指针指着下午四点。理音到其他男生都不在的"游戏的房间"里转了一下后"哼"了一声。

"政宗也不在呀。真少见。我还打算和他一起玩游戏呢。"

"是我把他惹怒了。"

小心答道。理音向小心看来：

"哎？真的吗？怎么啦？"

像理音这样的男孩子，学校里偶然也会有。他们对于自己长得帅或是有人气都满不在乎，同政宗或嬉野那样的，无法融合于集体中间的男生或女生也能够平等地说得上话。

令小心奇怪的是，这样的男孩为什么也会成为这个城堡里的一员？不过她绝对不会主动打听，总觉得这是不可以打听的事。

小心有点儿郁闷地向他进行了说明：

"我对他说，RPG 在游戏里面属于篇幅长的，玩的时候觉得挺难。他不高兴了，说我不懂游戏，结果我也不开心了。"小心一边想，一边说，"但是………但是，他本来还打算把游戏机借给我的。"

政宗本来还打算把游戏机借给小心的，闹脾气回绝政宗好意的是小心这一方。

"哦……我对电子游戏也并不精通。不过，对于这件事你还是道个歉比较好。说不定，政宗也在后悔呢，他也觉得对小心说过分了。"

他把话说得很明白，小心听了"嗯"地点了点头。随后她想了想又说："下次看见了政宗，我会向他道歉的。"

* * *

这天晚上，爸爸没有回来吃晚饭，他的工作太忙了。家里只有小心和妈妈两个人。

小心先在家里淘好了米，用电饭锅煮了饭。饭差不多快要熟的时候，妈妈回到了家。她换下了工作时的衣服，系上了围裙。

妈妈因为最近工作特别忙，把她在购物中心卡莱奥里的熟食店买来的沙拉和饺子放在餐桌上，并向小心表示了歉意："对不起。"小心其实挺喜欢这个熟菜店里的食品。和妈妈做的相比，这里的沙拉中还拌有坚果，更加精致一些。

在准备晚饭的时候，妈妈向小心开口道："那个，小心……"

她的声音虽然听上去很平稳，却有一种不自然的感觉，小心听了一边回了一句"什么事呀？"，一边做好了等待下文的准备。通常，妈妈这么说的时候，都是要讲一些敏感的话题，比如有关自由学校的，或是有关小心中学的。

"白天，你到什么地方去了吗？"

被妈妈这样一问，小心立刻觉得心跳加快了。

"哎?"小心正不知道应该怎样回答才好,妈妈停住了正在摆放盘子的手,观察着在准备杯子和筷子的小心的脸。

"我不是在生你的气。你如果想出去玩,我认为是一件好事,现在又很幸运是放暑假的时候。"

小心听了妈妈的话,被"幸运"两个字吸引了注意力,剩下的意思顾不上理解了。

幸运。

现在是幸运的暑假。

如果不是暑假的话,妈妈多半不愿意被人看见自己的孩子拒绝上学,还游手好闲地在外面闲逛。

妈妈继续说:"我本来不想说的,其实最近,我中午偶尔会从公司回到家里。"

小心顿时觉得后脑勺像是被什么东西砸了一下似的意识模糊了。

"然后,发现你不在家。"

"你为什么要回来呢?"小心忍不住问道。

胸中突然升起的感情是——愤怒。

为什么妈妈已经去上班了,却突然地回到家里来?小心知道自己的愤怒没有道理。但是,她觉得妈妈真是过分了。本来以为白天的家里是属于自己的。看来妈妈对我缺乏信任,特地回来看看我在不在家。

小心已经难以控制自己的表情了,她不知道此时自己是一副什么模样。

"小心,妈妈没有对你生气呀。"

妈妈用安慰的语气说道:

"本来,我并没有打算说。"

"那么,你为什么又要说呢?"

"什么?"

妈妈的眉间出现了皱纹,她刚才一直努力维持的温和嗓音忽然有些提高了。

"妈妈当然是为你担心了。起先看见你的鞋子还在门口,担心别是被人拐走什么的。"

"鞋子吗……"

小心没有想到妈妈会连这种地方也都留心到了。她当然也进过小心的房间,那时镜子不会是发出亮光的吧?不知道自己每次离开了房间以后镜子会怎么样,大概是小心进入到里面以后就不再发光的机制。

不知道妈妈是如何地理解鞋子的问题。估计她以为小心穿了另外一双鞋出去了。

"小心。"

妈妈的眼睛闪现着迷惑的目光。小心看着她的眼睛意识到,她并不相信自己。

"妈妈不是说过不责备你吗?我觉得你能出去走走是一件好事呀。只是,去哪儿……"

"我只是出去了一下!"

实际上不是这样。

小心撒谎的声音里充满了苦涩。

她并不愿意这么说。

因为,真实的情况是,小心根本离不开家。

那天在那条炎热的道路上,便利店里的灯光她都会觉得那么刺眼,仅仅是看见穿着同一所学校运动服的不同年级的男生她都会僵住了似的动弹不得。那种痛苦,小心真希望妈妈能够理解。可是,她只能承认自己出去过了。太可悲了,实在是太可悲了。

明明自己对外界是那样恐惧,怎么会让妈妈认为,自己能够和普通的孩子一样,在外面若无其事地玩耍呢?

妈妈叹着气,嘴上说着"本来不打算说的",又说实在忍受不了,用"担心"的语言作为盾牌,触动了小心最不想被人触及的部分。不知道她现在对小心的辩白是怎么想的？

既然要说，那么起先就不要说什么"本来不打算说的"！

既然说没有生气，不打算责备小心，那何必要在小心面前那么大声地叹气呢？

"你再到自由学校去试一试吧？"

妈妈的这句话，让小心的心情顿时变得更加沉重了。面对着沉默的小心，妈妈又说道：

"那次我们去的时候见到的喜多岛老师，你还记得吧？"

她说的是那个年轻的女老师，带着小心到教室里去过。当时她和小心打招呼时说："安西心同学，你是雪科第五中学校的学生吧？"在她胸前挂的牌子上，有某个孩子画的她的速画像和"喜多岛"的汉字。

"我也是那儿的毕业生呀。"喜多岛老师微笑着告诉小心。然而，小心听了却觉得羡慕无比，她已经是一个再也无须去中学念书的成年人了。她留着短发看上去是一个性格活泼的人——小心感觉她和自己完全不同。

"那个老师说，她还想和小心聊一聊。"

妈妈注视着小心。小心的揣测没有错，尽管小心没有去那儿上学，妈妈果然还是和那里的老师保持着联系。说完这话，妈妈在沉默中踌躇了一下后，又开口道：

"那个老师还说，小心不去学校的原因绝对不在小心的身上，一定是小心遇上了什么事情。"

小心听了睁大了眼睛。

妈妈有点儿疑惑地继续说道：

"她总是告诉我，错不在小心的身上，所以，绝对不要责备或者对你发火。因此，妈妈一直忍耐着，虽然有些事情很想问问你。"

小心听了这话，不禁在想着：你既然说是忍耐着，为什么现在又要把这些事都说给我听呢？妈妈从正面注视着小心说道：

"发现小心白天不在家以后,第二天,我从工作中挤出了时间,又回家来了,发现你还是不在家,是不是?结果,妈妈试了好几回了。"

小心默不作声,什么话也说不出口。妈妈露出了疲惫的样子看着小心:

"我在工作的时候担心着,你如果到了晚上还没有回来的话可怎么办?晚上回到了家,发现你好像什么事都没有一样。所以,妈妈每一次都会想:啊……小心白天明明出去过了,晚上却好像没有事似的默默吃着晚饭。所以我……"

"……我明白啦!不会再出去了!以后我一直待在家里!"

小心突然喊道。妈妈看着她突然屏住了呼吸,使劲眨了眨眼:"我不是这个意思呀。"

接着她又说:"小心如果出去的话,妈妈认为是好事。不过,到底是去了哪儿?公园吗?图书馆吗?你去的地方不会是卡莱奥吧?那里的游戏厅的话……"

"我怎么可能去那么远的地方呀!"

小心没有撒谎,她终究去不了那么远的地方,到便利店已经是极限了。尽管如此,却被妈妈那样误解,小心觉得实在难以忍受。

小心把手上拿着的筷子和杯子都重重地放在餐桌上,咯噔地发出了响亮的声音。她随后冲出了餐厅。

她虽然听见身后传来了妈妈的呼唤声"小心",却并没有回头。一直奔上了二楼自己的房间,扑倒在了床上。

通往城堡的那面镜子现在没有一点儿光亮,小心痛恨地看着它。她的脑子里闪过了一个想法:如果夜间也能去这个城堡的话,她要钻进去,从这个房间里消失。

可是,楼下却传来了一声呼唤:"喂,小心!"随即传来上楼的脚步声。小心其实是无法离开这个家的。

小心想到了那个学校的喜多岛老师。

老师说了那样的一句话：
——小心不去学校的原因绝对不在小心的身上。

这句话让小心的胸中产生了微小的希望。

喜多岛老师会不会已经察觉到了什么？自由学校的老师们和这个地区的中学有某些交流也是不奇怪的。然后有什么人说不定告诉了他们，有关小心遭遇的那些事情，说不定他们已经了解了。

这种想法只是从头脑里一闪而过，小心随即又觉得不可能有这么巧的事情发生。

原因也是很简单的，真田美织属于年级里的中心人物，在她周围的孩子里，没有人会背叛真田美织。不利于真田的坏话不可能准确地进入大人们的耳朵里。其他的孩子也是一样，他们早已经把小心的事情忘得一干二净了，都在忙着社团的事情，忙着过他们自己的生活。

小心早已被排斥于教室中流逝的时间之外了。

妈妈走近房门时发出的"喂"的声音惊动了小心，她立刻从床上跳了起来。

桌子上，小晶给的那张绘有花纹的纸巾随意地放着。小心马上想到，这张纸巾如果被妈妈看见了，说不定又是一场争吵。她急忙要去把它收起来。

小心把它抓在手里紧紧地握着，试图把它藏在被子和身体中间。看见好好的纸巾被身体压出了皱纹，小心又觉得悲哀了起来。

给大家送了纸巾还泡了红茶的小晶，收到了小心的点心礼物后那么开心的风歌，小心依次想起了她们，一种几乎要喊叫的愤慨充满了胸中。

为什么，不能让小心静静地去那儿呢？

怎样生活，为什么不能让小心自己决定呢？

"小心,我要进来了!"伴随着这个声音,妈妈走进了小心的房间。

* * *

和妈妈吵过架的第二天,小心没有去城堡。

这天的早晨,妈妈对小心用特别温和的语气道了歉:"昨天的事对不起。小心,你白天在家里怎么度过,妈妈不想干涉。我虽然白天偶然地回到家中,也并不是想要突然地检查你。抱歉了小心。"

小心忍耐住了郁闷的情绪,"嗯"地回应了一声。妈妈又说道:"我以后白天不会回来了。妈妈不会再做试探小心的事情了。"

她说话的语气里包含着理解。会不会是喜多岛老师或者那个学校的别的人教给她的方式、方法,用一种仿佛理解小孩的长辈的语气对待小心?

这也可能是一种骗局。小心这一天里一直待在家里。她琢磨着妈妈嘴上虽然那么讲,暗地里说不定仍然在监视着她。

小心把晒进了阳光的窗户关紧,打开了空调,独自一人看看书、看看电视。外面传来放了暑假的孩子们在房子后面的公园里玩耍的喧闹声。

中午的时候,小心把妈妈留下的午饭吃了,站在窗前看着外面的景象解闷。一直等到了傍晚,都没有妈妈回来的动静。

白白地在家守了一天,妈妈今天没有回来突击检查。

小心觉得非常失落,还感到幽怨。

既然是这么个结果,真不如去城堡度过这一天呢。

小心感到后悔的第二天,情绪继续左右摇摆着,在去不去城堡的问题里打转。结果,吃完了午饭还是没有看到妈妈要回来的样子,大约在三点钟以后,小心去了城堡。

只去一会儿,小心在内心对自己说。

只是一会儿。

只是在那里和大家见一下面，赶在妈妈确认之前回到家里就行了。小心一边这样地想着，一边钻进了镜子里。

到了那里之后，小心大吃一惊。

来来去去城堡已经有将近三个月了，和起先的那种冰冷空旷的印象相比，现在因为城堡里散乱着大家各自带来的玩具和点心，令人觉得更熟悉、亲切了。在每一面通向各人家里的镜子面前，不知有谁制作了一种小挂牌，小挂牌的纸好像是从图画纸上裁下来的，每一张牌子上分别写着"小心""小晶""政宗"等等名字。

今天，很少见的是，大家的镜子都发出了七彩的光亮，到场的人里属小心最晚了。

在这个已经熟悉的城堡里，走进了"游戏的房间"后，小心却看见了让她感到了吃惊的光景。

"哦！小心！"

总是在一起玩游戏的政宗和昂，转过头望着进来的小心。

大家都集合在一起了。风歌和小晶坐在沙发上，游戏机的旁边还有其他男生的身影。

不过，他们中间有一个人立刻吸引了小心的目光。

——是昂。

上一回，昂曾经和小心提及他父亲的事，这个话题在中途结束了。这回小心看见他的头发明显地呈现出茶色。并不是像理音那样被太阳晒成了那种颜色，而是大人做的那种人工染发。

"昂。"

"嗯？"

"你的头发……"

小心不知道大家是不是已经交谈过这个话题了，或者这是一件不能接触的话题?她犹豫了一下,最终还是踌躇着向昴开口问了。

大家都没有作声,不过,好像都在静观。

昴的样子满不在乎。"啊?这个吗?"他把自己耳朵边的一撮头发抓在手里问。这样一来,他的模样更加显得和以前不同,成年人的氛围愈加浓重了。小心感到迷惑不解。

然后,小心看到了令她更加吃惊的景象。

在他抓住的头发下面,能看见耳朵上有小小的耳环在闪光。原来他的耳朵上打了耳洞。"是我哥哥给我弄的。"昴说道。

"他说,好不容易放暑假了,来一点改变吧。也是被他有些强制性地……"

"颜色是染上去的吗?"

"没有,是脱色。如果是染色的话,颜色很难上去的,脱色的话,原来的颜色马上就会改变。"

"原来是这样啊。"

小心听了觉得有些兴奋。

正和昴一起玩着游戏的政宗没有像往常那样发出讪笑。他只是嘟囔了一句,表面上是无所谓的语气,实际上却能从他的声音里听出明显的紧张感:

"原来你还有哥哥呀?"

听了政宗的话,小心又微微地震惊了。

关于昴有哥哥的事情,小心是第一次听说,可是她没有想到,政宗和他的关系那么好,居然也是第一次知道。

政宗接着问道:

"耳环呢?也是你哥哥弄的?"

"是的,哥哥和他的女朋友。刚弄好的时候耳洞容易重新长死,所以连睡觉的时候也不能把耳环拿下来。昨天晚上翻身的时候不小心碰到了,枕头上也沾上了血。"

"哦……"

政宗满不在乎似的点了一下头,他的眼皮比平时垂得更低了。

小心多少能够理解现在政宗的心情。

——他觉得昴做得有些过分。

染发也好,耳环也罢,在政宗所生活的环境里,多半这些东西不是那么普遍。但是,面对这一类的东西,他尽量摆出既不大惊小怪,也不躲避,无所谓的态度。其实,小心也是同样的态度,在座的其他人大约也是一样的心态。

这时传来了一声"哼"。小心回头一看,原来是小晶发出来的。

大家正沉浸在郁闷的气氛中时,唯有她好像是真的满不在乎的样子,她开口问了昴:

"这样的话,你就不怕老师发火吗?每到期末,老师们都会在那儿反反复复地警告大家:不要在新学期开始的时候带着一头染过的头发来上学哟!你就不担心被老师发现吗?"

"嗯,不过我不在乎。"

"哎,真好呀!我也要弄——弄弄头发。"

"行呀,小晶,你挺适合染发呀。"

"不错不错,我和风歌、小心一起染一染。啊,不好,如果我把风歌带坏了,会有人生我的气了。"

小晶说着特地看看嬉野,然后小声地笑了。本来没精打采的嬉野一下子睁大了眼睛,吃惊似的望着小晶。小晶旁边的风歌有点儿尴尬地装出了什么也不知道的样子。

隔着一层褪了色的头发,隐隐能看见昴的脸颊,总觉得他的脸型也有所变化了。本质上虽然还是原来的那个昴,只不过把头发改变了一下颜色,就让小心觉得他和自己有距离了,这种改变让小心觉得挺吃惊的。至于能够和他不在乎地进行交谈的小晶,也让小心产生了至今所没有的,更想了解她的心情。

昴刚才提过"哥哥和他的女朋友"。

小心觉得，昴的哥哥及女朋友属于小心最合不来的那类人。小心不想被喜多岛老师和妈妈误以为自己属于那些孩子的同类。他们打扮招摇，白天不去学校里念书，经常泡在游戏机房，或是在商业中心里无聊地玩耍。

小心正想着，突然有人大声地发出了声音："我说呀！"

原来是嬉野在说话：

"我现在有话要向大家说！"

"什么事呀？"

小晶问他。

脸变得通红的嬉野目视着小晶和大家。然后说道：

"我，第二学期开始要去上学了！"

他刚刚说完，小晶忽然睁大了眼睛，其他的人也都吃惊得一下停住了呼吸。嬉野的样子显得非常认真，他的脸比刚才更红了。

"我本来小心谨慎，一直没有敢说。"

接着他又说道："坐在这里的各位，你们都没有去上学吧？都没有办法去学校吧？"

小心想，他这是想做什么呀？事到如今了。

这件事不是早就明白了吗？——不过，小心又想到了，政宗和昴曾经对她说过"学校属于没有什么去的价值的地方"，而她和小晶之间一直尽量地不触及这方面的话题，此外，也许还因为嬉野上午往往不在。确实，小心想到和嬉野之间并没有聊过这方面的话题。

嬉野是一个喜爱美食、注重恋爱的男生，可能他在这方面过于典型了一些。然而，大家彼此并没有确认过"我们都没有去学校"。

嬉野没有住口，他朝着沉默的众人继续滔滔不绝地说道：

"真像一群傻瓜。明明都没法去学校了，却在这里把自己装得跟自由自在的普通人一样。就在刚才，小晶还和昴说什么第二学期开学以后会被老师注意到头发，这不是自欺欺人吗？你们本来就没有去学校的打算呀！"

小心听了震惊得差点儿叫出声音来，连忙闭上嘴把话咽下去了。

小晶一直沉默着。虽然她一直沉默着，面孔却变得通红了，双目死死地盯着嬉野。虽然她的脸颊一片通红，从脖子往下却是幽灵般的青白色。

"不管怎样，我准备去学校了。"

嬉野巡视了大家的脸，声明着：

"从第二学期开始，我要去学校了。以后我不到这里来了，大家愿意在这里待多久都行呀！"

"你这人怎么这样说话呀？"

理音向他发出了警告。

理音一直卧倒在地毯上休息，现在他站起了身，面对嬉野站着。然后他的声音更大了：

"你不也觉得很开心吗？！在这里！"

"不开心！！"

嬉野大叫道，他的脸扭曲了像变了一个人似的。没想到会被嬉野这样大声地反驳，理音不禁有些退缩了。就像抓住了一个空隙似的，嬉野一口气说道：

"不是吗？大家都把我这个人当作傻瓜一样地看，一直是这样。总是这样，我也不知道怎么会这样，总觉得大家都不把我当成一回事儿。你们都把自己的恋爱状况隐藏起来，躲在人背后偷偷摸摸地进行，谁也不知道就在一起了。至于我的恋爱，因为是我的事情就可以到处传播，随便地嘲笑都可以。没人把我当成一回事儿，别的事情也是一样的！大家以为我这个人被怎么样说都行的。"

"不是这样的！"

小心没有多想就发出了声音。

这句话脱口而出之后，她一下子愣住了。说到这个问题，她才意识到了——嬉野说的是真的。

小心也确实曾经觉得，如果是嬉野的话，随便地开玩笑都可以。他喜欢的女孩子变来变去的，女生们把这事都当成了笑话来看，小心、小晶和风歌一下子成了好朋友。然后她们又说是应该感谢嬉野，因为是他促成了她们的团结。

小心明白，她也瞧不起嬉野。

她意识到了这一点，可是却无法承认，只能够向他表示歉意。

"如果，被你这样想的话我只能说对不起了。可是……"

"啊啊啊啊啊啊！不用说了，烦死了！"

嬉野大叫起来，小心吓得缩起了身体。

"你也一样……"

嬉野看着小晶。随后他又转过头，这次他望着昴。

"你也一样！你也一样！你也一样！"

他把大家的脸轮流看了一遍，最后，他注视着站在面前的理音：

"你也一样！看上去，你们都是一副与己无关的样子，实际上，你们根本和我是一回事儿。你们都遭到了欺负，都被人嫌弃，连个朋友都没有！"

"……嬉野，你稍微冷静点。"

理音说着把手放在了嬉野的肩膀上。嬉野的脸上还是通红的。

——在这里，每一个人都有自己的理由。

大家当初到了这个城堡的时候就已经明白了。但是，今天嬉野把这个事实公开地呈现在大家面前，实在让每个人都觉得太痛苦了。

嬉野把理音的手用力地甩开了。

"那么，你是怎么回事呢？"

嬉野开始和理音过不去了。他变得蛮不讲理，故意挑衅。他晃着肩膀大口地呼吸着，向理音质问：

"那么，你为什么不能去上学呢？快说！告诉我吧！"

理音静静地睁眼看着他。大家的目光都看着理音和嬉野。

提问的嬉野仿佛快要哭的样子。按理说是他先向理音挑衅的，不知何故，他现在的表情却像是要寻求谁的帮助，小心在旁边看着觉得他特别可怜。然而，大家都无法把目光从他们两个人身上移开。

"我……"

理音看上去踌躇了一下。然后他轻轻地咬了一下嘴唇，正视着嬉野的脸说：

"我一直在上学。"

哎？在场的人全都倒吸了一口气。正当大家全都吃惊地看过来时，嬉野大声说道："撒谎！你在这里还要撒谎，好意思吗？我都这么认真地……"

"我没有撒谎！"

理音说道，他神色激动，使劲地又摇了摇头，仿佛要甩开自己犹豫不决的心情，继续答道：

"不过，我念的不是日本的学校，而是在夏威夷的寄宿学校。"

嬉野的脸上浮现出了迷茫的表情。

与此同时，小心他们也都染上了惊讶的神色。他们的震惊彼此相同。小心也睁大了眼睛。

夏威夷。

小心脑海里浮现出来的景象是：远离日本的南面的小岛、大海和海风，夏威夷草裙舞和高高的椰子树，大自然——这些想象通通归拢在理音的那种被烈日照射的肤色上。接着，令人吃惊的是，理音继续说着：

"现在，夏威夷不是白天，而是夜晚。我来这里都是在学校结束以后。我和家人分开，一个人住在寄宿学校里。"

小心听他这么说，想起他一直戴着一块手表。虽然没有靠近看过，可是觉得他总是很在意手表上的时间。现在也是，他手腕上正戴着一块手表。

于是，小心忽然想起来了。

已经不是最近的事了，她记得，曾经向理音打听过时间，理音看了看手腕上的表以后，朝着挂在大厅的那个大钟指了指，说："那里不是有钟吗？"

那是因为，理音知道自己手表上所表示的时间对小心来说完全没用，那是和小心所在的日本有着时差的外国的——夏威夷的时间。

"夏威夷？"

开口的是政宗，他仿佛代替大家表达了惊讶。在他的脸上，露出了不是很自然的笑容。

"你说的夏威夷，就是那个夏威夷吗？咦，你难道是从那里过来的吗？特地过来的？"

"我住的宿舍里的镜子发出了亮光。"

理音皱起眉回答着：

"估计和你们是一样的，钻过来就行了，距离没什么关系。"

"这么说来……"

这个声音高昂而又透明，小心回头看见是风歌开了口。她看着理音，深深地吐了一口气。

"我记得，第一天来这儿的时候，'狼大人'向大家介绍的时候说过，城堡开门的时段是'日本时间的早上九点到下午五点'。"

哦！小心也想到了。

风歌的话提醒了她，确实曾经听过。风歌继续道：

"当时，我奇怪为什么特地指明'日本时间'，所以一直记着。现在看来，是特地为你说的吧。"

"……我觉得不只是这一个原因。"

"哦，那么是什么呢？"

政宗向不知所措地低着头的理音问道。他的话明显地不容理音辩解：

"你，是优等生吧？"

理音默默地抬起了头，在他看向政宗眼睛之前的一瞬间，只有那么一瞬间，他的眼神里悲哀地闪现了阴影。这个阴影没有逃过小心的眼睛。

理音对政宗摇摇头。

"我可不是优等生呀。入学考试的内容很简单，只是个形式，至于上课，我估计比日本的学校进度更慢。这个学校的风气只是在大自然中踢足球的那种感觉。"

"那么，你是为了踢足球才去留学的？"

昂也凑上来问了，他刚才一直是一头雾水的样子。问了之后，他又小声嘟囔了一句："真是太厉害啦！能上夏威夷的学校，说明理音的家里相当有钱，就像那些娱乐圈的人一样。"

"所以说不是这么一回事呀，我家不是那么有钱呀。"

"可是……"

小心明白，无论理音怎么解释，大家对他抱的印象都和自己的差不多。

理音不是那种无法去学校的孩子。

他能够去夏威夷似乎很不错的学校，说明他是一个很正常的学生。

小心被这个令她震惊的事实搞得内心里很混乱。理音自然是无辜的，小心却觉得受到了他的刺激。

理音——和大家不一样。

原本她就疑惑过，理音这样的孩子为什么会来这儿？

看来理音属于有自己回归场所的孩子。

"为什么？这事……"

嬉野的声音仿佛没有了气力一样。他用非难的眼神看着理音，理音微微咬着嘴唇。

嬉野向他问道：

"为什么？你为什么要隐瞒？把我们这些人都当成傻瓜吗？"

"怎么会呢？"

理音急忙直摇头。然而，他那种尴尬的样子，胜过了任何雄辩。

他并没有把大家当作傻瓜，也许是真的。但是，理音明显的有些愧疚。或许他并没有打算隐瞒，可是他在被人问到之前是不打算说的。

"我没有把你们当作傻瓜呀。我也一样，起先一点儿也不明白。我以为，你们和我一样，是从在什么地方留学的孩子中挑选来的。本来以为你们也是从夏威夷的学校来的。后来，听见说是以日本的白天为基准，城堡的开放到三月份为止，于是我终于明白大家其实都是来自日本的。"

这样说来小心记得自己也曾经听说过，美国和许多其他国家的学校都是九月份开始新学年的，和日本升级的时期不一样。

理音继续说：

"不过，我虽然知道这是日本的白天，可是我并没有考虑过大家白天怎么上学的事。起先没有想过，直到被谁说过了以后，我才意识到了。即使是这样，我也并没有多想。"

"没有去学校，对不起啦！"

政宗说。

理音并没有这个意思，所以听了政宗的话以后不由得一愣。政宗故意地大声叹气道：

"我们不是从夏威夷的学校来的，对不起啦！啊！不过，你不要在意！我这么说话确实有点儿不好听，可是我并没有被伤到什么自尊心，不是因为这个原因。"

"……我没有恶意。"

理音说：

"我没有告诉你们确实不太好,但是我非常喜欢这里。在那儿,基本上没有日本人朋友。"

大家都看着理音。他低着头继续说道:

"如果你们不要我来的话,我就不来了……我的英语都没有准备好就去那里了,想说什么也没法和周围的人说,常常只能一个人躲在角落里。现在我已经开始懂些英语了,不过感觉上还是不能够百分之百地把话都说出来,能和你们说说话真是很开心的。"

"没有人说过不要你来呀!"

小心对他说,她就像终于如释重负般地开了口。

为什么呢?

理音的情况确实令人震惊。他作为在夏威夷留学的孩子,说实话,比一般的孩子更加使小心觉得相形见绌。因为发现他和大家都不一样,所以觉得被他欺骗的心情,当然还是有的。

可是,小心并没有因此而觉得理音是把大家都当作了傻瓜。她和理音的想法一样,觉得大家应该团结一致彼此搞好关系才好。

然而,现在怎么会弄成了这样一个局面呢?

小心的心里虽然这样想着,嘴上却不知道应该怎样说才好。结果,在沉默不语的小心面前,理音朝着嬉野叫了一声:"嬉野。"

默不作声的嬉野听了并没有抬起头。他没有对理音做出反应。

于是,就在这个时候,一个满不在乎的声音响了起来:"你去好了!"

小心紧张地向声音的方向看去——原来是小晶。

"你去学校吧。你去的话没有什么关系。在这里的人,没人对你的行为有什么特别的兴趣。你喜欢怎样就怎样。"

嬉野没有回答。他无声无息地从理音的旁边穿过,走出了"游戏的房间",谁也没有去追赶他。

嬉野消失了,房间里面突然变得一片静寂,打破了沉默的是风歌。

"哎"她招呼着理音，她的眼睛看着他的手表。

"理音，你才这个年纪就已经在海外一个人生活啦！是因为那里的学校或者教练邀请了你吗，是这么回事吗？"

"没有。只是日本球队的教练给我写了封推荐信，仅此而已。是父母为我找的学校。"

"这里和夏威夷的时差有多少小时？"

"……十九个小时。"

理音的脸上终于出现了疲惫的笑容。房间里挂的钟上，现在指着下午四点。

"现在，正好是夜里的九点。晚饭的时间已经结束了，应该要熄灯了。"

"你说的夜里，是昨天的？还是今天的？"

"昨天的。夏威夷比这里要晚一天。"

理音静静地微笑着。

他说完，大家安静了。"我也要回去了。"他接着说道，"……一直没有告诉大家，对不起！"

他虽然没有什么过错，却向大家道了歉。

从那以后过了一段时间，大家就像嬉野的事情没有发生过一样。

在这个日子平稳的城堡里，嬉野发作的事情确实在大家的心里留下了裂痕。

嬉野踩到了不应该踩的禁区。那件事是这个宁静的城堡中令人痛苦的大事件。

过了一个星期，大家已经习惯了昂的染发和耳环以后，城堡里的人们又陷入了新的惊讶之中。

这次是小晶，她也染了头发以后到城堡来了。

第二部
有所察觉的第二学期

九月

  暑假结束了，日本各处的学校又开学了。

  既好像是在等待这个节点，又好像不是这么回事，自从发生了嬉野的那件事后，小晶又隔三差五地不来城堡了。等到她来的时候，大家就看见她的头发变成了明亮泛红的色泽了。

  昴的头发接近于金色，小晶的是红色系。

  "我把它染啦！"

  意识到了小心的视线后，小晶觉得有趣般地笑着说道：

  "小心你也试试吧？我找到了好的染发剂，可以告诉你。"

  "……不用，我还不要。"

  小心回答着，闻到靠近她的小晶的肩膀上有种类似香水的气息，不禁有些困惑。不光是头发的颜色，小晶连她至今为止一直留的标准的马尾辫发型也换掉了，手指上还涂着粉红色的指甲油。可能因为还没有完全学会怎样涂，小心看见好几个地方都涂得溢出来了，不过她觉得不该老盯着别人的身上看，自觉地转开了视线。

  如果，我也这么弄的话——小心不由得想。

  小心如果……把头发染了的话。

  妈妈看了会马上晕倒在地。她一定会大发雷霆，强迫小心把头发的颜色重新染回去。

昴也好,小晶也好,他们这么做难道不会惹怒他们的父母吗?

从上次那件事发生了以后,嬉野就再也没有到城堡来。

他说了要到学校去,这样做,对他来说一定是最好的选择吧。说不定,他不是回到原来的班级,而是从第二学期开始转校去了新的地方。

小心感到后悔的是,没有同他进一步深聊。那时,他毅然离开城堡时,真应该劝他不要走。

当时应该向他道歉。小心她们随随便便地开他的玩笑,从他的角度来看,等于是把他当成了傻瓜,他当然会觉得很不开心。

在有大楼梯的大厅里,嬉野的镜子正好在小心的镜子旁边。他的镜子已经不再发出亮光了,他也不会再从那里出现了。小心看着镜子再次感到无比寂寞——还有一种愧疚。

当初,如果认真地同他聊聊就好了。

不应该那样吵完架分开,既然他要去学校上学了,大家一起为他举行个送别仪式该多好。

"嬉野……看样子他不来了。"

有一天,小心正站在嬉野的镜子前思索着,理音对她说道。他那天虽然向大家坦白了自己的隐衷,但仍然保持了一直来城堡的习惯。这一点,使小心感到了些许的安慰。

"嗯。"

"……其实,谁都不在乎的呀。去不去学校对大家来说都是无所谓的事情,只要把这儿当作纯粹让人开心的地方就行啦。"

"就像我一样。"理音又嘟囔了一声。他的样子,稍微有些寂寞。

时间到了九月中旬,正当小心他们也抱着同样的想法时——

嬉野重新来到了城堡。

他的身上全是伤。

只见他脸上贴着纱布,胳膊上绑着绷带,脸也肿了。
带着伤的嬉野,出现在城堡中。

* * *

这一天的午后,伤痕累累的嬉野无声无息地出现在"游戏的房间"。

他的脸上贴着纱布,胳膊上绑着绷带。

——他的样子虽然不像是骨折,走路并没有一扭一拐,手臂的伤也不是严重到用三角巾挂在脖子上,可是他这副模样足够令人感到心痛了。

他右面的脸颊被纱布盖着,左面的脸颊又红又肿,还有擦伤的痕迹。小心判断,他右面被纱布盖住的地方一定肿得更严重。

嬉野默默地走了进来。

这一天大家都在场。

电视屏幕一直亮着,虽然没有人在打游戏,可是和现场气氛完全不同的游戏画面的背景音乐却欢快地响着。

——我,第二学期开始要去上学了!

嬉野的那句话小心还记得很清楚。

然而,第二学期开始才过了两个星期。

小心张口结舌地看着嬉野。大家和小心一样,政宗也是,昴也是,小晶也是,理音也是,风歌也是,每个人都说不出一句话来,只是目不转睛地注视着嬉野。

或许嬉野也不知道,自己突然到来应该怎样向大家说明。他只是无言地——谁的脸也不看——站在没人的沙发前想要坐下。

小心不知道应不应该向他询问。

正在这时，有一个人说：

"嬉野。"

是政宗开了口。

他朝着想在沙发上坐下的嬉野的方向走了过来，然后轻轻地按住嬉野的肩膀。他的手稍微有点儿迟疑，不是很自然。不过，小心明白他努力地要显得没有大惊小怪的样子。

政宗用无所谓的语调问嬉野：

"一起玩吧？"

嬉野终于抬起了头，仿佛决心克服某个困难似的咬住了嘴唇。大家全都默不作声地看着他。

"嗯。"他终于发出了声音。

"一起玩。"

他们简短的对话到此为止。

在这里的每个人，都背负着不用问也明白的困难。

关于大家具体遇到的问题，小心虽然并不知道详情，可是，一定是一个置身于当中会被切得遍体鳞伤的困境——就像一个人跃入狂风甚至龙卷风之中一样。

这一点，小心深有体会，她曾经感觉到了，如果去上学的话，就会被真田美织给杀掉。

至于嬉野，他那时就像是开了闸门似的向大家发泄了那么多的怨言，现在却要回来，肯定是需要勇气的。尽管如此，他还是回来了。考虑到他从跃入的狂风中返回之后，仍然想到这儿来，小心感到特别心疼。

因为小心特别理解他的心情。

就连平时说话总是语言尖刻的政宗，此时也用无言的举动显示出了他的理解。

嬉野虽然面无表情，可是政宗说"一起玩"的时候，他的眼睛却闪着泪光。终于有一滴泪珠顺着他的脸颊流下来的时候，他却倔强地不愿去理会，没有动手把它擦掉。

在政宗的催促下，他和政宗一起在电视机的前面坐下了。

那一天，一直到离开城堡为止，谁都没有向嬉野询问他受伤的原因。

隔了一天以后，嬉野自己提起了他受伤的原因。

嬉野一般是下午才来，这天他带了便当，上午便到城堡来了。

更少见的是，理音在上午也出现了，看见别人吃惊的样子，他说："学校有事临时停课了。"他只说了这么一句，说不定他是担心着嬉野，所以才早早就来了。

十一点过了以后，嬉野就把便当打开了，当着大家的面吃了起来。好像他嘴里也有什么地方破了，吃着吃着有时会呻吟着"真疼"，并且扭曲了脸。不过他的食欲看上去一点儿也不差。小心如果遇上了不开心的事情，肚子立刻就会疼起来，胃口也会变糟。她看着嬉野总算觉得放心了一点。

"你这个便当是怎么回事？"

"……我说要去自由学校，妈妈给我做好让我带去的。但是，我今天不想去那里，就逃学来这里了。"

面对着政宗的询问，嬉野嘴里一边嚼着饭，一边回答。听见他说出了"自由学校"这个词，小心不由得吃了一惊，旁边的昴挺惊讶地反问："自由学校？你说的自由学校，是学校吗？和普通的学校有什么不同？"

"是自由的学校的意思。"

政宗回答道。

小心觉得，对昴的染发已经渐渐看习惯了，只是昴和政宗一起玩游戏的时候，还有点看不太顺眼。昴的头发虽然一下子全都染成了明亮的色泽，可是发根却开始长出了黑色的部分，使人感觉异样得更厉害了。

小心简直有点儿无法直视了。

政宗又继续说：

"你家附近没有吗？是专门给那些不去学校的孩子去的地方。"

"第一次听说呀。"这是小晶在回答。她有点恍然大悟似的点点头，"哼"了一声，随后又嘟囔了一句："竟然还有这样的地方呀！"

"小心知道吗？"

"嗯，我家附近也有的。"

小心被问到了，不由得心跳加快了。政宗又露出了一副什么都知道的表情，继续说道：

"孩子不去上学以后，不知所措的父母首先会去那儿寻求帮助。就是那种民间组织的援助团体。我上学的学校附近也有，我的父母表现得很冷淡，他们当时只说了一句话：'政宗肯定不愿进这样的地方。'之后他们就再也不提这事了。"

"原来是这样呀！我家附近没有呀，听都没有听说过哦！"

小晶惊叹地说着。风歌哼了一声，小声地说道：

"找找看的话，我的学校附近说不定也有。不过我至今为止还没有注意过。"

"你的父母没有提出要带你去吗？"

"我家……我妈挺忙的。"

对于政宗的询问，风歌不知为何低垂着眼回答道。

小心站在一边，没有办法说出自己的事。

她也犹豫过，是不是应该把自己去参观自由学校的事情说出来，想到了那个学校的名称是"心的教室"，她顿时不敢提了。虽然只不过是碰巧和小心的名字相同，可是如果被谁发现了，她会感觉羞耻得无法活下去了。

不管怎样，政宗实在是太厉害了。

他刚才毫不在意地说着自由学校，并且还说那是民间组织的援助团体。至今为止，小心一直不知道这种地方都是什么样的人在运营，她居然一点也没有思索过。

政宗看着嬉野：

"就是说，你今天逃避去那里啦？那么你以前一直去的啦？"

"嗯，只是上午。"

把嘴里的饭咽下去了以后，嬉野说了。接着，他抬起了头，踌躇地沉默了一下之后，他开了口："谁都没有向我问过，我就自己说吧！"

看他的样子，似乎不是什么严重的事。

"这个，虽然是被班级里的家伙打的，但是我并没有遇到什么霸凌。并不是那样的事。"

大家全都屏住了呼吸。

没有人想到，嬉野会主动地把自己的事情说出来。他仿佛不认为有人会对他的话做出反应，继续说着：

"一旦挨了打，就会把这事归结为霸凌，这种想法真是很讨厌的。"

"那你为什么挨了打呢？"

理音用无所顾虑的口气问道。嬉野没有看他，继续说着：

"自从进了中学以后，有了一些要好的同学。他们有时到我家来一起玩电子游戏，也在一起上私塾，关系挺好的。我把他们当成了朋友，不过后来有些不对劲了。"

嬉野用平静的语调说着，但是他的声音却是尖厉的。大家能知道他的心情并不平静，都觉得他如果不乐意的话不说也可以，但是他的样子显得主动，想要继续说下去。

小心虽然不知道嬉野班里的同学都是什么样的孩子，可是把他替换到自己的班级里的话，大致上也能想象。小心曾经的小学里就有这样的男孩，被大家当成开玩笑的话题，玩笑开着开着他就被当成了傻瓜，有些场合就变得过分了。

但是，就像嬉野自己说的，小心也不认为这是"霸凌"。她确实觉得那些属于过分的行为,可是一次也没有认为是像新闻报道的那种深刻的问题。

嬉野说不定是同样的想法。比方他说"后来有些不对劲了",但他或许没有把这些看作是霸凌。

"他们到我家来的时候,我请他们喝果汁、吃冰激凌,此外,大家一起出门玩的时候吃麦当劳的钱也是我出的,他们都是些从父母那儿要不到钱的家伙,我觉得他们挺可怜的,所以请他们吃了好几回。于是,他们后来就感觉这是理所当然的了,不过,我也不是一点儿回报也没有得到,他们很把我当一回事儿,有时还要取得我的欢心。这些……当然我不是被逼的。可是,这些事后来都被私塾的老师告诉了爸爸和妈妈,我被爸爸大骂了一顿。"

嬉野用淡淡的语调说着,说到这儿停住了,随后他又说了:

"我爸爸说,你想用东西来收买朋友,不觉得这种做法太可悲了吗?"

嬉野露出了明显受伤的眼神。

嬉野在用筷子吃便当,他拿筷子的手是握成拳的形状,看来他没有学会好好拿筷子的方法。此时他握住筷子的手停着没有动。

"然后妈妈又向爸爸发脾气了。她说明明是要求我给他们买果汁的那些孩子不好,为什么要骂我呢?我也这么觉得,不过妈妈和爸爸吵架也是很糟糕的事……弄到后来我被大家讨厌了,爸爸和妈妈告诉了那些孩子的父母,所以他们好像也都被父母骂过了。我和他们的关系变得尴尬了,渐渐地我也开始不想上学了。"

"嗯。"

一个透明凉爽的声音说道。

嬉野抬起了头。原来是风歌,她看了嬉野的脸又点了点头。

"后来呢?"

"不到学校去了以后,有时被妈妈领着去自由学校。妈妈也要上班,她上午休息在家陪着我，或是一起待在家里，或是陪着我去自由学校。说实话，很烦人的。我就像被监视的人一样，好像生怕我去死似的。"

"去死？"

这回是昴惊讶地皱起了眉问道。嬉野无力地笑了起来，说道："很可笑是吧？据那些妈妈说，我的遭遇是'被霸凌'，而被霸凌的孩子一定会考虑到自杀呀，责备自己呀什么的。她们净弄这类书来看，自己寻找烦恼。我怎么会想要去死，真像傻瓜一样。妈妈还一边哭一边对我说什么：'遥啊，你不要想太多呀！'"

"遥？"

对于嬉野无意间说出的名字，政宗迅速地反问。立刻，嬉野没有被纱布遮住的那半边脸上浮现出对自己失言后悔的模样。

"遥是谁呀？"

"……是我呀。"

嬉野低着脑袋说道，这下子大家都吃惊了。然后，他大叫了一声："烦死啦！我的名字叫遥。行了吧？就是这么一回事！"

"哇……这名字太可爱了，跟女孩子的名字似的。"

小晶说道。虽然听上去她没有别的意思，嬉野却生气似的脸涨得通红，嘴里回答她："反正是和我的样子不一样吧！"

原来是这么一回事呀，小心觉得自己明白了。

当初大家纷纷自我介绍时，尽管都是说了自己的名字，唯独嬉野只告诉大家自己的姓。

原来，是因为不愿意说出自己的名字，很可能他一直因为这个名字而受到嘲笑。嬉野不愿意让这个话题继续下去，又说：

"总而言之，我的父母在这件事情上特别烦人。后来爸爸说了，就为了这点事儿不去学校也未免太懦弱了，然后自由学校的老师们说，应该再静观一段时间比较妥当。他们试图说服爸爸，而爸爸却说，那样就是保护过度了，所以就决定让我第二学期去原来的中学了。"

"你的妈妈呢？没有帮你吗？"

风歌问道。嬉野唯独听见风歌说话的时候会向她看去，不过马上又会低下头。

"她是想护着我的，结果还是只能听爸爸的。"

总是这样——嬉野嘟囔了一句。

"我当时想，学校那个地方去了就去了，没有多大关系。这个事情本来就是爸爸他们小题大做，我和这些同学原先没有发生过矛盾。"

"嗯。"

等待在后面的事情才可怕。小心点点头，嬉野又说了：

"但是，情况有了变化。本来听班主任老师说，那些孩子也曾经担心过，会不会因为他们的原因，我才不去学校了。然后我去上学了，他们看到了我，只是说：'哦，你又来啦！'都没有一点点反省的样子。然后，我心里也觉得挺苦恼的吧，就主动和他们说话了。意思是你们大概在家里都因为我挨过大人骂了，真对不起了。"

"嬉野，我认为你没有必要向他们道歉。"

政宗用直截了当的口气说道。他的语气有点儿愤怒，但是，嬉野没有能够向他做出答复。

通过嬉野说的这些话，小心能够明白他头脑里的混乱。他认为他和那些孩子之间的关系没有破裂，然而他又主动地向他们道歉，并说他们未曾对他提出过过分的要求，却又期待着他们向他表示反省。嬉野的这些矛盾说明了他既要显得强硬，又不想暴露内心的真实想法。

不过，他并没有撒谎。

他所体验的情绪，全都在他说的话里反映出来了，说得没有错。

"他们当中的一个家伙对我说：'既然你以后不能再请客了，我们也就不需要你了！'其他的家伙全都嘻嘻哈哈地笑着。这样一来，我肯定忍耐不住了。然后我就控制不住地打了他，他也还手了。就这样，我被他们打伤了。"

大家听了鸦雀无声。嬉野说：

"在这件事情上，因为先出手的是我，所以就很难解决了。现在反正是乱成了一团。爸爸和妈妈说是要告他们，谁知道结果怎样。自由学校的老师们也都为我担心。实际上只有他们来向我询问：'嬉野君，你现在最希望怎样？'"

说到这儿，嬉野的话里带有哭泣声。他突然转向政宗：

"所以，你不要居高临下似的看待那些老师好吗，不要提起他们就用'民间组织的援助团体'这种轻蔑的说法好吗？那里的老师都很耐心地听我的意见。"

政宗尴尬地扭过头。然而，他大概觉得向嬉野道歉也会很尴尬，所以他再也不说话了。代替他提问的是风歌：

"你是怎么回答的呀？"

"哎？"

"他们问你最希望怎么样，你是怎么回答的呀？"

"我说我什么都不想做。"

嬉野说道：

"我说我只想一个人待在家里，不希望妈妈和我待在一起。自由学校的话去也行，主要想待在家里什么也不做。到底我受了伤了，他们能听我的话了。"

"是这样呀。"

风歌点点头，接着她又问："是不是因为想来城堡呀？"嬉野的表情僵住了。可能因为是风歌问的这句话。如果是别的人问了，他说不定会马上态度强硬地还嘴，或者突然生起气来。他的表情突然显得温和了。

"不好吗？"他问风歌。

"没说不好。"代替风歌回答的是政宗。

大家都看着政宗的脸。

"辛苦你了。"

小心从来没有看见政宗这样认真的表情。他用若无其事的语调，简短地对嬉野说道。

回到家后，小心仍然在考虑嬉野的事情——

嬉野的事情、城堡的事情、自由学校的事情、大家的事情、自己的事情。

嬉野说完了他的事情以后，也临近城堡关门的时间了，大家一起，在大钟大厅的镜子前分了手。

"那么，大家明天见吧。"小晶说道。然后大家都回答："嗯，明天见。"彼此道别——这已经成为习惯了。

* * *

大家并非每天都来，尤其是，染了头发的小晶和昴已经不经常来了。从小心的角度来看，他们的话题开始变得成熟起来。

特别是，小晶对小心说："我有男朋友了！"小心被她吓了一跳。

风歌和小心都不擅长这个话题，小晶似乎觉得以此来逗逗她们挺开心的。小晶还说："他已经不是我的第一个男朋友了。"这更让小心大吃一惊。

小心觉得不问也不行，就说："他是怎样的人呢？"小晶只是简单地回答："比我大。他今年二十三岁。下回他要用摩托车带我出去玩了。"

"你们在哪儿认识的呀？"

"嗯，这话说起来有点儿长。"

小心觉得，小晶是故意在打马虎眼，所以她也不再继续问下去了。风歌也一样，听到一半也不再问了。

小晶不光是在女生们的面前说这些，她在男生们的面前也会漏一些口风。

"那个，是不是有点儿不对劲呀，初中三年级的女生和二十三岁的男人交往？那个男人是怎样的人呀？"

小晶不在的时候，政宗会悄悄议论，然后昴就回答他："啊，可是……我哥哥的朋友三雄和他的女朋友，就是十九岁的男生和初中二年级的女生呀。"

听了这话，政宗只好无奈似的闭上了嘴。

昴和小晶不同，他不是用附和对方的办法来让对方感到开心的性格，这方面小心和他一样，都比较低调。

似乎，自从昴把头发染了以后，他和政宗之间便有了一点距离。

昴不像以前那样频繁地来城堡了，即使来了，他也常常只是独自坐在"游戏的房间"沙发上，用耳机听着音乐。

"你在听什么呢？"小心问他。"我在家里的时候基本上是听收音机，但是这儿没有信号。"昴回答她。

听他这么一说，小心才意识到这儿好像没有收音机的信号。由此看来，带进来的电视机除了玩游戏以外也不能看其他的，因为接收不到电视节目信号的呀。

"前一阵子，这个坏掉了，我去了秋叶原，想把它修好，被告知还不如再换一个新的更加快呢。我走投无路，在一个小巷子里找到了一家能够修理的店，终于在那儿把它修好了。"

看样子，昴很珍惜这个从他父亲那儿得到的音乐播放器。小心点点头："是这样呀。"玩着游戏的政宗也抬起了头，嘀咕了一声："去了秋叶原啦。"

听了政宗的话，小心愣了一下。

她不知道昴和政宗住在哪里。可是，既然昴去了秋叶原，就说明他是住在东京的人，离秋叶原的距离不会远，是小孩子独自也能去那儿的地方。当然，也可能他当时和别的什么人一起去的。

这里的人说到涉及地名的话题的，除了理音在夏威夷的事情以外，这差不多是第一次。小心琢磨，如果继续聊下去的话，可能就会讲到各自居住的地方了——她马上做好准备，昴却只是"嗯"了一声，点了一下头。

他们彼此看了一眼，有些不自然地陷入了沉默，就这样，两人之间的对话结束了。

不仅是昴，小晶也开始常常说些城堡之外的事情。

小晶穿的衣服和以前有所不同。特别是，过了夏天以后，她经常穿着白色的，或是几乎有些刺眼的荧光色的短裤，修长的腿露在了外面，小心作为同样的女生看了都有点儿心惊。

"前些天的一个星期六，我和男朋友在一起玩的时候差一点儿就要被警察辅导了，真是吓坏我们了！被大人们追上来以后，男朋友帮着我对他们说，她已经十七岁了，已经初中毕业了。"

然后她又问小心和风歌："怎么样？我的样子像十七岁吗？有点勉强吧？"她询问时的脸看上去有点儿困惑，同时又有喜悦的成分。小晶染了头发，衣服也变得时尚起来，的确看着比过去更像大人了，小心对她有些望尘莫及的感觉。

"啊，抱歉。小心和风歌都是老老实实的孩子，我说的事有点儿无聊吧？"

"倒也不是这样……"

小心和风歌都沉默了，小晶说她们是老实孩子，她的语气有点把她们看作傻瓜的味道。她把她们不知道的世界展现在她们面前，小心感到一种不舒服的感觉在胸中弥漫开来，这种心情和羡慕无关。

小晶现在是在哪里认识了什么样的人？她和他是怎样地交往呢？小心对她绝对没有眼红。可是，光凭小晶在外面拥有自己生活的事实，就让无可奈何的小心感到胸闷难过、焦虑不安了。

大家，各自有各自的状况。

小心至今为止也曾经考虑过，听过了嬉野的事情以后，她就更加经常琢磨起来了。

然后，她好奇地想，那个在夏威夷留学的，过着正常学生生活的理音会对他们这些人怎么看呢？

"理音，你的父母都是做什么工作的呀？"

有一次，小心下了决心，开口问理音。

"什么？"

"我想，他们都让你去夏威夷留学了，会不会是做这方面关系的工作呀？"

"哦……"

理音点了点头。他先是吸了一口气，然后说道：

"我的父亲是公司职员，母亲不工作。当年她好像是和父亲在同一个公司里上班，我出生的之后她便不工作了。"

"是这样啊。"

"小心的家里呢？"

"我家，爸爸和妈妈都上班。"

"原来是这样。"

"有没有兄弟姐妹呀？我是独生女。"

"我有一个姐姐。"

"哦，你有个姐姐？你的姐姐也在夏威夷吗？"

"不在。"

理音的脸上不知为何出现了一点困惑的样子。"日本"，他回答道。

"她在日本。"

就在这时，"那个……"理音说着表情变得严肃起来，"小心你也没有去学校吗？"

又被提起这个问题，小心觉得胸口一阵剧烈的疼痛。至今为止自己也曾经向别人提起过这个事情，然而今天是第一次有人从正面触及她的这个问题，而且对方还是上着学的理音。

"嗯。"

小心总算是点了点头。理音立刻又问：

"那么，有没有，遇上嬉野那样的事情？"

"唔……嗯。"

就在一瞬间，小心产生了向理音坦白的冲动。关于真田美织的事情，关于自己所遭遇的一切。

可是，理音没有再追问下去。他只是点点头说："这样呀。"

"真够呛的。"他又说了一句。就这样，他们的谈话结束了。

小心从城堡回到家里以后，看见太阳已经西斜了，就去检查信箱。

白天，去城堡以后，小心常常觉得最好的事情就是用不着再听到东西投进信箱里的声音了。

当住在附近的东条默默地把学校带来的通知放进信箱的时候，小心已经不在家了。所以，小心也用不着被那种想掀开窗帘偷偷查看东条的心理驱动着跑到窗前了。

尽管这样，如果妈妈下班回家的时候第一个查看信箱的话，也有点不好。她如果看见了搁在信箱里的通知的话，就马上会想起自己的孩子没有去学校。所以，小心要赶在妈妈到家之前，先把信箱查看一下。

正当小心要去信箱那儿查看时——在这个时候——

非常罕见的，门铃突然响了，小心一下愣住了。

小心急忙从二楼自己房间向下看去。虽然绝对不可能，但如果是东条或班里的其他同学的话，未免会尴尬。另外也会有真田她们又蜂拥而来堵在门口的可能性。

那以后虽然已经过去了不少时间，可是那种恐怖已经浸染在她身体里了，会使她条件反射般地双腿发软，肚子也会突然疼痛。

看了外面——然后，她松了一口气。不是班上的同学，附近没有上学时使用的自行车，只有一个女人站在那儿。

她是谁呢？发现她不是班上的同学以后，小心先是觉得安心了，不过仍然有点儿紧张。那个人微微歪着头，小心能看到一点她的侧影。随后小心突然认出她是谁了。

小心慌忙回了一声"来了"，下了楼梯。

打开了门后，看见"心的教室"的喜多岛老师站在那儿。她和原先一样的亲切，面对好久没见的小心，她大方地露出笑脸说道："你好。"

"……你好。"

小心刚从城堡回来，不是穿着睡衣，也不是随随便便的居家服，应该没有什么不好意思的地方，可是小心却觉得没法同她对视。喜多岛老师说："真好呀，又见面了。"小心屏住了气。

喜多岛老师是第一次到家里来。

小心上中学的第一学期时，不去学校后，班主任老师曾经多次上她的家里来访问过，不过后来就不见班主任老师来家访了。

现在又是怎么一回事呢？

前一阵子，小心和妈妈吵了一架，妈妈后来不再追问她："你白天都去哪儿啦？"也没有责备的意思了。说不定，她被喜多岛老师告诫过："光责备孩子不好。"因为看样子妈妈至今仍在不间断地和她联系。

也许她没有察觉小心复杂的内心活动，或者她是故意装得没有察觉到，喜多岛老师说话带有平易近人的氛围："好久没见啦。你身体好吗？进了九月还是挺热的呀。"

"是呀。"

她来有什么目的呢？是不是又来劝我去自由学校呢？

小心知道自己的内心活动不可能呈现在脸上，可是喜多岛老师却笑眯眯地说：

"我这次来没有什么特别的事情。只是觉得现在你大概在家，好久不见了,想来见见你。"

"这样呀。"

小心重复地答应着。她并非讨厌喜多岛老师,只是不知应该怎样回答,只能这样应付。

很快就是妈妈他们回家的时间了。在城堡关上门,小心刚刚回来的时间遇上喜多岛老师真是太好了。否则的话,她说不定会把来访发现小心不在家的情况告诉妈妈。

是不是,她已经从妈妈那儿听说了小心白天去过什么地方的事情?会不会她今天是听了妈妈的话以后来观察小心的状况?

她说是好久没和小心见面了,可是小心同她只不过在那个学校里见过一次面。这样她还来家里访问,只能说明这是她的"工作"吧。

小心虽然在默默的等待中做好了思想准备,内心深处,喜多岛老师对妈妈说过的那句话此刻却不断在小心的胸中散发出温暖。小心的脑子里一直萦绕不去的那句话是:

——小心不去学校的原因绝对不在小心的身上,一定是小心遇上了什么事情。

小心并不认为喜多岛老师准确地调查过,并且知道小心身边发生的事情,可是,她起码认为小心不去学校不是因为懒惰。

这个老师能够理解小心。

"老师。"

小心想明白之后,终于能够主动地开口问喜多岛老师了。喜多岛老师应了一声"嗯",看着小心。

"喜多岛老师,我妈妈说的话是真的吗?"

老师那对直视着小心的杏仁形眼睛的瞳孔微微晃动。小心突然觉得无法承受她的目光,把自己的视线移向了别处:

"你说我不去学校的原因绝对不在我的身上,一定是我遇上了什么事情。"

"嗯。"

喜多岛老师点了一下头。明确地、毫不犹豫地,立刻向小心点了头。她没有一点踌躇的样子使小心睁大了眼睛,又向喜多岛老师的脸看去。

"我是说过。"

"为什么?"

这句话从小心嘴里脱口而出。这么一说,接下来就不知道怎么说才好了。后面,小心还有许许多多的话想说:为什么,你要这么帮我说话?为什么,你会这样地确定?你知道我都遇到些什么吗?你理解我遇到的这些事情吗?不是我,而是真田美织有问题,你知道吗?你察觉到了吗?

小心抬头看着喜多岛老师,思绪像洪水般涌向大脑,这时她才意识到:这些不是她想问的问题,她其实不是真的想要问,这些只是她的愿望。

她的愿望是想让人理解她。

然而她却说不出口。既然想让别人知道,统统说出来就行了,可是,她无法用语言表达出来。明明她知道,这个老师能够耐心地倾听她的诉说。

因为她是大人。

所以小心无法说。

这些人都是大人,而且都极端正确。现在,让小心想把心里的事情全都向她倾诉出来的喜多岛老师是那么温柔,她一定对谁都是一样平等地温柔对待吧?比方,哪怕是真田美织遇到了困难,向她诉说自己去不了学校的问题,她也不会在意那个女孩的性格,一定也对她很温柔,就像现在对待去不了学校的小心一样温柔。

小心的头脑里瞬间生出了种种的想法，虽然她不知接下来说什么才好，可是如果喜多岛老师进一步向她询问的话，她说不定就坦白地告诉她了。小心由衷地等待着，等待着喜多岛老师向她开口问："小心在学校里遭遇到了什么事情？你不去一定有什么理由吧？"

可是，喜多岛老师开口说出的完全是不同的话：

"不是吗？小心你每天都在战斗呀！"

小心听了无声地吸了口气。在喜多岛老师的脸上，既没有意味深长的微笑，也没有同情的神色，就是说——没有一点小心所预想的那种仿佛对小孩充满了关心的"优秀成年人"的样子。

每天都在战斗——关于这句话，小心不知道喜多岛老师说的是什么含义。不过，她听了心里顿时涌起了一股热流，像是说进了她的心坎里。小心不觉得苦，而是觉得开心了。

"我在战斗吗？"

"嗯。至今为止你看上去已经充分地战斗过了，现在也一样，你看上去仍旧在努力地战斗着。"

小心既没能去学校，也没有在学习，整天在家里，给人感觉要不是在睡觉，要不是在看电视，最近又被误解成跑到外面去玩耍了。实际上，如果没有去城堡的话，也会有这种可能性，对这样的小心，她却说是"在战斗"。

听见喜多岛老师对自己说"至今为止你看上去已经充分地战斗过了"，小心的心境又返回到了那些日子。在中学的自行车停车场里，那一天她被人说："太讨厌你这样的丑八怪啦！"以及课间上厕所的时候，被别的女生在隔壁窥视的事。还有那天下午那一帮女孩子拥到家门口大叫大嚷，小心被吓得蜷缩在屋里动也不敢动的事。

小心战斗过的那些日子的记忆和老师的话产生了共鸣，在小心的胸中震荡。

战斗这种说法或许带有一种普遍性。因为现在的中学生们每天都在努力学习和努力生活着,这也是一种工作。所以,她说不定是把能够适用于大家的话,单纯地随口对小心说了。

可是,为什么呢?她说出的话居然这样打动小心,小心以前从来也没有这样想过,小心的确是咬紧牙关战斗过来了。为了不被杀死,小心至今都因为不去学校而坚持着战斗。

"我以后再来好不好?"

喜多岛老师这样说着,其他再也没有多说。所以,小心不知道她所指的"战斗"究竟意味着什么。

嬉野说过的那句话,忽然在耳中响起:

——那里的老师都很耐心地听我的意见。

和小心一样,嬉野也和自由学校的老师们进行过许多同样的对话吧。

"好呀。"

小心全力以赴般地回答道。

喜多岛老师说了一声"谢谢",把一个小纸包递到小心的手上:"如果你喜欢的话,请收下吧。"

里面是什么呀?小心看着她。"红茶,袋泡用的。"她告诉小心。

水色的绘有野草莓图案的信封,摸上去厚厚的感觉。

"里面是我喜欢的红茶。不用客气,可以尝一尝。你收下好吗?"

"好。"

小心点了点头,然后,她终于开口说道:

"谢谢。"

"没什么。那好,我们以后见吧。"

双方的对话至此为止,没有更多的内容。然而小心却相反地,想要进一步说点什么——留住她。

看着喜多岛老师走出了家门,小心目送着她离去之后,感觉到自己心里奇妙地对喜多岛老师产生了亲切感。

总觉得她和什么人挺像的，虽然小心并不认识和喜多岛老师相同年龄的人。

也许，她很善于赢得孩子们的欢心，所以她才在这样的学校里当上了老师。

小心打开了放着红茶的信封。信封没有封口，里面放着两个和信封同样颜色的茶包。在小心的家里，大人喝着红茶的时候，从来也不会询问孩子喝不喝。小心有些快乐地感到，自己仿佛被当作成人对待了。

十月

进入十月后不久。

有一天,小心同往常一样在城堡关门的五点钟之前准备回家的时候,小晶问她:"小心,你明天来吗?"

小心觉得小晶特地问这事有些少见,回答:"来的呀,有事吗?"就见小晶意味深长般地说道:"有话要说。这话适合于大家都在场的时候说,我觉得如果有人缺席的时候说的话就不合规则了。"

听见小晶话里有话地这样一说,小心顿时觉得不安起来。是不是和自己有关的事情呢?我有没有做错什么事呢?她想着便觉得自己心情一下子糟糕起来,小晶则爽朗地吩咐了一声"那么,你明天要来呀",随即她就钻进了镜子里,回自己的家去了。

第二天,在"游戏的房间"里,等到下午理音放学后也到场了,大家总算聚齐了。

大家似乎都和小心一样,被告知过"有话要说"。可是,令人意外的是,不光是小晶,政宗也同她一起站在大家的面前。

这两个人的组合让人感到意外,究竟是怎么一回事呢?先开口说话的是政宗。

"那个,你们每个人。到底有没有认真地寻找过'祈愿的钥匙'呀？"

听了他的话，在场的人立刻都愣住了。

寻找藏在这个城堡某处的"祈愿的房间"的钥匙。

能够实现愿望的只限一个人，关于这个问题大家都是竞争对手，一直以来每个人都是这样想的。

就是因为这个原因，大家从来都没有在这件事情上进行过讨论。"狼大人"曾经宣称过：不管是谁，找到了钥匙，找到了"祈愿的房间"，实现了自己的愿望之后，这个城堡就会提前关闭，不会等到三月三十日。

现在城堡还开着，说明仍然没有人实现自己的愿望，不过，小心能够隐隐地感觉到，大家都想着寻找钥匙的事情。

"我曾经找过，最近没有去找。目前也没有这份心思了，再说，在这儿又挺开心的。"

做出回答的是嬉野，他胳膊上的绷带已经拿掉了，右脸颊的纱布也换成了创可贴，前一时期的那种看上去伤痕累累的样子已经基本没有了。

政宗朝着嬉野扫了一眼，继续说道：

"我大致上也是这样。不过，大家一点一点地也在找吧？不管每个人都有怎样的愿望。"

"是呀。"

点着头的是昴。以前说起这个话题时，他说过没有什么想要实现的愿望，还说要配合政宗，会不会他自己也在寻找呢？

"确实，既然有那样的说法，自然会有想法的。万一被自己找到了呢？这种心情总会有，不过，我到目前为止是没有找到。"

听了昴的话，小晶点点头。

"今天，关于这件事，我和政宗有一个提案。也可能已经有人找到了钥匙，然后准备一直藏到快三月底的时候才拿出来，或者是，关键的

'祈愿的房间'还没有找到，正在苦苦搜寻——这些可能性当然都会有。总而言之，你们先听我来说。"

"提案？"

政宗和小晶两人相互看了看。

"前一阵子，曾经只有我们两个人在城堡的时候，我们讨论过这个问题。坦白地说吧，我和政宗，曾经仔细地寻找过钥匙，到处找过。

"因为知道钥匙只会藏在个人房间以外的公共地方，所以尽管面积不小，寻找的场所还是有限的。我仔细地在各个角落里都找过了。"

"我也是。"

政宗说。小晶在旁边叹了口气，看着大家说：

"然而，我没有找到。说实话，我已经想不出还有什么地方没有找过。于是，正当我焦虑的时候，同样的，看上去也在拼命寻找的政宗，在食堂和我撞上了。"

"我正找得快累坏啦。"

政宗说话时一副不感兴趣的样子。

"你和大家在一起的时候装出一副对找钥匙根本就没有兴趣的样子，实际上比我还要拼命，看你的样子找起来就像一张碟子一张碟子舔过去似的查看，我可没像你那样！"

"还说我呢！你不看看你自己，扮出一副成天坐在'游戏的房间'里玩游戏的样子，专挑没人在的时候出动。每天都等着能够偷偷摸摸自己一个人去找的机会，我看你才最有心机的。"

政宗和小晶互相揭丑般地指责着对方。昴便插到他们中间劝说道："行了吧，你们两个！"

"那么，你们究竟要向我们给出什么提案呢？"

"就是要问问，大家愿不愿意合作起来一起找呢？"

小晶先回答了，政宗接着补充：

"已经到了十月份了。我们从五月下旬被召集到这儿来，已经过了不少日子却还没有找到钥匙，至于'祈愿的房间'，我觉得一定在某个地方有个秘密的入口。问题是只剩下半年的时间了。

"最后，也有可能谁都没有实现自己的愿望，大家眼睁睁地看着最后一天的到来。我想，我们不如不要把彼此看作对手，大家一起来找，然后都说说自己的愿望是什么，好好地商量。或者干脆就抽签，要么就猜拳决定。"

实在是太难找了，小晶哀叹。

"我真的使劲地找过了。如果这样下去，一直找不到的话未免也太可惜了，总觉得不能再这样放任自流了。"

"原来是这样啊。"一直安静的风歌点点头说。

随即她又向小晶问道：

"我真不知道小晶还有那么迫切要实现的愿望呀。政宗竟然也会这样积极。"

"谁还不是这样？被人告诉可以实现自己的愿望，总会有一个或两个目标呀。"政宗对她说。

小晶没有想到自己会被风歌当着大家的面指出来，脸上露出了不愉快的表情，视线朝着旁边看去。但是，风歌接着说的话，让他们同时感到惊愕了。

"真的吗？我就没有什么特别的愿望。"

不知道她是不是真心地这样说。可是，风歌说了以后又若无其事地告诉他们："好的，我可以配合你们。我赞成大家一起来找钥匙。同时要说，我不仅没有找到过，也没有拼命地到处找过。"

确实，风歌来城堡以后待在自己屋子里的时间比谁都多。可能她真的对寻找钥匙没什么兴趣。

小心站在那儿，不知道说什么才好。

小心当然有她想要实现的愿望。可是，她的愿望属于难以说出口的阴暗的愿望。特别是男生们，听了她的想法一定会群起批判。如果大家互相配合着找到了钥匙,谁的愿望能够实现呢?用什么样的方法来决定给谁呢?

猜拳的办法倒还不错,如果,就像选举时那样,每个人都说出自己的愿望,用自己的想法来展开竞争的话,嘴笨的小心觉得自己不会有胜出的可能。钥匙一定会被小晶或者政宗拿走。

但是,关键的钥匙至今都还没有找到,以后能不能找到还不一定。

小心其实也偷偷摸摸寻找机会到处搜寻过,结果一无所获。她同意小晶的说法,如果拖延下去谁的愿望都实现不了,未免也实在是太可惜了。

"我没有意见,大家一起找也行。"

理音说。

站在他旁边的嬉野战战兢兢地也点点头说:

"我也……嗯。"

嬉野曾经远离城堡,去了学校,然后又浑身伤痕地回来了,之后,城堡里的气氛有所变化。总觉得,大家变得比过去更愿意说出心里话了。

仍然没有表态的只剩下小心和昴。他们相互看了一眼,然后小心先点了点头。

自己的愿望如果能够实现的话当然最开心了,但是,大家在这个地方能够快快乐乐地聚到三月底也是很重要的事情。现在,听说时间已经只剩下半年了,没有多考虑过的小心才第一次意识到这一点。如果城堡没有了之后,自己还不能去学校怎么办?

她本来觉得明年还是遥远未来的事情,但是那一天终将来临。一想到成为初中二年级学生的自己,她立刻会全身冰凉,肚子马上就疼起来。

如果找不到钥匙,对于小心来说,没有其他的路可走。

"好的呀,大家一起来找吧。"

小心点过头以后，昴在她旁边舒了一口气。不知为何他笑着说了一声："OK！"

"那么好，从今天开始，大家要真正开始找了。必须彻底有效率地进行。我觉得应该画一张城堡的地图，然后在上面一点一点地把找过的地方涂抹掉，你们看如何？"

"嗯，我差不多已经把食堂找遍了。"

小晶迅速地举起了手：

"空的冰箱里、窗帘的背面，我全都看过了。当然，大家也可以再去找找。"

"我已经在这个房间找过五六次了。"

政宗说着环视了一下"游戏的房间"。他的手指指着鹿的标本和壁炉。

旁边的昴也点点头：

"这样看来，我挺怀疑供水系统的。事实上厨房和洗澡间都没有水，未免有些奇怪，所以我曾经检查过水管和排水口，没有发现什么。不光找不到钥匙，连'祈愿的房间'的入口处也找不到。"

"咦？"

听了昴的话，政宗的脸上露出了嘲讽的微笑。"怎么回事呀？"他问昴。

"我以为你没像我那样地拼命寻找，想不到你原来也很热心呀！你这个人的性格挺怪的呀！"

"我们彼此不都差不多吗？"

旁边听的人觉得他们的唇枪舌剑有点儿火花四溅的感觉，他们自己却都面带笑容。大概因为这回他们都说出了内心的真实想法，反而觉得格外痛快了。

"那个，我想提个条件。"

理音接着举起了手。等大家的目光都集中在他的身上时，他又说了：

"那个'狼大人'说过,这个城堡开到三月底为止,如果找到钥匙实现了愿望的话,城堡就要提前关闭了。"

"她确实说过。"

小晶点点头。理音继续说:"所以……我虽然也愿意参加一起寻找钥匙的行动,可是,如果大家一起寻找的话,能不能共同做个保证?比方说,即使找到了钥匙,能不能留到三月底再用?到三月底为止,让这个城堡一直处于能够使用的状态。"

小心屏住呼吸看着理音。

他的想法和小心一直持有的想法完全相同。关于明年四月份以后的事情,纵然到了那时中学里会调整班级,小心仍然一想到学校就会产生企图逃走的忧郁想法,所以她从来也不愿意多想。

这个中学她已经长时间没有去了,即使换过班级她也不会产生重返的愿望,因为哪怕是在不同的班级里,真田还是和她同一个年级。

到明年三月份为止,小心无法想象自己能够独自待在房间里,忍受着等待中的恐惧。所以她和理音一样,希望这个城堡能够一直开放。

理音继续说:

"不管让谁实现自己的愿望,能不能先一起遵守这个条件?不要抢在最后期限的前面?"

"……你说的条件,是理所当然的。"

答话的是政宗。他边说边把目光转向大家,观察他们的反应:

"你们大家都是这样想的吧?想在这里留到最后的日子。"

没有人反驳。

无论是染过了头发,说话的语气带有大人腔调的昴,还是在外面已经有了年长的男朋友的小晶,或是说过没有什么特别愿望的风歌,还有被人打伤之后又返回城堡的嬉野。

大家都没有说话,小心能感受到他们全和自己是同样的心情。

"太好啦!"理音说。

他露出灿烂的笑容：

"这样的话，我就安心了。"

"嗯。大家有了共同战线呀！能够定下方针很不错呢！"

一个声音突然在这时响起。

小心觉得这个声音就在她的背后，她被这个出其不意的声音给吓了一跳，"啊"地发出了一声悲鸣。

她紧张地跳了起来，转身向后看去。

原来是好久没有露面的"狼大人"。

"'狼大人'。"

大家都对她的突然出现感到吃惊不已。全都睁大眼睛看着她。由于好久没有见她了，更觉得她的狼面具特别异样。此外，还看见她穿着一件至今为止从未看见过的新连衣裙。

她信步走到了大家的中间："小红帽们，好久没有看见你们啦！"

"干什么呀？故意吓我们吗？"

听见政宗和理音的话，她连声说着："抱歉抱歉！"隔着面具，看不见她是什么样的表情。

"主要因为，看见你们这些小红帽在这儿都挺快活的，我便忍不住出来看看。再说，我发现自己忘了说一件挺重要的规则。"

"重要的规则？"

小晶歪起脑袋，然后又问她：

"我们讨论的大家一起配合寻找钥匙的事，并不违反这里的规则吧？没有什么问题吧？"

"没有问题。"

"狼大人"点点头说：

"相反，我认为非常好。互相协调、互相配合都是美好的事情，应该大力提倡。"

"太好啦！"

"但是，我有一句话忘了说，今天特地来告诉大家。"

"狼大人"走到了放在沙发前的桌子边，嘴里说了一声"好吧"，弯腰坐了下来。

"实现愿望是一件好事，用钥匙在'祈愿的房间'实现愿望的那一刻，你们关于这里的记忆也会一同消失。"

"哎？"当场有人发出了惊讶的声音。

这不是个别人的声音，而是大家一起发出来的，在场每个人的声音。

"狼大人"又继续说了：

"只要是哪个人的愿望被成功地实现了，你们全体人员都会忘却关于城堡的事和在这里的经历。你们也会忘却彼此，当然，连我也一起会忘却。"

"都会恋恋不舍吧？"她说道。

接下来，她面对着哑口无言的小心他们，又继续说道：

"如果到了三月三十日为止，没有任何人的愿望实现的话，你们的记忆仍将存在。城堡将会关闭，在这儿的事情依然会留在你们的记忆里，就是这样。"

大家震惊地睁大眼睛看着她，只见"狼大人"若无其事地耸了耸肩。一点儿也想象不出来在那个狼面具的后面，她的表情是什么样子。

"对不起、对不起，我那次忘了告诉你们了。"

她用轻飘飘的语气说道。

* * *

大家都目瞪口呆，沉默了一阵子，谁也没有说话。

小心同样需要一个接受和整理思绪的时间。对于她来说，那句话的冲击力实在是太强了——这儿的事情都将会忘却。

终于，出现了一个声音："这是……真的吗？"

是理音，他困惑地问道。

"是呀……你们可能有些难以相信，我完全是实话实说。"

对于理音的迷茫，小心觉得完全能够理解。他在理智上虽然理解了，心灵上却没有想通，所以他还想再向"狼大人"确认。和小心一样，估计在座的其他人也同样这么觉得。

"真的呀。"

"狼大人"平静地说着。她的语气始终没有变化。

"你们还有别的问题吗？"

"那么这段时间的记忆，会怎么样呢？"

接下来提问的是政宗。他没有表情地看着"狼大人"的那张侧脸，似乎有着一种怒意。

"从我们到这儿的五月份开始，一直到某个人的愿望实现的那一天为止，我们这段时间的记忆会怎样呢？这也是挺长的一段时间呀，结果我们这段时间算是做了什么呢？"

"记忆将会适当得到填充。"

"狼大人"用干脆的声音回答，语气里充满了毅然：

"估计会用你们来这儿之前的每一天的重复生活来做填补吧。在家里睡觉呀，看看电视呀，读读书看看漫画呀，偶尔出门买点儿东西呀，去游戏机房玩玩呀，多半会把这样的生活给填充进每一天。"

"居然会这样……那么，在这里的好几个月里，我在这儿读书的记忆呀，玩游戏的记忆呀，都怎么进行填补呢？我还看过一些新的东西，那些漫画里的故事情节呀，都不会在我的心中留下来吗？那不是把时间都浪费掉了吗？"

"大概会这样。不过，这样有什么关系呢？"

"狼大人"的语气有点儿冷淡。

"你积累的新漫画里的故事情节,都有那么重要吗?"

"当然重要啦!开什么玩笑呀!"

政宗终于表露了他的不愉快,噘起了嘴巴。但是,小心不由得想起来了。她曾经每一天每一天地坐在家中自己的房间里,拉上淡橘色的窗帘,快乐地看着重放的电视剧,可是到了这一天快要结束的时候,电视剧里的情节就开始变得模糊了。不仅是电视剧,那些新闻和娱乐节目也都一样,看过之后就会在记忆中渐渐地淡去。

来城堡之前,小心看了那么多的电视节目中的内容,到了现在,能够鲜明地回忆出来的东西几乎就没有。然而,当时她整天都坐在那里看,总觉得时间很快就会到晚上。

不过,就像看漫画和电影一样,对于玩游戏也会感动得哭泣的政宗来说,作为新知识的内容无法积累的话,等于浪费了时间,对于他来说或许是一种损失。"狼大人"摇了摇头:

"你们还是接受了吧。也许是重要的事情,但是要实现愿望的话是需要很大能量的。倘若真有不满的话,找到了钥匙也不去实现愿望不就可以了吗?"

"狼大人"没有好意地仰脸看着大家,她一个一个地看着每个人的脸。

"你们只不过是在这里的记忆被消除了。你们这些小红帽在镜子另一边的世界里经历的事情全都保留在记忆里,踢足球的事情、交男朋友的事情、染头发的事情,还有回到学校挨了打的事情。"

小心觉得,她最后的那句话让嬉野的身体一下子僵硬了。只听见嬉野惊恐地问道:"你在说我吗?'狼大人',你不要把人当作傻瓜好吗?"

嬉野自从那个遭遇以后就变得冷静起来,再也没有对大家做出过大喊大叫一类的事情,显然他不想被人重提旧事。现在小心看着他吓了一跳,没想到,"狼大人"的声音却格外平淡,她平静地回答道:"不是的。

对于你重返学校，我很感服你的勇气。只是作为例子说一下，如果造成了你的不快就向你道歉，对不起了。"

她既然表示得这么明确，嬉野顿时也就泄了气。

"哎？啊，嗯。"他点点头，接着又问旁边的风歌，"她说的感服是什么意思呀？"

"好像是尊敬的意思吧？"嬉野听了吃惊般地睁大了眼，立刻又沉默了。

"还有其他的问题吗？"

"狼大人"问道，大家都没有作声。

其实大家想提的不是问题，而是意见。更实质的说法是不满。

记忆被消除。

忘却城堡的事情，这样说来就等于把在这儿遇见大家的事情都忘却。

不知道"狼大人"怎样看待小心他们的沉默。

"没有其他事情的话，我就走啦！"

"狼大人"说完了这句短短的话以后，立刻就消失了。

已经很久没有看见"狼大人"瞬间消失的场面了，这回大家什么也没有说。当初，大家第一次见面的日子，看见她的身影突然之间消失，每个人都惊奇地叫道："她不见啦！"现在和那时的氛围有了很大的不同。小心想到那时，觉得特别怀念那个时光。

"我觉得也没有什么关系，记忆消失了又怎么样呢？"

这个声音打破了众人的沉默。

说话的是小晶，大家一起看着她。也不知道她是不是故意的，用明显无所谓的样子看着大家。

"我反正不在乎。这个城堡到了三月底就结束了，那以后也不可能再见到这里的成员了，既然这样，好不容易有个能帮忙实现愿望的钥匙，不用它实在有些太可惜了。"

对不对？小晶寻求同意般地依次看着大家的脸。

"等于本来就没有来过这个城堡，大家本来也就不认识，然后重新回到原来的生活，那样也没什么不好呀。"

"我不喜欢这样。"

这个坚决的声音让大家听了吃了一惊，都向说话的人看去。原来是嬉野。他本来性格容易冲动，这次说话的声音却很平静。

小晶好像挺意外地不作声了。嬉野继续说道：

"我不愿意。怎么能忘记和大家一起说过的话呢？刚才，'狼大人'还说过尊敬我呢，怎么就要忘了呢？"

"不是尊敬，是感服。"

政宗用严谨的语气说道。"是吗？"嬉野听了歪起了头，看着小晶说道：

"如果会忘记的话，我宁愿选择不实现愿望。"

他的眼睛不可思议地既没有恶意也没有刁难，只是用单纯的目光看着小晶，疑问般地歪着头：

"小晶你不是这样想的吗？还是实现愿望更加重要吗？"

小心惊奇地看着嬉野。因为寻找着"祈愿的钥匙"的嬉野认为，相比自己的愿望，在这儿的记忆更加重要。在这记忆之中，自己也在里面。虽然这个记忆里曾经有相互怒吼、争吵，政宗和小晶，大家都参与了。

对于他的断言，小心没有反对意见，她觉得胸中一点一点地渗出了某种温暖。她感到很欣慰。

小晶也是，说不定她和小心是同样的想法。刚才她虽然说得那么自信，现在却一下子失去了主张似的小声嘀咕着："我也，无所谓……"

小晶刚才的话是有些勉强，关于只要能够实现愿望，记忆什么的也就不在乎，她说的时候可能并没有考虑周到，只是脱口而出，或者以为政宗等人会赞同她的意见。

嬉野的困惑仍然在继续，他又说了：

"虽然我刚才说过愿意配合大家一起找钥匙。可是，如果我们里面有谁认为即使记忆消失也要实现愿望的话，我……说不定不会做了。我不会配合了，相反，我可能去寻找钥匙然后把它搞坏或是藏起来。对小晶做的事，我也许会跟她捣乱。"

嬉野说到后面的时候，声音变轻了，他窥视着小晶的表情。小晶的脸变得通红了。她红着脸，眼睛盯着嬉野。

"对不起。"

嬉野低下头，其他没有一个人说话。

虽然没有任何人大声质疑，可是现场的沉默气氛比那种情况还要沉闷。终于，小晶有气无力地说了一声：

"随便你。"

随后她便默默地走出了房间，此时没有人拦她，也没有人能够拦住她。

等到完全看不见挺胸昂首地离开的小晶背影的时候，留在现场的人们才开始彼此投出询问的目光。

"小晶的愿望，到底是什么呀？"

开口问的是至今为止一直没有作声的昴。他的语气不是想要向谁打听，而是自言自语般地随口而出："也不奇怪，每个人都有自己的情况。"他嘀咕完了以后露出了微笑。

"可是，'狼大人'也太过分了。这么晚了，她才说。也可能，她故意等到现在才说。"

"她故意等到现在？"

小心问了，昴"嗯"了一声点点头。昴的语气像在说与自己无关的事，和以前一样，小心觉得他给人一种令人不可思议的感觉。

"总觉得她是故意等到现在，等到我们大家结成了良好的关系以后。就像嬉野刚才说的那样，等到我们觉得'愿望不实现也行'的时候。结果，造成谁的愿望也实现不了。弄得不好，其实本来就没有什么能够实现愿望的钥匙。"

"完全有可能。"政宗冒出了一句。

"是不是呀？"昴说道，然而理音却插上来了说："不对。我认为，'狼大人'是认真地想要帮助我们实现愿望的。那个人不是怀着恶意来做这件事情的，估计她只是想试探我们大家，看我们是不是那么想要实现愿望。不是事先确定好什么是正确的做法，而是由大家自由地选择。她大概真的是当初忘了说，可能没有说谎。我这么认为。"

小心觉得不可思议的是，那个孩子很有可能听得见他们现在的对话。小心的心里一直把"狼大人"称作"那个孩子"，可是理音却在话里称她为"那个人"，听着挺新鲜的。

"风歌，你怎么想？"

"我吗？"

被理音点到了名字的风歌将脑袋转向了大家，不可思议地说道：

"我想，即使到了三月份以后，大家回到了普通的世界里，也可以彼此相互联系。"

"哎？"

"到了四月份以后，即使城堡关闭了，我们因为在这里已经互相知道了地址姓名，回到现实世界中仍然能够见面。我因为至今为止一直这样考虑，所以觉得到时候也不会寂寞的。"

"……对啊。"

风歌的意思小心可以理解，其实小心也隐隐约约地有过同样的想法。到目前为止，小心他们并没有交流过自己的住处和真实的身份。每个人仅用名字在这里就能交流，这样的环境确实令人感觉很不错，然而到了真要分开的时候，确实会想知道大家都是住在哪儿。无法想象的是，以后彼此再也见不到了。

风歌的话里用到了"现实世界"这个词，这个词给小心带来了一种沉重的感觉。

现在待在城堡里确实是一种现实，可是我们大家的"现实"其实在城堡的外面，然而那是谁都不想回去的地方。

"如果都忘却的话，就都没用了。哪怕是交换了地址，交换了之后也会忘记的。"

"不过，愿望不能实现的话，也许可以互相交换外面的联系方式的。"政宗说道。

"你是指地址和电话号码吗？"

昴问道，政宗点点头"嗯嗯"。

当初，他们两个人一直一起玩电子游戏的时候，给小心的感觉是两人有些地方挺相像，过了暑假，因为昴染过了头发，两个人一起的样子就显得特别别扭了。如果外表招摇的昴和政宗在城堡的外面——比方说教室相遇，两人待在一起的话……小心觉得那是无法想象的。

在外面的联络方式，这句话在小心的内心里留下了深深的印象。

现实世界，外面的联络地址。

小心又意识到，唯有这城堡里发生的事情才是例外的。

小心这些人彼此之间什么都不了解。

理音来自夏威夷的事情是知道的，至于别的人是从哪里来的，到目前为止小心都觉得不能打听，所以也就没有问。小心想要了解的心情虽然是有的，可是另一方面，还是多少有些不愿意被人知道自己的情况。

自己为什么会这样想呢？小心琢磨过以后立刻明白了——

她想忘却那些事情。

在城堡里的时候，她要脱离那些烦恼，把自己同那些事情隔离开来：自己是雪科第五中学的学生的事情——那个有真田的教室，东条就住在自己家的不远处等等。她想要自由。

大家可能都是同样的心情。彼此交换联络方式，风歌的这个提议虽然在每个人的心里都获得了赞同，可是实际上，起码在今天，谁都没有这个打算。

* * *

没有什么关系，记忆消失了又怎样呢？

小晶给大家留下这句话以后，有一阵子就没到城堡里来。可能她是要面子，也可能她并没有真的这么想，只是为了在大家面前装成满不在乎的样子才这样说。

她本来以为大家会和她一样无所谓，想不到嬉野——甚至政宗也没有和她步调一致，嬉野直接告诉她不愿忘却城堡里的所有事情，而她其实也有同样的心情，然而她觉得再要改变主张有点来不及了。

在城堡里玩的时候，大家也都意识到了小晶的不在场。政宗还把这事当作了话题，用开玩笑的语气说道："她就不担心吗？万一她不在的时候有人找到了钥匙的话？"

不过，小心他们都觉得，到明年的三月还早，所以每个人的心里都挺轻松。

才十月。

找钥匙也好，实现了愿望之后失去记忆的问题也好，大家在这个十月里尚不需要着急。时间还挺充分。

到了十一月初，小晶终于又回到城堡里来了。

长久没有出现之后，第一个看见她的是小心。当时已经是午饭后的时间了，在没有其他人的"游戏的房间"里，小晶一个人抱着膝盖蹲在靠近沙发的地方。

小心看见她，立刻倒吸了口凉气。

"小晶呀。"

小心踌躇了一下之后向她打了招呼，小晶听了抬起了埋在膝盖上的脸。

她的眼神仿佛在哭泣。房间本身虽然挺明亮的，可是她的周围却那么暗淡，就好像她把周围的光亮全都吸入自己的身体里了，周围非常、非常昏暗。小晶的脸色发青，脸颊上有着印子，是因为她久久地把脸埋在膝盖上，裙子的皱褶压在脸上。

"小心。"

小晶说了一声。她的声音听上去比上次的细弱，有种无力的感觉。仿佛嗓子眼干哑了，有一种在向小心寻求帮助般的感觉。

小心再一次倒吸了一口凉气，比刚才更用力。

这天，小晶身上穿着学生校服。仔细想想，至今为止没有人把校服穿到城堡里来。所以，小心一点儿也不知道大家在中学都穿什么样的校服。

小晶水手服式样的校服领子是青绿色的，领巾则是胭脂色的。

抬起身的小晶右胸口袋的地方，有着一个校章。校章的旁边用刺绣绣着学校的名称：

雪科第五

小心顿时怀疑自己的眼睛了，她重新打量了一下小晶的校服。

这是小心熟悉的校服，她没有看错。因为现在小心的房间里就挂着同样的校服。

"小晶……"

小心叫小晶的名字时声音变得紧张起来。

然后她下决心问道：

"小晶，你是雪科第五中学的学生吗？"

小晶慢慢地顺着小心的视线低头看了自己身上的校服，随后点点头，"嗯……"就好像刚刚才意识到自己今天穿着校服。

"是呀。"

小晶点点头,疑惑地看着小心:

"雪科,第五。"

从她嘴里清楚地说出了与小心同一个学校的名称。

十一月

在目瞪口呆的小心面前，小晶站起了身："你怎么啦？"

小晶的眼神虽然仍旧暗淡，见到了小心以后看上去多少恢复了一些生气。留下了裙子压痕的脸上，还残留着泛红的褶子痕迹——或许她刚才哭过了，小心看着她的脸明白了。由于泪水的缘故，她有好几根头发都黏在脸颊上。

正在这时，更加惊人的事情发生了。

"啊！"这个叫声从小心的背后传来，她转过身去，看见昴和政宗站在那儿，大概他们两个人正好同时从镜子里出来。两个人都睁大了眼睛，像看到了不可思议的事情一样，看着小晶。

也许他们吃惊的是好久没见的小晶重新返回城堡了，或者是他们在这个城堡还不习惯看见有人穿校服。

小心正不知道说什么才好，却没有想到，奇妙的事情发生了。她看见两个人的视线从小晶的脸上一起向下扫，都落到了她胸前的校章上面。

"为什么？"政宗开了口，"为什么，穿着校服？就是说……"

他充满了困惑地继续问道：

"你身上穿的，是你学校的校服吗？"

"你是什么意思呢？"

小晶警觉地眯眼看着政宗。小心一下子意识到了，眼前发生的事情已经把上回他们的不欢而散一笔勾销了。

难道说，难道说——

小心正在想着，政宗回答了：

"因为是……一样的！"

小晶的眼睛睁大起来。

"因为和我中学的女生穿的校服一样。"

在政宗说出的那一瞬间，他旁边的昂突然露出恍然大悟的神情，看着政宗：

"政宗你也是？"

小心依然没有作声，嘴唇紧紧地闭着。小晶震惊地看着小心说："咦？咦？到底是怎么一回事？"接着她又轮番看着两个男生，他们已经吃惊得呆住了。

"雪科第五中学……"

小晶一个字一个字地念着。随后，她半张着嘴说："没有搞错吧？不仅是校服很像？政宗也是，昂也是雪科第五中学的学生吗？南东京市的……"

"我也是一样的。"小心说了。

她好不容易地说了出来。这下，昂、政宗和小晶全部都用大吃一惊的目光看着小心。

小心想起了"狼大人"的那个狼面具。

怎么一回事？

小心的脑子里一片混乱，同时在心里却在呼喊着那个女孩子。"狼大人"是怎么打算的？会做出这样的事情来？一点儿也想不明白。可是——

我们都是同一个学校的学生。

准确的说法是，都是在同一个学校念书的学生。

到目前为止，大家都避免提及学校的话题，所以全都不知道。不管是住在哪里，还是读哪个学校，小心等人互相之间全都不交流。大家从来也没有想到，彼此之间的距离竟然这样近。

"啊！"

风歌此时走进了"游戏的房间"，她立刻也轻轻地发出了悲鸣般的声音。她也看见了小晶穿在身上的校服。

看见她这样的反应，小心等人已经不再吃惊了。

* * *

傍晚，大家都在等待最后一个来城堡的理音。

风歌也好，嬉野也好，他们看见了小晶的校服以后全都瞪圆了眼睛，随后好像一致地决定好了一样，都在嘴里发问："为什么？"他们面对着小晶胸前的雪科第五中学校名的刺绣，身体像被冰冻住了，声音干涸地嘀咕着："原来一样啊！"

似乎只有理音例外，因为他在夏威夷的学校上学。关于他的秘密，到他来了以后才真相大白。

当大家告诉他，他们都是在同一所中学里上学的事实后，理音也露出了一副吃惊的模样说："那么……都在南东京市呀……"

他继续道。

"对呀！"

在场的人们全体一致地回答。理音听了马上倒吸了一口凉气，接着说：

"我本来也应该去这个学校的。"

大家无声地看着他，他继续说明：

"如果我不去留学的话，就应该去那个学校上学的……"

"看样子，这个情况本来应该这样的吧？"

身穿校服的小晶挽起手臂,嘴里说着:

"我们这些人本来都应该上雪科第五中学,可是,由于各种原因都成了去不了的孩子。因为有这个共同点,所以才被集中在这里吗?"

"看来是这样。可是……"

风歌把大家的脸看了一遍,不可思议地歪着头。她没有具体对着谁,只是在嘴里询问着:"不觉得有点多吗?仅仅一所学校,怎么就有这么多不去上学的孩子?"

"我本来以为只有我一个呢。"

风歌又嘟囔了一声,小心觉得自己的胸口一下紧了起来,这其实也是小心的感觉。没有想到不止我一个人,风歌说。

小心、理音、嬉野都是一年级学生。

风歌和政宗是二年级学生。

昴和小晶是三年级学生。

原来一直不知道,小心、理音和嬉野三人是同一个学校的同一个年级的学生。理音的情况有些不一样,可是起码嬉野就离得很近,他身上的事情发生在和小心一起上的自由学校的某个教室里。

小心记得,某一天,妈妈在"心的教室"和那里的负责人模样的老师谈过话:

——这种孩子并不罕见,他们习惯了小学大家庭般的环境,进了初中以后,适应不了突然的变化。尤其是,第五中学在这场学校合并中受的影响特别大,在这一区域属于学生数量格外多的。

小心只记得自己当时听了特别反感,不希望那么简单地就把自己归类到"无法融入"的孩子里。可是,在一年级班级数多的雪科中学的话,这种情况说不定确实有的。

"在雪科第五中学里,学生是不是很多呀?所以,大家互相不了解也是没办法的事情。"

小心说完,风歌又歪起脑袋:"这样子吗?"

"可是,一个年级有四个班级吧?并不多呀。"

"哎?二年级的学生只有这么些吗?"

"嗯。"

风歌点点头,昴说了:"三年级的学生有八个班级吧?"风歌听了吃惊地问:"有那么多呀?"政宗则纠正说:"二年级应该是六个班级吧?"

"风歌,你是从什么时候开始不去上学的呀?没有记清楚吧?"

"我觉得不会记错的。"

风歌一副挺不满的样子回答道。不过,小心也觉得风歌说得不对劲,二年级学生应该和自己的年级人数差不多。就像政宗指出的那样,风歌说不定从刚刚入学开始,一年级的时候就基本上不去学校了。或者,可能一次都没有去上过学。

"大家的小学都是哪里的?"

雪科第五中学一共由六个小学的学区构成。小学和初中不一样,小学都是比较小的范围,如果是同一个小学的话,彼此可能就相互认识了。

"二小。"

政宗不耐烦地说了。

他说的二小是雪科第二小学的简称。

"我是一小。"

风歌回答,小心听了"啊"地叫了一声。风歌看着小心说:

"难道说我们是一起的?"

"一起……"

在雪科第一小学,每个年级一共有两个班。但是,可能因为属于不同的年级,小心对风歌一点儿印象也没有。同一个年级的话倒也算了,小心和其他年级的孩子没有任何交集。小学本来就没有正式的社团,如果不是在学生委员会里一起共事的话,和其他年级的孩子是难以交上朋友的。

再说，风歌不是引人注目类型的孩子，不像会做年级委员的学生，估计也当不上跑步、游泳等比赛的代表选手。当然，在这一点上小心也一样，所以风歌对自己没有印象的话并非特别奇怪。

小心只是有着一种不可思议的感慨：

原来这个女孩和我一样，也在那个学校上学的呀。

"你们两个互相之间都没有印象，一点儿也不认识吗？"

被昴问了以后，两个人都摇摇头，回答"不认识"。昴微微地歪着脑袋说："我如果把自己上过的小学告诉你们的话，你们一定会觉得听也没有听说过。"

大家听了都把视线集中到了昴的脸上。昴回答道：

"我是名仓小学的，茨城的学校。到了上初中三年级时，我才搬过来。和我哥哥一起，住进了东京的爷爷奶奶家里。"

"两个人？"

政宗问道。昴点点头"嗯"。

"父母呢？"

政宗条件反射般地问，看上去他们两个关系挺好的样子，直到昴放暑假以后染过了头发，政宗才知道他还有个哥哥。看来昴也没有刻意想隐藏，说话时满不在乎的样子。

"没有呀。在茨城的时候，母亲丢下我们离家出走了，父亲也和再婚的人一起生活了。所以我们兄弟俩就住在奶奶家了。"

政宗的脸僵住了。小心等人全都屏住了呼吸。"哥哥也好、我也好，"昴继续说着，"从一开始，就不想去学校了。这个地方我一个认识的人也没有，如果要和同学们融合在一起的话，最初的四月份应该是最重要的时期吧。那时候缺席的话，以后就会越来越觉得不习惯了。我并没有被什么人排挤过，也没有在学校发生过什么深刻的问题，和你们相比，我就像因为懒惰才没有去上学，心里觉得挺愧疚的。"

被昴这样一说，小心反而觉得自己心里充满了愧疚。

在学校里，昴大概确实没有遇见过深刻的问题。可是，小心觉得他在这之前遇到的才是真正的问题。昴笑嘻嘻地、平静地告诉大家住在奶奶家的原因。可是他为什么还能面带笑容呢？本来就是这样的吗？

暑假。

昴说他和父母一起去旅游了。随身听是父亲送给他的。小心原先听他说了没有当成一回事，现在却觉得心里沉甸甸的。

从表情严肃的政宗开始，谁都没有再说一句话。昴似乎也并没有期待谁会向他说点什么的样子。

"青草小。"

静默中，理音的声音显得格外响亮。

青草小学的位置在雪科五中的另一侧，它和小心的雪科第一小学之间是雪科五中。听见理音的小学不在海外，而是在自己生活的城市里，想到理音曾经在那么近的地方，小心又觉得不可思议起来。

听了理音的话，嬉野的肩膀大幅度地抖动了一下，他大叫起来："怎么可能？"

"怎么啦？"理音说。

嬉野继续说道："我也是青草小学的。"他茫然的样子就像面对着一场梦。理音立刻也吃惊地看着嬉野。

"咦？理音你现在是初中一年级吧？那么，我们是一个小学的吧？真的吗？你不在那里吧？我小学的时候一直不缺课的，理音你也在？真的吗？"

"可是我也很正常地去上课的呀……"

理音也困惑起来。昴忍不住问了："理音呢，理音你那时候不认识嬉野吗？"

"不记得了。也许他在，记忆当中没有和他玩过。"

"一共有几个班级？青草小学很大吗？"

"一共有三个班级。"

听着他们两人的对话，小心的胸口微微有些疼痛。

他们和年级不一样的风歌与小心不同，在那样规模的小学里，同一个年级的小孩却没有交流，互相连一点儿印象都没有，说明两个人生活的环境从一开始就完全不一样。

这两个人，不可能拥有在一起玩耍过的记忆。

"我是清水台小学的。"小晶最后一个说道。

在七个人里面，她的学区离小心住的地方最远。尽管这样，仍属于能够步行走到的地方。我们这些人，真的都是住在彼此很近的地方。

大家以雪科第五中学为中心，每一个人从自己家的自己的房间里，穿过了镜子，到这里来了。

"是卡莱奥那附近吧？"

是卡莱奥和车站前的繁华街一带。小心曾经有一回想去那儿却没有去成。整个学区里，那里是最热闹的地方，爱染头发、爱打扮招摇的小晶原来是那里小学的毕业生，小心觉得特别能够理解。小晶会不会常常出入那里的游戏厅呀？

看见小晶歪着脑袋，小心向她打听：

"会不会，你在风歌生日的时候送她的纸巾，就是在那儿的店里买的？"

小心接下来想告诉她，自己也曾经打算去那里的商店寻找同样的东西，可是小晶却摇摇头：

"那种纸巾是在商店街的丸御堂买来的。一起送的夹子也是一样。"

丸御堂是小心记忆当中没有的店名。可是，在旁边听着的昴却高兴地抬高嗓门说："丸御堂！哇，本地人呀。我们真的离得很近，一说都知道呀。太不可思议了，真开心。还有，小晶你平时都是在哪里玩耍呀？车站前的麦当劳吗？"

"去过的。"

虽然离得不是很远，小心却已经有很长时间没有去车站前附近了。

听见他们两人的谈话内容，小心不由得想，原来那里又新开了麦当劳啦。风歌也许和小心想的一样，在嘴里嘀咕着："现在，还有麦当劳啦？"小心听了顿时放心了。看来，不是只有自己不知道这些事。

染了头发的昴所说的"玩耍"含义，给旁边听的人带来了一种紧张感。同嬉野或理音在小学时的玩耍不同，这个"玩耍"意味着"在街上游荡的孩子"。

"怎么办？"

政宗问大家，他看着挂在"游戏的房间"墙壁上的钟。

"已经到四点半了，快要五点了。如果今天想叫'狼大人'来的话，现在就该抓紧时间叫了。叫不叫呀？"

"叫吧。"

想要问的事情一大堆。听见大家的意见一致，政宗便开口了。他向着虚无的空间呼唤了："'狼大人'……"

"有人叫我吗？"

就和过去一样，"狼大人"飘然而现。

* * *

今天，她穿了一件不同的连衣裙。究竟她有多少件连衣裙呀？和过去一样，是那种古董店里洋娃娃穿的裙摆蓬松的连衣裙，仿佛像去参加钢琴比赛的发表会。

"你为什么没有告诉我们大家呀？"

向她提问的是风歌，而身上穿着校服的小晶，挺不自在地抱着胳膊。"怎么啦？""狼大人"反问道。政宗焦躁地向她追问："就是说……你为什么不告诉我们？其实我们本来都是同一个中学的学生呀！"

"你们从来就没有问过我呀!"

"狼大人"的语调平静得令人恨得心痒痒,她说话时的表情还是看不见的。政宗沉默了。"狼大人"继续说道:

"我不说的话,你们就不知道,这未免也有些奇怪吧?你们这些小红帽只要开口,互相交流一下就明白了呀。那样的话,哎呀,立刻就能知道大家都是在同一个学校里念书了。你们这帮人弄到今天才知道,也未免太晚了一点吧?"

"狼大人"缓缓地吐了一口长气后又说:

"你们的自我意识是不是都太强烈啦?"

"你在开什么玩笑!"

政宗沉着脸正要站起身的时候,嬉野出来劝阻他了:"你别发火呀!她只是个小女孩,你对她发什么火呀!"

"是吗?她哪里像小孩子?就是身体小,明摆着她是一个'会不断复活的怪物'。明明死了还能够复活,现在是她的复活形态吧?她是一个妖怪呀!"

"不要再说了!"

阻止政宗的声音非常严厉,大家都吓了一跳。原来是理音。他平时总是稳重又淡定的模样,这回却罕见地脸也有些发红了,看上去像是真有些生气了。

大家都被他说得没有了声音以后,他才开始用着平静的声音问道:

"我有一个问题。"

"什么问题?"

"我记得你说过,曾经召唤过像我们这样的'小红帽'到这里实现自己的愿望。那些'小红帽'也都是雪科第五中学的学生吗?若干年一次,把大家集中在这里吗?"

"若干年一次,属于一种平等的机会吧。好的,你这样解释也没有什么问题。"

"狼大人"用一种傲慢的语气说道。理音继续问:

"那么,每一次都像这次一样,来的都是这个地区的没有去上学的学生吗?是根据这个共同特点来选择的吗?或者是,"理音说着短短地吸了一口气,"以第五中学的全体学生为对象吗?是不是所有学生的家里的镜子都会发光,开通了抵达这里的通道。然而,绝大部分的学生都去上学了,所以全都没有察觉。只有待在家里的人才察觉了,大家一起到了这里。"

听他这样说,小心一下子愣住了。她觉得完全有这种可能性。

那样的话——小心意识到自己内心有一种受到了冲击的感觉。这样看来我们这些人并不是特别的。那些去学校上学的孩子也都平等地拥有到这儿来的机会,我们没有受到过特别的挑选呀。

小心胸口感到沉闷,她有点儿透不过气似的望着"狼大人"。"狼大人"这次也淡然地摇着头:

"不是,我只找了你们几个人。从一开始便选好了这里的成员。"

"那么,我又是怎么一回事呢?"

理音慢慢地眯起了眼睛:

"我也来了,可是我上的不是第五中学。为什么你要叫上我呢?"

他的眼睛直视着"狼大人"。小心在一边揣测,她一定会用打马虎眼的语气说:你这个孩子的事情我也不清楚,以后总会明白等等。

可是,小心没有猜对。"狼大人"的狼面具正面对着理音,向他回答道:

"可是,你实际上很想去的吧?在日本的时候,你不就住在这所公立中学的学区里吗?"

被她这样一说,理音的表情就像被闪电击中的人一样,他的身体顿时挺得笔直,胸口受到了重击似的僵住了。

对于理音的这种神情,"狼大人"完全是视若无睹的样子,她向大家的方向迈了一步:

"其他还有吗？你们如果还有疑问的话，我尽量回答。"

"这儿，究竟是什么地方？"

小晶向她问道。小晶身穿着校服的样子，小心还没有完全看习惯。那是小心熟悉的校服。在那所小心不在的校园里，小心同年级的女生们，其他年级的年长的女生们，穿的都是这种校服。

小心看着看着，觉得四月份上学的时候，在学校里众多来来往往的年长女生中间，好像也看见过小晶的身影。

"这里是镜子城堡。"

"狼大人"回答，她的声音一如既往地充满了淡漠。

"这里一直会开到三月底，是你们的城堡，任你们自由地使用。"

"你想让我们做什么呢？"

小晶说话时带有哭腔。小心听得出她很疲倦。本来她一直显得很强势，现在却是一副虚弱的样子，她的声音听上去包含着恳求的意思。"狼大人"的回答却干脆极了。

"没有什么特别的事情。"她说着。

"对于你们，我没有任何期待。我只是把这个城堡，还有寻找实现愿望的钥匙的权力，一起交给你们了。就像我最初向你们说明的那样。"

"失礼了。"就像那短短的声音消散在虚无的空中一样，"狼大人"消失了。与此同时，远远地传来了野兽般的嚎叫："嗷……"

快要四点四十五分了。这是对大家警告的嚎叫声，意思是快要接近回家的时间了。

小心想起她挺久以前对大家发出的警告，如果哪个人超时逗留在城堡里就会被吃掉。这难道会是真的吗？小心想到了这儿不由得感到了不寒而栗。

"狼大人"消失了，虽然都听见了警告大家时间已经不多的遥远的嘈叫声，小心等人仍然觉得互相之间还有着一大堆的话要说。

大家都没有想到彼此之间其实是离得这样近。

然后，大家都知道同一个学校的校舍和校园，体育馆和自行车的停车场。这些都是不可能不知道的。

原来大家"去不了"的那个学校，其实和小心是同一个学校。这样想来，彼此便产生了亲近的感觉。多半大家使用着同样的便利店，还去过同一个超市或者是卡莱奥。大家生活的范围是一样的——都是同伴的关系。

时间开始接近城堡关门的五点了。

虽然大家都觉得相互之间还有很多要说的话，但仍然回到了有大楼梯的放镜子的地方。就在这时，小心忽然想起一件想要问的事情。"喂！"她叫住了正预备通过镜子回家的嬉野，"你说过的那个很愿意听你想法的自由学校的老师，是不是喜多岛老师呀？"

被她叫住的嬉野听了以后，站在那儿使劲地眨着眼睛。小心又说：

"因为我觉得，你是和我去的同一所自由学校。"

"……嗯，是呀，喜多岛老师。"

看上去，嬉野的紧张已经解除了。听见了他肯定的回答，小心立刻想，果然如此。

小心的表情大约把她想说的话也传递给了嬉野。嬉野的态度看上去多少有些温和了，就和来小心家的时候一样，嬉野大概也和那个老师同样地交谈过吧。

这时，风歌大概在旁边听到了他们的对话，便向他们问道："你们是同一个老师吗？真好呀，原来你们真的住得这么近呀……"

"嗯。很漂亮的吧，喜多岛老师。"

小心无意地随口说着，嬉野却歪了一下头："她漂亮吗？"嬉野属于容易动感情的人，对女老师说不定也是用看异性的眼光来看待的——小心茫然地这么想着，听见了他的反问却觉得很意外。

那次老师把茶包递给小心时,小心看见她的手指既白又长,指甲也都很漂亮。因为离得近,觉得她身上的味道也很好闻。

其他的人是不是也知道喜多岛老师和"心的教室"的事情呢?政宗称这种学校属于"民间组织的援助团体",言辞间保持着一定的距离,估计他没有去过那里。

小晶和昴又是怎样的呢?小心边想边向昴的方向看去,正好在这个时候,昴转向了小晶:

"小晶,我问问你可以吗?"

"什么事呀?"

小心还以为是关于自由学校的事,没想到不是。只听见昴问小晶:

"你今天为什么穿着校服?遇到什么事情了吗?"

听了他的话,小晶就像全身被冻住了一样。小心也愣住了。到目前为止一直想着她穿着自己学校的校服,这个问题却被忘在了脑后。

"我今天参加了葬礼。"

听见了小晶的答复,小心知道大家全都吸了一口凉气。只见小晶的脸色一片苍白。

"和我住在一起的外婆的葬礼。所以,表兄妹、小孩子们都要穿校服,大人们嘱咐的……"

"你不回家就来这里行吗?"风歌问。

"去年,我的曾祖母也过世了……葬礼一般都是在中午举行的吧?所以,后面还有各种事情,要和亲戚们一起吃饭什么的。你今天这样和我们在一起好不好呢?"

"那个么……"

小晶的声音一下子有点儿异样。看上去她会像往常那样,用一种强硬的语调说"和你们有什么关系?"或者是"那有什么要紧?"

然而,她大概意识到了风歌的眼神中没有任何其他的意思,完全是替她担心,所以便轻声地回答:"没什么。我觉得和你们在一起更好。"

小心也后悔自己只考虑小晶校服的事情，没有关心她的心情。

今天小心刚到城堡的时候，看见小晶一个人蹲在那儿。城堡里都有各自的房间，小晶完全可以一个人待在自己的房间里。可是她在大家都会来的"游戏的房间"里，一个人把脸埋在膝盖上。小心想到她那时的表情和眼神，胸口不禁疼痛起来，现在也不知道怎么开口才好。这一点大家好像都一样。

"这样啊。"

昴轻声打破了沉默：

"你很喜欢外婆吧？"

昴问道。他没有刻意询问的样子，而是平淡的口气在说。

——昴说过，他现在住在奶奶的家里，妈妈和爸爸都不在，只是和哥哥一起。

如果不是他，一定很难开口询问吧。小晶露出了一丝发愣的神情，嘴唇紧紧地闭着，一时没有做出回答。随后，她小声地"嗯"了一声。

"外婆有时话挺多的，我从来没有想过对她是喜欢还是讨厌，现在觉得对她还是喜欢的。"

"小晶你穿着校服来真是太好了。"

昴说完，微笑了一下又继续说道：

"幸亏你穿着校服来了，我们才知道大家原来都是一个学校的。如果没有今天的话，大家谁也不说，可能一直这样到了三月份了。"

昴的语调虽然非常平静，小晶的眼睛却显得湿润了。小心急忙说道：

"嗯，谢谢你了，小晶。"

"……没有什么，也是偶然呀。"

小晶说完，把脸扭向了一边。

就在这个时候。

啊嗷嗷嗷嗷嗷嗷嗷嗷嗷嗷嗷嗷嗷

啊嗷嗷嗷嗷嗷嗷嗷嗷嗷嗷嗷嗷嗷

猛然间,声音回荡在整个城堡里。这个声音和刚才那种警告的嚎叫声虽然相像,可是更加响亮。

"哇!"

大家都惊叫了起来。空气伴随着嚎叫声一起震荡着,地面也在晃动,让人无法站稳。

这究竟是怎么一回事,不用说大家也能明白。

五点钟到了。

"回去吧!"

理音对大家说。小心觉得自己已经站不稳了,她的手拼命地抓着镜子的边缘。慌乱中能瞥见其他的人也是这样的姿势。剧烈的晃动使她的眼睛都几乎睁不开了,脸上的肌肉也都被晃得麻木了,真是不可思议。

小心使劲地抓住镜子的边缘,总算是钻了进去。镜子里面的光亮扭曲着彩虹的色彩。等一等,不要消失呀——

小心终于用尽全身力气滑到里面了。

晃动的感觉消失的时候,小心已经回到了家,回到了自己的房间里。

床和原来一样,桌子和原来一样,窗帘也是原来的样子。

十一月份的,临近冬季的街上的空气,即使隔着窗帘也能感到和夏天明显地不同。

小心觉得自己的心脏还在怦怦地跳动。背上和额头上都是一片汗水。终于赶上啦,她醒悟到。自己还活着,终究没有被吃掉。

她凝神望去,看见镜子安安静静的,已经不再发出亮光了。尽管如此,她回忆起最后在城堡听见的嚎叫,双膝还会发抖。摇晃的感觉依旧残留在她身体里，仿佛还在震荡。

大家是不是都平安无事呀？

小心轻轻地拉开了窗帘，美丽的弯月挂在了夜空上。她已经很久没有打开窗户了，她开着窗户望着尽可能远的地方，城市的前方。

能看见和小心家同样的独栋小楼，还有高高的大厦，从这儿看过去像火柴盒似的公寓。在小心视线的远方，还能看见超市的灯光。

在这里的某些地方，那些孩子生活着。

大家同自己在同一个城市里。

十二月

城市，因为圣诞节即将来临而满目生辉。

小心纵然待在家里，也能有所感觉。小心家虽然不属于每一年都要装饰圣诞饰品的家庭，可是隔壁的家庭每一年都会挂满灯饰。小心即使不出门去观看，也能感觉到那一闪一闪的光亮映射在自己家的墙壁和窗户上。

* * *

"快到圣诞节了，咱们不做点什么吗？"

到了十二月份，理音在城堡里向大家问道。

听见了他的话，坐在沙发上看书的风歌也好，手里玩着游戏的政宗也好，大家都看着他。

"好不容易有这么一个地方，大家在一起吃蛋糕不好吗？"

"夏威夷也有吧，圣诞节？"风歌问理音。

提起圣诞节，印象里总是在冬天穿着毛茸茸的红衣服的圣诞老人从雪中过来的感觉，这一切在四季如夏的夏威夷岛完全无法想象，听见了风歌的话，理音笑了起来。

"当然有啦。和日本确实不一样,没有飘雪的白色圣诞节的感觉,在那儿,到处张贴着圣诞老人玩冲浪的海报。"

"冲浪!"

小心听了不由嚷了一声,理音笑得更厉害了。

"更加有节日气氛吧?在美国,比这儿也许更加隆重些吧。不仅是圣诞快乐,而且是圣诞'非常'快乐了。一种又吃又喝的圣诞节气氛。"

"原来是这样呀……"

"嗯。所以,大家想不想在圣诞节准备些什么节目?交换礼物什么的就算啦,各自带些点心什么的。蛋糕就由我负责了。"

把"狼大人"也叫来吧,理音补充道。

"已经十二月份了,三月底这儿就要关闭了,唯一的一次圣诞节,这样行不行呀?"

那个"祈愿的钥匙"还没有被发现。至少,看不出有谁发现的迹象。大家在这儿的记忆到了三月份以后能不能保留还没有定,如果能够保留,理音一个人住在夏威夷,大概他最能意识到,将来和大家再见面不会容易。

"……不错呀。"

小晶表示了赞成,大家也纷纷点了头。"不过,"政宗这时开了口,"什么时候呢?十二月二十四日,圣诞节前夜这天可以吗?你们大家这一天有没有别的预定呀?"

"我那里没有问题。因为有时差,和宿舍里留下的同学举行派对,正好不冲突。"

"圣诞节前夜这天我有空,前一天,二十三日的话来不了。"

风歌用尖尖的嗓音说道:"正好要参加钢琴演奏会。"

小心听了一愣。

"你在学钢琴吗?"

面对小心的询问,风歌点了点头。

"我虽然没有去上学，学钢琴没有停，因为是个别指导。"

小心记得刚来城堡的时候，有一个房间里传出了钢琴的声音。原来那是风歌在弹呀，她的房间里有一架钢琴呀。

小心在小学的时候学过钢琴，后来不学了，看见风歌在学校以外的地方学习钢琴，多少有些羡慕，觉得她挺耀眼的。

"以前，我在房间里听见过你弹钢琴。"

风歌听见小心这么说，发愣地吸了一口气："很吵吧？"

小心摇摇头。"哦，太好了。"风歌回答。

"在小心的房间里，没有钢琴吗？只有我的房间才有钢琴吗？"

"嗯。因为风歌会弹琴，所以'狼大人'才在那个房间里为风歌配备了钢琴吧。"

"小心的房间里有什么呀？"

"有书架。不过，全是些看不懂的书，英语或者是丹麦语之类的外国书。"

"丹麦语，真厉害呀！你为什么知道那是丹麦语呢？"

"……安徒生是丹麦的作家，有许多安徒生写的书。"

小心想到，那是东条告诉她的。她在东条家看见过同样的书。

"真好呀，小心的房间里有许多的书呀。我一点儿也不知道呢。"

听见风歌这样地说，小心暧昧地微笑着。

——有着许多和东条家同样的书的那个房间，虽然的确是一个很有魅力的空间，然而小心总觉得自己一直非常在意东条的心思其实早被什么人给看透了。

大家的房间都是什么样子的呢？既然会弹钢琴的风歌房间里有钢琴，那么可以肯定，每一个人的房间里应该都有着适合每个人的东西。

"那么，风歌二十三号因为要演奏钢琴所以来不了……二十四号怎么样呢？"

"哦，我不行。那一天说不定要和男朋友约会。"

听见小晶这么说，大家有点诧异却都沉默着。虽然小晶似乎正等着有人向她打听，理音却很干脆地轻声说道："明白了。"

圣诞夜的那天，除了小晶，估计大家都有可能产生和家人一起过节的预定。结果，最后定下来是在二十五号这天大家一起举行圣诞节聚会。

自从大家知道大家都是"雪科第五中学"的学生后，小心觉得城堡里的气氛多少有了些变化。

虽然并没有任何特别的事情，但是总觉得大家相互之间的关系不如以前紧张了。

比方说，政宗曾告诉小心他们："自由学校的老师也到我家里来啦。"

刚刚听了他的话，小心他们一下子觉得有些莫名其妙，他便补充道："你们不是聊起过吗？那个'心的教室'。"嬉野和小心这时才醒悟过来，连连点头："对，对。"

"是喜多岛老师吗？"

"大概是的，是一个女老师。"

"政宗也见到她啦？"

政宗不知为何样子有些尴尬。小心有些不理解，想了想之后，她明白了。

他并不是尴尬，而是因为对这种事情不习惯，所以不太好意思。有关发生在城堡外面的事情，政宗一直没有这样同大家说起过。

"你去过'心的教室'吗？"

虽然小心对这个和自己名字相同的称呼还是挺在意的，但是这儿的人和学校里的学生不同，绝对不会在这个方面取笑小心。小心对这一点很有信心。果然，政宗没有抓住这一点当成笑话，而是断然地摇了摇头。

"我没有去。我父母虽然知道这个学校，他们觉得那里是让想重返学校的孩子去的地方，并没有考虑过让我去那里。"

"政宗，你父亲他们和原来一样，觉得学校这个地方孩子不想去便可以不去吗？"

小心不由地说，她觉得和自己家的差距实在是太大了。政宗听了耸了耸肩：

"不是吗？他们也知道最近学校的问题实在是太严重了。霸凌的手段越加阴险，报纸上不是也常报道因此而发生学生自杀的事件吗？老爸他们说了——根本用不着勉强自己去上学，弄得最后被杀掉的结果。"

政宗说话的时候模仿着他父亲的语调。小心听了感到一连串的吃惊，在学校被杀掉的说法实在是太惊人了，不是像小心家那样要求小心去学校，而是完全不同的想法。"但是，"政宗的眼神多少有点儿迷茫，"与此同时，他们好像也正在寻找能够安心地把小孩送进去的学校——现在好像正在使劲想办法——至于自由学校，老爸说那儿只是民间的志愿者们的活动，没有当作一回事儿。可是，喜多岛老师却到家里来了……说是想来聊聊。"

政宗轻轻地吸了一口气：

"妈妈说，也没有去要求过，为什么她会到家里来呢？难道是在中学的要求下来的吗？妈妈和老师在家门口说话。老师告诉她，并没有受到过中学的委托，只是听到我的朋友偶尔提到过我的情况，所以才想来聊聊。"

难道是在中学的要求下来的吗？小心虽然没有看见，但是她能够想象出政宗母亲那种不愉快的表情。看样子政宗的双亲对学校的不信任相当严重。以前就听政宗说过，中学里的老师——"他们虽然是老师也是普通的人。""他们的智商比不上我们的地方多了去了。"

此外，从政宗嘴里说出的"朋友"两字让小心听了觉得特别新鲜。这多半是政宗去中学的时候，在那里交上的朋友吧。

可能小心想的事情被政宗猜到了,他小声补充道:

"我刚开始不去中学的时候,家里的父母和班主任老师发生过各种摩擦……所以他们认为,公立学校的老师不行,然后他们对中学的老师一点儿也不信任了。"

"原来是这样呀。"

"我意识到了,那个自由学校的老师就是你们说过的人,所以,我才和她见面的。"

小心和嬉野听到这话,不禁对看了一下。过了一会儿,小心觉得自己胸中涌上了一股暖流。

看样子,政宗是因为喜多岛老师曾经和小心及嬉野交谈过的原因,才愿意和她见面的。

小心想到这儿觉得特别高兴。虽然可能有些夸张,但是她总觉得自己获得了信任。

政宗说话的样子和以往一样,表情既有点儿不好意思又有点儿尴尬。他用快速的语调说:

"当时也并没有具体说些什么,她只说以后还会来的。"

"她是个很不错的人。"小心说道。

政宗听了点一点头:"嗯……是呀,你的感觉我能明白。"

政宗暧昧地说着,承认小心的观点。

"哦……哪一天会不会也到我家来呢?"

站在一旁听他们说话的小晶嘀咕着。

"这种自由学校,我家附近似乎没有,怎么会呢?我们是同一个中学的人呀。"

"对呀。"

小心想,如果喜多岛老师去小晶家访问的话,最好小晶能和她见见。

虽说都知道住在不远的地方,可是并不会想要在城堡之外的地方见面。因为能在城堡里相聚就可以了，如果要在城堡之外相聚的话，首先，没有地方。平时的话，几个人不去上学会被大人指责，周末的话，会被同龄的熟人发现。这样看来，包括自己在内的这些中学生能够待的场所除了"学校"就是"家"了，此外再也找不到什么地方了。

不过，想到有喜多岛老师那样的大家都认识的人，从而使大家感觉到自己和外面的世界还是有着共同联系的人，小心有了新的快乐。

像政宗这样平时总是在嘴上喜欢抱怨的人，还有顽固地不愿意提及中学的小晶，现在似乎也变得不再那么躲避外部世界的话题了。虽然，小晶再也没有穿过校服，可是她比以前更频繁地出现在城堡了。

尽管有时候也会有人缺席，可是大家都到城堡来的日子更多了。

本来，小心没有想到今年能和同龄的人一起举行圣诞节的聚会，所以觉得特别高兴。去年，还在念小学六年级的时候，小心参加了同班同学沙月家里的聚会，几个女同学一起交换礼物、玩游戏。

回忆到这儿，小心想到了沙月，不知她现在怎样了。这样一想，她觉得胸口一阵疼。

她们一起进了雪科第五中学，然而班级不同。沙月说过要进垒球部。虽然很严格，训练时也会非常辛苦，可是她说过会努力加油。实际上，沙月现在大概正在努力吧。

已经很久没有和她见过面了。过去和她一直作为好朋友交往着，如今她多半是把自己看为"不来学校的特殊孩子"，这么一想，小心因为习惯了目前的境遇所以已经平静的心境又回到痛苦中了。

第二个学期已经快要结束了。

寒假到了。

又快是新的一年了——

就在这样一天天过去的日子里……

一个接近圣诞节的夜里,小心的妈妈开口问:"小心,有一件事想和你说说行吗?"

她的声音微微地透出了紧张的感觉,使小心条件反射般地生出不祥的预感。妈妈这样说话的时候,往往都是不好的情况。然后小心的胸口会更加苦痛,肚子会像朝下坠似的沉重起来,紧张地等待着什么——

小心只觉得既想知道她后面说什么话,又不想知道她说的话。

接着,妈妈开口道:

"伊田老师说,他明天中午想到我们家里来,行吗?"

伊田老师是小心的班主任老师。

小心上了中学以后,只有最初的那个四月份是和这个年轻的男老师一起在教室里度过的。小心不去中学以后,他在五、六月份的时候来过小心的家,小心有时和他见面,有时避开不见。

那以后,妈妈说不定和这个老师也曾经见过面,就像和"心的教室"的喜多岛老师一样。

不过,喜多岛老师和伊田老师有着决定性的区别。

伊田老师来家访的时候,小心会感到非常紧张。由于过度紧张,她的汗会不停地冒出来。

小心会想到,他不久之前还在那个教室待过,而小心是从那个教室里逃出来的人。这样一想,就觉得看到伊田老师心里便充满了苦闷,然后希望他最好不要来。

小心突然想到,他是第二学期末才来的。

关于不来上学的学生的状况,到了一定的时期,老师必须进行了解。因为,这也是他们的工作。

小心正在想着,妈妈又开口了。她那一声"小心"的呼唤,让小心听了立刻又紧张了。

"老师说,这回,他要和你聊聊班上同学⋯⋯关于女孩子的事情,有话要说。"

小心不知道自己有没有成功地装出平静的样子来，她完全没有自信。妈妈说的话直接刺进了她的胸口。

"班级里的……女孩子？"

"叫真田的女孩子，做委员长的。"

小心觉得耳朵深处一下子轰鸣起来，刹那间听不见周围的声音了。妈妈的脸看上去似乎有些险恶，她顿时感到呼吸困难了。

"果然有事情呀。你察觉到了什么吗？老师都说了些什么？他和妈妈说什么啦？"

"老师问，那个孩子会不会和小心吵过架。"

小心立刻觉得背上起了鸡皮疙瘩。

吵架。

想不到老师居然用这么轻飘飘的说法。一股强烈的反感，使她心中升起的怒气在脑子里沸腾了一般，意识都变得模糊了。

那可不是什么吵架呀！

吵架是语言能够相通的人才会进行的呀，属于更加对等的事情。

小心遭遇的事情，绝对不属于吵架。

面对着咬住嘴唇沉默的小心，妈妈好像察觉到了什么。

"见见吧。"她对小心说，"你就和妈妈一起，同老师见见吧，小心。"

你到底遇到什么啦？妈妈又一次问道。

小心咬住了嘴唇。过了一会儿，她小声地说了出来。

——那些孩子，来过这里。

小心终于把这事说了出来，妈妈的眼睛微微地睁大了。小心慢慢地抬起了头，然后说道：

"我……"

不能说讨厌一个人。

妈妈总是这样地告诉小心。不论是怎样反感一个朋友，也绝对不能说她的坏话。所以，小心觉得妈妈听了会发火。所以，小心没能向妈妈说，然而……

"妈妈，我……觉得真田，很讨厌。"

妈妈的眼睛疑惑地看着她。不是吵架——小心继续说：

"我和那个孩子，没有吵过架。"

第二天上午，伊田老师来了。

星期二，中学里还有课，他好像是抽出了课间空闲的时间来了。妈妈也特意向公司请了假。

看上去，伊田老师比上次看见的时候头发更长了些。进了门，他把看上去已经穿得挺旧的运动鞋脱在了玄关，向着小心问道："上午好，小心。身体好吗？"

伊田老师开口便直呼小心的名字。

小心仅仅在教室里上了一个月的课，老师就把她和其他那些已经很熟的同学一视同仁地这样称呼。被老师这样称呼，小心就觉得自己和班上其他的同学没有什么两样了，的确很开心。但是，开心过后，小心又觉得老师是为了让她高兴才这么叫她的。

因为这是他的工作。

他并不是特别关心小心，而是因为有工作必须关心小心。

虽然小心觉得自己在这种细小的地方想来想去，既幼稚又像个傻瓜，可是她扭转不了自己的思维。

因为，伊田老师是属于真田美织和她周围那些孩子的。四月份教室里的场景，小心全都记得，想忘也忘不掉。

——伊田老师，你有女朋友了吗？

——什么呀，有也不会告诉你！

——哎呀……我们想知道……"伊田先"你真小气……

——不行不行，你们可不能这么叫我。

老师嘴上虽然这么说，却又没办法似的笑了，这时他没有对这些孩子发多大的火。所以时间虽然已经从四月份到了现在,真田美织她们依然会这样叫他。

这个人,是真田美织她们的"伊田先"。

每次老师到家里来,告诉小心"不要勉强自己"时,小心都会这样想。

——不要勉强自己。小心如果能来学校,大家当然会很开心。

伊田老师大概是出于关怀这么说的,可是老师也许并不希望小心去上学,也许对他来说都无所谓。

——小心为什么不喜欢去上学呀?

——你遇到了什么事情呀?

五月初,小心不去学校后,老师便这么问她,她当时什么也不说,只是沉默着。老师多半认为小心的状况属于"懒惰病"。

然而,小心觉得他这么想也没关系,或者说,他这么想是理所当然的。

从小学的时候开始,就是这样的。

学校的老师们,多数都会站在真田美织这样的班级中心人物的一边。这种孩子在教室里会大声地说话,休息的时候在外面和许多孩子一起玩耍。他们个性活泼,属于那种认真的孩子。

小心曾想过,如果把真田曾经对自己做过的那些事都告诉老师的话,会让老师哑口无言的,不过老师仍然会站在那个女孩的一边。再要说的话,就会说:"已经知道啦。"

老师一定会从正面询问真田:"是真的吗?"他一定会这么做的。

真田明摆着不可能承认的。

那个女孩只会按照她的想法来说,她不可能有别的说法。

——她为什么不出来呀?太坏啦!

真田和她的朋友们一起围着小心的家,小心躲在家里恐惧得浑身发抖,真田美织则在外面哭泣。然而,她的朋友们却在旁边安慰她:"美织，你不要哭呀。"

在她们那个世界里，小心是坏人。虽然不可思议，事实便是如此。

在客厅里，老师和小心的妈妈面对面地坐着。

同以前老师来家访的时候相比，小心妈妈现在的态度变强硬了。

昨天晚上，关于四月份自己和真田美织之间发生的事情，小心都和妈妈说了。小心至今为止一直没有能够说出来，但考虑到妈妈会从老师那儿听到所谓"吵架"的错误信息，便滔滔不绝地说了出来。小心希望妈妈能先听到自己的亲口叙述。

老师来了以后，妈妈对小心说：先上二楼自己的房间里待一会儿，因为妈妈有话要先和老师说一说。

实际上，小心很想留下来，听一听老师是怎么说的。可是，妈妈的表情就像生气了一样严肃。

昨天晚上，妈妈听了小心的话以后，并没有发怒也没有慌张。

事情发生之后已经过去了好几个月了，小心在叙述的时候已经没有眼泪了。她觉得自己一边哭一边诉说心里的悲伤也行，可是尽管这么想，眼泪却流不出来了。

这件事情和男女生的恋爱有关，所以比较复杂，不过小心仍然努力地说了出来。

小心本来指望妈妈听了她的叙述以后，会在情感上发生变化，然后愤怒起来。小心希望她能够站在自己的一边，气愤地指责那群孩子。

小心以为妈妈首先会生气，结果却不是这样。小心说到了一半，妈妈的眼睛里浮出了泪花。看见了妈妈的眼泪，小心迷茫了，她更加流不出眼泪了。

"对不起。"妈妈说道，"妈妈一点儿也没有察觉到你的事，对不起。"

妈妈抱着小心的身体，握住了她的手。在小心的手指甲上，落下了一滴滴妈妈的眼泪。

要努力战斗,妈妈对她说。只听见她的声音里包含着震颤。
"这种战斗说不定会要很长的时间,小心,你一定要坚持。"

小心回到了自己的房间,看见镜子又在那里发出了光。小心想,大家今天一定又在镜子的另一边聚在一起了。

小心想念大家。

然而,小心悄悄地走出了自己的房间,竖着耳朵倾听楼下的声音。房子的空间不大,所以容易听见。虽然客厅的门关着,却能够微微地听见里面的声音。

老师的声音说:"在女生中间,好像发生了矛盾。"然后是妈妈在反驳:"小心说过了,她们不是在吵架。"小心的心脏疼了起来。小心以为他们的声音会像海上互相搏击的浪花一样越来越大,结果反而变小了。

小心听见妈妈问:"喜多岛老师今天不来吗?"然后老师说:"啊,不是,今天我先来,因为这些都是中学里的问题。"小心听了以后,想起了喜多岛老师的脸,也想起了从喜多岛老师那儿得到的红茶茶包。

到了在城堡里举行圣诞节的聚会时,小心要用那个红茶来泡茶给大家喝。

大概喜多岛老师向伊田老师说过了什么。喜多岛老师要同中学老师联手解决问题,所以她大概曾经调查过四月份发生了什么事情。

——不是吗?小心你每天都在战斗呀!

小心回忆起这句话,不禁又想念起喜多岛老师了。她闭上了眼睛。楼下传来了伊田老师的声音:"真田也有真田的……她是一个性格开朗,责任感强的孩子呀。"听上去就是在给真田辩护。

她的性格开朗、责任感强,与她对小心做的事情没有半点关系呀。这时妈妈的声音响了起来:"这是什么意思呢?"终于听见妈妈感情冲动的声音了,小心听了真想把耳朵堵起来。

小心悄悄地回到了房间，看见镜子在发光。

意味着城堡入口已经敞开的七色虹光显得那么温柔，小心伸出了手指，轻轻地触摸着镜子的表面。

"帮帮我。"她在那儿想。

"帮帮我。"

"大家，帮帮我。"

过了不少时间，小心才被叫下楼去。

妈妈和老师的表情比刚才更生硬了，面对着小心他们显得更加紧张起来。空气也像改变了颜色似的沉重起来。

"小心，"老师说道，"你和真田见个面，一起说一下话好吗？"

听见老师这么说，没有夸张，小心有一种呼吸也要停止的感觉，心脏剧烈地跳了起来。

小心无声地看着老师，完全无法相信他会这样说。

她绝对不愿意和那个女孩见面。

"她属于容易受到误解的女孩，让小心觉得不开心的地方一定有很多。不过，我和她说过了，她也挺担心的，正在反省……"

"反省什么的，我认为她根本就不可能反省。"

小心发出了声音。

她激动的声音中，夹杂着颤抖。

可能没有想到小心会这样说，老师满脸吃惊地看着小心。小心摇着头说道：

"她如果反省的话，是因为害怕被老师批评，并不是为我担心。她害怕自己做过的事情被老师知道，害怕老师认为她不好。"

小心把这些话一口气地说出来，她自己也没有料到能够这样痛快淋漓地说话。看得出伊田老师相当震惊。

"小心，不过呢……"

"老师。"

妈妈插进了小心和老师中间。她看着老师,用冷静的语气说道:

"首先,应该从小心这边先听听她遇见了什么问题吧?就像从真田那个女孩那里了解情况一样。"

老师马上抬起了头,看着妈妈。只觉得他正要说些什么,妈妈却不容他说下去了。"行了。"她说道,"今天就到此为止吧。下次,请和哪一位年级主任,或者校长一起来吧。"

老师闭嘴沉默着。他没有看小心的眼睛,也没有看妈妈的眼睛,一直目光向下。

"我以后再来。"

说完这句话后,他站起了身。

站在玄关目送着老师离去,关上了门以后,妈妈叫了一声:"小心。"

此时,小心朝着妈妈看了过去,不知道小心一副怎样的脸色,只看见妈妈张开的嘴唇一下合上了。然后,妈妈的表情改变了,虽然样子有些疲惫,却是坚定的表情。

"我去买东西,你也去好吗?"

她劝说小心:

"不买东西也可以。如果你有想去的地方,我们一起去。"

* * *

平日的大白天的话,小心不会遇上那些正在上学的孩子。

小心和妈妈一起坐在卡莱奥的餐饮席位,吃着奶油冰激凌。

虽然在卡莱奥这个商业中心里,有小心喜欢的麦当劳和美仕唐纳兹,但是小心还是选择避开这些地方。因为这些地方常会聚集着学校里的同学。纵然考虑到今天不是假日，小心还是觉得有些紧张。

　　真的已经有好久没有外出过了。自从暑假在便利店里买了送给风歌做礼物的点心以后，小心再也没有出过门。

　　外面的光线挺刺眼，虽然和以前一样，看见家人和城堡的孩子们以外的人会让小心感到畏缩，然而和妈妈在一起，小心今天不觉得那么恐惧了。想到他们也许会把小心和妈妈当成从医院回家途中的人，小心便不再害怕这些大人的视线了。

　　——吃着冰激凌，小心意识到自己的视线在行人中搜寻着。

　　看见染发的年轻人时，小心会不由得凝神望去，仔细看看那是不是昴或小晶。她还期待着像自己一样跟在父母身边的嬉豆或风歌能在走道对面出现，或是看见刚买了新上市的游戏，提着袋子正在穿过走道的政宗。甚至是明明应该在夏威夷的理音，小心也盼望着能在这里看见他。

　　他们先看见小心的身影，或者是小心叫住了他们，面对着吃惊的妈妈，小心告诉她："他们都是我的朋友。"那该多好呀！

　　然而，现实中，谁也没有出现。

　　在这个平日里的餐饮场地，基本上没有什么人。大家今天一定都在城堡里。

　　"小心，你还小的时候呀……"

　　坐在小心对面的妈妈，也和小心一样看着走道的方向。估计比不上夏威夷那么热烈，但是日本的卡莱奥也足够显示出圣诞节的气氛了。红绿白三种颜色装饰着商店，头顶上飘荡着圣诞歌的旋律。

　　妈妈继续说道："小心还记得吗？你小的时候，在商店街的一个餐厅里，当时是圣诞节，我们一起吃饭。那是一家法国料理的餐厅。你那时好像已经上小学了，又好像还没有上小学。"

　　"……好像记得。"

　　在小心的记忆里，确实曾经和爸爸妈妈一起去过一家餐厅，这家餐厅和平时经常去的餐厅的气氛不一样。同时她还记得年底商店街那种浓郁的圣诞节气氛。

当时,小心看见送来各种各样装在盘子里的料理,那儿的蛋包饭和普通的家庭餐厅供应给小孩的午餐完全不同,她那时虽然还是小孩子,却明白这是真正的西餐。

"我记得,料理是一道道地送来给爸爸和妈妈吃的,当时觉得特别不可思议。吃完了又来了,吃完了又来了,还疑惑怎么没完没了。"

"是啊,平时没有吃过这种套餐。妈妈也记得呢。小心还说:'怎么还不回家呀?到底要吃到什么时候呀?'催着我们呢。"

妈妈笑着:

"今年,我们再到哪个餐厅去吃吧。虽然那家店现在已经没有了,和爸爸一起再找别的地方吧。"

妈妈为什么现在要提起这些事情,小心多少有些明白。老师的事情,真田的事情,即使是小心,也不想马上和妈妈面对面地讨论他们的事。

然而,小心还是有话要说。

她向眼睛望着远方的妈妈说道:

"妈妈。"

"嗯?"

"谢谢你……"妈妈恍然大悟地张开了嘴,凝视着小心。小心觉得一定要对妈妈说出来,"你能把事情都说给老师听,把我的话传递给了他。"

实际上,小心担心过妈妈能不能把她的意思传达给老师,正像妈妈最后向老师说的那样,小心是想自己亲口说的。是啊,现在老师心目中对小心的印象一定糟透了。真田美织表示愿意见面谈谈,小心却拒绝了,老师一定会觉得小心既不诚实,心理也不健全,属于有问题的学生。

然而……

"妈妈，你能够相信我说的话……"

"这是理所当然的呀。"妈妈说道。

她的声音最后有些沙哑，随即她低下了头，重复了一遍："理所当然的事。"这时她的声音完全在发抖。

妈妈轻轻地擦拭着眼睛。她抬起头的时候眼睛是红红的，又看着小心说：

"小心受惊了吧？听了这些事，妈妈也害怕极了。"

小心震惊了，她不停地眨着眼睛。她没有想到大人的嘴里会说出"害怕"的字眼。妈妈又略微地垂下了眼皮说：

"我如果处在小心的位置也会害怕的。本来觉得小心应该早一点儿说出来，刚才，和老师说话的时候，我觉得开始懂得你的心情了。"

小心默默地看着妈妈，妈妈微微地笑着。那是一种疲惫无力的微笑。

"我和老师说'小心没有过错'时，虽然自己相信这话，却很害怕老师不信。小心要说出一切来，是需要勇气的，因为小心会很害怕，怕自己的恐惧心理不能得到老师的理解，不知道老师能不能倾听自己说的话。"

妈妈伸出了双手，紧紧地握住了小心放在桌子上的手。然后，她问道：

"想不想换个学校呀？"

换个学校——小心一下子理解不了这句话的意思。和妈妈握着她的那双有点儿凉凉的手所传来的感觉一起，小心逐渐明白，她的意思是问小心想不想转学。

小心睁大了眼睛。

到今天为止，小心也曾经考虑过这个方案。她曾经觉得这是一种非常有魅力的想法，也曾经觉得这其实就是一种逃跑性质的糟糕想法。在那个雪科第五中学里，有的孩子和小心在小学时就玩得不错，自己如果因为真田美织而离去的话，实在是心有不甘。如果自己走了，那帮女孩子也绝对不会反省，说不定她们会无比自豪地说："小心被我们吓跑啦！"想到她们哈哈大笑的样子，小心因为愤怒和羞耻连呕吐的感觉都有了。

不过，至今为止，小心从未觉得这是可以实现的选择。她总觉得自己就算是提出这个要求，妈妈也不会同意。

但是如今，妈妈却继续向她说道：

"如果小心想要转学的话，妈妈可以帮你去寻找新的学校。多少可能会远一些，看看能不能转进邻近学区的中学呀，或者私立的中学等等。我们一起去找一找。"

小心仍然有着强烈的不安，怀疑自己会不会到了新的地方仍然不行。虽说不太会发生同样的事情，可是转校生总是会引人注目，也许新的同学们立刻就会知道，小心是从以前的中学逃过来的。

可是，到了新的学校里，就像一般的学生一样地融入进去也是可能的。就像什么事情都没有发生过一样地去上学，说不定也是能够实现的。

这是一种非常甜蜜的可能性。关键的是，小心觉得这样才能够获得妈妈的认可，内心深处感到一阵温暖和柔软。从此让妈妈明白，自己并不是到哪里都不行的孩子。

在卡莱奥的大厅里，飘荡着圣诞歌的旋律。广播喇叭里播放着鼓舞人心的圣诞节大减价的宣传。

"……我再想想好吗？"

小心问道。让她感到惦记的是城堡里的那些人。

转学确实是很有魅力的方案，可是同时也会让她不再是"雪科第五中学的学生"——到城堡去的资格，说不定因此而失去了。也许再也不能见到他们了。小心绝对无法接受这样的局面。

"可以呀。"妈妈回答道，"我们一起来考虑吧。"

小心和妈妈一起买了食材。

商场里有卖装着各类巧克力的礼品袋,小心告诉妈妈,自己想要。她想在圣诞节的聚会时带去。

因为里面的数量一个人吃不完,小心担心妈妈可能会觉得奇怪,可是妈妈却说了一声"行啊",随即便把它放进了购物筐里。

买完了东西,回停车场之前,小心站在那儿,环顾着排列有许多商店的卡莱奥的内部。

"怎么啦?"

"我在想,已经好久没有这样出来了。"

各处的灯光太亮,小心的脑袋依旧会感到晕乎乎的。不过,和上次相比,她适应的过程短了一些。

"妈妈,谢谢你带我过来。"

听见小心这样说,妈妈先是愣了一下。仿佛受到了看不见的打击似的沉默之后,她拉住了小心的右手,嘴里说:"妈妈也一样。妈妈也觉得和小心一起来太好了。"

或许,上一次和妈妈这样手拉手是小学低年级时候的事情了。两个人手握在一起,向着停车的地方走去。

* * *

在城堡的圣诞节聚会上,理音拿着蛋糕来了。看见他带来的蛋糕,基本上所有的人都发出了称赞:"真棒呀!"

"看上去特别好吃的样子呀!"连小心也说道。

放在大堂里的蛋糕,是中心有空洞的戚风蛋糕,奶油涂得多少有些不均匀。和商店里出售的蛋糕看上去氛围不一样,水果的摆放也有点儿乱,不过正因为如此才显得有种特别的感觉。

"这个蛋糕是手工制作的吗?"政宗问道。

小晶在旁边插进一句:"这是女同学做的吗?"小晶问的话让小心的

心脏猛然跳了一下。大家的眼睛这时都一齐看着理音。

在日本的学校也是,擅长踢足球的男孩很受欢迎。说不定就是因为理音是这样的男孩,所以才去国外留学了。虽然至今为止他没有说过这方面的事情,可是他有女朋友也是不奇怪的。

小心正在想着,理音却摇着头:

"不是,是我母亲做的。"

理音显得很乏味的样子噘着嘴说:

"她每一年都要做蛋糕。在圣诞节的时候,她住在我的宿舍里,今年她也做了,所以我带来了。"

"原来家长可以住在宿舍里呀。"

"嗯,有带厨房的房间,父母来了可以住几天。"

"你的妈妈……还住在夏威夷吧?你现在到这儿来没关系吗?"

小心看看墙上挂的钟。不知这里和夏威夷的时差是多少,自从听了理音的话,小心漠然地意识到了这方面的情况。

日本现在是中午的时间。

夏威夷应该是昨天的傍晚,在日本今天是圣诞节了,理音那边应该还是圣诞夜。

在海外,和日本相比,圣诞节更加应该和家人一起团聚。就连小心的家里,昨天也是全家一起吃的饭,至于今天,父母正好一起出了门,小心才能到这里来。

学校应该已经放寒假了——小心想到这儿忽然生出了疑问:

"理音,现在是寒假,你是不是已经回日本啦?"

小心虽然这么问,却并不是想要和理音在城堡外面遇见,她只是觉得理音在那么遥远的夏威夷,在外面遇见他绝对不可能。如果他回到了附近的地方,即使见不着面,心里也是挺开心的。可是理音却很干脆地摇了摇头:"我不回家。我妈也只是来住了两天,做好蛋糕,然后就回去了。她说很忙。"

"原来是这样呀……"

"嗯,一起吃吧。"理音说道。

他好像特地把切蛋糕的刀子也带来了,看着把餐具拿出来的理音,小心忽然觉得有点儿不对劲。

明明已经把蛋糕做好了,理音的妈妈却没有和孩子一起吃,自己就走了。

也可能,她是期待着理音和朋友们一起吃,所以才做的。然而,在圣诞节里,其他的孩子多半都离开了宿舍回到自己家了。理音说"我不回家",多半是这个意思。

小心想起来了,是理音提出的建议,要和大家在城堡里举行圣诞节聚会。蛋糕是理音说要准备的。

那一天,理音是怀着什么样的心情向大家提出建议的呢?

小心仍然记得"狼大人"对理音所说的话。当时理音问"狼大人":自己虽然在国外,可是和大家并不相同,因为自己仍然去上学的,为什么也被召集到这儿来了?"狼大人"回答他:

"可是,你实际上很想去的吧?在日本的时候,你不就住在这所公立中学的学区里吗?"

她的话到底是什么意思呢?理音在夏威夷留学,当大家因此而称他是"精英"的时候,他却露出了复杂的表情,并说实际上没有大家想得那么好。

"哦,请'狼大人'也一起来吧。"

理音在切蛋糕之前这样说。他随后放下了手里的刀说:"我没有办法把蛋糕切得很平均,哪个女生来切吧。"嬉野听了高兴地说:"让小心来切吧。"

"以前她给我们削过苹果,一定能切得很好。"

"咦!我可不知道自己行不行!"

小心苦笑着说。她还清楚地记得,以前因为嬉野对她会削苹果特别中意，惹了不少的麻烦。不过，让她来做这件事也使她由衷地感到高兴。

"你们叫我吗？"

伴随着轻柔的话音，"狼大人"出现了。"蛋糕……"理音说道，"你戴着那个面具，能不能吃呀？再说，你作为'狼大人'，平时吃不吃饭？"

听见了理音的话，"狼大人"把脸慢慢地转向一边，隔着狼面具眺望着蛋糕。

手工制作的鲜奶油在蛋糕上像波浪一样起伏有致，"狼大人"站在那儿默默地观看了一阵子。这个景象有些超现实的感觉，她穿的连衣裙和戴的假面具尽管有点不真实，造型可爱的蛋糕在气氛上却和她很合适。终于，她开了口：

"我不在这里吃。"她说着慢慢地抬起头看着理音，"如果能够分给我的话，我想把它带回去。"

听见了她的话，大家全都睁大了眼睛。他们都没有想到，这个"狼大人"看上去完全是非现实的存在，说出的话居然和普通的小女孩没什么两样。

不过，理音对她没有多说。只说了一声："明白了。"接着他转过了身去，拿起了自己的包说"还有这个"，取出了一个小盒递给了"狼大人"。

"这是我家里的东西，喜欢的话你就拿着。"

理音虽然说过不搞礼物交换，却还是带来了礼物。"狼大人"沉默了一会儿，看着手里的礼物。这次，她也没有拒绝。

"明白了。"她只说了一声，就拿着礼物背过手去了。

小心本以为她会当场打开，可是"狼大人"没有这么做。理音也没有说什么。

"一起吃蛋糕吧。"理音说道。

虽然说过这个圣诞节聚会不搞礼物交换,除了理音以外,小晶也带来了有着漂亮花纹的纸餐巾,每人一张地送给了大家。花纹虽然不同,和以前风歌生日时送的是同一个系列。

"哇……我如果也带点儿什么来就好了!"

嬉野大声说道。小心很佩服小晶,觉得她在这种方面想得很周到,很了不起。

最令小心感到吃惊的是,政宗带来了大量的与少年漫画有关联的周边。他告诉大家:"喜欢什么就拿什么吧!"大家听了全都吓了一跳。虽然多数都是一些杂志的赠品,可是也有图书卡一类的东西,令人感到很惊讶。

"不得了,还有《海贼王》的图书卡呀……"

这是小心也喜欢的少年漫画。她翻过来一看,发现价值五百日元,原封不动地保留着。手里有很多游戏、玩具的政宗,本来就在物质上应有尽有,所以他可能对物质和金钱都缺乏执着的心。

"尽是一些男生看的漫画。闻所未闻,我一个也不要!"

小晶正皱着眉说,旁边的昂却叫道:"哇!这个还没有用过?那么我要!"他说着把手伸向了一张游戏卡。小晶听了连忙看过去:"咦?哪里有?"政宗明显地露出了不开心的样子。

"如果对周边没有敬意的话就别拿呀。"

"但是,挺意外的。"小晶满不在乎地提高了声调,"喜欢不喜欢是另外一回事,政宗能想着带来礼物给大家,挺让我吃惊的。"

"你真烦人。如果不满就还回来吧。这些都是家里现成的,我只是把它们收集在一起拿来了。"

"不!我要的,只是挺吃惊的。"小晶边说边笑。

小心老实地说:"谢谢你。"政宗有点不好意思地转过头去,嘴里说着"没什么",脸上带着笑意。

理音的妈妈做的蛋糕又松又软,带有鸡蛋的味道,非常好吃。

小心带来的装满了各色巧克力的礼品袋,理音也很喜欢。他告诉小心:"在日本的时候我常常吃,现在特别怀念。"

小心还把从喜多岛老师那儿得到的红茶泡了茶,装在保温杯里带来分给大家喝,餐具借用了城堡里现成的东西。散发出草莓香味的草莓红茶,是小晶和风歌都挺喜欢的味道。

听见她们说:"好喝。"小心心里觉得挺高兴的。

"以后还想喝呀。"

被风歌这样一说,小心就告诉她,这是喜多岛老师给的,风歌听了以后说:"我也想去看看了,小心去过的那个自由学校,还有喜多岛老师,我也想和她见见。"

"嗯。"

在这个城堡里,大家相互称呼的时候已经不考虑年龄的区别了,比以前更加亲昵了。

* * *

"其实……我有事想和大家商量。"

政宗提出了这个话题的时候,其实已经是城堡快要关门的时候了——到了下午的四点钟以后。

当时大家都已经吃完了蛋糕和点心,几个人要么卧在地毯上打瞌睡,要么坐在沙发上聊天,政宗对着大家说。

"狼大人"的身影不知何时已经消失了。她用来放蛋糕的盘子和理音送给她的礼物,都和她一起不知消失到哪里去了。

政宗说话的语气和平时有很大的不同。过去他总是用调侃的语调说一些讥讽的话,现在他开口说的话却让小心觉得不同于往常。

"怎么了?"小晶问他。

政宗站在大家的中间。别的人有躺着的有坐着的，唯有他一个人站在那儿。

他用左手紧紧地抓住右手的手肘。根据他手指用力的程度来看，能察觉到他其实有些紧张。

政宗本来不属于容易紧张的人。

"要和我们商量什么？"

面对着疑惑的小心等人，政宗说：

"那个……大家……只有一天也行，第三学期的时候……"

"学校，"政宗继续说。他沙哑的嗓音有些苦闷的感觉，目光游离、脸朝下。说到学校后，他的声音停顿了，然后又抬起了头，"大家到学校去一次吧。一天，真的只要一天，行不行？"

每个人听了都倒吸了一口气。

大家呼吸的声音那么清晰，彼此都能感觉到。政宗更用力地捏紧了自己的手腕，他一句又一句地继续说着：

"从第三个学期开始，父母要求我考虑转入其他的学校了……"

听见他这么说，小心顿时觉得心里难受起来。在那个卡莱奥吃东西的座位上，小心也曾经听见妈妈提出的同样建议。妈妈当时问她：想不想换个学校呀？

因为第二个学期已经结束了——小心觉得是这个原因。

小心家庭的情况多少有些不一样。她以前听政宗介绍过他的家庭，他的父母说过："公立学校的老师不行。"

"至今为止，我天天玩耍，混着过来了，可是到了如今，不能不面对现实了。从第三个学期开始，我爸说，他要在这个寒假里，到他的一个熟人的孩子上的私立学校去给我办手续。我爸……"

"你从第三学期开始，要去别的学校上学了吗？"风歌问他。

政宗无言地点点头。

"可是，这也是个办法……是个好事情吧？"

用一种平静的语调说话的是嬉野。

"我也曾经这么考虑过。把周围的人际关系来一个重启,到了别的地方就会轻松了。估计,我家的大人到了明年会想出办法来,现在他们大概正在商量……"

"我也是这样想的。可是,那样做的话,到明年年度变换的时候不是更好吗?从第三个学期就开始——我从来也没有考虑过会这么早。"

政宗原先总是居高临下的样子,现在他的声音变得这么微弱,让小心简直不敢相信自己的耳朵。看样子,他说的完全都是他的真心话——实际上他已经到了不说不行的地步。小心算是明白了。

小心能够理解政宗。

妈妈让小心考虑转学的问题,小心感到这个提议很有魅力是因为尚没有迫在眉睫。它只是一个构想,还没有具体化,只算是在考虑中。

去一个新的学校,和作为转校生进去,的确不一样,完全是两回事。

"这样的话……糟透啦。"

政宗用犹豫的声音说着。他望着大家,眼睛里浮现出了困惑的神情。

"如果去了别的学校,不就意味着我可能来不了这儿啦?"

听见了政宗嘴里嘀咕的话,小心等人全都咬住了自己的嘴唇。

因为大家都明白政宗想说什么了。

不管怎么说,能够来城堡的时间限制在三月底之前。这样一来的话,他到三月底为止的这段宝贵的时间就没有了。

"所以,我就和老爸说,我说我还不想换学校……到了第三学期,我要到现在的雪科第五中学再试一试。"

小心再一次睁大了眼睛。政宗像在替自己辩护似的加快了语速:

"只是第一天……一天就够了。只要那一天去了,再找个理由在家里休息。只要能够去上那么一天学,我爸他们就不会在这个寒假期间给我办转校的手续了,对不对呀?先去一天,然后说还是不想去,这样就能够把一切都拖到明年的四月份了。"

"你要我们都到学校去是为了⋯⋯"小晶开口问。

政宗的神情有些激动,只见他眼睛湿润着说:

"我到学校去的那一天,在中学里,只要一天就行了,你们能不能也一起来呀?就是这事。"

说到了这里,政宗低下了头,一点儿也不像他平常的样子。

"没什么要紧的,用不着一定到自己的教室去。保健室呀,图书室呀,只去这些地方也行的呀。哪个班主任都不会勉强你们,不会非要你们去教室不可。他们一定会认为,你们能去图书室和保健室就是很大的进步了。"

"不是有'保健室登校'这个说法吗?"

昴说完,政宗抬起了头接着说:

"我前不久想过:为什么,特地要召集我们这些雪科第五中学的学生?这其中有没有什么特殊的意思?'狼大人'是故意的,还是怎么的尚不清楚,最起码,我们大家应该能够互相帮助的吧?"

——应该能够互相帮助的吧?

这句话顿时说进了小心的心坎里。

政宗说着这些话的时候,眼里含着泪光,热切地看着大家。

看着他的脸,小心更理解"互相帮助"这句话的分量了。随后,她又想起来——

上次,她和妈妈一起在卡莱奥的餐饮座位上吃东西的时候,她的眼睛一直眺望着商场里的通道,想要在行人里发现城堡里的伙伴。她当时的梦想就是:和谁一下子遇见就好啦。

小心也希望得到帮助。

"那么,你其实是想请求我们,而不是要和我们商量?"昴说。

听见他的话,小心发愣地向他看去。昴做出夸张的样子耸耸肩,手

里挥舞着从政宗那儿得到的卡片:

"这个圣诞节礼物是不是一种贿赂呀?你想说服我们大家是吗?"

政宗有些尴尬地看着昴,他用无所谓的语调说:

"我知道这个要求太为难大家了,但是……"

"行呀,我去。到了那天,我会在教室里等着。"

政宗望着昴的眼睛立刻睁得特别大。

昴继续说:

"我是三年级三班的。政宗你如果去了自己的班里,待不下去就逃到我的班上来吧。我一直没有去上学,如果让班里的同学看见你这个低年级的后辈慕名而来,会让我面子上挺光彩的。"

"我可能去不了教室。"小晶说道。

虽然她说话仍然直截了当,可是听上去没有不开心的意思。"但可以去保健室。"她又补充道。

"行呀。老师们肯定也会认可你的。"

"我也是……"

小心不由得跟在小晶后面说。

如果说是去学校,爸爸妈妈一定会高兴。他们嘴上会说不要过于勉强自己,但是心里一定松了一口气。真田的存在虽然是个问题,可是不去教室而是去保健室,妈妈他们可能更加安心。

关键是,小心一想到能和大家在外面见面,便觉得心花怒放。

她理解政宗的心情。

没有朋友,"单单的真可怜"——记忆中真田美织形容她的这句话,依旧在小心的胸中慢慢发酵。小心想让那些女孩知道:她不是"单单的"。甚至在不同的年级里,小心也有好朋友呢。她要让她们看见,她和这些人的关系有多么好。

原来政宗也是这样想的。

虽然在教室里没有朋友,可是教室的外面有我们在。他觉得那样就能去学校了。

"那么,我也去保健室。"小心说完后,风歌也说道。她又问,"哪一天开学呀?"

"我们应该几号去呢?"

"一月……十日。"

政宗立刻回答了她。他仿佛有点儿迫不及待地报出了这个日期。看上去,他的神情比刚才更像要哭的样子。

"明白了。"风歌回答道,"我这个寒假里要住到外婆的家里去,在那里要去上私塾,接下来有一阵子我不能到城堡里来了,反正我已经知道了。十号那天,定好了。"

"我……再让我考虑考虑行不行呀?"

嬉野转着圆圆的眼珠看着大家说,随后他又急急忙忙地补充:

"哦,不是的。我不是不想配合你们,不是那样的。因为我,第二学期的第一天——也是开学式的日子,去过学校,碰上了那些倒霉的事。"

小心听了想起了第二学期一开学,嬉野身上绑着纱布出现在城堡的样子。

"所以,弄得不好,妈妈可能会反对的,抱歉了。"他嘴里嘀咕着说完了以后,看着政宗,"不过,能去我还是会去的,行不行呀?"

政宗点点头。他仿佛不知向哪儿看才好,向下看去,然后他说:

"谢谢大家了。"

轻轻地说完后,他停顿了一下,然后他又向大家略微弯了一下腰:

"真的,谢谢了。"

"我虽然没法去,可是很羡慕你们。"小心听见理音轻声地叹了一口气。和他说的话一样,他的眼神中透出了一些寂寞,"你们能在城堡的外面相会,我真羡慕你们。"

听了他的话,小心觉得自己的内心像长了翅膀一样飘了起来。虽然，对于去学校这件事情的恐惧仍然在她胸中根深蒂固地存在，可是想到保健室和待在里面的穿着校服的小晶、风歌她们，她顿时要心花怒放了。

没有关系——她心里想。

我们大家互相帮助。

共同去战斗。

第三部
离别在即的第三学期

一月

小心,一年级四班。
嬉野,一年级一班。
风歌,二年级三班。
政宗,二年级六班。
昴,三年级三班。
小晶,三年级五班。

除了住在海外的理音,大家互相告知了所在的班级。
在学校如果遇上了问题,就逃到保健室去。
如果在保健室不行的话,就逃到图书室去。
如果图书室不行的话,就逃到音乐室去。
——如果,这些地方全都不行的话,那就只能逃回家去了。
从学校逃回家,从家里的镜子回到城堡。
这是大家在一月十日前一起做的决定。
无法参加这次行动的理音说:"真有点儿羡慕你们呀。"理音还说:"希望你们加油,我以后要听一听你们的经历呢。"小心觉得能在学校里和大家相聚挺自豪的。

昨天是成人式的日子，属于法定假日。

虽然爸爸和妈妈这一天都在家里，可是小心还是挑两个人都不会来她房间的时间，钻进镜子到了城堡。她主要想和政宗等人再确认一下。大家好像和她想的一样，纷纷到城堡里来了，尽管在这个假日里避开父母的视线不是很容易。

在和政宗道别的时候，小心主动和他说了些话。当时是在大厅的镜子前，两个人都准备回家的时候。

快要到五点了。在听见"狼大人"警告他们的嚎叫声之前，大家赶紧互相招呼："明天见。"

上一次，临近五点钟时城堡陷入了剧烈的摇晃之中，有过了那次恐怖的教训后，大家都会在十五分钟前的警告尚未发出时离去。

听见了小心的道别后，政宗点点头，仍然一副无所谓的样子，只是稍微有点儿尴尬。

从侧面看去，政宗的脸色有点儿青白——他究竟为什么不去学校上学，小心一点儿也不知道其中的原因。小心知道他的父母看问题比较有前瞻性，他们都很尊重不愿意去学校的儿子的意见，而政宗不去上学肯定有他自己的理由。

就像小心不愿意去学校一样。

小心这样思考着，对政宗开了口："那个……我，在班级里……有个女孩子，我同她合不来。"

合不来——这句话处处都能够使用。

讨厌也罢，棘手也罢，被霸凌也罢，有这一类的因素的情况全部都能用。小心所遇到的问题不属于吵架，也不属于被霸凌。自己所遭遇到的事情不是吵架，也不是被霸凌，而是叫不出名字的一种"什么"。一旦被大人或其他人分析或指出是被霸凌的瞬间，小心就难过得想哭——就是这样的一种东西。

"就因为有那个女孩，我才绝对不想去上学，因为政宗你们都在这里，我才觉得安心。"

政宗发出了小得几乎听不清的声音："咦?"然后他看着小心说：

"什么意思呀？是不是要告诉我：你都这样了，还要为了我去学校？你想要我对你感恩吗？"

"不是的呀！"

小心听见政宗重新恢复了原先的那种嘲讽的语调反而觉得安心了。当初他这种腔调让人听了特别别扭，现在小心知道他说的不是真话。大家天天在一起，小心已经摸透他的脾气了。

政宗真正想说的一定是：谢谢你在这么艰难的情况下还要去学校，然而他把这句话扭曲成了那种样子。

"我的意思是：我和你们一样，虽然都有自己的困境，可是大家都去就安心了。不光你一个人对去学校感到害怕。就像你觉得我们一起去就没关系了，我也是一样的，我们也在学校里等你。"

政宗听完了小心的话，使劲地握着镜子的边缘。

"……好啊。"

他点着头。

"明天见。"小心说道。

"明天见。"这句话她比往常说得更有力。政宗也回应道：

"好啊。明天见……在学校里。"

* * *

"妈妈，我……明天要去学校了。"

听见小心说要去学校，就像时间突然停顿了似的，妈妈脸上一瞬间没有了表情。不过那真的只是一瞬间，接着她就像什么事也没有发生似的说了一声："啊，是吗？"

小心明白，妈妈不想被她察觉到内心的震惊。

一直到去学校的前一天——九号的晚上，小心都没有告诉妈妈自己要去学校的想法。她不想说得太早让妈妈为她担心——特别是，一旦说出了口，再把话收回去就困难了。她甚至至今还在想：临到了关头，突然不想去了怎么办呢？

小心是在和妈妈一起清洗晚饭后的餐具时说的，然后妈妈到底还是开口问她了："要紧吗？"妈妈洗着盘子，好像不知该向哪儿看，目光避开了小心。所以小心也没有看妈妈，而是只看着自己擦拭着盘子的手回答着：

"不要紧……第三学期，去一天就行，去试试看。"

等到八点半的开学典礼之后，大家都到了学校后，再去学校。

不去教室，只是去保健室。

如果觉得不适应的话，马上就回家。

小心把这些想法都告诉了妈妈，让妈妈别替她担心。

妈妈听了问了她一声："我和你一起去吧？"小心回绝了说："不要紧。"

其实她还是希望和妈妈一起去的。

她心里并没有底，只是想象一下她好久没有去过的学校走廊和楼梯的样子，双腿就有些发软了。

可是，大家恐怕都是一个人来的。

政宗的双亲对学校本来就没什么好感，多半不会和他一起来。至于昴，他的父母根本就没有和他一起生活。

嬉野、风歌和小晶，说不定会有妈妈陪着，不过只要有一个人是单独来的，小心就也想自己去。

妈妈说，她想提前告诉伊田老师小心要在明天去学校的事。

"为什么这么急呢？再晚几天不好吗，比如下个星期？"

"可是，明天是开学典礼呀。"

听了小心的话，妈妈"咦"了一声，看着小心。她停止了洗盘子，用围裙擦着手。

"开学典礼在上周末吧？一月六日。"

"咦？"

妈妈去了客厅，把放在装信件的盒子里的一张纸拿了过来。这张纸是东条送到家里来的，学校发给学生的。小心拿了以后从来也不看，直接交给妈妈。

在学校各类事项的预定表上，确实写着一月六日是开学典礼的日子。

"……真的啊！"

这样看来，开学典礼在上周末的话，明天就是第一天上课的日子呀。当中夹了包括成人式一天假期的三连休，明天是第一天正式上课的日子。

会不会政宗也记错啦？小心特别想向他确认一下，可是通往城堡的镜子在夜间不会发光。小心后悔没有同政宗交换电话号码。

不过，小心转念间又有点想通了。

当时说到第三学期去学校的事，风歌问政宗："哪一天去好呢？"小心记得风歌也问过："哪一天开学呀？"

然后，小心在一旁听了，单纯地认为政宗是打算开学典礼这一天去学校，而政宗本人并没有说过要参加开学典礼。开学典礼确实会早早结束，大家要移动到体育馆，肯定会乱哄哄的。保健室进进出出的人估计也比平时上课的日子多。如果大家集中去保健室的话，估计上课的日子更加合适。

——明天见——在学校见。

小心今天才和政宗约定过，决战的日子无疑将是明天。

"不要紧。"

小心又说了一遍。

小心内心觉得可惜的是——她无法告诉妈妈，明天在学校里有朋友们等着她，所以她才觉得不要紧。如果说出来的话，妈妈绝对会安心。

她看着妈妈。妈妈知道上周的星期五是开学典礼,可是她在那天早上什么都没有对小心讲。这个情况小心才知道。

"妈妈,谢谢你替我担心了,不过我还是要去。"

第二天的早晨,妈妈和往常一样去上班了。小心对她说:这样最好。

尽管这样,妈妈在家门口还是频繁地向小心张望,已经到了平时出门的时间还是没有动身。

"你不要太勉强了。如果觉得不适应,就早点儿回家吧。我到了傍晚的时候会给你打电话的。"

小心"嗯"地应道。

"妈妈,我也走啦。"小心在玄关前目送着妈妈先一步离开。妈妈到了门外后,说了一声"自行车",又朝她转过了身。

"爸爸昨天晚上把自行车的坐垫都擦过了。上面积上了不少的灰。"

"哦……"

"爸爸说他今天下班后要早点儿回来,让你别过分勉强自己。"

"嗯。"

昨天晚上,爸爸曾经直接和小心谈过心。爸爸既为她担心,又显示出了放心的样子:"你主动地决定去学校,爸爸觉得你很了不起呀。"

小心想到自己其实只会去一天,剩下的日子还是要在家里休息,不禁觉得心里又有些难过了,然而她听了爸爸的话还是感到很开心。

不过——

说不定,今天和大家碰见了,明天就觉得学校不再是什么可怕的地方了,或许能和大家一起天天去上学了。

小心连这种梦想般的事情也全都考虑过了。

小心为了不和其他的同学在同一个时间段里去学校，特地等到九点钟过了以后才出门。

在通往中学的道路上，小心骑着自行车。好久没有骑过自行车了，车子的坐垫给她的感觉凉飕飕的。寒冷的空气直往她的鼻孔里钻，脸颊也冷到有些刺痛的感觉。

小心觉得自己内心七上八下的。

不过，并不属于不好的激动。不是想到真田美织后的那种心情，而是略微有些紧张，也可以说就是一种兴奋的感觉。

小心踩着自行车的时候，突然意识到——

我今天不是去学校的那间教室，不是去学校。

我今天，是去和朋友们相会。

只不过那个地方，正巧是学校。

* * *

出入口非常安静。

小心在校舍后面的自行车停车场停车的时候曾经犹豫了一会儿，照理应该把自行车放在自己班级的指定位置上，可是她最后还是放在了二年级的位置。

去年的春天，在这个自行车的停车场里，小心曾经遭到真田和她的男朋友的语言攻击，现在回想起来仍然觉得心里难受。

不过，此时这里一个人也没有。

季节已经变换了。

校舍里传出了上课的声音，能听见好几个教室里老师在大家面前说话的声音，学生的声音基本上听不见。

小心一边听着上课的声音，一边在楼梯口的鞋柜前换鞋子。

去年的四月份，她每天都要到这个地方来，看见了属于自己的鞋柜，她不由得感到心脏被一种看不见的力量绞得生疼。

小心把手伸向了鞋柜。

正在这个时候——

她突然觉得旁边有人看着她，然后她不经意地抬起了头，立刻无声地睁大了眼睛。

面对着目瞪口呆的小心，对方也同样地睁大了眼睛，原来是同班的东条萌，住在小心家邻近的那个女孩，此刻正站在这里。

两个人一下子都说不出话来。

东条穿着运动服，身上背着学校指定的书包，看样子她也是刚刚才来。她的鼻子高高的，圆圆的眼睛有点儿棕色，看上去多少有点像外国人，是一个非常漂亮的女孩，就和去年四月份的时候一样。那时小心很想和她成为好朋友。

既然已经和东条四目相望了，再要装作没有看见已经不可能了。如果是在人数众多的环境里，说不定还能假装没有认出来，可是现在这里只有她们两个人。

肩上、背上、全身各处，厌倦的情绪一起涌来。

过去的事情——啊，全部想起来了。

本来以为痛苦永远不会忘记，现在才知道其实是会忘记的。在去年的春天，每天都是这样的，肚子每天都会疼。这种感觉已经被忘却了。

我不想去，小心在内心叫喊着。

正当小心想要向右转身并逃走的时候，东条先动了。

东条从小心前面的鞋柜里取出了她的鞋子，换上了。小心正思索着该向她说点儿什么的时候，她却躲开了小心的目光，无声地向走廊的远处走去。她向着有教室的楼梯的方向走了过去。

小心正等着她来打招呼，没想到她却撇下了自己。东条萌完完全全无视了小心。

东条的背影越来越小，她到了走廊的拐角处，随后转了个弯就消失了。她的眼睛明显地朝小心看了一眼。那双洋娃娃般可爱的、漂亮的——小心在第一个学期时憧憬的一双眼睛，茫然地无视了小心，她什么也没有说就离去了。

"你来啦。"之类的——

小心本以为她会说点什么，也许带些玩笑的语气，或者是很简短的话。

小心觉得眼前的景象摇晃起来。

她的呼吸也变得急促了，就像溺水的人一样。东条总是把学校的通知送到小心家里来，可是，明明小心在眼前，她却连口也不开了。小心觉得自己的呼吸越来越快，空气仿佛越来越稀薄了。

为什么呢？

小心不由得把心里话小声说了出来。

为什么呢？为什么呢？为什么呢？

明明今天把上学的时间特地推迟了，可是，为什么会这样？

为什么，东条这时候会出现在出入口呢？我只有这段时间，可是东条有的是时间，她任何时候都能堂堂正正地来学校上学。

就在刚才，小心还沉浸在期待和政宗他们相会的快乐之中，到今天为止的这些天来的心情，被刚才东条对她的无视弄得像气泡似的破灭了。小心一边渴望着谁能来救救她，一边把手伸向了鞋柜。

然后，小心站在那儿又傻眼了。

从第一学期开始小心在学校穿的鞋子就放在里面了。事实上，小心曾经想象过，自己的鞋子呀，座位呀，说不定都会被乱涂乱抹过。就像在电视上经常看见的那种"霸凌"——在缺席的孩子的椅子或桌子上，涂抹着类似于"去死吧"等等坏话。

尽管觉得真田美织和自己之间的事情不算是霸凌，可是实际上还是觉得很恐怖。

小心的鞋子上虽然没有被人涂抹，里面也没有被人放进图钉，可是代替这些的居然是一封信。

信封上还贴着卡通兔子的贴纸。

小心颤抖着拿起了这封信。

信封上还留有名字：

真田美织寄。

简直就像世界突然崩溃了一样，那种类似于乌鸦被惊扰之后的叫声，立刻在小心的耳旁轰响起来。

小心的喘气加快了。她粗暴地撕开了信封。相比对里面的内容害怕的心情，她想快点儿知道的心情更加强烈。她没有时间多想了，她的手已经动了起来。那个女孩，她都给我写了些什么呀？小心迫切地想知道，她觉得一秒钟也等不及了。

安西心同学：

  我从伊田老师那儿知道了你明天要到学校里来的消息。老师向我提出了这个建议，所以我给你写了这封信。

  我知道安西同学讨厌我。不过，你大概也从伊田老师那儿听说了，我想和你见面聊一聊。

  我明明知道被你讨厌，还要写信和你说。美织是一个让人讨厌的女孩吧，真是个、真是个让人讨厌的女孩。我知道安西同学很在意 I 的事（放心好了，我在老师那儿一点也没有提起过 I），实际上，我在夏天的时候已经和那个人分手了。安西同学如果喜欢 I 的话，我会支持你的……

信上的内容还在继续着。

可是，小心拿着信的手却剧烈地抖动了起来，信纸在她手里被捏成了一团。

——这都是些什么呀？

她的身体内部像波浪似的起伏着。

真田美织的名字、老师的建议、真田美织的脸和老师的脸在她脑子里闪动。小心回忆起他们两个人开着玩笑的样子——"伊田先生，你有女朋友了吗？""什么呀，有也不会告诉你！"刚才，东条目光冷淡地无视小心的模样，小心想起之后觉得太阳穴里的血液都快要沸腾了。

小心冲动地紧紧握住手里的纸团，套上鞋子。她连鞋跟也顾不上提起来，向着保健室跑去。

她觉得只要到了保健室，就能够透过气来了。

她屏住了呼吸，飞快地走着。如果闭上了眼睛吸气的话，不管怎样吸进空气都会觉得胸口很难过，就像溺水的人一样。

只要去了保健室，就能见到政宗了。

有朋友在那儿。

大家在那儿。

小心要把这封信的内容全部告诉政宗，然后希望政宗对小心说："她真是个傻瓜！""什么呀！只知道沉浸在自己的世界里，真田这个家伙，完全是个不可救药的大傻瓜！"

这也是小心自己的想法。

小心一直这样想，然而她无法对真田这样说。同班的同学和班主任老师都不可能这样对真田说。

刚才被东条看见了自己，就意味着小心来上学的事情，目前在学校的事情，真田美织不久就会知道了。现在大家虽然都在上课，可是当下课铃响了之后，能够想象出东条会凑近真田美织说："喂，那个家伙，来学校啦！"

小心觉得头晕目眩。如果那帮女孩也跑到保健室来怎么办呀？

"我知道安西同学讨厌我……不过，我想和安西同学见面聊一聊。"

小心想到信上的那些文字，立刻就会全身发起抖来。

当小心伸手推开保健室的门时，她的心情就像长时间潜水的人终于把头露出水面时一样。

小心深信政宗、小晶、风歌、嬉野都已经来了。

他们没有全到也行，只要能够看见他们之中一个人的脸，小心说不定就会激动得哭泣起来。

在门内的房间里，保健室的老师正坐在那儿。

只有老师一个人。

小心看见散发着光亮的电火炉，火炉的前面坐着老师。小心见过这个老师，从来没有同她说过话，关于小心今天要来的事情，看样子她已经知道了。伊田老师大概已经同她联系过了。

"是安西同学吗？"

老师一副吃惊的样子，开口询问小心。看见老师这样的表情，小心意识到自己的脸色相当难看。

"政宗呢……"

小心的呼吸愈加急促，她的声音微微地震颤着。

小心不由得看了一下，看床上有没有人躺着。可是，什么人都没有。老师歪起了头："政……谁呀？"他疑惑地看着小心。

"政宗……呀，二年级的学生。他没有到这儿来吗？"

他说是二年级的几班呀？

小心知道他说过，可是现在脑子里一片混乱想也想不起来了。确实，风歌说她是三班的，那样的话——小心说话的速度开始变快了：

"二年级三班的风歌，没有来过吗？三年级的昴，小晶也……"

小心说着说着，终于意识到了——不说出他们的姓，没有人能知道他们是谁。在中学里，除非是特别亲近的人，不可能互相用名字来称呼的，一般都用姓。小心把政宗的名字告诉老师，突然觉得不好意思了。

如果大家都没有到这里来的话，是不是应该去昴的教室里找找他呢？昴说过要在教室里等着。至今为止一直休息在家，然后突然就去教室，对于小心来说是无法想象的事情。可是昴大概真会这么做。他的样子总那么心不在焉，神情淡然。看见惊恐失措地冲过去的小心，一定会问："你这是怎么啦？"就像他往常一样——

"安西同学？你怎么啦？稍微冷静一下吧。"

"那么，一年级的嬉野呢？"

小心突然想到了。

唯有嬉野，小心知道他的全名。他在第二学期的时候挨过同学的打，老师们一定记得那个事件。保健室的老师肯定更加应该知道了。

"嬉野遥，他今天没有来过吗？"

小心询问着，就在此时，她心中忽然掠过了一个疑问：

政宗也好，小晶也好，昴也好，还有小心——

这几个人都是拒绝来上学的学生，然后突然又同一天到学校来了，老师们难道不会吃惊吗？就像小心的妈妈所做的那样，每个人的家长都会和每个人的班级进行联系。大家都选择在开学典礼之后的同一天里一起来学校，总会以为有什么特殊理由，总会觉得不可思议。

对于每一个人的名字，作为老师难道不应该牢牢地记住吗？

保健室的老师只是用一种困惑的目光看着小心：

"嬉野？"

老师嘀咕着，接着，说的话更加令小心吃惊了：

"一年级里，没有这个学生呀！"

小心听了觉得像有一阵狂风迎面朝她吹来一般的冲击。老师那张困惑的脸不像在对她演戏。

嬉野……遥。

这是非常特殊的姓和名字。老师不可能不知道，不可能从记忆中忘却。

唯一的可能是——嬉野会不会撒谎了？只有他一个人不是雪科第五中学的学生，为了同大家一致，就撒了谎——

面对哑口无言的小心，老师疑惑地皱着眉继续说道：

"政宗也……我记得二年级的学生里没有这样的名字，还有小晶同学、风歌同学都是谁呀？他们姓什么？"

"姓……"

小心不知道，大家相互没有告知。

可是，问题不在这里。

小心明白了，终于明白了。虽然无法解释，但是终于明白了，奇迹不会发生。

见不到他们的——小心明白了。

令人绝望的领悟。

不明白究竟为什么会这样。可是，和政宗他们，在学校里、在城堡外面的世界，是不可能相会的了。

政宗。小心的声音停住了。

怎么办呀？想到这儿，她已经快要哭了。

——什么意思呀？是不是要告诉我，你都这样了，还要为了我去学校？你想要我对你感恩吗？

小心想起了政宗那种故意要装作没有好气的样子，更加觉得不知怎么办才好了。

政宗现在怎么样啦？正在做什么呀？他不喜欢转到别的学校去，所以才告诉他的父亲，今天要到学校里来。

政宗相信我们会到学校里来，觉得能够见到我们，所以才决定来的呀！

——他受骗了。

想象中政宗一个人茫然地坐在保健室里，觉得小心他们都是骗子，一副心灵受伤的样子。

不对。小心来了呀。小心来了却无法和他见面。怎么办呢？政宗一个人孤零零的。谁快来呀，谁快来呀——

小心真想跑出去找人帮帮忙，正在这时。

"小心。"

她听见了一个温柔的声音，转身一看，保健室的门口站着自由学校的喜多岛老师。

喜多岛老师明明不是中学里的教师，她为什么会在这里呢？

尽管这么想，喜多岛老师的温暖的手却向小心的方向伸了过来，接触到小心肩膀的那一瞬间，小心内心那根紧张的弦突然地断了。

"喜多岛老师……"

她嗓子里发出了空气抽出般的细细的声音，随即便倒在了保健室的地上。"啪"的一声像电灯短路时一样，小心眼前一黑，晕过去了。

* * *

当小心睁开眼睛的时候，喜多岛老师仍然在她旁边坐着。

保健室的床上，浆洗过的被套覆盖在小心身上。她能感觉到远处电火炉的热气微微地传过来。

小心睁开了眼睛之后便忙着环视周围。

会不会，除了自己以外还有别的孩子也睡在床上呢？小心一边想着一边看着旁边，被帘子隔开的旁边的床上，空荡荡的没有人。

"要紧吗？"

喜多岛老师凑近了观察着小心的脸。

"……不要紧。"

小心担心的不是自己的身体，而是觉得这样子仰面朝天地躺着实在太难看了，所以才会这么说。

她是第一次这样晕倒，不知道自己睡在这里有多久了，只觉得嗓子里干巴巴的，说话的声音沙哑着。

"老师。"

"嗯？"

"为什么你在学校里呀？"

老师担心地看着小心的眼睛眯了起来：

"你的妈妈告诉我，你今天要到学校里来，所以我来看看。"

"是吗？"

原来她是担心小心，所以就来了。

保健室的老师不在了，现在，保健室里好像只有小心和喜多岛老师两个人。

看来，喜多岛老师一直和中学里的老师相互联系、协调工作，她的"工作"就是要帮助那些没法来上学的孩子。

"老师。"

小心没见到政宗他们。

小心不知道到底是什么原因，此时她已经死心了，接受了这个现实。不过她还是问了老师，话里寄托着她最后的希望。

"老师，今天收到通知说是要到学校里来的不登校的孩子，只有我一个人吗？"

嬉野和政宗都说曾经见过喜多岛老师。小晶和昴好像连喜多岛老师的自由学校也不知道。不过不管怎样，我们和喜多岛老师之间有着特殊的联系。

特别是，嬉野的父母不可能事先不和喜多岛老师联系。第二学期刚开学的时候都发生过那样的事件，再说连小心家里的人也和老师联系了。

喜多岛老师温和地轻轻"嗯"了一声。她拂开了小心额头上挡住了视线的头发。

"是这样呀。"小心听了说道。

老师看上去不像在撒谎。关键的是，她只不过单纯地在回答小心的问话，根本没有想到小心的问题有多么重要。

"你从嬉野和政宗的家里什么都没有听说过吗？"

"什么？"

喜多岛老师反问了一声。听见她的声音，小心用力闭上了眼睛。就像保健老师说的那样——根本没有这几个学生。虽然不可思议，可是事实上就是这样。

"没有什么。"小心回答，她用力地说。

小心不想再多问了，她不想让喜多岛老师觉得她净说些莫名其妙的事情。喜多岛老师是小心唯一的理解人，当小心挣扎着快要透不过气的时候，唯有喜多岛老师站在她的一边。小心绝对不想让这样的一位老师认为她脑子不正常。

小心觉得自己全身无力。啊，果然——她思索着，究竟是怎么一回事？她只觉得脑子里一片混乱。

至今为止的那些日子，算是怎么一回事？

镜子的城堡，是不是根本不存在呀？

小心的心情像是被童话故事里的狐狸迷惑了似的。

在那儿，天天和他们聚在一起，是不是小心的幻想呀？现在仔细想一想，觉得完全属于过分理想化的、奇迹般的事情。

小心的房间和异次元的空间连接在一起。

她在那儿遇见的孩子们，都把小心当作好朋友，小心也未免过于幸运了，这些都是不是小心的一种一厢情愿呀？

顺着这个思路再想下去，小心更加不安的怀疑起来：自己是不是精神上不正常了？

政宗和嬉野，小晶、风歌还有昴和理音——

这些孩子是不是小心在自己头脑中捏造出来的呢？小心会不会是在和那些孩子一起生活的幻觉中，被催眠般地从五月份一直生活到了现在？

这么一想，小心顿时感到毛骨悚然。

她怀疑自己精神异常的想法已经够可怕了，更加恐怖的是，这样一来——明天岂不是去不了城堡啦？

既然今天已经明白，一切其实都是幻觉，都是小心想象中编造出来的幻影，那么到了明天，小心哪儿都去不了。那样的话，纵然都是幻想，一直待在这种幻想里可要强多了。

很简单，现实是那么令人无奈，在这个地方，小心的愿望和想法全都行不通。

"小心，对不起。刚才你晕倒的时候，手里的信掉在地上了，我看见了里面的内容。"

听见了喜多岛老师的话，小心慢慢地咬住了嘴唇。

她的脑子里，重新出现了晕倒之前所看过的那封信的内容。信纸上的圆圆的字体，自称自己是"讨厌的女孩"的内容。用"I"这个代号所指的大概就是池田仲太吧。他是真田美织的男朋友也好，现在他们分手了也好，这些事情和小心都没有什么关系。

和他们根本就无法沟通——小心绝望地认识到。

小心从去年春天以来一直拼命地守护着自己的现实。自己所遭遇的事情和真田美织所认为的世界截然不同，无法想象两个人是同一个世界的人。明明自己所看见的才是真实的，可是就因为真田美织一直到学校里来，老师们全都以为真田美织说的话才是真的。

那件事情发生以来，小心觉得自己都快要被杀死了，天天咬着牙艰难地生活着，突然被真田美织轻飘飘地提起和小心毫不相关的池田，还说什么"你若喜欢的话我会支持你的"，小心觉得说不出来的愤怒。实在是太屈辱了，她觉得身体里面热得像有火在燃烧一样。

小心恨不得杀了她。

她闭上了眼睛之后，悔恨的泪水渗出了眼角。小心不想被喜多岛老师看见自己哭泣的样子，再说她觉得自己没有能力向大人表达出来对那封信的不同看法，只好默默地用手腕遮住了眼睛，喜多岛老师则对她说：

"刚才，我和伊田老师说过了……没有那回事。"

喜多岛老师的话很明确。

她的声音里明显地含有愤怒的感情。

虽然听了很开心，小心仍然用手臂遮住了脸，流在袖口的泪水热乎乎的。小心无言地使劲点了点头，喜多岛老师说了一句："对不起。"向她表示了歉意。

"我如果早点和伊田老师沟通的话就好了，让你受了不少委屈，真是对不起了。"

喜多岛老师的声音里充满了歉意。小心虽然止住了泪水，哽咽的声音却更加大了，老师把手按住她的额头。

小心没有想到作为"老师"的大人会这样地向她道歉。她本来以为，作为老师的大人们无论何时都比小孩子了不起，不可能赔礼道歉，也不可能承认错误。

"老师，刚才……东条萌也在的。"

小心开口说。因为打嗝，她说话的声音变得断断续续力不从心了。

"她在出入口的地方，看见了我。却没有理我。她什么都没有说。比方说你来学校啦。她什么都没有说。其实她每天都来我家送学校的联系本。今天真的见面了，她却什么都不说。"

小心不知道自己到底想说什么。

然而，她心里特别悲伤。所有的一切都让她感到悲伤，还有委屈，心像要裂开来似的。

老师，怎么办呢——

小心的嘴里发出了呼唤般的声音：

"老师，那封信，如果是东条放进鞋箱里的话怎么办呢？如果是真田美织让东条放进去的话怎么办呢？"

小心说完才明白了，自己真的特别担心，特别在乎这一点。

四月份，东条主动笑着向小心打招呼，可是包围着小心家的那一伙人，东条究竟在不在里面，小心无法确认。她大概在里面，小心想。这种想法让小心感到难受，她很想倾向于东条不在里面的可能性。

为什么这么想，小心也不明白。

对于东条，她本来觉得很希望和她成为朋友，可是东条并非自己最要好的朋友，然而为什么现在会对她产生这样的心情，小心并不明白。

然而，小心不希望东条成为敌人，不希望自己成为被东条所讨厌的人——到今天为止。

今天上午，自己遭到了东条的无视，这个愿望也就消失了。

"小心……"

喜多岛老师握住了小心的手腕。接触到她手指的力量后，小心一下发出了哭泣的声音："呜……"小心哭得满脸泪水。放开小心的手腕后，喜多岛老师的脸凑近了小心。

"不要担心。"老师对小心说。

小心觉得老师的手是那么有力，她的内心是那么坚强。

"别担心。给你的那封信，是真田同学按照伊田老师的指示放进鞋箱里的，和东条同学没有关系。因为，关于小心所遇到的事，都是东条告诉我的。"

相信我！

老师说着。她的声音听上去是那么坚定。相信我。小心，相信我吧。

"咦?"小心刚开口就停住了。

喜多岛老师继续说:

"关于你和真田的事,都是东条告诉我们的。"

的确,小心也想过,真田美织周围的孩子不可能把真实的事情都告诉老师。对于真田美织,那些孩子都不会背叛她的。

然而,东条确实可能会——

"也许,她突然看见你,实在是太吃惊了,不知说什么才好了。不过,你一定要相信。东条同学一直为你担心。真的,她一直担心你。"

为什么?怀疑的心情依然在小心的内心存在着。

为什么明明担心着小心,却要那样无视小心呢?

不过虽然这么想,小心却觉得有点儿明白原因了。

可能因为她觉得愧疚了——

她知道小心被冤枉的事,却没有出手相助。在包围着小心家的人群里,东条大概也在里面吧。虽然在里面,却没有出来阻止。或许,在那些指责小心的人里,她是唯一的一个感到愧疚的孩子。这种可能性,多少减轻了小心的苦闷。

"小心。"

喜多岛老师开口道。她非常温和地望着停止哭泣的小心。

"你不用再继续战斗了。"

不用再继续战斗了——听上去,就好像第一次听外语一样的感觉。

以前,喜多岛老师评价她"正在战斗"时,她觉得那么开心。然而,现在比那时更让她感到愉快,这话听上去有着意想不到的温柔。

小心无言地向老师看去。老师又说:

"小心一直在战斗,小心的妈妈和我都明白的。小心用不着再战斗了,考虑自己想做的事情吧,不战斗也可以。"

在听见这句话的瞬间,小心闭上了眼睛。小心闭着眼睛,不知应该怎么回答才好,她只是点了一下头。

她让小心考虑自己想做的事情,可是小心不知道自己想做什么。

然而,可以用不着战斗了,这种想法本身便让小心觉得浑身都沉浸在平静之中。

就在这时,保健室的老师回来了。"那个……"她低声地说着话,小心能听见她从门口传来的声音。"伊田老师说要来看看安西同学……"

小心闭上了眼睛。她使劲地闭着眼睛。当她又睁开眼睛时,觉得内心比刚才更坚强了。她迎着喜多岛老师注视自己的目光,看着她说:

"我想回家。"

听见小心这句话,喜多岛老师点了点头。

"那好,就这样吧。"她看着小心点点头。

妈妈从上班的地方直接到学校来接小心。看样子,小心在晕倒的时候保健室的老师和妈妈联系过了。

妈妈虽然什么也没有说,小心还是感到很抱歉,本来她主动说要来学校,可是现在在学校里待了半天的时间都不到,就要回家了。

从学校回到家后,小心只是慢慢地躺在了客厅的沙发上。妈妈这天不再回去上班了,默默地坐在小心的旁边。

回到了家,过了三十分钟以后,喜多岛老师到家里来了。

老师把小心骑的自行车从学校带回来了。看见了自行车的坐垫,小心想到爸爸帮她擦过这个坐垫,内心又感到了对爸爸的歉意。

喜多岛老师见到小心之后,首先告诉了她:上午,东条之所以会在楼梯口看见小心,好像是因为她感冒了,才去医院才到学校来。

老师只说了这些,其他什么也没有多说。

就在这时,小心忽然想到——

就好像伊田老师想让真田美织和小心会个面,说不定,喜多岛老师也想让东条和小心见一见呢。

　　妈妈大概从喜多岛老师那儿已经知道了真田美织的信。她让小心先到楼上自己的房间里去坐一会儿，因为要和老师两个人一起说些话。

　　小心离开她们两个人的时候，嘴里深深地吸了一口气。

　　她抬头看着通往自己房间的楼梯。

　　今天回到家后，小心因为恐惧没有敢马上进自己的房间。

　　因为房间里有镜子。

　　——没有那样的学生呀。

　　老师不像是在说谎的样子。

　　没有叫嬉野遥的学生。二年级里没有叫政宗的学生。

　　根据喜多岛老师得到的消息，今天来学校的拒绝上学的学生只有小心一个人。

　　保健的老师也好，喜多岛老师也好，本来就没有在这方面撒谎的理由。

　　那样的话，至今为止的城堡里的事情都像是小心脑袋里的幻觉了。幻觉破灭的话，镜子就应该不再发光了。

　　——能进去城堡的时间是九点至五点。

　　现在的话，照理镜子应该在发光的。

　　小心走上了楼梯，定下心来，打开了自己房间的门。看到了镜子之后，她无声地吸了口气。

　　镜子发出了光。

　　它已经准备好迎接小心了。现实中，既不是幻想也不是愿望，镜子的确闪着七色虹光。

小心想到，为了今天大家都已经约好了。

在学校如果遇上了问题就逃到保健室去。

如果在保健室不行的话就逃到图书室去。

如果图书室不行的话就逃到音乐室去。

——如果，这些地方全都不行的话，那就只能逃回家去了。

从学校逃回家，从家里的镜子回到城堡，大家互相约定。

正像大家所约定的那样，镜子此刻呼唤着小心。

* * *

妈妈和喜多岛老师正在一楼说着话。

小心不知道她们会说多长时间。也许，她们说到了一半，会突然说："小心也过来吧。"

如果小心没有动静，她们说不定会觉得很奇怪，然后她们也有可能会来寻找小心。尽管这样想，小心仍然更想到镜子的那一边去。

她要去确认，一切都不是幻觉或梦境。

小心把手放在镜子上，今天和往常一样，手心像被水面吸住似的紧贴上去，手指进入了光亮中。

大家都在那儿——小心对自己说。

在镜子的另一边，一片寂静。

除了小心走出来的镜子，其他的镜子都没有发光。

小心明白了，谁都没有来这儿。

是不是大家都还在学校呢？要不，都没有去学校，全待在家里呢？看着政宗的那一面静静地映照着楼梯的镜子，小心觉得自己的心情特别不安。

政宗快来呀！

求求你，快来呀！

我已经去过学校啦，真的去那儿找你啦！我不会欺骗你的呀。

小心向"游戏的房间"走去。

她觉得城堡确实真实存在。

摸摸墙壁，踩在松软的地毯上的感觉也是真实的，不像是一种幻觉。

这儿到底是怎么一回事呢？

小心不知如何才好，重新扫视着房间。

城堡里有不能用的壁炉，还有无法使用的灶台和浴室。虽然房子里设备全部都有，却无法点火，水也出不来，简直就像小时候玩的玩具一样。这里是小孩子们集中在一起的玩具城堡呀。

小心晃晃悠悠地走出了食堂。

她到了中央部分的那个红砖砌的壁炉旁，向它伸出了手去。摸上去那种凉凉的感觉让她觉得完全是真实的。

"祈愿的钥匙"——小心突然想起了这件事。

在壁炉的内部——小心想起来了，刚到这个城堡来的时候，曾经看见里面有个"X"的印记。那个印记说不定有什么含义——

小心一边想一边往里面窥视。和原先一样，它仍然在——和巴掌一样大小的"X"印记。

"小心！"

背后突然传来了叫她的声音，小心的肩膀顿时抖了一下。她转过身去，看见理音站在那儿。

"理音……"

"我吃了一惊，看见小心的镜子发着亮光，却没有在'游戏的房间'看见你……怎么样啊？你和政宗他们顺利见上面了吗？"

理音说话的样子很开朗。小心一直看着他的脸。

他是真实的，她在心里想。

理音就在我的面前,他不是我脑子里的幻觉。他就在这里活着、动着,还说着话。

"……我没有遇上他们。"

小心觉得自己回答他的声音就像幽灵似的。理音的脸上顿时现出了惊讶的表情"哎?",小心也不知道究竟应该怎样向他说明一切。

"不知道是什么原因,没有和他们见上面。政宗他们都没有来。问题是,他们不仅仅没有来,老师们还告诉我,没有政宗和嬉野这几个学生。"

"……啊?"

理音的脸上现出了诧异的表情:"怎么回事?"好在他的声音比较轻,小心觉得多少得到了一些安慰。

"究竟为什么?他们都在撒谎吗,说是在一个中学?"

"不是的。"

小心也曾经这么想过,然而,只是这么理解还是解释不了许许多多的问题。首先,他们没有任何理由要这么做。

"我完全不明白。"

小心屏住气息说道。

不抓紧时间要来不及回去了。不知道妈妈和喜多岛老师什么时候说完话会来找小心。

也许小心的焦虑在她的身上已经体现出来了。理音不作声了。小心恋恋不舍地说:"我要赶紧回家了。妈妈今天在家里,我不快点回去的话,她会怀疑的。"

她抬头看着理音:

"能见着你太好了。我……差点儿以为自己至今为止看见的全都是幻觉呢。知道你是实实在在地存在着,真是太好了!"

"什么呀?你说什么?"

理音露出困惑的样子。小心这些简短的说明终究没有能够把她的意思全部表达出来。小心也觉得挺抱歉的,对着理音越说越乱。

"这儿究竟是怎么一回事呢?城堡也好,'狼大人'也好,都算什么呢?"

小心应该快点离开,可是又有事情没弄明白。实际上她现在很想把"狼大人"叫出来问问,让她来说明一切。

看着充满了疑问的小心,理音开了口,他小声地嘀咕着:

"我觉得,说不定这里的一切都是虚构出来的。"

"什么?"

"'狼大人'称呼我们是小红帽。"

他这话是什么意思?小心没听明白。理音抬起了头说:"我也得走了。我是趁着足球比赛休息的空闲赶过来的,今天是决赛的日子。我惦记着你们大家在外面见面了,特地赶过来想听一听情况的。"

"在夏威夷,现在是几点呢?"

"下午的五点半左右。"

理音虽然有他的日常生活,却还惦记着小心他们在日本的事情,小心不禁觉得心情有些轻松了。

不行了,得赶紧地回去了——

这时,小心又想起了一个问题。她和理音两个人说话的机会不多。想到必须马上回到同大家见不着面的镜子的那一边去,她更想问一问了:

"我想问一问,如果是你的话,你有什么想法?"

"什么?"

"如果,找到了那个'祈愿的钥匙'的话。"

小心问这个问题之前并没有深思熟虑,她只是随随便便问问。她觉得理音一向是那么阳光,一定不会有什么迫切的愿望,这一点让小心感到特别羡慕。

可是,理音这时的眼睛却仿佛望着遥远的什么地方。

"我的愿望是……"

小心本来并没有想打听他的愿望。如果用钥匙实现了愿望，大家就会失去在这里的记忆，所以，小心本来以为理音会说宁肯丢掉钥匙，也不要失去记忆。

可是，理音却继续说：

"希望我姐姐回到家里来。"

"……咦？"

说了这话的理音，可能本来并没有打算这么说。两个人相互看着。理音好像没有想到自己会说出来，他紧紧地闭上了嘴。

小心什么都没有问。她不知怎么问才好。

可能理音也感觉到了她的为难，主动说出了究竟，淡淡地一笑道：

"我刚上小学的那一年，她去世了，因为生病。"

小心还是觉得说不出话来。她想起来了，挺久以前理音曾经说过他有一个姐姐。问到家庭成员的话题时，他说家里有一个姐姐。小心问他：姐姐也在夏威夷吗？理音说："日本。"——在日本的意思。

面对无言地一直看着自己的小心，理音说：

"抱歉。你听见我说这事也挺为难的吧？我也不是想要听点什么安慰的话。"

"不是的……"

小心摇着头，她一个劲地摇头。理音不该向她道歉。小心觉得，自己想不出对他说什么话才好，真是太没有用了。她只是在那儿摇着头。小心不知道自己该不该问他。

关于理音已经离世的姐姐的事情，小心不知道理音愿不愿意被人提及。

小心的想法估计不是那么容易被理音所知晓，然而理音露出了一丝微笑。接着，他又说：

"如果，真有'祈愿的钥匙'的话，姐姐真能够回到我们的家里的话，我大概会使用它的。只要能够帮助实现任何祈愿的话。"

"……原来是这样呀。"

"这些话，我已经很久没有说过了。这不是经常挂在嘴边的事情，在那边的学校里的同学中，我从来也没有说过。"

看着说出了一切之后显得有些困窘的理音，小心呆立着。

她觉得胸口发闷，然后，她意识到：

我的气量怎么这么小呀？

面对着理音的愿望，真田美织的事情变得不起眼了。小心觉得自己一直在一件很小的事情上祈愿着，心里的一股子气泄掉了似的。

真能够实现的话，放弃我的愿望也是可以的——小心真心这么想。如果理音的姐姐能够回到他家去的话，尽可以让他实现这个愿望。

"明天来吗？"理音问道。

"来的。"小心回答道。

她迫切地想在明天来这儿，同大家相会。

她一定要确认，确认大家都存在——真实地存在，并和小心一起说话才行。

* * *

小心这一天一直忍耐着。

到了明天，大家一定会来。小心深信着这一点，等待着第二天的来临。

第二天，她通过镜子到了城堡，看见大家已经到了。不过，政宗和理音例外。

理音本来就和大家的作息时间不一样，不可能一直在城堡。然而，政宗没有来却是很意外的事了，因为从第二个学期起，他差不多能够获得来城堡的全勤奖了。

"小心……"

进了"游戏的房间"以后,第一个开口招呼小心的是小晶。她的眼神看上去多少有些不高兴。

嬉野也是,风歌也是,昴也是。

看上去他们已经是交谈过一番了,大家都沉默着,一起看着走进房间的小心。小晶看向小心,眼睛盯着她,然后开口问:

"你为什么没有来呀?"

小心不禁想要闭上眼睛了。问题果然发生了。

她已经有了思想准备。可是,现实中被小晶这么问,对她的冲击还是超出了想象。

"不是的!"

小心叫起来了。她看着小晶的眼睛回答:

"不是的!我去过了。我真的去过学校了!"

这时,忽然,小心想出了一种可能性。

那就是——会不会其他人已经见过了的可能性。

除了小心以外,大家都安全地在保健室里相会了,只有小心不在其中,现在大家正在讨论。这样的话,这些人里小心就是背叛者了。

这个糟糕的念头使小心感到内心冰凉。

听了小心的话,小晶的眼睛眯起来。她眯着眼睛又向风歌看去。小晶说:

"小心和你说的是一样的话呀。"

"咦?"

"风歌和昴他们也是一样的。"

小心吸了一口气,无言地看着风歌和嬉野他们,大家一起点了点头。嬉野的脸红彤彤地说:"我也去了。"

小心顿时觉得自己轻松了。

嬉野在第二学期开始的时候,曾经和班里的同学发生了那样的冲突。

尽管那样,嬉野还是去了学校。小心觉得他真是挺勇敢的。

"我去了。"

"我也去了。"

略微迟了一点,风歌和昴分别说了。

"但是都没有遇上其他人。"风歌说。

小心听了应道:"哦哦——"她都有些想要把眼睛闭上。

原来是这样。

原来大家都是这样。

和小心一样。大家昨天确实都去了学校,不知为何彼此却没有遇上。

"老师说在一年级的学生里,没有叫小心的孩子。"

嬉野说道。小心吃惊地吸了一口气。嬉野面向小心,用一种难以置信的目光看着她。

"都是一年级的学生……小心是个比较少有的名字,我向路过的老师打听了。可是,都说是没有这个学生。"

"我也打听过了。老师说一年级的学生里没有嬉野遥。"

嬉野皱起了眉,变得挺不高兴地嘀咕了一声:"你把我的名字都记住啦?"可是,小心此刻对他这种情绪已经不在乎了。昨天在学校里听说根本没有嬉野的时候相当震惊,可是现在又从嬉野嘴里听到没有小心这个人——

虽然令人感到非常不可思议,然而现在,又觉得真的会有这种事情。小心在昨天已经都体验过了。

"我昨天在学校。"

"我也去了呀,我是雪科第五中学的一年级学生呀。"

小心回答了嬉野之后,手臂抱在胸前的昴说:"我还特地去了二年级的教室呢。我左等右等都等不到政宗来我的教室……后来我担心起来了，就去政宗的二年级六班找他了。"

可是，那里没有他。

听见昴的话，小心他们全都安静了下来。

"到底是怎么一回事？"

别人都没说话，小晶先开了口。她显得很焦躁的样子，手不停地梳理着头发。她头发的颜色已经改变了——小心这时才终于发现。

小晶的那头泛红的头发，已经变成了黑色——恢复到原来的颜色了。

为了去上学，多半……她是在前天晚上，离开城堡之后的夜里去染的。

小晶没有撒谎。她和小心一样，下了很大的决心，昨天，去了学校。

"那些排球部的同学，我根本就不想见的……"

她嘴里嘀咕着，满脸的不乐意。小心在一旁听着都替她心疼，那是一种很虚弱的声音。

小心这才知道小晶原来是排球部的。半年多来，一次都没有听小晶说起过。此刻，这个发现让小心觉得心中隐隐作痛。

排球部，真田美织的排球部。

她进排球部的时候，小晶大概还去学校的吧？现在，就在自己身边的小晶，还曾经是她的前辈呀。

"要不要问问'狼大人'呢？"风歌说着。她的语气平静。

大家都看着风歌。风歌又继续说："实在是太不可思议了……我们都是一个中学的，却见不着面。究竟是怎么一回事？她大概能够向我们说明。不过她可能会故意地不把真相告诉我们。"

"'狼大人'这边暂且不说，我们现在最应该关心的是政宗吧？"

昴说道。他说的没有错，大家不约而同地一致看着政宗放在那儿的游戏机。

"政宗他今天没有来……大概,政宗在昨天也没有见到我们,是不是呀?"

"其实……我有事想和大家商量。那个……大家……只有一天也行,第三学期的时候,大家到学校去一次吧?一天,真的只要一天,行不行?"

十二月份的圣诞节聚会的时候。

小心记得政宗当时嗫嚅着向大家说出了这个提案。自尊心一贯很强的政宗,连圣诞节的礼物也为大家准备好了,考虑到他当时是怀着什么样的心情说出的提案,小心又觉得难过起来。

他再三向大家恳求,可是最终在学校没有见到小心他们。

对于这个现实,政宗是怀着什么样的心情面对的呢?

"……他误会了吧?"

风歌说着,目光中带有悲伤。

"他一定认为大家都没有为他去学校。"

"我也是这样想。如果他因此而不来这里,实在是太让人难过了。"

"也许,他只是上午没有来,到了下午说不定就来了。"

昴说完后,嬉野摇了摇头。

"政宗去了学校后说不定被人踢了,或者挨了打……当然,这只是根据我的经验说的。"

小心觉得嬉野这方面很了不起,他谈起自己挨打、受伤的事情一点儿也不会有忌讳。嬉野阳光的态度使现场的气氛多少变得轻松起来。大家还是不住地望着入口。

每个人都在期待着,此刻政宗是不是已经通过了镜子,从有大楼梯的大厅向这儿走来。

可是,看不见政宗的身影。

想到他无言的愤怒,令人格外难受。

真盼着他来——话虽然没有说出口,大家却都是这样想的。

到了下午，大家吃完午饭，上完厕所，回到城堡，一直待到了将近五点快要关闭城堡的时候。

大家留在城堡，都是为了等待政宗。

这期间，曾经觉得好像有人来了。大家惊讶地抬头看去，看见从走廊过来的是理音。

"政宗呢？"

听见理音随意地问着，小心觉得特别伤感。昴告诉他："还没有来。"大家接下来就把昨天的事情一起告诉了理音。

"如果他再也不来的话怎么办呢？"到了最后，小心深感不安地说道。

"不会吧。"昴说，"那个家伙玩游戏比命还要紧。无论如何，他也会回来取游戏机的。"

他说话时望着放在"游戏的房间"中间的游戏机，然后小心也说道："是呀，你说的不错。"

可是，政宗并没有来。

不只是那一天，第二天他也没有来，接下来的日子也没有来。后来的日子也都没有来，政宗一直没有来。

二月

刚刚进入了二月份,就看见一月份一直没有露面的政宗到城堡里来了。

* * *

本来以为政宗再也不会到城堡里来了,只见他的头发剪得比原先更短了。由于样子改变了,小心刚看见他时,以为城堡里又来了一个新的孩子。

政宗比任何人都来得早,他坐在"游戏的房间"的正当中,一副若无其事的样子在玩游戏。

"……政宗!"

政宗看见望着他呆站在那儿的小心,朝她说一声:"哟。"算是打了招呼。

政宗的眼睛注视着电视,望着电视里赛车的游戏画面,嘴里不停地嘀咕着:"啊!糟了……""哇……"

小心不知道自己应该说什么才好,一直站在"游戏的房间"的入口处。就在这时,大家也纷纷来了。一个又一个,人数不断地增加。看见了政宗以后,昴也好,风歌也好,小晶也好,嬉野也好,理音也好,全都呆立在那儿。

"政宗……我们大家一直想和政宗说 说……"

其实是想对他说全都是误会。嬉野说:

"政宗,我们大家都没有违背诺言呀。"

"就是!你为什么一直没有来呀?我们……大家……其实全都……"

小晶高声地还想继续说下去,但是,政宗终于放下了手里的手柄。

操纵的车子在画面上华丽地撞车了。游戏结束的背景音乐播放起来。

"我早就明白了。"政宗说道。

他终于向大家转过了身来。

由于头发剪短的原因,使人觉得他的目光比以前更加尖锐了。面对着大家,政宗开口说道:

"我知道了,你们大家那一天都去过学校了。一月十日,我请求你们去的那个日子。"

大家听见了他的声音以后全都屏住了呼吸。政宗继续说道:

"我并没有认为你们没有来。你们没有不来的道理。"

听了政宗的话以后,大家顿时都说不出话了。小心觉得他说的话进入了自己的心坎。

随之,一种喜悦让小心几乎要流出泪水。

原来政宗从来也没有怀疑过小心他们。

大家对政宗根本也不需要说明和解释。

政宗大概就和那一天的小心是同样的想法。

那一天,小心在保健室里,根本没想过大家会违背诺言不到学校里来。她当时觉得什么地方不对劲,觉得城堡的存在说不定是自己的幻觉,可是并没有对大家产生怀疑。

"可是,你为什么一直不来城堡呢?"

风歌问他。

政宗关上了电视机,看着大家的脸说:

"我一直在思考。一月份的时候,我不停地在想。尽管你们不可能违背诺言,可是我们却没有见上面。究竟为什么会发生这样的情况,我一直、一直在琢磨。"

然后——

政宗短促地吸了一口气,随后说道:

"结论是:我们这些人大概是生活在不同平行世界。"

"平行世界?"

"是的。"

小心睁大了眼睛。

这是一个陌生的词语,到底是什么意思?小心不明白它的含义。大家是不是都明白啦?小心转脸看看别人,看见大家都用莫名其妙的眼神看着政宗。

政宗又说:

"我们大家,分别去的是不同的雪科第五中学。我所处的世界里你们都不在,你们所处的世界里我也不在。今天在这里有七个人,七个人分别属于七个不同的世界。"

* * *

不同的世界。

对于政宗的说法,大家一时还理解不了。看见小心他们满脸不解地对视,政宗的语调变得多少有些不耐烦了:"那些漫画和科幻小说,你们是不是从来都不看呀?你们知道的太少了。说到科幻的世界,那些都是极其重要、接近常识的概念,比如说平行世界。"

"完全……弄不明白呀。就是说,那个,像科幻故事里面一样,发生了脱离了现实的事情,是吗?"

"若说是脱离现实,这个城堡本身就已经相当地脱离现实了呀。清醒一下吧!现在的我们,必须理解超常现象,必须适应这个不用幻想就无法解释的状况。"面对小心朴实的疑问,政宗有点儿不快地回答。

"明白吗?"接着他又向大家继续说明着,"我们大家所生存的世界——大厅里七个镜子的对面,分别是既相同又不相同的世界。同样都是日本的、东京的、南东京市的、雪科第五中学的学生,可是各个世界的登场人物或构成要素却各自有所区别。我们这七个人,分别在不同的世界里。"

"就是说……"

双臂抱在胸前的小晶歪着脑袋问道:

"到底是怎么一回事?说是每一个人分别存在着……"

"用电子游戏来说明的话可能就容易理解了。"

政宗看着他扔在地上的手柄。

"假设我们是以'南东京市的雪科第五中学'命名的游戏里的主人公,这个游戏一共有七份。然后,谁玩的话游戏里就是谁的存档,对吧?每一份存档都不同,主人公不可能同时有两个。我的存档是属于我的,昂的存档是属于昂的,小晶的存档是属于小晶的。"

政宗朝着大家的脸一个一个地看过来。

"在我操作的世界里,主人公当然只有我,其他六个人都不存在;在以小晶或昂为主人公的游戏里,我不会出现。其他人的情况也是同样。一个存档里面只有一个主人公——就好比在游戏开始的画面中,玩家从我们七个人里挑出了一个人来玩的状况。"

政宗把双臂抱在胸前说:

"虽然是同一个游戏,看上去像是同一个世界,可是主人公各不相同,发生的事情和一些细节分别围绕着不同的主人公进行着调整。给予我们大家的游戏虽然是同一个,可是其中的故事却分别被预备好了不同的走向,我们这样一想,道理上就通了。"

"等一等,我还没有全部弄明白呢。"

风歌显出半信半疑的样子,晃动着脑袋。

"不过,Parallel World 这个词我听说过。日语里称为'平行世界'吧?"

平行世界。

小心在口中把它重复了好几遍。用汉字写出"平行"的话,画面便浮现在脑子里了。

城堡的大厅里,楼梯前并列着七面镜子。小心的头脑里先想象出七面镜子后面延伸出七道光线,然后这七道光线一直平行地延伸着,不管走到哪里都不会交错。

风歌继续说道:

"我以前看过的漫画里出现过……在那本书里,有一个主人公,故事讨论的就是他的不同选择导致的不同未来。他的各种选择成为各个平行世界里的现实,甚至把在各个世界里的他集中起来组织同学会。那时如果和恋人结婚的话……没有放弃理想一直坚持的话……一直保持着青春时代的心态的话……有多少人生道路可以选择,就有多少个生活在不同世界的主人公存在。"

"对对!那个可供选择的数量,就是我所说的分歧——世界的分歧点。"

政宗使劲地点着头。

对于风歌的比喻,小心觉得比较好懂。

小心确实在日常生活中也经常想过:当时如果这样做的话,现实可能会是另外一种样子了。比方说:如果自己没有不去上学的话会怎样?如果和真田美织不是一个班级的话会怎样?如果本来就不是雪科第五中学的学生的话——

好像假想的世界比现在的世界更加吸引人,越想越觉得那样更好的话，就会觉得那个世界其实在现实中也存在。

"就是说，我们的平行世界的分歧点，就是我们本身。就像刚才风歌所举的例子一样，即使选择了 A，也会想到如果选择了 B 的话世界就会变得不同。我们的世界是各种各样的，有风歌所处的世界，嬉野所处的世界，小心所处的世界——这样，我们七个人分别有各自的世界为我们预备好了。我反复考虑过了，觉得就是这么一回事。虽然有相仿的地方，可是我们分别在各自的世界生活着。"

"可是，那样的话，喜多岛老师呢？"

这回小心开口问道：

"小晶虽然说她不认识这个老师，可是政宗和我分别都见过这个自由学校的喜多岛老师呀。喜多岛老师不是分别存在于各个世界里的吗？"

虽然这样说，小心却想起来——

那一天，喜多岛老师说过，接到了通知，知道将要来学校的只有小心一个学生。看不出老师有在等待政宗和嬉野的迹象。

"我觉得是有同样登场人物的原因。"

听见了"登场人物"这个词，小心一下咬住了嘴唇。政宗把游戏中的字眼，原封不动地搬到这里来，小心觉得自己生活的世界突然变成了微型花园般的人工造的东西。

"好比说，小晶和昴都说从来也没有听说过自由学校这种学校，对吧？他们和喜多岛老师当然就没有见过啦。"

"嗯……"

"嗯嗯。"

等到两个人都点过头以后，政宗断言道：

"所以，在他们两个人的世界里，多半就没有自由学校——根本不存在。喜多岛老师这个人物本身可能就不存在于他们两个人的世界里，或者，她虽然存在，却是在别的地方干着别的工作。说不定是这样的。"

在一月份里，政宗没有到城堡期间，大概他反复地想过，一直在一个人验证。关于平行世界的事，他大概在书本上进行过相当多的调查。

"以前我也曾经注意到，关于我们说的雪科第五中学，它在地理上好像相当地暧昧。比如……小心，你家周围最大的购物中心是哪里？"

"卡莱奥……应该是。"

小心觉得大家应该是一样的。她虽然这么想，大家的反应却让她吃了一惊。风歌睁大了眼睛。

"风歌那里不是卡莱奥吗？不一样吗？"

"我家那儿，都是去一个叫'阿尔可'的购物中心，里面还有电影院。"

"咦？！"

小心第一次听见这个名字。卡莱奥虽然也是一个大型购物中心，可是里面并没有电影院。

听了风歌的话，政宗点了点头：

"我家也是去阿尔可，所以，以前听小心说了卡莱奥时，我还以为是和阿尔可弄错了呢。然而，并不是这样吧？"

"嗯……"

小心一脸茫然地点点头。她一下子也想不起来自己是什么时候提起过卡莱奥，小晶却皱起了眉头说：

"我既不知道阿尔可，也不知道卡莱奥。这样说来，我记得大家交代自己是哪个小学的毕业生时，小心曾经问过我，小学是不是在卡莱奥那一片。具体也记不清到底是怎么说的了，那时，我其实想过。"

"那个……"

"还有，关于麦当劳，"风歌小声地说着，"阿尔可里有麦当劳，我常常去。车站前面也有吗？以前小晶和昴没有说过这话吗？"

"嗯，在车站前面。在那里开张的时间不是很久。"

小晶和昴都显出困惑的样子彼此看着。

"我听见小晶他们这么说,以为在我不知道的时候新开了一家。特地去那里看过了,果然根本就没有,心里觉得有些奇怪。小心你知道吗?"

"我只知道在卡莱奥里面有的……"

那个店里可能经常会有同一个学校的同学,所以小心尽量不去那个店。小心一边觉得困惑,一边问道:"那么,那个呢?移动超市来不来?三河蔬果店的卡车,在我家附近的公园里,每周要来好几次呢。我小时候就开始有这种店了。"

她的头脑中回响着《小小世界》的旋律。

小心非常喜欢迪士尼乐园的游乐项目"小小世界"里的旋律。她也喜欢一边在大喇叭里放送这个旋律,一边开来的移动销售货车。

小心当时大白天忧郁地独自在家里听着那个曲子,现在回想起来觉得已经是遥远过去的事情了。自从到城堡来了以后,就再也没有听见过那个曲子。

"不知道呀,好像没有来过我家的附近。"

"可是,风歌你和我上的是同一个小学吧,都是一小的?所以,我觉得车子也会去你家那儿的。"

小心虽然实际上没有见过风歌,可是彼此的家相距应该不远,小心因此感到内心强大了不少。

"……也来我家那儿的呀。《小小世界》的曲子是吧?"

听见小晶这么说,小心吸了一口气。

"是吧!"她大声说,"放着《小小世界》的旋律,卡车就来了。"

"我外婆经常去买东西,说是很方便。"

"那样说来,我家那儿好像也有呀。不过,我家那儿的没有音乐,车子也不是卡车,好像是面包车,来卖蔬菜什么的吧?"

嬉野接着说道:

"因为去不了超市的老年人增多的缘故,也经常会来我家那儿。时间都是定好的,我妈经常按照时间去买。我妈也不会开车,要去超市那些地方比较困难。"

不知为什么,小心和小晶所说的移动超市的车子和嬉野所说的车子的特征不同。

"还有就是日期吧?"

面对着歪着脑袋在听的小心他们,政宗继续说了。这回嬉野突然"啊"地叫了一声。

"我想起来了,政宗。你说的去学校的一月十日,那一天不是开学典礼的日子呀。"

对呀,小心也这么想。

开学典礼在前一个星期——一月六日举行过了。小心确认过学校发来的联系本,不会有错。实际上一月十日那一天没有开学典礼。

小心正在想着,嬉野却说出了惊人的话:

"那一天是星期天吧?"

"哎?"吃惊的声音在小心的嗓子里停住了。小心满脸惊讶地看着嬉野,嬉野也满脸困惑地看着大家。

"因为每天都不去上学,所以对星期几并不在意,我有点稀里糊涂的……然后我对妈妈说要去学校。她说明天是星期天,对我笑了起来……我想是不是大家都没弄明白,但是,我还是去了。虽然没有进去,我在校门口等了半天。"

"记错了吧?"

小心忍不住叫了起来。可是嬉野却一副茫然的样子回答:"真的呀!"

看着他的脸,小心也觉得有点儿相信他了。

在第二学期的刚开始,嬉野去了学校以后却遭到了那样的事,如果在第三学期的开始又发生了同样的事情……这样考虑觉得嬉野真是颇有勇气。不过,如果是星期天的话,情况又有所不同了。

小心这样想了之后，又突然意识到：

——他既然是待在校门口，有什么事或者参加社团的学生也会进进出出的，所以说他站在那儿也是很有勇气的事情。这样看来，自己刚才那样想，说明自己太小看他了。真对不起了，她在心里暗暗地向嬉野道歉。

"我以为政宗说错了一天日子，所以后来觉得应该星期一再去学校可是，妈妈却告诉我，星期一是成人节放假的日子，正好是三连休。弄得我越来越不明白了。"

"咦，成人节是十五号吧？我记得并不是三连休呀……"

这回是昴在问了。于是，政宗嘀咕起来：

"我们每个人的星期和日子不同呀，有点奇怪。"

大家全都眨着眼睛。政宗继续说：

"是星期天还是平日，还有开学典礼和成人节，大概都不一样。在我的世界里虽然一月十日是开学典礼，别人的世界里可能并不是吧？"

"开学典礼先不说，我觉得成人节是一样的。"

小晶说完后，看着大家的脸像征求意见般地问道："对吧？"昴轻轻地点点头，然后说：

"在我的世界里，一月十日是开学典礼的日子，和政宗一样。"

政宗和昴互相看了看。

"我好久没有去学校了，去了以后大家都挺吃惊的。不过谁也没有和我打招呼。"

"突然来了，头发还染成了这种颜色。当然，谁都觉得挺可怕的吧？"

"我还去了政宗的二年级六班，那个班里的孩子告诉我，班上没有叫政宗的学生。"

听了昴的话，政宗好像倒吸了一口气。然后，他小声地说了一句："谢谢你。"

"原来你来过啦……我的班级。"

"嗯。"

"……谢谢。"

"不客气。"

"那个……我想问一下。"

风歌不太显眼地做出了一个举手的动作,向政宗开口问:

"政宗,你是二年级六班吧?我是三班的,我曾经说过二年级一共只有四个班级,你还对我发火了。可是,我这回去确认过了,二年级总共只有四个班级。政宗所说的六班,我找遍全校都没有。"

"连班级的数量也都不一致吗?"

小心愣愣地小声说着。

世界不同——政宗所说的话顿时显得更真实了。否则,如果不是这样来思考的话,真的就无法说明了。

"我说呀……"

小心他们正在纷纷地议论着这儿不一样,那儿不一样,突然插进来一个新的声音。

这个声音来自一直沉默地站在那儿的理音。无论在东京的,南东京市的,各自的现实中的地图是什么样子,理音的世界反正是在夏威夷的火奴鲁鲁。从这个意义上来说,理音的世界从一开始就和大家不同。

小心忽然想到,按理说理音和嬉野是同一个小学毕业的,可是他们两人相互却都不记得。

那也是非常奇怪的事。虽然那时应该觉得特别不可思议,可是小心却简单地想:理音和嬉野的话,说不定会有这种可能性。理音和嬉野这样的孩子,生活的环境大概本来就不一样。小心当时糊里糊涂地下了这么一个结论。

理音说道:

"我是个头脑简单的人,对于那个挺难懂的平行世界,我没有办法完全理解。它的意思是不是,我们在外面的那个世界里,是绝对无法见面的,是不是?"

理音的话使大家全都愣住了。沉默之中,大家的表情都僵住了。这种震惊的情绪开始蔓延了。

"嗯。"

终于,政宗点了点头。

一月份里,他一直在考虑着这个平行世界的可能性,不知道做出了这个结论的政宗的心情是怎么样的。

——我们大家应该能够互相帮助的吧?

小心回想起当时政宗说的这句话,他那时悲哀又诚恳地希望小心他们都到学校去。

"是不是我们都无法互相帮助?"

理音问道。政宗沉默了一阵子,看见大家都注视着他,停了一下回答了:

"我们大家……没办法相互帮助。"

* * *

一段时间里,谁都说不出话来。

嬉野就像猫受惊时一样露骨地瞪大了眼睛。小晶不开心地噘着嘴巴,耷拉着眼皮。

"那么,我们为什么会被集中在这里?"

风歌打破沉默问道。大家都不作声地看着风歌。风歌向上面看着,看上去她与其说是在对什么人说话,不如说是在自言自语的过程中整理自己的想法。

"各自不同的平行世界的雪科第五中学里没有去上学的学生,只能在这个镜子里的城堡相会。现在是不是这样的状况呀?"

"……应该说是这样的。"

政宗点点头。风歌继续说道:

"这个状况我基本上也是理解的。不可思议的是,像政宗说的那样,我们一旦到了这个城堡就意味着已经发生了非比寻常的事情了,是吧?"

"确实,这么想的话就容易理解了……"

小心跟着她说道,她看着大家:

"当我知道大家都是雪科第五中学的学生时,心里确实挺怀疑的,觉得一个学校里,怎么像我这样不去上学的学生会有这么些人。虽说雪科第五中学是个人数多的学校,我仍然觉得问题太严重了。可是如果大家属于不同的世界的话,我就觉得可以理解了,一个世界的学校只有一个人的话。"

"是不是只有一个人还没有定论。"

政宗像是不服气地说着。盯着小心。

"学校是个乏味的地方,有好几个人不去上学我也不会吃惊的。只是正巧有同样想法的几个人碰在了一起,不是吗?有的年级说不定一个都不缺席,也有的班级说不定会有两个人一起缺席,这种情况应该会有的吧?"

政宗的眼睛不耐烦地眯了起来继续说:

"实际上,如果缺席的人多起来的话,大人们马上就要开始分析了,认为这样的年级和这样的班级是有问题的。就是这样,其实恰巧是有两个人因为各自的原因不想去上学而已。我最讨厌这样了,有些人总是喜欢联系到年代呀,社会背景呀,不登校的学生呀,立刻就开始进行霸凌问题的分析。"

"对呀,你说的不错。政宗如果正巧和我是同一个班级的话,一定会因为各自不同的理由而拒绝上学。不是因为班级里或其他什么问题,而是因为和现在同样的理由,分别在家休息。"

昂用轻松的语调说着。小心本来觉得自己的话可能有点儿激怒了政宗,正在那儿缩着脑袋,听见昂这么说,不禁笑了起来。

"嗯,这样也不错。在不同世界同样的学校里,我们一个一个的,都是不去上雪科第五中学的代表。"

"我们这些人唯一能够集中在一起的地方只有这座城堡。我们七人份的——七个世界的正中心是这座城堡,感觉上就是这样。"

小晶的话让小心觉得脑子里的图像变得清晰了。小晶又说:

"既然这样,我们为什么只能在这儿相会?这样做有什么目的吗?"

听见小晶这么说,政宗的神色变了。他认真地说道:"我觉得是这样的。在平行世界一类的科幻小说或者是动漫作品里,有不少设定是:分叉出去的世界中的一些最终会消失。"

"消失?"

"用一棵大树来想象的话可能就容易得多了。实际上,大致上可以用漫画里的一些图示来进行解释。你们有谁带来了纸笔吗?"

听见政宗这么说,风歌从自己的包里取出了本子和铅笔。"谢谢你。"政宗简单地谢了她一声,然后就在本子的一页白纸上画了起来。

"比方说世界本来是一棵巨大的树。"

政宗先画了一棵大树干,然后在树干上写了"世界"两个字。

"从这里开始,我们每个人自己的世界产生了分歧。所以,这些是各自分开的世界——树枝的部分。"

政宗在树干的左右分别画上了几根树枝,一共是七根。

"这些树枝每一根分别代表着我们的世界:我所生存的南东京市,理音所生存的南东京市,嬉野所生存的南东京市……都不相同。然后,有的时候过度增长的世界减少一些会更好。"

"为什么?"

嬉野和小心同声问道。"减少"或"消失",听上去都不那么吉利。

"消失的话,生活在那个世界的人会怎么样,死去吗?"

"和死去……也许有点儿不同,反正是消失了,从一开始就不存在的意思。"

"那种消失掉更好的情况,究竟由谁来决定?根据的是谁的判断?"

"这个吗,都是根据每一部小说呀,漫画的设定来分别决定的。一般来说,最多的是'世界的意志'吧,或者说是'神的意志'吧。"

政宗用手指着图画中树的主干。

"这个主干的部分会进行判断,如果分支太多就要减少。一般常用'淘汰'这个说法来说明,指的就是像自然界里的生物一样,只会留下适应环境的部分生物,其他都会灭亡的意思。"

政宗抬起了头:

"总而言之,在虚构的平行世界的设定中,世界就是那样地进行淘汰和选择的。Gate W 的设定不也是这样的吗?"

"Gate W?"

"啊,你们应该知道吧? Gate World——现在正在热销的长久教授制作的游戏。难道有人不知道吗?"

"长久……"

昴疑惑地反问道,政宗有点不耐烦地说:

"长久·洛克莱呀!电脑软件公司'优尼宗'的天才设计师呀!"

政宗一边说,一边有点儿心灰意懒地叹了口气:"问题就在这里呀。还要我从那么有名的平行世界概念开始向你们进行说明吗?你们的基础知识也太欠缺了吧?"

"我知道,这款游戏已经拍成电影了吧?"

"没有拍成电影。好啦,如果不懂的话就听着吧。"

对于嬉野所说的话,政宗不假思索地摇着头:

"在 Gate W 里,有好几个来自平行世界的代表出来互相格斗。故事的设定就是失败一方的世界会消失。最终决定哪一个世界保留下来，胜利的一方作为这个世界唯一的'树干'部分留存下来，所以大家为了自己的世界的存续而拼命地斗争——就是这样的游戏。"

"那么，我们的情况也是这样吗？"昂问了。

政宗耸了耸肩膀。

"我觉得有这种可能性。我们集中在这里应该是一件很特别的事吧？我们七个人如果算是代表了自己的七个世界的话，这儿就算是世界大会的地方了。我觉得对于各位代表总会有些要求。然后，我想就是找钥匙的事情吧。"

政宗的话让大家都一愣。政宗继续道：

"所谓帮助实现愿望的钥匙，我觉得里面有种暗示的成分。就是说，谁找到了这把钥匙，谁的世界就能够继续存在下去，其他人的世界就会消失。这里，其实就是玩这种游戏的地方吧？"

"除了这一个人的世界以外，其他的世界全都会消失吗？"

消失——总觉得不太有现实感。小心有点儿半信半疑。

回到镜子的那一边，等待在那里的有小心的家，妈妈和爸爸；虽然并不喜欢的学校，有真田美织和东条的现实的教室。

那些居然全部都会消失？

那怎么行！小心想。可是，胸中突然涌起了另一种感觉，这种感觉让小心都觉得意外。

——那样的话也挺不错，小心想。

如果全部都消失的话……那样，说不定也挺好。

因为，小心觉得自己已经回不去那个学校了，也想象不出自己去别的学校会怎样。

这样的话全部都结束了，说不定也挺好的。

一直到一月份去学校的前一天，在小心的心里，一直憧憬着同这里的孩子们在外面的世界相会。这个可能性像一个小小的亮光，一直给小心带来温暖、带来光明，现在小心终于明白了。

知道了在外面的世界无法相会的事实——"没办法互相帮助"的现实摆在了面前之后，小心觉得自己失去了人生的方向。本来，知道大家在某个地方存在着，这种想法就像在漆黑的大海里有一个灯塔照亮了小心的内心。

关于自己的世界是否会消失的问题，不知道大家是否和小心有同样的想法。不知他们怎样理解这句话，但是，大家困惑的样子好像是一样的。小心已经好久没有想过那把至今也没有找到的"祈愿的钥匙"了。此时，她觉得政宗说的话特别具有真实感。

除了找到钥匙的人以外，其他人的世界都会消失——

"还记得'狼大人'说过的话吗？用'祈愿的钥匙'实现了愿望之后，我们大家的记忆全都会消失。但是，如果找不到钥匙，愿望实现不了的话，记忆就会保留着。虽然进入城堡的入口关闭了，但我们不会忘记在这里的事情。"

"嗯。"

"是不是这样的？就是说，谁找到了'祈愿的钥匙'的话，除了他的世界以外，其他人的世界都会消失、会被淘汰；如果没有人找到钥匙的话，就会维持原样。七个人的部分全都保留下来，或者是所有人的世界都将消失。'狼大人'至今为止一直在这里反复地进行着这个游戏。她在这里是为了把我们以外的家伙的世界淘汰掉。"

"确实有道理。"

昴点点头。

小心也是同样的想法。"狼大人"说的话和政宗说的话的含义听上去完全一致。

"那样的话，不如找不到'祈愿的钥匙'更好……是不是这个意思呢？"

风歌说：

"找到了钥匙,实现了愿望,大家都消失了的话,绝对是找不到钥匙更好。另外……"

风歌的眼神看上去有些悲伤。

"如果在'外面'不能见面的话,肯定是那样更好。我们大家,除了在这里以外不能再相见了,是不是呀?"

风歌的话已经挑明了状况,大家全都愣住了。风歌看着地面说:"现在已经是二月份了。大家能在这里相会的时间到下个月为止,只有两个月了。将来,除了大家在这儿的记忆,我们什么也没有留下吧?那样的话,我只要有记忆就够了。"

风歌的声音缭绕在一圈无声息的人的中间。

以前,关于记忆消失的问题,小晶曾经说过:"那也无所谓。"现在她却什么也没有说。至于小心,被风歌再一次地揭示了这个事实,不禁产生了想要放声大哭的想法。

我们剩下的只有这份记忆了。

——无法相互帮助。

"可是,世界不会消失当然好,但是如果像政宗所说的那样,大家的世界一起消失的话怎么办呢?"

昴说了这话,小心听了一愣,风歌也同样。大家好像都倒吸了口凉气。

"谁都没有找到钥匙的话,大家的世界都会被消灭。如果是那样的话,我们这些人都逃不掉了。那还不如想办法去找钥匙,起码留下了一人份的世界也好呀。"

"是不是应该把所有的这些问题全都问清楚呀?"理音说。

大家都惊叹着抬起了头,理音向着天花板叫道:"你正在听着吧?"然后,他又对着房间外空无一人的走廊喊道:

"我们说的话你全部都听见了吧?'狼大人',你出来吧。"

"你们可真烦人呀!"

仿佛有一种看不见的力量搅动了空气——像小型龙卷风一样的一阵风吹在大家的脸上。

从一个飘飘忽忽看不见的、旋转的空间里，戴着狼面具的少女出现了。

* * *

她的穿着和之前一样，身上的连衣裙缀满了花边。

虽然她戴的狼面具的表情和过去同样毫无变化，可是那种无表情的样子今天看上去多少有些令人胆寒。她脚上那双红色的漆皮鞋和崭新的鞋子没有两样，看上去闪闪发亮。

"你都已经听见了吧？刚才政宗所说的那些话。"

"是呀，也不能说是我没有听见吧。"

"狼大人"的语调和往常说话一样，带一点儿含糊和模棱两可。政宗紧接着也问道："我说的对不对呀？"他的语气听上去有些不太客气。

"就是这么一回事吧？把我们从平行世界召集到这里来，再进行淘汰。你不过就是确保这件事进行的看守人一样的角色吧？"

听见了政宗说的话，"狼大人"把脸向他转过去。由于戴着面具，看不出她是什么表情，只知道她在注视着政宗。

看上去政宗是在质问着"狼大人"。全体人员都在全神贯注地等着被质问的"狼大人"说出真相，可是，就在这时：

"完全不是这么回事。"

"狼大人"用力地摇了摇头。

政宗听了，脸上原先的紧张表情一下子无影无踪了。他只是疑惑地"啊"了一声。

"狼大人"显得有些无聊地朝上撩起了自己的头发：

"你这个初中二年级的学生可真行呀，我一边佩服你的大胆想象一边都听到了。你也辛苦啦,非常可惜的是,这仅仅是你自己的想象。我不是早就说过吗?这里是镜子的城堡,是你们实现自己的愿望、寻找钥匙的场所,仅此而已,完全没有什么存留或淘汰世界的事。"

"你在撒谎。如果这样,为什么我们只能在这一个地方见面?"

政宗的神情变得严厉了。

"那么,先把淘汰之类的话题放在一边。你如果不愿意承认的话,就先讲讲我们大家的世界各不相同的问题吧。"

政宗用怒斥的语气说完,又看着"狼大人"说:

"不对吗?不管怎么考虑都是平行世界吧?既然每一个现实都不一样,我们在'外面'的世界根本见不到彼此,那么究竟有什么必要把我们召集起来呢?除了淘汰各个世界还有其他的什么理由呢?"

"'在外面不能相见'吗?我记得我从来也没有说过种话。"

"狼大人"的语气格外轻松,她说话的氛围懒洋洋的就像打哈欠差不多。此刻听了她的话,小心他们全都震惊了。

"能够相见?"问话的是嬉野。

"狼大人"一副无所谓的样子,仿佛一切和她毫不相干。不过,她还是点了点头说:

"嗯嗯。不是一定就见不着面。"

"你在撒谎!!"

政宗怒吼着。他的样子明显非常愤怒。

"我们确实没有见着面!"

随后他的脸和耳朵瞬间地变得通红。

"我们都没有见着面呀!是我做出的请求,大家都来了,可是相互却没有见到。这个应该怎么解释呢?"

政宗的脸仿佛快要哭出来似的扭曲着。看见他这个样子,小心真想闭上自己的眼睛。她不忍心看见男孩子哭泣的模样,不由自主地叫了一声"政宗!"——行啦,政宗。

"真是这样的,'狼大人'。我们大家都没有见上面。"

"我没有说过你们不能见面,也没有说过你们不能相互帮助,明白了吧?你们要自己去观察,自己去考虑,不要认为我什么都会告诉你们,我从一开始就一直在提醒你们。至于找钥匙的线索,我每一次都充分地提供给你们了。"

"狼大人"的这些话,让大家陷入了沉默。政宗的呼吸依然非常急促,小心也觉得自己的想法全都被否定了一样,只是瞪眼看着"狼大人"。

"……你所说的线索,是什么呀?"小晶问道。

"狼大人"把自己的脸转向了小晶。自从听了政宗关于淘汰的理论后,看见"狼大人"转动脑袋打量什么人的时候,小心会觉得她带来的紧张感和压力超过了从前。

小晶继续问道:

"你所说的提供了线索,有着什么含义?"

"就像我说的一样呀。我一直在向你们提供线索的,关于找钥匙的。"

"狼大人"的语气听着既没有不耐烦也没有焦躁,她和过去一样淡定。

"我不明白你的意思。你总是用一些暧昧的话来敷衍我们。其实,你最令人费解了。你把我们称呼为小红帽,还戴着这样一个假面具。我觉得你是在愚弄我们。"

"好吧,的确是。我把你们称呼为小红帽,可是我有时觉得你们才是狼。想不通的是,你们怎么到现在还找不到钥匙呀?"

对于政宗说的话,"狼大人"似乎在假面底下偷笑着回答道。政宗却更加不悦了。

"所以,我认为你这种说话的方式很有问题。"

"我反复地声明过了,这儿是寻找能实现愿望的钥匙的镜子的城堡。"

"那么，我有一个疑问。"

理音把一只手举在他的脸颊旁。等到"狼大人"望着他的时候，才继续道：

"找钥匙的事情，我一直记着在找。但是在我房间的床底下有个 X 的印记，那到底意味着什么？"

"咦？"大家全都吃惊地看着理音。理音继续说道：

"起初，我以为是污迹，但是它明显就是一个 X 印记。你说在每一个人的房间里不会藏有钥匙，那么，那个印记又是什么？"

"理音的房间里也有？"

说这话的是风歌。这回大家又都看着风歌。风歌睁大了眼睛点点头说：

"在我房间的桌子底下估计也有。我曾经怀疑会不会是我的错觉。也许看上去是 X，其实不是那么一回事……"

"在洗澡间里好像也有。"昴说了。

大家听了以后全都屏住了呼吸。

"在食堂旁边的那个公用的浴室，明明有供水系统却不出水，我觉得很奇怪就查了查，然后才发现的。在浴池边有脸盆，我拿起来看了一下后，看见下面有个 X 的印记。我还以为只是划痕。"

小心听了一愣说：

"那样说来在壁炉里也有……"

在食堂的壁炉里，小心看见过同样的印记。她来到这个城堡后不久就看见过了，最近也曾经确认过。

她和昴一样，很疑惑这个城堡不能用火，为什么还会有壁炉，所以向里面窥视过。

"食堂？"

"那样的话，"强硬的声音继续着，是政宗，"那样的话，我也看到过,大约夏天的时候就发现了,是在灶台那边吧,在橱子里面?"

"真的吗?"

"嗯。"

政宗的表情还是很生硬,不过他点了点头。

"我当时还想,会不会有钥匙埋在里面,于是就试着敲敲打打,可是什么也弄不出来。所以我就想大概只是一个划痕。"

大家互相看看,随后一起望着"狼大人"的脸。

"那是不是线索呀?"

听到小晶这么问,"狼大人"回答了一句:"你们自己判断吧。"

"就像我说过的那样,我已经给出线索了。接下来就看你们自己了,包括是不是要去实现愿望。有一点可以和你们约定……"

"狼大人"吸了一口气,平静地告诉了大家:

"并不是哪一个人实现了愿望之后,别的世界就会消失。就像以前说的那样,在愿望实现的那个时间点之后你们记忆中有关这个城堡的部分就会消失了。但是,你们仅仅是在那样的状态下各自分别回到自己的现实生活里,你们自己的现实并不会消失。"

"狼大人"说完之后,又补充了一句:

"好的方面和坏的方面都一样。"

"我再提一个问题好吗?"理音问道。

"狼大人"无言地转过身,把狼面具的鼻尖部分转向理音。等到两个人面对面时,理音才开口问:

"'狼大人',你最喜欢哪个童话?"

这是个令人意外的问题。

"狼大人"本人也显然没有想到理音会问这样的问题。她罕见地在尴尬中沉默了一会儿之后答道:"这还用说吗?看见了我这个假面就应该知道了吧,'小红帽们'?"

"明白了。"

为什么理音会这样问,小心一点儿也不明白。她只是想:理音可能故意要让"狼大人"暴露点什么才问了这个问题。

"你们还有别的问题吗?""狼大人"问大家。

小心只觉得不得不问的问题多得堆成了山,可是,究竟先从哪个问题问起,小心不知道。就连大家在外面的世界里能不能见上面,根据"狼大人"刚才模糊不清的回答也想不出个究竟来。

"让我们再想一下!"政宗说着。

看上去连政宗也不确定应该问些什么了。他虽然敢于提出自己的假想,然而遭到了否定之后,明摆着他已经失去了原先的自信了。

"等你们的疑问积攒到了一定的数量之后,再叫我吧。"

"狼大人"推卸般地说完后,随即就消失了。

留下了小心他们彼此观望着。

"听见了吗?刚才那个孩子说'你们各自分别回到自己的现实生活里'。"

"哎?"

听了昴说的话,大家都看着他。平时昴总像个大人似的对一切挺不在乎,也只有他把"狼大人"称呼为"那个孩子",大家听了觉得没有什么不对劲。

昴看着政宗说:

"我们各自的世界不会消失,也不会被淘汰。虽然她对平行世界的说法有些含含糊糊,可是她刚才说的是'你们各自的现实生活'。我觉得里面有些什么含义。她好像说我们能够相遇,可是实际上的问题是,我们各自生活的世界好像不一样。"

街上的样子、商店的名称都不同,开学典礼的日子也不一样,班级的数量也不同。昴说的对,小心他们生活的世界彼此不同。

"我们每一个人自己的那面镜子,别的人都进不去对吧?以前,嬉野不是想从小心的镜子去她的家,结果失败了吗?"

"你为什么要把那么久以前的事情再说出来呀?都是什么时候的事啦?那些事!你开什么玩笑呀!"

嬉野慌乱地说着。小心觉得那时他本人那种做法才真是有问题,一点儿也不考虑别人的隐私空间。

不过,现在冷静地一想,小心有种恍然大悟的感觉。那时,她以为是"狼大人"专门设置的一种看不见的障碍,尊重每一个镜子的主人的隐私,不让别人随随便便能进入他人的房间,现在看来其实是不让大家进入不同世界的一条防线。这样想她觉得就想通了。

"哦,这样说的话真是这样了。那么,我要逃到别的世界去也不可能啦。"

小晶自言自语般地说着。听着她这么说,小心也开始觉得遗憾了。

她又开始想,如果他们能进入自己的世界该多好呀。穿过镜子,把谁领进自己的学校。如果能这么做的话……

比方说,我有时会梦想。

班里来了一个转校生,大家都想和她交朋友。

然而,她在众多的同学里却格外地意识到了我,在她的脸上浮现出了阳光般灿烂的亲切微笑。她走到我的跟前招呼我:"小心,好久没有见到你了!"

周围的同学吃惊地倒吸一口凉气,目光仿佛都在向我探寻:"你们俩早就认识啦?"

在没有人知道的地方,我和她已经是好朋友了。

我没有任何特别之处,在体育方面也很一般,也不是很聪明,身上没有任何能让大家格外羡慕的特长,可以说什么都没有。

然而,我有机会比大家更早认识那个孩子,早早地就和她建立了友谊,被她选为最亲密的朋友。

我们会一起去厕所,一起换教室,休息的时间也在一起。

所以，我不再孤独了。

尽管真田她们都渴望同她交朋友，她却告诉她们："我的好朋友是小心。"

我一直在内心盼望着出现这样的奇迹。

然而，我知道实际上并不可能出现这样的奇迹。

这一次，也没有发生。

"……如果那样祈愿的话不就行了吗？"

风歌的话让大家愣了一下。"哎？"小晶和小心一起惊呼。风歌又说：

"我的意思是，利用'祈愿的钥匙'，让大家各自的生活空间归并到一起。"

"哦……"

全体人员都露出了恍然大悟的表情。每个人多少地都和风歌有了一些同感，然后觉得这个主意不错。

小心联想到了"狼大人"的那句话——也不是不能相见。

"对啦，'祈愿的钥匙'大概也能够把大家集中到同一个世界呀。"

"嗯。那样的话，大家在外面的世界也能够见面了。'狼大人'的话大概就是这个意思——'也不是不能相见'。"

"可是在这样的情况下也就是愿望已经实现了，我们大家的记忆不是就消失了吗？根本就不记得彼此的事情了，在同一个地方又有什么意义呢？"

"嗯，所以说，能不能在愿望中提出要求：'让记忆保留着，大家归并在同一个世界。'不知许下这样的愿望可不可以，下次看见'狼大人'的时候要问问她。"

"狼大人"说的话其实是有些拐弯抹角的意思。"也不是不能相见"——其中说不定就包含了失去记忆的意思。小心顺着这个方向想下去,越想越觉得是这么一回事。

"但是,现在连钥匙都还没有找到,这些话只能算是猜测。"

风歌看着政宗。政宗刚才还在滔滔不绝地展开自己的种种想法和说明,被"狼大人"否定了他的假想之后,突然整个人变得萎靡了。

"政宗。"

嬉野对政宗开了口。政宗慢慢地抬起了头。"什么事呀?"他低声地问。

"政宗,看见你又来了,我觉得真好。"嬉野说着。

政宗听了他的话有点儿莫名其妙地直眨眼睛。他的眼睫毛动得就像蜜蜂不停地拍打着翅膀。

嬉野露出了笑脸。

"我原来以为你再也不会来了。就这样同你分开也未免让我觉得太难受了,所以,今天看到你来特别高兴。"

嘿嘿嘿,嬉野笑了起来。

"还记得吗?我在第二学期刚开始的那件事情以后,我觉得很尴尬,但还是重新到城堡来了,然后你对我说:'辛苦啦!'所以我后来就想,这回政宗如果来了,我一定也要对你说一声:'辛苦啦!'"

政宗听了愣住了。他的脸颊和耳朵都变得通红,仿佛要强忍住什么似的,大睁着眼睛。就好像,接下来会有什么东西要从眼睛里掉下来一样,他拼命地忍着。

"怎么样啊?要紧吗?"

昴问他:"还是一定要转学吗?"

"不管怎么样,第三学期还没关系,毕竟开学典礼的时候我已经算去过了。"

政宗回答他的声音还是有点儿生硬。他略微有点儿尴尬地低下视线。

"在学校里,和你们一个也没有见到,却又不小心地碰上了本来不想看见的同班同学们。不过……也没有关系了。"

"这样啊。"

随即,大家都陷入了沉默。

后来,政宗抬起了头。然而他剪短的额发底下的眼睛依旧看着地面,嘴里对大家说道:

"牛皮政……他们给我起的外号。"

"哎?"

"牛皮政。牛皮……是撒谎的意思……说我。"

不知道政宗为什么突然说出这话来了。可是,看见政宗用发抖的声音在那儿垂着眼皮真心诉说着,小心觉得无法移开自己的视线。政宗接着很快向大家坦白道:

"以前,我对你们说过这个游戏是我的朋友开发的,那其实是假话。对不起。"

政宗的眼睛看着散落在地上的游戏光盘。他的眼睛究竟看着哪一个,小心判断不出来。然而她也没有深想,看上去大家和她一样。

不过,政宗现在必须要告诉大家的那种心情,小心还是能够理解的。这种谎言对于小心他们来说不是什么了不起的事,对于政宗就不那么简单了,因为在"政宗的现实世界里",那个谎言属于大事件。

关于政宗拒绝去学校的根源,恐怕很难说与这个谎言无关。

"知道啦。"小晶说了。

平常,最喜欢和政宗唱反调的小晶这么说了,差不多等于代表了大家的想法。政宗明白了这一点,目光中的紧张消失了。

"对不起。"

政宗再度向大家道歉:

"真的,对不起。"

＊　＊　＊

小心自从明白了自己是平行世界的居民之后，虽然内心有些无奈，不过和大家在一起的时候，却觉得轻松多了。

大家全都死了心。

三月份——到了下个月的末尾，真的要分开了。

时间日益显得珍贵，小心也觉得要把在城堡的每一天都过好。

寻找钥匙的氛围已经真正地开始在大家的心中淡去了。如果像风歌所说的那样，祈愿："让大家各自的生活空间归并到一起。"虽然也不错，可是大家都不想丧失在这儿的记忆。

和过去一样，还是没有发现和钥匙有关的迹象。

不过，尽管是这样，对于那句话——"它存在于这个城堡的某处。"大家都是很在意的。

二月份的最后一天——

大家正在"游戏的房间"里，从自己的房间回到这儿的小晶对大家说："啊，我跟你们说——你们以前说的那个 X 印记，我在自己的房间里也发现了，衣柜里面就有。"

"啊！真的吗？"

小心大声说，然后她问道：

"这样说来，在小晶的房间里，还有衣柜呀？"

"哎，小心的房间里没有吗？"

"嗯，只有桌子和床，还有书架。"

"哎，还有书架呀？"

"嗯，尽是英语和德语的书，一本日语的书都没有，全都看不懂。"

"德语！小心能看懂？"

"看不懂呀。因为是格林童话，所以是德语的书。"

小心记得以前对风歌做过同样的说明,那时确实是说到了安徒生的书。

风歌的房间里应该是有钢琴,大概在每个人的房间里都有适合每个人的东西。

小心看着小晶说:"你的房间里还有衣柜呀?和你喜欢时尚的性格挺配的呀。"小晶听了只是有点儿意外的样子回答:"是吗?"她的反应看上去并不是特别高兴。

"我在想,那个 X 印记到底是什么意思呢?说是为了保持公平,不会把钥匙放在个人的房间里,可是别的房间里会不会也有这种 X 印记呀?如果再找一找的话会不会又有新的发现呢?现在已经有几个啦?壁炉里的、理音床底下的、小晶衣柜里的……"

应该还有灶台和澡堂里的,小心正在默默地计算着。小晶走到她面前说:

"我说呀,如果钥匙真的找到了,能实现愿望也挺好呀。"

"哎?"

"虽然大家都说记忆消失不好,可是如果找到钥匙了,那时候又会有那时候的想法了,对不对呀?愿望能够变成现实也很不错吧?"

"你找到了钥匙吗?"

小心迷茫地问她。说不定小晶已经找到钥匙了呢,所以,小心才哪儿都找不到钥匙。面对正在思索的小心,小晶"哈哈哈"地笑着,摇着脑袋:

"没有没有,我只是在假设。那样也可以吧?虽然大家的记忆都会消失,可是寻找钥匙是我们每一个人的权力呀。到了那时大家不会产生竞争吧?"

面对着一时都说不出话的小心他们,小晶先是夸张地大声叹了口气,接着又说道:

"既然,我们在外面的世界见不上面的话,三月份过去以后,给大家留下的也只有记忆了吧,不觉得虚无吗?记忆这种东西什么用处也没有。这样的话,有一个人能实现愿望不好吗?"

"……我不喜欢……不愿意忘记这儿。"风歌说道。

只见小晶脸上的笑容顿时像被抹去似的消失了。

"那有什么,随便说说而已。"

小心不知道小晶为什么突然要这么说,本来大家的意见都挺一致的。小晶随后只说了一句:"如果有人在别的地方也找到了X印记,要说一声呀。"接着就自己一个人回房间里去了。

小心他们全都茫然地目送着她的背影。

"她真是一个问题儿童呀。小晶这个人,最后还是这样。"

看不见小晶的身影后,昴开口道。听见了他那冷冰冰的声音后,小心觉得胳膊上立起了鸡皮疙瘩,内心里特别不愉快。

"你这么说她,我觉得不太好。"

小心不由得说着。昴显得无所谓的样子,看着小心。

"不要说她是问题儿童好吗?我不喜欢这么说她。"

让小心不开心的原因不只是这一点,还因为昴说了"最后还是这样"。大家在这里相聚的时间已经越来越少了,昴却毫不在乎地这么说让她觉得心寒。

接着不知道应该是怎么做才好,小心便沉默着往自己的房间走去。她来城堡的时候总是到"游戏的房间"和大家在一起,已经很久没有去城堡里那间自己的房间了。

小心躺在床上,望着天花板。

她思索着自己的事情。

就像小晶所说的那样,如果找到了"祈愿的钥匙",现在的小心最想要的是什么?让真田美织消失——小心一直有这个愿望。愿望实现的话,小心能够回到自己的现实中去吗?能够回到被真田纠缠之前的日子吗?

"咚咚。"有人敲着她的房门。

"啊……谁呀？"

"是我呀。"

小心听出是昂的声音，想到刚才曾经那么严厉地指责过他，小心的心脏不由地剧烈跳动起来。"来了。"她大声地应着，急急忙忙地打开门，站到走廊上。

外面只有昂一个人。

个子高高的昂的发根已经泛黑了。小心看着他想：如果不是在这儿认识，光看他的外表，肯定不会和他接近。

"刚才抱歉了，不该说她是问题儿童。我都忘了自己从前也被人这么说过。"

"啊。"

听见他诚恳的声音，小心反而不知如何才好了。昂继续道着歉：

"对不起，小心你刚才对我提醒得太好了，我已经去向小晶道过歉了。"

"哎！那不是多余的吗？小晶又没有听见你的话，有什么关系……"

"嗯，可是事实上我说了呀。"

这种耿直也是昂的特点。他虽然性格诚实，做人也未免太不圆滑了。

"小晶听了怎么说？"

"有点儿吃惊，就像你的反应一样。她说她没有听见就用不着说了，说我这种性格会吃亏的。不想听我的道歉。"

"……也就昂会这样。"

看来小晶对昂并没有生气。小心虽然指责了昂，可是小晶"问题儿童"的一面确实存在。她本人心里也有数。

"谢谢你，小心。过了今天，二月份就结束了，我也不喜欢让别人觉得不开心。"

昂又笑嘻嘻地说了一遍。

昂不懂得圆滑,大概确实是一种会吃亏的性格,然而小心觉得他正是这个地方好。

剩下的时间只有一个月了。

分离的月份开始了。

三月

三月一日。

小心来到城堡，看见小晶和风歌已经先到了。罕见的是，她们一起拿着政宗的游戏机手柄在玩。

"哎呀，风歌，你也太厉害了吧，放我一马呀！"

"那怎么行，现在是关键的时候呀！"

昨天，两个人还争论着"实现愿望、不实现愿望""只留下记忆太空虚、不空虚"，好像不欢而散的样子，今天她们却又奇妙地意气相投了。

"风歌，昨天呀……"听上去小晶说得正卅心，小心觉得有点儿插不上嘴。昨天，她们有没有和好呢？小心记得她们并没有这个时间呀。也可能，因为昴去小晶那儿诚恳地道了歉，小晶的心情大概格外好。

这个分离的月份，就这样开始了。

学校的第三学期将要结束，快要进入春假了。

小心要升入初中二年级了，伊田老师把小心一直放在学校里的鞋子和坐垫送到家里来了。

伊田老师到家里来的时候，小心和他说了些话。正好，小心那时刚从城堡回来。

当时妈妈还没有从公司回来。

小心虽然不想看见老师，可是觉得他来家的时候自己已经从城堡回来了，时间很凑巧。如果被伊田老师发觉自己不在家，那就实在太麻烦了。那样的话，还要编造个理由来对他解释，小心实在不愿意去向伊田老师为自己辩白。

关于真田美织的那封信，小心其实还在生气，而小心的不愉快，喜多岛老师应该已经告诉伊田老师了。所以，小心想着老师会不会是来向她道歉的——小心正在这么想着，伊田老师看见了出现在玄关前的小心，嘴里"啊"了一声。

仅此而已。随即，老师的脸就变回像往常的"好老师"一样，开口问她："小心，近来好吗？"

既不愤怒，也不悲伤——小心只是以无奈的心情，向老师点了点头。

伊田老师看上去有点儿尴尬，这大概不是小心的错觉。

"同学们仍然等着你四月份去上学。"

他放下了小心的坐垫和鞋子以后说道。

小心认为这个老师并不是真的这么想。老师只不过在形式上到"不上学的孩子的家"走访，实际上可能对小心究竟在做什么并没有兴趣。小心如果重返学校的话，他可能觉得班里问题减少了一个挺好的；小心如果不去的话，他也无所谓。他大概就是这样想的吧。

反正，班级将要变动了，伊田老师不会再是小心的班主任了。

到了春天，小心可以留级一年，可是，小心不愿意这样。因为这样一来，她会变成一个特殊的孩子。现在与她同年级的孩子们，还有比她小一岁的孩子们，究竟都会如何看待她呢？她光是想象一下他们的目光都会觉得恐惧。

所以，小心仍然要和真田及东条在同一个年级里，一起升到初中二年级。

"那么，小心……"

"嗯。"

在点着头的小心面前，老师欲言又止地看着她。小心也觉得应该和老师说些什么，但是她不知道说什么才好。

就像小心一点儿也不知道老师的心情和想法一样，老师也完全不知道小心的心情和想法。

然而，就在这时候——

老师说：

"等你心情有了变化也可以，给她写一封回信好吗？"

"哎？"

"真田给你写过信呀。"

听见他提到了真田，小心立刻就有了要晕倒的感觉。她有生以来第一次体会到了幻灭，这远远超出了失望。小心拼命地抑制着自己内心的冲动——不要把情绪倾泻给老师，不要疯狂地放声大哭。她把手放在肚子上，努力地压抑着自己。

因为实在是太生气、太失望了，小心害怕自己一开口便将情绪统统带出来，只能一声不吭地沉默着。老师便叹了口气，他夸张地大声叹着气说：

"真田说，她觉得你瞧不起她，她一直觉得很难过呢。"

小心吸了一口气，然后又停住了，仿佛像看见什么不可思议的东西一样看着老师的脸。

"真田那封信是她用心写出来的，你是不是再考虑一下呢？"

老师走出了玄关。小心听着大门关闭的声音，茫然失措地站在已经看不见外界光亮的玄关里。

语言无法沟通的问题——不因为是小孩子就不存在，也不因为是大人就存在。

看过了那封信以后，小心彻头彻尾地明白了：她和真田根本就无法沟通。而且，和她无法沟通的不仅仅是真田。喜多岛老师曾经对小心说过："不是那样。"多半她也和伊田老师说过，然而对于伊田老师来说，喜多岛老师的看法并不正确。他对自己的工作拥有自信，并且毫无怀疑。

在他们的世界里，有问题的是小心。

尽管小心所处的境地很弱势，可是正因为弱势，强势的人们便毫无顾虑、冠冕堂皇地指责小心。小心既不到学校去，也不向老师表达意见。老师不知道她心里在想些什么，认为她是用不着理会的学生。

觉得你瞧不起她——真田美织说的这句话，一直在小心的头脑中打转。

小心想：当然是这样啦。

那种，满脑子里装满了自己的恋爱的人，被别人看成傻瓜理所当然呀。别人觉得她傻乎乎的，都是很正常的呀。

如果能够哭一场的话，说不定会感到痛快得多了，无奈小心连眼泪也挤不出来，只觉得自己被他们那种低智商的道理所左右实在是太窝囊了。小心气得把拳头往墙上砸了好几回。然而她紧握的拳头上每次只感到很疼、很疼。

小心想：自己的时间全都被真田那个女孩给夺走了。

本来可以去学校的时间，参加社团、接受教育的时间都没有了。

她吐出了一口气，咬紧了牙齿。凭什么？那些人就好像认为世界是围绕着他们存在似的，成天盘踞在学校之中，小心恨得都想拔掉自己的头发了。

也不知这样的状态持续了多久。

小心忽然听见玄关的外面传来了"咔嗒"一声响。

她被这个声音吓了一跳。老师应该已经走得很远了，不会是老师。邮递员的摩托车声音也没有响过。估计是东条来了，可能她送来了第三学期最后一份联络表。

听见了声音以后,小心静待了好几分钟。她怕出去以后看见东条会感到尴尬。唉,让她特地跑了一趟。其实老师今天把联络表一起带来就行啦,不麻烦东条不是更好吗?

小心走到门外,看见门口和信箱周围没有人,因此放下了心,打开了邮箱。小心发现除了折在一起的学校通讯和通知单,还有一份过去没有见过的东西——好像是一封信。

信封上写着:"给安西心"。一看见这个白色的信封,小心立刻紧张起来,因为它和真田美织的信的氛围多少有些相似。

可是,不是她写的,信封的反面写着:"东条萌"。

手里拿着信,小心不由得抬起了头。她的眼睛向隔了两幢房子的东条的家望去,可是只见那幢房子静静地矗立在那儿,连里面有没有人也看不清楚。

小心回到了家里,在玄关背靠着门,打开了信封。她展开信的时候觉得手指都有点儿僵硬了。

信纸上,只写了一句话:

小心:

  对不起。

萌

只有这些。

小心反反复复地看了好几遍。"对不起。"这句话虽然也看了许多次,更在意的是她称呼小心的方式。

"小心。"

四月份，她们刚开始要好的时候，东条叫她名字的声音又在她耳边复苏了。小心——多么令人怀念的声音呀。

不知道东条为什么要道歉，以什么想法给她写了这封信。可是，这不是有人要求她写，而是她自己决定写的。这一点，从这个称呼就能明白。

小心把信纸放进了信封里。她咬住了嘴唇，闭上了眼睛。

* * *

"我说呀……"

第二天，小心去了城堡。政宗主动开口说话了，大家一起看着他。于是，他有点儿不太好意思地说："我要换学校了。"

大家都没有出声，只是看着政宗。"我已经去参观过那所学校了。"他继续说：

"上学路上要花一个多小时，是我爸熟人的孩子去的一个私立中学。入学还要经过考试，昨天考试的结果出来了，我合格了。"

"是这样啊。"

大家的反应都像是无所谓，可是空气中又有点儿紧张。四月份——其实就是下个月的事情了。

政宗决定在新的环境里回归学校，应该算是一件好事。

然而，听见谁说将开始新的生活，其他的人就不由得内心充满了焦虑。这虽然不能怪政宗，可是事实上会加剧大家内心的痛苦。

"政宗你喜欢这样的决定吗？"昴问他。

政宗多少有点儿尴尬，慢慢抬头看着昴。昴继续问：

"以前你不是说不喜欢转校吗？这次你想通啦？"

"嗯。我去参观了一下，参加了考试，和那里的老师们谈了各种问题。对于这个新的地方，没觉得有什么不好。再说不是从三月份开始，四月份开始觉得比较轻松。"

"这样啊。"

"其实,我可能也要换学校了。"嬉野说。

大家这回全都向嬉野看过去了。他继续说:"妈妈和我商量过。爸爸因为工作,所以只能留在日本。我和妈妈一起,到哪个海外的国家去留学也挺不错的……不是马上要去,妈妈说她正在寻找。"

嬉野心神不宁地看着理音说:

"我告诉她有个和我同龄的孩子就是在海外留学,她说如果像理音那样一个人去的话她会太担心,如果一起去的话倒是可以考虑。"

嬉野的家庭似乎是马上就能进行这种决断的有钱人,但是留学对于小心来说是很惊人的想法,到了国外环境肯定会产生巨大的变化。

"考虑到我自己也要走这条路的时候,更感到和我同龄却一个人单独在宿舍里生活的理音太了不起了。妈妈也说,那个孩子的父母真舍得,真有勇气,换作她就不行了。"

"大概我的父母也曾经下过狠心的吧,我想。"

理音苦笑着说:

"不过,我很高兴呀。是来夏威夷吗,还是其他的国家,像欧洲什么的?夏威夷的话就好了,不过,即使你来了,也不一定就能够一起玩吧。"

"嗯,我也曾在一瞬间想过:如果去了夏威夷就能和理音一起玩了。实际上不可能吧。"

"是呀。不过,我在夏威夷……"

理音刚要说什么,嬉野问了一声:"什么?"理音好像在想什么似的倒吸了一口气,随即缓慢地摇了摇头说:

"没什么。嬉野,如果你真的要去外国的话,一定学好英语或者是当地的其他什么语言才行。"

理音苦笑着说道:"我本来准备得很仓促,到了那儿可费力了。"

"明白。真的，如果能和理音在一个学校里留学的话就太好了，可是，我踢足球一点儿也不行……不过，外国的学校多是九月份开学。这也是世界上的规则，日本在这方面有点儿落后于世界了。"

嬉野有些不满地说着，小心觉得他在某些地方和政宗挺像的。听见嬉野这么说，政宗回答道："可能是这样的吧。我也一点儿办法都没有。"

"世界上的规则怎么样也好，我们不得不面对的只是日本的现实呀。"

"唉……是呀。"

小心正在那儿听着男生们的议论，突然感觉到背后有人把手放在她的肩膀上。

"哎，有父母替自己操心的家庭真厉害呀。和我们这些人的父母不一样哦。对吧，小心？"

小晶突然这么一说，小心好像被她抓住了什么弱点。

关于四月份以后的事情，小心确实没有和父母好好地商量过。可是，被小晶这样寻求同意，她却不知怎么说才好。

小心的妈妈并非没有为小心考虑过。妈妈曾经和喜多岛老师商量过，还和小心探讨过转学的问题。现在，她还没有向小心提这个事，估计是为了尊重小心的想法。

然而，小心也不知道小晶的家里究竟是什么样的情况，小心觉得贸然地把自己家里的事情都告诉小晶有些不妥。

小晶和昴都是初中三年级的学生。

不知道他们有没有去参加过高中的考试。小心在这件事上觉得没法向他们两人寻求建议。

看见小心对她的话一点儿反应也没有，小晶不太高兴地观察着她的脸："小心？"小心还是什么也没有说，小晶便使劲地大声叹了一口气："我呀，下个月开始做留级生啦。"她这次是对着昴在说。

听了她的话，小心吃了一惊。

"留级？真的吗？"

"嗯，虽然这么毕业也挺好的，可是我外婆认识一个固执的女人，这个女人说我必须在学校里再读一年，她强硬地和学校里说好了。我反正都是无所谓，另外也没有考虑过高中的事情，觉得这样也可以，就维持现状了。"

"那么，是在同一个学校里留级吗？不是转到附近的学校去吗？"

小心也曾经被妈妈询问过：是不是转个学校更好？如果在原来的学校里留级的话，小晶的事情岂不是就会变得人人知晓了吗？如果是小心，无法想象自己会在这种难堪的氛围里天天去上学，所以如果留级一年的话，肯定又像现在这样不去上学了。

"如果进附近的学校的话，是不是第四中学呀？绝对不可能去那里吧？还是现在的学校比较好。"

原来还可以有那种选择——正当小心在琢磨的时候。

"那个，我要去上高中了。"

是昴的声音。

小晶和小心，还有其他的人也都默默地看着昴。大家全都睁大了眼睛。昴用和往常一样的语调说："我没有说过吗？在上个月通过了入学考试——南东京工业高校的定时制课程……我考上了。"

这所公立的工业高中位于市内。小心知道"定时制"这个名称，它意味着不是白天而是晚上学习。考虑到那些边上班边学习的人，或是有着其他原因的人，有那么几个高中里既有白天的课程也有晚上的课程。不过，小心本来不知道离她家不很远的南东京的工业高中里也有夜校。

小心挺吃惊的，她不曾感觉到昴身上有过复习功课考高中的气氛。

"这方面的事……你在这里说过吗？"

"我没有说过吗？"

"你学习过吗?"

"学习过呀,快要考试的时候复习过。以前和秋叶原一个修理电器店的大叔聊过,我向他打听过。他说,如果对这方面的技术感兴趣的话,工业高中里全是这种课程。"

昴看着小晶,只见小晶的脸渐渐变得通红了。

对于小晶的心态,小心觉得自己特别理解。

虽说昴并没有不是之处,可是,小心明白小晶那种焦虑和恐惧。今后自己会变成什么样?也不知道这种状态会拖多久,看见了走到前面去的人,她心里就会感到难过起来。

小心纵然作为一名旁观者,也觉得昴现在说的话代表着一种背叛了。他既然天天在学习,为什么不告诉同一个年级的小晶呢?两个人都是初中三年级学生,他们今后的求学问题在这七个人里属于最微妙的阶段。

昴在城堡里从未表现出要复习迎考的样子,那样的话,小心估计他就是在家里做这些事情了。他这岂不是一种捷足先登的行为了吗?

小心觉得小晶会用激烈的言辞指责他。没想到——

"是这样啊。"小晶说了。

小心看见她很平静的样子觉得有些意外,小晶的声音里没有带任何感情。

"到了最后的一天,我们大家都能聚在一起吗?"

风歌问。

"三月……三十日。不是三十一日,是三十日吧?记得'狼大人'确实说过,最后的这一天,是这个世界调整的日子。"

"嗯。"

连钥匙都没有找到,实现愿望的影子也没有,这个日期却开始逐渐临近了。

不过，小心觉得没有人实现愿望的结局也未尝不可。

如果，从去年五月份再也没有去学校以后，没有这座城堡的话，小心无法想象如何能够忍耐到现在。小心觉得能在这里遇见大家真是太好了。

如果留下的只有记忆，这也无所谓。

在将近一年的时间里，小心在这里度过的时光、获得的友情，未来都会给小心带来帮助。小心想，我并非没有朋友，即使，将来的一生中和任何人都无法成为朋友，我也是有过朋友的人。她这样想着，也就有了生活下去的勇气。

这种想法，为小心的内心提供了多么大的力量，可以说是无法计量的。

"到了最后的一天，我们大家一起开一个派对吧。"风歌说道。"就像圣诞节的时候一样，然后，在一起签名留念吧。大家带好自己的笔记本，互相写上留言。我们纵然回到了原来的世界，带走这些应该也是可以的吧？"

"赞成。"小心跟着说。

只要在某个地方留下了大家曾经存在的证据，每个人今后就会更加有生活的勇气。大家对于未来虽然仍旧有着不安，留着这些回忆给自己还是好的，小心想。

* * *

这样，小心以后自然而然地会从初中一年级升到初中二年级。

小心并不觉得这样不好。如果留级一年的话，在同学当中只有自己一个人比大家都要大一岁，就会显得特殊，显得引人注目。相比之下，跟着同学们一起升级就好得多了。

"小心呀，妈妈有点事想和你说。"

在三月下旬的时候，妈妈开口召唤小心。

小心听了以后想——她终于要说了。

小心的心里已经有了准备。她还记得自己当时并不同意小晶的说法——"和我们这些人的父母不一样哦。"小心觉得妈妈估计是把四月份作为一个期限来看待的。

关于重新去中学上学的事情，妈妈把喜多岛老师请来一起同小心商量。

"其实，伊田老师说过也想和小心一起谈谈这件事……在小心希望他来的时候。"

喜多岛老师先这么说，然后进入了正题。

小心可以进邻近学区的雪科第一中学，或者是第三中学。随便挑，可以四月份就去。她已经和市政府的人谈妥了，作为特例，可以这么做。

当然，现在这样留在雪科第五中学也行。如果这样的话，也已经和校方商谈过多次了，会把小心和真田美织分别安排在不同的班级里。

听了喜多岛老师的话，小心感到相当吃惊。喜多岛老师非常认真地对她说："这些事情肯定都会落实到位的。在新学年排班的时候，首先便会考虑把真田和小心安排在不同的班级里。学校的老师们都说过会尽力而为，我要他们一定要遵守诺言。"

喜多岛老师的声音听上去坚定有力，很值得信赖。小心回想起当初待在教室里的那些不安，觉得不安重新在胸中蔓延开来。她进一步地向喜多岛老师提出了自己的要求：

"真田同学的其他朋友，能不能也不要安排在我的班级里呀？"

"这个方面，尽可能地希望学校多加考虑，我正和他们交涉着。是不是同班的丰坂同学、前田同学，还有中山同学呀？此外还有和真田同学在同一个排球社团的冈山同学及吉本同学。"

喜多岛老师报出的这些名字都是小心从未向她说过的，没有想到她了解得这么准确。小心激动得几乎眼泪都要掉出来了。

小心无声地点点头。接下来，她又问：

"东条萌呢？"

小心不知道对于东条萌应该是信任还是讨厌。可是，她并不觉得和东条萌在同一个班级不好。和刚才提到名字的那些女孩子相比，小心觉得东条远远地更值得信任。倘若，如喜多岛老师所说的那样，把小心和真田之间的事情告诉她的是东条的话，那她就更加可信了。

在小心的脑海中，东条给她的那封信重现了。

信上只写了一句话："对不起。"

然而，喜多岛老师回答了小心："东条同学呀。"小心觉得她的声音不带感情挺生硬的。

"东条同学又要转学了，这次她要去名古屋了。"

"哎？"

"你知道吗，东条同学的爸爸是大学老师？"

小心头也顾不上点了，眼睛也来不及眨了。

小心其实是知道的。还在四月份的时候，那时和东条是一起上学、放学的，小心去东条家玩过好几次。她家有很多的图画书，还有很多看上去很珍稀的外国读物，那时还让小心拿在手上翻阅过，东条甚至说过可以借给小心看。

"她的父亲四月份将要调到名古屋的大学去了。所以，东条同学二年级的时候就要去名古屋的学校上学去了。"

"可是她在这儿只上了一年呀。"

"嗯，东条同学过去好像就经常转校的。"

小心不知道自己对这件事情应该怎么想才好。她心里一直惦记着的那个东条，到了下个月就不住在这条街道上了——从不远处的那栋房子里消失了。再也不会为小心把学校的联络本和通知送到家里来了。

那一句"对不起"在小心的脑子里复苏了。东条把那封信放进小心家的邮箱里时,可能她转学的事情已经定下来了。不知道东条是怀着什么心情写的这封信。

"小心想去第一中学或者第三中学的话,什么时候和我说都行。三月份期间,你尽管考虑。在放春假的时候,你若是有兴趣就去参观一下吧。"

小心内心虽然非常动摇,喜多岛老师却这样地对她说着。小心再次觉得她的表情是那样地真诚。

"此外,有一点你一定要明白。"

"什么呀?"

"我也好,小心的妈妈也好,都没有认为小心无论如何都必须重返学校。"

小心惊讶地睁大了眼睛。喜多岛老师继续说:

"学校并非必须回去的地方。现在的第五中学也好,邻近的其他中学也好,如果小心不想去的话,我们会同小心一起考虑对小心最好的方案,小心自己想怎么做,都可以考虑。到'心的教室'来也行,采取在家里学习的办法也行。小心的面前有不少的选择。"

小心默默地看了看坐在喜多岛老师旁边的妈妈。可能她已经和喜多岛老师商量过了。看着小心,她无声地点点头。

小心看见妈妈点头以后,顿时屏住了呼吸。

她咬住了嘴唇,胸口有种堵住的感觉。

总觉得妈妈一直为了小心不去学校而感到焦虑。可是妈妈拉起了小心的手,紧紧地握着说道:

"妈妈也和你一起考虑。"

"谢谢!"

小心使劲地忍住了眼里的泪水说道。

她既感到高兴,又有些内疚。

自己这样让喜多岛老师和妈妈为她前思后想，真有点儿对不起小晶和凤歌。

"老师。"

"嗯？"

"如果我依旧留在雪科第五中学的话，班主任是否可以选伊田老师以外的人呀？我能这么要求吗？"

学生对老师不能厌恶也不能憎恨，老师是正确的人。

学校和自由学校的立场不同，说不定喜多岛老师会对小心的这个要求皱起眉来。

可是……

"伊田老师和我说过，他建议我给真田写封信试一试。他说真田觉得我'瞧不起她'。可是，她爱怎么想就怎么想吧，本来就不是我的错。"

小心不由自主地说出了这些话。她都不知道自己是生气还是悲伤，声音都在发抖，完全失去了冷静。喜多岛老师看着小心，然后说道：

"真田同学肯定也有她自己的想法和苦恼。她看见和自己不一样的小心，觉得自己被瞧不起可能也是真实的想法。"

"可是！"

"可是，小心现在用不着非要去理解她不可。真田同学的苦恼应该由她自己和她周围的人去解决，小心你绝对没有必要去为她做任何事情。"

喜多岛老师和小心的妈妈对看了一下，然后她又看着小心点了点头："关于伊田老师的事，我已经提过了。"

她又说：

"希望他在新的学年里不再做你的班级的班主任。"

小心听了，觉得老师现在的话和她以前说过的"不用再战斗了"重合在了一起。

有了这样的感觉以后，小心仿佛体内有一股暖流，特别想对眼前的喜多岛老师说出这样的话：

　　——老师，你能不能在别的世界也这样帮助我的朋友呀？

　　——帮助小晶、风歌、嬉野，在大家的世界里，也像在这儿一样，成为大家有力的贴心人。

　　此时此刻向喜多岛老师提出这样的要求完全不现实，但是，小心从心底里想要把大家的事都托付给老师。

　　喜多岛老师刚才说过，真田应该和她周围的人一起解决她的问题。这句话说到了小心的心里。作为喜多岛老师，如果真田向她求助的话，纵然真田曾经对小心做过那么多过分的事情，她依然会成为"理解真田同学的人"吧。虽然小心完全无法想象"真田同学的苦恼"，喜多岛老师还是一定会帮助真田排遣她的"苦恼"。这些事对于小心来说虽然像是一团乱麻，还在她的心中留下了巨大的阴影，可是正因为喜多岛老师原本便是这样的人，对于小心来说，她才非常值得信赖。

　　小心所盼望的是：大家的身边都有一个值得信赖的人。这个人能够为那些孩子提供帮助，增添力量。小心虽然能够离开雪科第五中学，然而小晶却说她无法离开。这说明，小晶不像小心这样身边有人为她考虑去第一中学或第三中学的可能性。小晶以后会怎么样呢？大家以后都怎么办呢？

　　小心又想到——

　　自己今后再也不会知道大家的情况了。

　　三月底城堡关闭后，每个人回到各自原来的世界，他们在自己的世界里究竟会怎么样，后面的事情小心将无法知道了。无论是多么担心，也无法知道了。

　　小心觉得很难过。

　　只能够祈愿大家平安。

　　祈愿大家更加幸福。

＊　＊　＊

　　这一天是大家的离别派对的前一天，三月二十九日。

　　在这之前，小心已经去两个中学参观过了。
　　雪科第一中学和雪科第三中学都比小心念的雪科第五中学规模小，带领她参观的老师一路上不停地在嘴里重复说着"拥有家庭般的氛围"和"小规模的"之类的词语。
　　小心边听边思忖着，觉得这个老师一定断定小心是因为"学校太大了所以无法融入"，她的心情多少变得更加复杂了。
　　在三月份没有暖气的走廊上，虽然是春假却仍然能听见吹奏乐部练习的声音，还有在操场上练习的田径部的叫喊声。期间，小心听见和自己同龄的孩子们说话及欢笑的声音时，肩膀不由得会抽动一下。虽然知道完全不可能，她总觉得有人在嘲笑自己。
　　小心好久没有穿过这双校内专用鞋了，她觉得脚趾头在鞋子里冰冰凉的。她完全无法想象，自己会到这个学校来上学。
　　她内心一直忐忑不安。
　　如果要离开雪科第五中学，她心里是有抵触的。一方面觉得为了那件事不得不离开，实在有些太窝囊了；另外，还要担心自己到了新的学校以后会不会引人注目，在第五中学的事情会不会传过来……这些不安在她的内心相当强烈。
　　喜多岛老师说过，在整个三月份里可以充分考虑。她的话对小心也是一种安慰，实际上小心还有不少时间。
　　小心想：和大家见了面，在最后的三十号这天能向大家报告一下自己的打算就好了。

今天，她要去卡莱奥。

为了明天的派对，她要买点儿点心。此外，像上次小晶送她的那种餐巾纸，买了带去说不定也挺不错。眼下是春假期间，小心在外面走动不用担心受到大人的责备，即使去不了卡莱奥，也完全能去附近的便利店。

小心还想今天尽可能去一次城堡，从卡莱奥回来以后，她要去那儿和大家见面。估计大家的想法差不多，都是尽可能地要到城堡里来。

到了后天，就去不了那里了。

小心一边想着，一边苦笑着。起先的时候，还根本不相信有这种城堡存在，现在想法已经完全变了。

在这最后的日子里，小心在心里这样想着：

可能因为我本该待在学校里的时间被真田美织他们夺走了——

说不定，世界上那些没有去学校的孩子，也像小心一样，被请到了那座城堡。

虽然小心是初中生，可能没有去学校的小学生也会在那个城堡和"狼大人"一起生活——这种事情之所以没有暴露出来被世人知道，是因为大家在那里找到了"祈愿的钥匙"和"祈愿的房间"，实现了愿望、失去了记忆的缘故。

虽然最后全都忘记了，可是至少那些不去学校的孩子，曾经拥有过这样的时间和场所。这些是专门为他们准备的。

这样看来，为后面来的孩子们让出那个场所，可能确实是理所当然的做法。在"狼大人"看来，如果小心他们没有找到钥匙，应该算是失败的一组。不过，这样就能够记得那个城堡的事情了。在那里所发生的事情，小心同那些去过的孩子一起度过的时光，将来有一天说不定能够彼此确认。

这一天，小心没有能够早早地去卡莱奥，因为偏偏在这一天，妈妈让小心在家里等快递的人送货来。

"今天上午，有新的室内盆栽要送来了，小心你在家里接一下。"

听见妈妈这么说，小心愣了一下。

上午如果非要一直在家不可的话，城堡就去不成了。剩下的，仅仅只有两天了。小心还想要去一下卡莱奥。

"我估计上午会很早就送过来的。"

"明白了。"

小心不想让妈妈起疑心，对着她点点头。

然而，这个盆栽根本就不是早早地送来，而是到了十二点还差三分钟时，勉勉强强算是上午的时间段里，快递的人才一边说着"来晚了，实在对不起"，一边把包裹交给了小心。

小心一个上午等得望眼欲穿，心情相当不愉快了。她一声不吭地在单据上签了字，但是也明白，把火气发在送快递的大哥哥身上一点儿意义都没有。

收下了东西以后，小心拿着自己的零花钱立刻出了家门，骑上了自行车直奔卡莱奥。回来以后不知还有没有时间去城堡，反正今天时间很紧张。

中途，看见中学生模样的孩子时小心身体会不由得缩起，然后捏住车闸的手会更加用力。

如果戴上手套就好了。

她已经都忘了，三月份的空气是这么寒冷。

虽然到了卡莱奥，可是一个人买东西还是相当不习惯。那些必需的点心、餐巾纸——小心在各个店里找来找去，全部买好，走出卡莱奥的时候，已经快要到三点了。

在卡莱奥入口处的下面，挂着"入学准备"和"新学期准备"的招牌，小心觉得自己有一种不愿看见这种招牌的心态。上一次来这里的时候，曾经期盼着会不会在这儿看见小晶或政宗他们，事实上不仅不可能在这里看见他们，过了明天以后，将一生都看不见他们了。

小心只要看到或听到四月份的日期，就会不停地想到这些。早饭时看见了每天都要吃的酸奶的保质期，心里也会想：哦，到了这个期限必须得做出决定了。再想到城堡马上就要没有了，她心中微微地有一些疼痛了。

小心在回家的路上一个劲地踩着自行车，好不容易到了家门口。她下了车，正要进家门的时候——就在这个时候。

"啊。"

她听见耳边传来了一声轻呼，小心下意识地——真是下意识地抬起了头。接着，她自己也不由得"啊"了一声。

东条在那儿站着。

只见她在小心家旁的道路边上，从不远的地方望着小心。

今天两个人都没有穿校服或者运动服，两个人的身边也没有其他的同学，特别是，这个地方离两个人的家都很近。

东条的身上穿着一件双排钮大衣，脖子上围着格子围巾，这身打扮在她身上显得特别时尚，远比起她穿校服的模样更可爱。她的手上还提着一个小小的便利店袋子，看样子东条也是刚买完东西。

"东条……"

小心不由得叫了一声。发出了声音之后，她立刻又想起被东条无视的情景。可是，听到了声音的东条也马上开了口：

"小心……"

听见东条这么叫她，小心觉得胸口一紧。本来就是好久没有和东条说话了，说不定这只是东条一时兴起而已。哪一天东条又回到原先那种冷淡无视的态度也完全有可能，小心连忙开口道：

"你给我的那封信我收到了，谢谢你。"

关于那封信，小心很怕是搞错了，她一面暗暗祈祷一面继续说着：

"东条，听说你要转学，是真的吗？"

"嗯。"

东条点点头，看着小心的眼睛。东条的脸上忽然绽开了笑颜：

"去我家吧？"

小心完全不敢相信自己的耳朵。面对睁大了眼睛的小心，东条微微举起手中提的购物袋：

"我买了冰激凌，化掉就可惜了，到我家去一起吃了吧？"

距离上次小心去东条家，时间差不多相隔了一年。

和上次小心进去的感觉一样，东条家的房间布局同小心家是相同的，小心觉得和那时的印象没有变化。贴在墙壁上和墙柱上的材料相同，房顶的高度也是一样的，可是玄关架子上放的东西、墙上挂的画、电灯的种类以及地毯的颜色，全都不一样。正因为是一样构造的房子，不同的部分反而更加醒目。

小心虽然依旧同以前一样觉得这房间很时尚，可是她发现有一个最大的区别是地上放着好几个纸板箱。白色的纸板箱上写有"搬家中心"的字样，小心看了切实地体会到：哦……东条家真的要搬走啦。

小心刚进入玄关，就看见墙上挂着东条父亲喜欢的种种童话的绘画，看来还没有来得及把它们收拾起来。

这些都是东条父亲从欧洲买来的，在往昔的图画书里用作插图的原画。画上所画的分别是《小红帽》《睡美人》《美人鱼》《狼和七只小山羊》，以及《糖果屋》里的场面。

小心以前来东条家时只是漠然地看了一下，这一次，她的目光被《小红帽》的那张画吸引住了。画面上呈现的是：小红帽和老奶奶已经被吃掉了，肚子胀鼓鼓的大灰狼正在睡觉，猎人刚刚到达的场面。

小心此刻立刻就想到了镜子的城堡里的"狼大人"。

"哦，这张画呀。"

东条看见小心正在端详着这幅画，便对她说道：

"这张画画的是《小红帽》里的场面，可是里面没有小红帽。我曾经提过,挂着这幅没有主人公出现的画有点儿怪怪的,可是爸爸说正巧能买到的只有这个场面的画。有小红帽在场的画价格太高了,不太好买。"

"确实呀,只看这幅画很难明白是《小红帽》的画。上次你如果没有告诉我,我肯定也不会知道。"

和小红帽有点儿关系的地方,大概就是大灰狼的膨胀的肚子及倒在地上的葡萄酒罐子了吧。

说着说着,小心发现自己已经随随便便地开始叫东条"小萌"了,小心正担心自己这样是不是有点儿太突兀,可是看见东条一副不在意的样子,点头笑着同意小心的说法,小心觉得特别高兴。

"请到这边来。"

东条把小心引到客厅里。她从便利店的袋子里取出了两杯冰激凌,嘴里说着:"你随便挑哪个都行。"让小心自己选。

小心挑了一个草莓味的,东条拿的是夏威夷果果仁味的。两个人面对面坐着一起吃着冰激凌。

正在吃的时候,东条忽然开口说:

"对不起。"

听上去虽然是很随意的一句,小心明白东条是特意装出无所谓的样子说出来的。东条手里握着冰激凌的小勺,反复在同一个地方戳着。小心觉得她一直在慎重地寻找着说出这句话的时机。

小心听了没有做出反应,她只是开始沉默地咬住嘴唇。虽然她实际上心里苦恼地闷了一大堆话想说,却只是顺着东条的道歉,什么事情都没有似的说了一句:"没关系。"

小心明白东条为什么要向她表示歉意。而东条一边用小勺子轻轻地戳着冰激凌,一边不朝小心看地说道:

"第三学期的开头那天,我们在鞋柜那里碰见了,我那时应该和你说话的,可是我没有说,对不起。那个时候,正是个很微妙的时期。"

"微妙?"

她的意思是不是还正是微妙地讨厌着小心？小心开始做好了思想准备，准备自己的自尊心可能会受到伤害时，东条忽然向小心看了过来：

"是美织她们和我之间的事。"

"哎？"这个声音在小心的嗓子眼里卡住了。

仅仅这一句话就足够小心想象了。面对着哑口无言的小心，东条苦笑着说：

"那个时期，美织她们已经正式开始无视我了，我被她们排挤在一边。所以，如果她们发现你和我说话了，你好不容易去了班里，肯定又会遭到真田团伙的攻击。"

"为什么……"

到底怎么会变成这样呢？第一学期的时候，东条虽然是转校生，但个性开朗，大家都想和她做好朋友，她是班里很有人气的学生呀。

略微思索了一下之后，小心的脸色突然开始泛白了。

"是不是我的原因呀？"

小心明白自己的脸上突然失去了血色。

"小萌，你把我和真田之间的事告诉喜多岛老师了吧？我听老师说过，是这个原因吗？"

小心后悔自己以前为何没有想到这一点。真田美织所做的事情，无论伊田老师理解得是否正确，总之他是知道了。真田美织肯定特别想知道谁告诉了老师。稍微想一想就很容易明白，真田美织对于背叛了自己的人会怎么做。

"不是的。"

东条说着，又用小勺在冰激凌上戳来戳去。小心想：她可能是担心小心在这件事情上过意不去才故意否认的。

东条抬起了头，微微笑着摇摇头。

"那个原因……可能也是有的，不过我想还有根本不相关的理由。主要是她们看我不顺眼，说我瞧不起她们，自视清高，把她们看作傻瓜。"

"看作傻瓜……"

这话不久之前小心也听到过——被当成傻瓜、看作傻瓜。

"正好在那个时期,她们散布谣言说,她们那个小团体里的中山的男朋友受到了我的诱惑,还说我是个'喜欢玩弄男人'的女人。我知道了以后觉得还是让她们随便去说吧。反正爸爸已经说过四月份大学的工作要调动了,既然我要离开了就无所谓了,用不着再特意做什么解释了。我放弃了。"

放弃了——这句话听上去轻飘飘的,可是有一种寂寞的气息。东条用小勺子往自己的嘴里送了一口冰激凌。小心学她,也吃了一口,慢慢地,甜甜的冰激凌在嘴里融化开来。

"把她们看成了傻瓜……可能,确实是真的。"

"嗯。"

小心非常理解东条的这种心情。小心也是把真田美织看作傻瓜的。那有什么不可以的呢?小心现在依旧无法容忍真田。确认了小心对她点过头后,东条再一次笑了。

"可是,对于老师们来说,这样肯定不好吧?伊田老师找我谈过话。他说,东条像成年人似的,有时说不定会看不起其他的孩子,可是大家全都努力想和东条搞好关系什么什么的。"

"什么什么的。"

小心吃惊地重复了一遍,东条的眼睛里闪烁出了调皮孩子般的眼神:"我对她们根本就没有什么兴趣呀。"小心觉得东条这种说话的样子远远比以前更爽朗了,看着特别潇洒。

"看不起她们还不是理所当然的吗?她们成天想着恋爱,只看见眼前的一点点事情。她们在班里说不定算是中心人物,可是她们的学习成绩却是那么糟糕,将来她们一定不会有什么像样的人生。到了十年以后,就知道谁更厉害了。"

东条的话语里充满了犀利和辛辣，小心听了觉得大开眼界。她完全没有想到，东条对真田美织的批判同自己那么一致。

"好厉害！"

"什么？"

"我是第一回听见小萌你这么说话。"

"不是吗？我说的全是实话呀。"

东条叹息了一声，将身体靠在沙发上。"我说的过分吗？"她看小心的眼神显示出一些不安，小心却摇了摇头说：

"不，一点儿也没有。我和你的想法一样，因为我也没有办法和她们沟通。"

"再说吧，伊田老师说我'像成年人似的'什么的，这种对我进行分析似的说法也很让我觉得恼火。他根本就不对，不是我像不像大人的问题，而是那些家伙像小孩子一样太幼稚了。不过，我全都觉得无所谓啦。所以，我认为，如果小心来学校上学的话，美织她们会和小心重新和好的。"

"哎，为什么？别忘了，第一学期的时候她们对我是那样……"

"没有关系啦。现在，她们最讨厌、最想排挤的是我呀。"

东条很有信心地断言道：

"她们好不容易把我排挤到一边，你如果去上学的话，说不定你又和我要好了。所以，她们要同你搞好关系，把我排挤在外。"

"是这样……"

小心又不知道说什么才好了。

然而，小心想起了那天放在鞋柜里的那封信。在真田美织给她的那封信上，是不是包含着讨好小心的意图呢？是不是为了阻止小心和东条恢复原先的友谊呢？

第一学期的时候，小心被她们弄得濒临死亡般地痛苦。现在，因为东条的缘故，她们居然准备原谅小心了？

小心想到这里，突然心中一惊。

这个"原谅"算是怎么一回事呢？

明明自己什么坏事都没有做过，她们做的事情才是不可原谅的。小心一直都是这么想的，现在居然稀里糊涂地期待着她们来"原谅"自己了，自己这个想法真是太可怕了。

"就是这么些事。你说可不可笑？"

东条说完之后，朝小心看了看：

"再怎么样也不过就是学校的事情。"

"不过就是学校？"

"嗯。"

小心十分惊讶地记住了这句话。她从来就没有这么想过。

小心一直觉得学校就是自己的全部，去也好不去也好，内心一直很痛苦。从来也没有觉得学校"不过就是学校"。

伊田老师说东条"像成年人似的"，虽然东条觉得很不开心，可是东条确实和一般的孩子有点儿不一样。也许因为她至今为止转校的次数很多，没有把自己生活的地方固定化。

"说实话，第三学期的那天之后一直想着小心会不会来学校，结果你只来了那一天。"

"哎？"

"我反正就要转学了，和美织这些人再继续打交道的话也太麻烦了。可是当我在学校里一个人换教室的时候，或是感觉到她们露骨地说我的坏话时，会觉得特别渴望有人能陪在我的身边。"

东条看着小心。

然后，她又说了句："对不起。"就是信上写的那句话。

"第一学期，我没有帮你，是我太自私了，对不起。"

"没有，不是这样的。"

因为无法忍受真田美织她们，小心才不去上学。可是，东条却坚持着天天去上学，小心觉得她很厉害。

此外，小心特别理解——就像等待那个素不相识的转校生的心情一样——渴望朋友的那种心情，小心完全懂得。东条在那种孤立的时候，想念小心的心情，让小心由衷地高兴。给她写的那封信，当然也让小心高兴。

"小萌，你真的要转学啦？"

"嗯。"

"转学是怎么样的感觉，还是有些不安的吧？"

"不安虽然也有，发生了现在班级里这些事情的情况下，应该说解脱感和高兴更强烈吧。能够摆脱这里的一些人，当然还是很开心的。"

"是这样啊……"

小心没有提起自己正在犹豫是否要转学到邻近学区的中学去，可是，东条说不定已经察觉到了什么，她说：

"如果，小心你以后转学到了一个新的地方，第一天，谁都不来和你说话的话，你就哭吧！"

"哭？"

"对，当着大家的面哭，然后就会有人来和你说话。'发生什么事啦？''别哭啦！'你就可以和那个孩子说话、做朋友了。只要一哭，就能引起别人的关注，就会有人来同情你了。"

"咦……是这样吗？这也只有小萌做才有效吧？不是可爱的女孩子的话，就没有效果了吧？"

"是吗？"

今天东条的样子看上去特别率直，她听见自己被称作可爱的女孩也不否认。特别是，她还把装哭来博取同情及友谊的计谋都教给了小心。

"不过，你转学到我们班级时，好像并没有哭吧？"

"嗯，大家对我都挺亲切的，也用不着哭了。"

"装哭是不是太小孩子气了？小萌，你说的是不是小学时的事？到了中学，还像小孩子似的哭的话，会不会反而会给大家带来不好的印象吧？"

小心说这话时没有多想，东条听了以后便皱起了眉，嘴里叫着："哎！"她随即露出了沉思的神情："也许，是这样……我在小学的第一次转校时对着大家哭的效果特别好，后来我就一直这么做了。看样子，以后去新的中学时还是不装哭为好吧。"

"嗯，小萌你不会有问题的，不这样做也会有孩子想和你做朋友的。"

"是吗……"

小萌这样聪明的女孩，居然会不安地嘀咕，看着让人觉得特别可爱。她说的这些心里话，真田美织她们一定都闻所未闻，小心想到这儿，一阵自豪的喜悦从心中油然而起。

小心和东条接着继续吃着冰激凌，两个人互相之间毫无顾虑地数落着真田美织她们的事情。

说着说着，她们的话题转到了各自所喜爱的电视连续剧和娱乐圈艺人方面了，然后又很快地变成了诉说自己的喜好了。

"我很喜欢电视剧《野猪大改造》主题曲的歌词，听了特别感动。"

"啊，我也看过！"

两个人边说边把冰激凌吃完了，东条这时的表情忽然严肃起来：

"你不要认输。"

她的声音听着有些生硬：

"你也不要和她们发生冲突。如果有别的女孩也被她们欺负的话，你可以出手相助。真田这样的孩子哪儿都会有，他们不会从校园里消失的。"

说到这儿，她仿佛已经不是在对小心说了，而是在说给自己听了。

小心能感觉到她话里的后悔之意。

从东条的话里，小心听出了她即将离开雪科第五中学之际，对于真田美织和小心那种一言难尽的心情。

这样的孩子哪儿都会有——这话是东条用至今为止的体验得出的结论。他们不会消失的。不仅仅是真田美织,别处一定也会有同样的人。

"嗯。"小心点点头。

四月份以后的事情,还不知道自己究竟该怎么办。

已经是三月二十九日了。

城堡到明天就要关闭了。

虽然未来是那么不明朗,可是她要向东条保证。

"我不想输给她们。"小心回答。

* * *

离开东条家的时候,东条最后对她说的话是:"痛痛快快地把话全都说出来真开心。那位喜多岛老师曾经和我说:'你和小心是邻居,马上就是春假了,你去见见小心,和她交谈一下吧。'我本来没有勇气直接来找你,不过心里已经想好了,路上看见你一定要和你打招呼。"

东条的脸色看上去比这之前明亮多了。小心也觉得自己的脸色肯定比先前好多了。

"嗯,"小心点点头说,"我也是的,现在心里爽快多了。"

距东条搬家之前还有一些时间,小心打算在这期间也去买了冰激凌请东条来家里吃。小心一边想着,一边同东条说着:"回头见。"

小心正在往家走的路上,异常的事情发生了。

小心的家在两幢房子的后面。她下意识地抬头望着二楼自己房间的窗户。心想现在时间已经太晚了,眼看去不了城堡了。

五点钟已经过了。

不过明天还有个分别的派对,大家都会来的。小心正走着,猛然倒抽了一大口凉气。

她房间的窗户透出了光。

那光看上去和至今为止的七色虹光完全不同。一种惊人的火球般的白光,在窗户里面越来越大、越来越大,像是什么东西在膨胀似的,窗帘在强烈的光亮中仿佛都不存在了。

小心正吃惊地像一根柱子般地呆站着,随后听见了一声巨响。

砰!传来一声什么东西被击中的声音。

就像电视剧里看过的那种场面——发生了火灾的时候,受热的玻璃四处飞溅的场面。小心听见的就是那种玻璃炸裂的声音。

小心立刻跑了起来。那个声音对她来说就像信号一样,那个极其炫目的光团从她的视界里眨眼间就消失了。小心飞奔在暮色即将来临的傍晚五点的住宅街上,就像做梦一样缺乏现实感的光景,在她的脑海深处还作为残照逗留着。

小心开锁的手颤抖着,打开门后立刻冲进家里,顺着楼梯径直进了自己的房间。

她上气不接下气地进了自己的房间后,顿时呆住了。"啊!"一声悲鸣从她口中发出,虽然不是为了叫给谁听,可是声音是那么响亮,音量大得连她自己都觉得有点儿不可思议。

镜子已经裂开了。

通往城堡的镜子正中有一道很大的裂痕,它周围的镜面已经纷纷碎裂了。这面镜子本来冰凉凉地映照着小心和房间,现在成了一块一块的玻璃片,看上去就像廉价的锡纸之类的东西。

"为什么呀?!"

小心喊叫着。她一边叫,一边用手抓着镜子。一点儿也不考虑会不会被玻璃割伤手。这样一来她就去不了那里了。明天是最后一天,她要见不着大家了。她的泪水喷涌而出。

本来想,无法在一起的话,就做一个正式的告别仪式。

"为什么呀?!为什么呀?!'狼大人'你快来回答我!!'狼大人'!!"

小心疯狂地摇着镜子,只见裂开的镜片里映出了许多张小心的脸。这些脸全都在拼命地哭泣着。

"'狼大人'!!"

小心正在大叫,这个时候——

她发现,手上的镜子里发出一种浑浊的光。

这种光不同于平时诱导她进入城堡的七色虹光,也不同于刚才在外面看见的盛夏白昼般的光,而是浑浊的光。

就像大蛇身上的花纹一样。

水墨色、灰色及黑色交错在一起,放射出蛇鳞般的光抖动着。

就像在水洼的表面滴下了油,然后油延展开来覆盖在水面上一样。这种浑浊的光亮在镜子的表面上搅在一起,宛如活着的生物在蠕动。

——小心。

她听见了一个声音。

一个微弱的、非常微弱的声音,从镜子里面传过来。

傍晚,在自己昏暗的房间里,小心竖起耳朵凝神倾听着。她的眼睛凝视着镜子里的光亮、寻找着"狼大人"的身影。

然后,她看见了一张脸。

在小小的碎片里,出现了理音的脸。

"理音!"

——小心。

怎么会看见理音的脸呢？小心脑子里一片混乱，她看见别的碎片里还有什么东西在动着。

是政宗和风歌的脸。

——小心。

"啊……大家！"

能听见他们两个人的声音，都在叫着小心的名字。在其他的碎片里，小心又看见了昴和嬉野的脸，大家都在里面。

就像拨开了浑浊的光中的雾霾一样，碎片中大家的脸都是扭曲的。

小心恐慌了。大家今天去城堡了吗？大家家里的镜子也都成了这副模样了吗？

接着，就在此时，她又听见了一个声音：

"救命呀！小心！"

这次的声音比刚才更容易听清了，就好像在镜子里面的大家真的存在着，直接能够同她对话一样。

"怎么啦？到底是怎么回事……"

"小晶她，破坏了规定。"

这是理音的声音。

小心屏住了呼吸。理音的声音仍然在继续说着：

"都已经过了五点，她还躲在城堡里，被狼——吃掉了。"

小心的右手抓着镜子的边缘，左手捂住了嘴巴，睁大的眼睛一眨也不眨地瞪着。

理音的话还没有结束。

在碎裂的镜子里出现的面孔中，确实没有小晶。

"我们大家，从现在开始大概也要被吃掉了。"

这是昴在说。为什么，小心还没有来得及问，政宗说：

"因为连带责任。"

镜子里的脸是扭曲的。

"今天，凡是来过城堡的人，都要一起接受惩罚。"

"我们大家都已经回家了，又被抓了回来。小晶她在城堡里，时间过了好像还藏在那儿……"

风歌一副要哭出来的样子，从镜子的另一边看着小心。

"现在我们虽然还在逃跑，可是，有声音——"嬉野说着。

这时候：

啊嗷嗷嗷嗷嗷嗷嗷嗷嗷嗷嗷嗷嗷
啊嗷嗷嗷嗷嗷嗷嗷嗷嗷嗷嗷嗷嗷

突如其来的猛烈冲击，连隔着镜子的小心这一边都感觉到了。从镜子中仿佛吹来一股强烈的风，这个声音使人的心脏猛烈地收缩在一起。

"来了！"小心听见风歌叫喊的声音。大家都捂住了耳朵和脑袋，紧闭双眼。

小心想象着大家在昏暗的城堡里奔逃的景象。大家满怀恐惧，跑到有楼梯的大厅里，聚集在通往小心家的镜子面前的场面，小心全都想象到了。

小心，求求你啦！

大家的声音渐渐远去了。小心分辨不出这是谁的声音了。因为恐怖和震惊，小心不知自己何时已经流下了泪水。大家！小心向里面呼唤着：大家！

"祈愿的钥匙"——

小心觉得似乎是大家一起在喊着。

去找到它，愿望是——
把小晶——

小心听得出最后是理音的声音：

不是小红帽，"狼大人"是——

"喂！"
小心叫着。她拼命地叫着，摇晃着镜子。求求大家！回答我！

啊嗷嗷嗷嗷嗷嗷嗷嗷嗷嗷嗷嗷
啊嗷嗷嗷嗷嗷嗷嗷嗷嗷嗷嗷嗷

回应她的，是远远传来的嚎叫声。

镜子里面的大家的脸都消失了。小心手中抓着的镜子里，有什么东西横在那儿——庞大的、尾巴似的东西。

小心一边抓着镜子的边缘，一边叫着把身体躲开来。随即她又向镜子里张望时，发现已经什么也没有了。

一个人都没有了，那个像动物尾巴一样的东西也不见了。

镜子里只有那种浑浊的昏暗的东西还残留着，它慢慢地蠕动着，仿佛是镜子和城堡相通的证明。

* * *

根本没有时间犹豫不决了。

小心的身体在发抖，手指尖抖得太厉害连感觉都没有了。放开了镜子以后，她就像散了架一样，躺倒在了地上。突然觉得一阵疼痛，她看看右手，发现手心有个地方被割破了，渗出了血。看见了鲜红的颜色，她像受到了提醒，更加缩紧了身体。

尽管这样，小心的头脑却惊人地清醒。

不采取行动是不行的——小心迅速地下定了决心。

破裂的镜子的下半部分还残留着，她把手伸进了龟裂的镜面中的最大一块碎片。浑浊的昏暗的东西晃动着避开了小心的手，她的手被吸往那一边。

这儿和城堡还连在一起。

她看了看房间里的钟，现在是五点二十分。

在小心家，妈妈基本上在六点半到七点钟的时候回家。在这之前，一定要采取行动。妈妈回来以后，多半会把坏掉的镜子收拾起来，能够去城堡的时间也只有今天了。

必须让大家都能回到自己的家里去。

要想一想、想一想、想一想。

小心的脑袋里仿佛有声音在对她说话，同时，她还在想着别的事情。

——小晶被吃掉了。

——她真是个问题儿童。小晶这个人，最后还是这样。

以前昴说的话在小心耳朵里复苏了。

她为什么要这样做呢？小心受到的冲击和内心的混乱实在太强烈了。她留在城堡里不走的话，就和自杀没有什么两样了，为什么小晶要这么做呢？

小心想着，明白了这事根本就用不着多想了，全都明摆着——小晶肯定伤心极了。她能理解小晶。

小晶是不想回家呀。

与其回到城堡外的现实生活里，不如躲在城堡里面。

纵然这是一种自杀行为。纵然会连累大家。

的确，她这么做是太任性了，可是，小心能够明白，小心和她有着同感。

——有父母替自己操心的家庭真厉害呀。和我们这些人的父母不一样哦。对吧，小心？

小晶说话时的样子显得很要强，可是她独自一个人时在心里究竟有过什么样的决定呢？被狼吃掉——结束生命也可以。她居然这么想，到底她的现实生活是怎样的呢？

这时，小心觉得一阵无奈和猛烈的愤怒涌上了心头。

如果小晶早点告诉自己就好了。她这样独断独行终结一切，真是个笨蛋！看见昴要进高中了，看见政宗要转学了，她如果觉得孤独说出来不就行了吗？如果不愿意和大家分手，用语言表达出来不好吗？

小心！求求你啦！

"祈愿的钥匙"——

去找到它，愿望是——

把小晶——

小心懂得了大家寄托在她身上的希望了。

这副重担压得她有点儿喘不过气来了。这件事她能做得了吗？

她要到城堡里去，寻找"祈愿的钥匙"。

那把钥匙大家找了一年都没有找到，小心孤零零的一个人，从现在起要在一个小时的时间里把它找出来。

然后，说出愿望：

救出小晶和大家。

抹消小晶破坏规则的事，让小晶重新返回大家身边。

这是唯一的办法。

* * *

正在这时，忽然传来了门铃声，小心听着觉得这种日常的铃声出现在现在的场合特别违合。

小心僵硬地从二楼的窗户向家门的方向看去。她差点以为父母回家来了，正感到绝望的时候——发现不是这么一回事。

家门外，刚刚才分别的东条站在那儿。她一副很担心的样子，正抬头望着小心房间的窗户。两个人的视线透过窗帘的缝隙几乎就要接触到了，小心慌忙转过了身。

小心匆匆忙忙地冲下了楼梯。她打开了门，向站在那儿的东条走去。

"啊，太好了。小心！"

"怎么啦？有什么事吗？"

"我刚才听见一声巨响，吃了一惊，觉得好像是从小心家的方向传来的。"

"啊，没有什么事呀……"

小心正敷衍地说着，却意识到东条手里拿着什么东西——是一个手机。

"哦，这个呀……"

意识到了小心的视线之后，东条有点儿尴尬地把它藏在了自己的身后。

"这是我妈妈用的，平时就放在家里。我想，如果又是美织她们来你家骚扰了，我可以给学校打电话叫老师过来，所以我特地带着它。"

小心听了她的话，胸中充满了感激。

她为小心担心，所以特地过来看小心了。

想到这儿，尽管是在这种时刻，小心胸中却觉得暖洋洋的。"谢谢你！"她的声音有些嘶哑，"真的……谢谢你。"

"没事的。只是家里的镜子倒下来摔裂了。"

"哎，真的吗？不要紧吗？"

东条的眼睛看着小心受伤的右手。"你的手受伤啦！"她小声地叫道。

"嗯，不过没有关系。"

实际上并非没有关系，小心觉得从自己的手心传来一丝丝的疼痛。

小心回答着东条，心脏紧张地怦怦直跳，接下来她要一个人去城堡了。"狼大人"的惩罚到何处为止是有效的呢？刚才听见大家说是会被吃掉了，今天没有去过城堡的小心应该不包括在"连带责任"的对象里。这样自己不会被吃掉了吧？小心紧张地想到自己要去那个昏暗的地方寻找"祈愿的钥匙"，感觉特别不可思议。

突然……

她想到了理音在镜子对面说过的最后一句话：

不是小红帽，"狼大人"是——

小心突然觉得眼前一亮。

她立刻抬起了头，凝视着东条：

"小萌。我有一件事想求你。"

"好，什么事？"

"能让我去看看你家的画吗，挂在走廊里的？"

"啊，你说的是那幅《小红帽》的原画吗？"

"不，不是那幅。"

小心摇着头。她心想，自己为什么早先没有想明白呢？

——我一直向你们提供线索的，关于找钥匙的。

——好吧。的确是，我把你们称呼为小红帽，可是我有时觉得你们才是狼。想不通的是，你们怎么到现在还找不到呀？

——不要以为能像童话里那样，把妈妈叫来切开狼的肚子，弄些石头塞进去。大家都要小心了。

——我觉得，说不定这里的一切都是虚构出来的。

——"狼大人"称呼我们是小红帽。

看来理音已经意识到了。

所以他要问"狼大人"喜欢的童话是什么。

我们一共是七个人。

七个人有七个世界，有七个人的平行世界。

在那些童话里，不是只有《小红帽》里才有大灰狼。"狼大人"确实一直在提供线索。

小心向东条做出了请求：

"你能不能给我看看《狼和七只小山羊》的原画呀？"

突然听见小心的这个请求，东条现出了一头雾水的样子。小心觉得她这样很正常。刚才还在一起聊着家常的人，手忽然受了伤，又突然提出了这样的要求，换作小心也会感到困惑，一定会来个刨根问底。

可是，东条只是半张开了嘴，立刻又闭上了，点点头，说了一声："可以呀。"她不询问究竟，带着小心到了她家。

站在画的前面，小心感到豁然开朗。

东条随后又给呆立在那儿的小心拿来了一本书："这是这个故事的绘本，不过它是我爸爸的。"

看见了这本书的封面之后，小心又倒吸了一口凉气。在城堡那间专属小心的房间里，书架上就有这本《狼和七只小山羊》的德语绘本。

原来"狼大人"在那儿也提供了线索，小心真后悔自己没有翻开来好好看看。

"谢谢你。"

"这本书借给你了，看多久都行。同样的画在书里就有。"

"嗯。"

看见东条一点儿也不打听的样子，小心从心底里对她感到尊敬。真想早点儿和她成为好朋友。小心喜欢这样的女孩——她由衷地感觉到。

"另外，还有这个。"

东条的手上拿着一枚创可贴，递到了小心的手上。

"等你妈妈回来以后，还是让她给你再处理一下伤口吧，先临时贴一下。"

"嗯。"

小心把创可贴拿在手中，胸中觉得暖洋洋的。城堡那儿有着非现实的生活，这儿有妈妈和东条所存在的现实生活，两边都让小心觉得由衷地感谢。小心打心眼里愿意回归这里。

"……你什么时候搬家呀？"

"四月一日。"

"就在眼前了……"

"没有办法呀,爸爸他们其实想在三月份里搬家的,可是今年的四月一日正好是星期六,休息日。"

"小萌,谢谢你了。"

小心把向她借的绘本抱在胸前,向东条深深地点了一下头。她觉得心里还有很多的话要说,可是时间已经来不及了。

"能和小萌你做朋友真是太好了。"

"别这么说了,你这样一说我都不好意思了。"

东条笑着说。

小心想起她说过要重新建立新的人际关系,另外还说过将要进入新的学校,很高兴能把现在的一些事都甩在脑后,迎接一个新的未来。

有一句话,小心只敢在心里想,不好意思说出来:

你别把我也甩在脑后。

不过,她转而又想:

不要紧,就是忘了我也没有关系。

反正我是会牢牢地记住的:今天,我和小萌是好朋友。

* * *

下定了决心以后,小心把手伸进了镜子里。

就像把手伸进了浑浊的水中一样,她慢慢地进入镜子里。

小心知道必须把身体缩起来,才能进入已经开裂的镜子尚完好的下半部分。小心注意着不被碎片弄破衣服和身体,钻进了镜子里。她想着这可能会是最后一次钻进镜子里了。

这个镜子变成了这样破破烂烂的,明天一定会被妈妈扔掉。在自己去了城堡之后的时间里,它千万别再继续开裂了,好让自己能够安全返回。小心把东条借给她的书紧紧地抱在胸前，它像是小心的护身符。

从镜子出来以后——小心大吃了一惊。

城堡和过去完全不同了，只见周围非常非常昏暗。因为昏暗的缘故，墙壁和地面看上去都像是完全不同的地方了。本来小心在家里看见的镜子里那种浑浊的光，在镜子外面也已经惊人地四处弥漫着。城堡失去了原先的轮廓，令人产生了它已经扭曲的错觉。

小心出来以后看见自己城堡里的镜子也是碎裂的，和家中那面镜子的碎裂状态是一致的。

照理说，这儿就是原先的大厅，可是它已经面目全非了。小心不知道究竟发生了什么事情，只见各面镜子东倒西歪地躺在地上，全部都破裂了。墙上的绘画和各种摆设及坛子等等都呈现出了乱七八糟的样子，就像是刚刚遭遇了一场猛烈的狂风。

小心过了好一阵子才发现自己已经走到食堂里了。

食堂里既昏暗又混乱，原先那种很气派的景致已经无影无踪了。小心轻轻地喘着气，担心被那只说不定就在附近的大灰狼发现，她尽可能地隐蔽自己的身体，同时把书紧紧地抱在胸前。

"啊嗷……"那种远远的嚎叫声在她的耳朵边回响着。小心弯着腰，慢慢地在倒在地上的桌子后面移动着，等她到了灶台的地方，立刻便看见了橱柜。

灶台的橱柜就在她的面前，政宗说过在这里面看见过一个 X 印记。小心看了看，看见那个 X 印记还在那里。

——第四头小羊，在灶台的橱柜里。

小心用手摸了这个 X 印记，就在她摸上去的刹那间，她觉得额头上像挨了沉重的一击。

——牛皮政!

这个声音像一种金属工具一样砸在小心的额头上,她顿时晕过去了。

苏醒之后,小心发现自己坐在学校的课桌前。
她坐在学校的课桌前,眼睛一直看着桌上写的字:
牛皮政君是个大骗子!
你的本事就是自吹自擂:"这是我的朋友呀,这是我的熟人呀……"
你去死吧!

文字变得扭曲了。扭曲之后,小心眼睛看见的景象出现了变化,有一个不认识的男孩的脸出现了。
"这是我写的!"
虽然他是谴责的语气,不知为何,他的样子却像是快要哭出来似的,小心看着觉得心里不由得难过起来了。在悲哀之中,小心意识到了——哦,这其实是政宗的记忆呀,这是政宗内心里很沉痛的记忆呀。
"你吹这些牛皮的时候大概都是觉得无所谓的。对于我来说,却是严重地上当受骗。我还一直把你当成好人,一直那么尊敬你。"
不是的。只觉得心里又开始难过起来。小心感受到了无法开口的政宗的心情。
然而,事实确实如此。自己比谁都知道自己在撒谎,所以此刻什么话也无法说了。
政宗想说的是:不是那样的,原来没有想要让你受伤,到底为什么会变成这样,自己也不明白。

"不去又有什么关系呢？我本来就觉得公立学校不行。"

父亲在卧室里边系领带边说着。政宗此时坐在家里的楼梯上，听着他的话。

"我听公司里那些和电视台有关系的人说，公立学校里的老师都是一些社会底层的人。"

然而——

这话让政宗心里觉得挺难过的。

因为，有些老师是很好的。

也许编造不去上学理由的是自己。

政宗把父亲所说的话全部收入自己心里，他没法说出自己的真实想法。

与此同时，政宗在心里对自己低声说着：

爸爸你说得对。

是他们不好。

他们大家都不好。

政宗心情疲惫地回到自己的房间。政宗的房间很宽敞，有许多玩具和书，游戏方面的东西也很多。

房间里有镜子，镜子正在发出光亮。

政宗像被迷住了似的，站在七色虹光前。他把手伸向了镜面，随后他的身体被光吞没了。

"哟。"

在镜子的那一面站着"狼大人"。

"哇！"

面对着震惊的政宗，"狼大人"开口道：

"恭喜你啦，政宗青澄同学！你已经非常幸运地被请到这个城堡里来了。"

小心随后又看见的是……冬天的保健室。

是小心也很熟悉的那所雪科第五中学，甚至能感觉到火炉的热气。

"他们不应该不来。"

政宗坐在保健室里。

有谁正在抚摸他的背。政宗已经大哭了一阵，此刻他的肩膀还在大幅度地抖动着，由于刚才他哭得太厉害了，现在哽咽得连呼吸都无法正常进行了。有一个人的手正在抚慰般地摸着他的肩膀。

"他们……不可能不来呀……"

他与其说是在和谁说话，不如说是在自言自语，哭泣的声音和话语声混杂在一起。

"是呀。"

有个手在抚摸政宗的脊背。

"政宗君的朋友们一定有什么事情才来不了的。"

小心看见了站在政宗身边人的脸。

那是喜多岛老师。

小心感到额头又受到了冲击。

头昏眼花之际，她抬起了头，小心意识到自己仍然待在昏暗的房间里，站在灶台的橱柜前，手指按在 X 印记上。

在橱柜的下面，小心的脚边有一副眼镜。小心用发抖的手将它捡了起来。眼镜右面的镜片下方有一道裂缝，镜架也扭曲了。这是政宗的眼镜！小心看着它感到毛骨悚然。究竟发生了什么事呢？小心越想越感到恐怖。

你说的"被吃掉"是字面上的意思吗？

——是呀，从头到脚全都吃掉。

会出来巨大的狼。有强大的力量对你们做出惩罚。这种情况一旦开始了，谁都阻挡不住，我也无能为力。

大家第一次集合在一起的那一天，"狼大人"向大家宣布过这个规则。小心当时并没有把她的话真正地放在自己心上。

小心的呼吸开始变得急促起来。她仿佛要摆脱掉这种恐惧的心情，一边摇着头一边把眼镜放下了。她觉得，自己如果不振奋起精神就会和大伙儿一样倒下了。

她看着橱柜中的X印记。

刚才她看见的大概都是政宗的记忆。

那是政宗过去实际上看见的情景。政宗一定是为了躲避"狼大人"，跑到这里藏起来了。也不知道是有意的还是无意的，凡是被吃掉的人，大家都会躲在这样的地方。

小心打开了东条借给她的绘本。

她要确认出位置，明确地找出各个地方。

——咚咚咚。开开门，我是妈妈。

大灰狼进来以后，小羊们躲了起来。理音说的没有错，"狼大人"把大家叫作"小红帽"只是为了误导大家。

第一只小羊藏在桌子的下面。

（在我房间的桌子底下估计也有。）

第二只小羊藏在床的下面。

（在我房间的床底下有个X印记，那到底意味着什么？）

第三只小羊藏在没有火的炉子里。

（这是什么？小心曾经看见过……）

第四只小羊藏在灶台的橱柜里。

（那样的话，我也是，大约夏天的时候就发现了。灶台附近吧，在橱柜里面？）

第五只小羊藏在衣柜里。

（你们以前说的那个 X 印记，我在自己的房间里也发现了。在壁橱里面就有。）

第六只小羊藏在洗衣桶里。

（在洗澡间里也有，在澡堂边有洗脸盆，我搬动了一下之后，看见有一个 X 印记。）

那些 X 印记，其实是标记着被吃掉的小羊们躲藏的位置。绘本上的小羊们看见大灰狼来了，匆忙地跑到那些地方去了。

就像被巧妙地蒙住了双眼一般。

绝对不会被发现——就像受到了心理暗示。

"狼大人"的声音重新在小心的头脑里响起：

——我把你们称呼为小红帽，可是我有时觉得你们才是狼。想不通的是，你们怎么到现在还找不到呀？

在《狼和七只小山羊》的童话里，大灰狼肯定没有到那儿去寻找。所以在那儿的就不会被发现。藏在那里的第七只最小的山羊直到最后也没有被发现，因此它躲过了这一劫。

在这个童话故事里，只有一个地方是绝对不会被大灰狼发现的位置。

第七只小羊藏在大钟的里面。

"祈愿的钥匙"就在大厅里的那个大钟的里面。

从镜子穿越过出来以后的人，第一眼所看到的就是那个地方。

尽管这样，大家仿佛被一种暗示所迷惑，谁也不会想到要去那儿寻找。

* * *

啊嗷嗷嗷嗷嗷嗷嗷嗷嗷嗷嗷嗷嗷

一阵长长的嚎叫声响起。

伴随着这一声嚎叫,城堡里的空气和地面全都抖动起来,小心感到汗毛孔也立刻都张开来似的。小心倒在了地上,她的脸贴在地毯上面,被吓得从嘴巴里发出了呻吟。

小心看见地面上都是被砸坏的杯子和盘子,她避开这些碎片,弯着腰。在这座城堡里,食堂和大厅之间的距离最远。小心不知道自己能不能够抵达那座大钟。

看着被怪物破坏之后的食堂的景象,小心觉得毛骨悚然。不可思议的是,面朝内庭院的玻璃窗却丝毫无损,保持着很不自然的漂亮模样。

小心觉得自己的心脏异常地怦怦狂跳着。

好可怕、好可怕、好可怕。

她使劲闭上了眼,咬紧牙齿站起了身。

啊嗷嗷嗷嗷嗷嗷嗷嗷嗷嗷嗷嗷嗷

又传来一声吓人的嚎叫。

小心被吓得悲鸣起来,全身无力地又坐在了地上。正当她忙着寻找藏身的地方时,突然看见了食堂的壁炉。在那里面。那儿的话——

壁炉里面有个 X 印记。是小心以前发现的。

小心正想着,刚把手触摸到这个 X 印记时。

她感到额头受到又一下冲击,只觉得脑袋忽然热了起来。

嬉野的记忆流入了小心的头脑之中。

一月份那一天，那个在等待之中的嬉野的记忆，最先展现了出来。

嬉野正在等着政宗，等着大家，他已经在那里站了很长时间了。他觉得肚子饿了，就把妈妈给他做好让他带来的饭团从锡纸里拿出来，大口大口地吃了起来。

"哟……你看那个家伙。"

"真没有想到，他怎么突然来了，实在是太可笑了！"

"他怎么还站在那儿吃起饭来了？真是笑死人了！"

嬉野听见了这些孩子议论他的声音。来学校参加社团活动的孩子们，把星期天站在校门口的嬉野当成了怪人。

对于他们的这些坏话，嬉野心里全都明白。小心此时的耳朵里也能够听见，但是，嬉野只是看着自己手里的饭团，大口地吃着。

只见天空那么晴朗，挺大的一只鸟儿在飞。

"它大概是一只候鸟吧？正在往它的伙伴们那儿飞吧？"嬉野的嘴里嘀咕着。他不是说给任何人听，完全是自言自语。

即使只是自言自语，这只鸟儿对于嬉野来说，仿佛也能证明他不是一个人，为他鼓起了勇气。

"政宗你们怎么这么晚还没有来呀？"

他朝校门的方向瞥了一眼，嘴里嘀咕着。

就在这时，一股暖流在他的胸中弥漫开来。

这种温暖给他带来了坚强，拂去了他心里的迷惘。嬉野知道，自己此刻非常幸福。

政宗他们来也好，不来也没有关系。

饭团很好吃，冬日的蓝天那么美好，鸟儿在天空飞翔。

嬉野认为，今天是幸福的一天。尽管今天是白等了，可是到了明天，他可以去城堡同大家说说今天的事。

就在这时，有人叫他了："遥……"

"妈妈。"

嬉野抬起了头。

嬉野看见的那个人，小心也看见了。她是嬉野的妈妈，一位和蔼的圆脸阿姨，身上系着围裙。她不像小心至今为止无意间想象的样子。嬉野的妈妈一点儿也没有化过妆，肩上披的那件大衣已经显得很旧了，她的模样似乎有些软弱，可是她有着满面的笑容。

嬉野说过，妈妈可以陪着他一起去留学。

嬉野的妈妈不是一个人来的。嬉野看见另外的那个人以后，快乐地笑了。

"啊，喜多岛老师也来啦。"

嬉野开心地说着。

那是喜多岛老师。

就像小心那天在保健室里遇见喜多岛老师一样，就像她抚摸着政宗的脊背安慰他一样，这一天，喜多岛老师也来看嬉野了。

"天上有鸟儿在飞，我想，那应该是一只候鸟吧？"

嬉野用手指着天空说。

场景变更了。

"小晶！"

嬉野大声地叫着：

"小晶，你在哪里呀？！到了回家的时间啦！刚才，已经有嚎叫的声音……"

"算啦，嬉野。真的拿她没有办法呀。"风歌说。

风歌的脸色惨白。大家聚在大厅里，站在七面并排的镜子前，其中只有小心的那一面镜子没有发出光。

小晶的镜子虽然发出了光，可是她并不在场。大家的心情越来越焦虑了。

"我们自己先回去吧。再不走就没有时间了……"
"狼大人"的嚎叫声更加响亮了。
"快走!"
风歌用力抓住了嬉野的肩膀。
"可是小晶还没有来……"
嬉野的身体朝着镜子的另一边潜入进去,中途却被推了回来。

呀啊啊啊啊啊啊啊啊啊啊

大家只听见一声悲鸣。
回过神,看见嬉野又回到了大厅里,大家也都还在。
那是小晶的惨叫声。
在场的五个人面面相觑。就在这时,一种可怕的光照亮了全场,像火球一样的白光膨胀上升,镜子的爆裂声,砰地响遍了全场。

随着炫目的光,小心的意识又返回来了。
在一片昏暗的城堡中,周围无声无息。小心的眼睛里流出了泪水,她也不知道这是什么缘故的泪水。她的嘴里念叨着"大家",用手抹着眼泪。
她一边抹去眼泪,一边回想着刚才看见的情景。
想一想,必须好好地想一想。
有些事情小心想要弄清楚,无论如何都要弄清楚才行。
现在,小心在壁炉里摸着 X 印记的时候传送过来的是嬉野的记忆的话,刚才在灶台的橱柜中所看见的就是政宗的记忆了。
如果能够追溯到他们被吃掉的那一瞬间的记忆就好了。
小心不是要想窥视,而是想寻找线索。她慢慢地站起了身,向前面走去。

小心回想起刚才和东条的对话,想到了在这个城堡外面的自己的现实生活。

四月份就要搬走的小萌说过这样的话:"就在眼前了。"她对惋惜地看着她的小心这样说。

——没有办法呀。爸爸他们其实想在三月份里搬家的,可是今年的四月一日正好是星期六,休息日。

"今年的"——小萌说过这三个字。

小心用双手紧紧地把绘本抱在胸前。

一定要回去,她思忖着。

她要再和小萌见一次面,把这本书还给她,好好地同她道别。

刚才听见的嚎叫的声音是从有大钟的大厅传过来的。

这样的话,现在就不能去那儿了。

小心迅速地朝相反的方向——向着浴室的方向跑去。

在"狼大人"说过的话里,好像的确暗示着某种线索。小心的胸中,刚才的恐怖已经转换为心跳不已的紧张了。

——我没有说过你们不能见面,也没有说过你们不能互相帮助。明白了吧?你们要自己去察觉,自己去考虑。不要认为我什么都会告诉你们,我从一开始就一直在提醒你们。

在浴池边,今天仍放着脸盆。

X印记不是在浴池里,而是在"脸盆的下面",脸盆的存在仿佛是为了强调这一点。

小心移开了脸盆,用手摸着X印记。

她觉得脑门上像有一个吹风机在对着她吹,然后她看见了陌生的浴室,浴室的镜子里映出的是头发染过的昴。

他的旁边放着写有漂白字样的药水瓶子，昴用它来对自己的头发进行褪色。

要说是被我哥哥弄的，昴在心里琢磨着。

哥哥其实已经有好几天都没有回家了，他一定认为我是个无趣的人，不过我要和城堡里的大家说，是哥哥给我染的。

"小昴，你什么时候泡完澡呀？该吃早饭啦！"

"昴，快一点！哪有像你这样大清早就泡澡的傻瓜呀？"

"知道啦……"

听见奶奶慢吞吞的话音和爷爷尖刻的数落，昴一边答应着一边关掉了手上的吹风机。

这个家的房子是已经陈旧的木质结构，浴室的玻璃窗一有动静就会哗啦哗啦地响。昴伸手取下了挂着的印有工务店名字的廉价毛巾，他看见毛巾上有着淡淡的污迹。

"怎么像血迹似的。"

昴在嘴里嘀咕着。

昴想起哥哥的朋友说过，第一回性交时女人会出血，他不禁微笑了。那个女孩没有出血，是因为不是第一次吧。

"你这头发颜色是怎么回事？"

看见了走出浴室的昴，穿着汗衫和棉毛裤的爷爷皱起了眉。他没有进一步训斥昴，一定是因为哥哥的头发早就染成了金色。看见哥哥骑着一辆号称是从"前辈那儿借来的"摩托车，爷爷只是生气地说："声音太吵了。"而昴却暗自怀疑其实是谁抢来的赃物。哥哥制服上的刺绣看着很昂贵的样子，昴不知道哥哥是从哪儿弄来的钱。

"也不去上学，也不去干活，你们真像你们的爹。对你们一点儿办法都没有。"

"对不起，对不起，爷爷。"

"如今，没有上过高中的人更要吃苦的，大致上。"

"好啦好啦。爷爷，是吃早饭的时候啦，让小昴好好地吃饭呀。"

昴的这个家里的人都早起。在爷爷出门下围棋或去地里干活之前，昴每天大清早都要忍受爷爷的唠叨。他只好暧昧地嘿嘿笑着，默默地吃着奶奶做的饭，在同一间屋子里摊开教科书。一边听着父亲送给他的音乐播放器里的音乐，一边在等待城堡开放的时间里学习。

因为学习成绩好，学习上的事都懂，所以自己不用去学校上课。对于昴说的这些谎话，奶奶全都信了，可是爷爷却认为"尽管这样仍然应该去学校"。他不赞成昴的做法。然而，爷爷只是嘴上这么说，具体到学校和老师们进行商议之类的事情，他并不去做。他只是在昴的耳边抱怨。

至于学校里的老师们，他们好像只是和远方的父亲说过"昴应该来上学"之类的话。而父亲和母亲都把昴和哥哥当作"问题儿童"，对他们已经死了心了。他们自己也都有自己的人生，他们认为两个儿子应当对自己的人生负起责任来，应该活得像点样子，可是对他们发过火也就结束了。就是说，昴感到其实没有一个人会为自己而绞尽脑汁花费精力。

昴觉得自己没有什么精神负担，就是有时有些空虚。

他耳朵里正在听的随身听里的音乐"咔哒"一声停住了，六十分钟的A面结束了。昴放下了手里的铅笔，把录音带换到了B面。昴平时喜欢听收音机，可是听着收音机无法集中精力学习。

从父亲那儿得到的东西里面，昴最喜欢的是自己的名字。

小心对他说过，"昴"本来是星星的名字显得挺梦幻，周围的人却都说他的名字源于歌曲的名称。这都无所谓，那首歌曲的歌名其实也是源自星星的"昴"。"昴"也称为"昴宿星团"，别名"六连星"。

从父亲那儿得到的东西里面，昴第二喜欢的是这个随身听。

今年，最新的机型在市场上销售以后，父亲把他用过的旧随身听送给了他。作为初中生，一边走路一边听音乐，看上去特别引人注目。他在城堡里的人们面前也常常听随身听，大家好像都不在意，可是在大街上，人们却会用注意的眼神看着他。

相对于学校里的学习，昂更喜欢探索新型机械的构造。因为父亲答应负责他上高中的学费，所以他便开始准备高中的入学考试了，不过他更喜欢学习一些与现实生活紧密相关的知识。

不知道大家都是如何打算的。

他很想和大家在这方面进行探讨，可是在城堡里，讨论这些事好像有种违反游戏规则的氛围。

"我要走啦，奶奶今天要参加妇人会的工作去了。"

"好……的。"

奶奶离开家后，镜子发出了光。

大家好像都在自己的房间里有着镜子，我却是奶奶的镜台。他边想边把手放在了搭着一块紫色的布的镜子上。

去城堡。

大家都在那儿。

昂和大家一起欢笑。

在昂的现实生活中，没有自由学校，也没有喜多岛老师。

大家都有自己的房间，有爸爸妈妈，昂觉得他们过得真开心。

有人为自己着想，才是真正的人生呀。

昂并没有对他们感到厌恶，或是嫉妒，或是想嘲笑他们。他一点儿这种心情都没有，只有一种感想，觉得他们生活得太奢侈了。

昂觉得自己怎么样过都无所谓。

今天正好有时间就到城堡里来了，明天得去应付哥哥的朋友，再不去他们会生气的，不过哪一方面都只是这么一回事。哥哥的朋友圈里有人借了漫画不还了，对于这种耍赖皮的人不教训教训是不行的，所以哥哥他们把我也叫去帮忙。

反正都无所谓。

总之,再过上十年左右,整个世界说不定就结束了。

前些天,想和爸爸通一下电话,用了政宗给的电话卡,却发现这张电话卡没法用。

明明它是没有使用过的,还有整整五十个点数,可是塞进去马上就被机器吐出来了。昂正觉得纳闷,看见卡上印着"QUO"的英文字样。怎么一回事呢?他不解地看着这张卡。通过电话亭玻璃门射进来的光线,照着卡的表面。只见卡上画着昂所不知道的动漫人物们,他怀疑政宗是把玩具卡片送给了他。

他后来想要对政宗抱怨这件事,却又忘了。

下次看见了他再说。

在三月份,最后的别离到来之前。

他正这么想着。

远处传来了"狼大人"的嚎叫声。

"小晶,你在哪里呀!?到了回家的时间啦。刚才,已经有嚎叫的声音啦……"

"算啦,嬉野。真拿她没有办法。"

"我们自己先回去吧,再不走就没有时间了……"

昂在穿过镜子回自己家的途中,想着小晶的事。

他想——小晶是真心想找到钥匙呀。

她有着想要实现的愿望。

而且,如果无法实现那个愿望的话,她宁可留在城堡也不愿返回现实。昂佩服她的这种勇气,承认自己做不到。

可是,他刚刚回到了家,马上又被拖回了城堡。

他听见了小晶的悲鸣和"狼大人"的嚎叫声。

"昴，到这儿来。呼唤小心！"理音对他喊道。

昴也点着头。

"只有小心今天没有来。她没有被抓回来，不用担心被吃掉。让小心来救我们……"

看着大家逃跑的背影，昴第一次感受到了某种心情。

他不想死。

还没有到去死的时候。

本来一直都觉得无所谓——可是忽然觉得自己什么都还没有做。他忽然意识到自己想要做点什么了。

狼的嚎叫声又响了起来。

"呀啊！"

风歌闭上眼睛叫了起来。"风歌！"昴一边呼唤风歌，一边意识到了自己的真实想法。

他想活下去。

同时，他还希望大家都要活下去。

* * *

额头上的冲击感没有了。

小心又哭了，但她擦掉了泪水。

她要救大家。

她要把大家都救出来。

城堡里重新陷入了寂静。

小心思考着自己应该从哪儿走才好。

抵达大厅要经过那条长长的走廊，走廊两边有大家各自的房间。

过去小心一直都是满不在乎地走过这条走廊，今天却觉得它是那样地长。

然而，眼前只有这一条路可走。

小心有规律地呼吸了几下，跑了起来。

能做这件事情的人只有我一个了。

如果被狼听见了自己的脚步声怎么办呢？她怀着想要哭泣的心情向着"游戏的房间"跑了过去，进去以后看见的光景让她感到目瞪口呆。

"游戏的房间"里是一片狼藉。

政宗的游戏机已经无影无踪了，沙发和桌子和各种摆设以及花瓶全都乱七八糟。

小心不想再看这些令人心痛的场面，她扭过头去，朝大家各自的房间望去时，远处又传来了嚎叫的声音。

啊嗷嗷嗷嗷嗷嗷嗷嗷嗷嗷嗷嗷嗷

叫什么叫呀！她不禁愤怒起来。

这声嚎叫实在太响，声音就像是从四面八方一起向她传来，她有些害怕被这声浪冲倒，迅速地抓住了离她最近的一个门把手。伴随着声音，好像有强风吹在她脸上。

一直到她逃进了房间以后，那种怪风才仿佛没有了，也感觉不到嚎叫的余波了。

小心扫视着这间昏暗的房间。

就和公共的区域一样，每个人的房间里都变得乱糟糟的了。

房间里有一个敞着盖子的钢琴，但是这个钢琴已经被破坏了，有的琴键被拔掉了，有的还残留在那儿。

小心意识到这是风歌的房间。

她是第一次进入这个房间，整个房间看上去比小心的房间狭小。这里虽然有一架钢琴,可是没有小心房间里有的床和书架。

钢琴旁边有一个坏了的桌子,桌上放着教科书和学习参考书,另外还有一些学习用品,看来这些东西都是风歌的。

(在我房间的桌子底下估计也有。)

那个 X 印记——

小心把手伸向印记的时候,犹豫了一下。不过,她最终还是下了决心把手放在了印记上。

她想要了解情况。

通过进入大家的记忆,尽可能多地收集信息。

她看见了风歌正在弹钢琴——

在风歌自己的家里,放着钢琴的房间里。

风歌喜欢独自一人度过宁静的时间。

在房间的墙上,挂着一份月历。十二月二十三日是假日,这个日子上被画了一个红色的圆圈,旁边还注明了是钢琴比赛的日子。

离这个日子已经不远了。

"风歌妈妈,风歌是一个天才呀。"

钢琴教室里的老师对风歌妈妈说。

这时风歌还在上幼儿园。

风歌的妈妈虽然天天忙着工作,却在邻居美麻的妈妈的邀请下去了钢琴教室,让风歌上了钢琴教室举办的免费课程。在第三次免费课程结束后,老师对风歌做出了这样的评价:

"风歌有这方面的天分。"

风歌的妈妈吃惊地睁大了眼睛,同时她的脸上洋溢起了光芒。"真的吗?"她问道,"我家的风歌她真是这样吗……"

"风歌的学习能力和其他的孩子完全不同。我见过的孩子不少啦,她让我很吃惊呢。可以考虑将来送她去海外留学,把眼光放远一点比较好吧。"

风歌在妈妈的旁边听着,她明白他们在说着和自己有关的事情。

"免费课程已经结束了。你不是为了让风歌继续来这里上课才这么说吧?"

妈妈说话时语气充满了怀疑。她那个上班用的手提包的把手已经被她用成了茶色了,包里放着的手机不停地振动着。妈妈没有立刻接电话是很罕见的。

"完全不是,我是真的很吃惊。我并非对所有的孩子都这么说。"

老师说的是真话。

事实上,对于一起去的美麻也好,美麻的妈妈也好,老师都没有这么说。

有才能、有才能、有才能。

我和其他的孩子不同。

在学校的体育馆里,风歌坐在那里看着大家。

一群孩子围在一起打排球。

风歌坐在角落里眺望着大家的时候,美麻和班里的一些女孩子过来了。

"风歌你不去和大家一起打排球吗?"

"啊……嗯……"

风歌一向不参加学校里的体育锻炼,万一在打排球的时候弄伤了手指可就不得了。

上小学一年级的时候,风歌在体育课做跳箱运动的时候落地失败,把脚扭伤了,结果风歌的妈妈冲到了学校,非常兴师动众。这个孩子现在正是钢琴比赛前的重要时机!虽然这次是脚被弄伤了,如果是手被弄伤的话你们打算做出什么样的交代?!

站在风歌的面前,美麻她们互相看来看去。然后美麻说:
"哎呀……风歌同学要弹钢琴的呀!"
"哦……"
她们从风歌前面走开了,边走边互相嘻嘻地轻笑着:
"手指头可重要了,受了伤怎么办呀……"
"我因为有钢琴要弹呀……"
她们故意地大声说着这些话,仿佛特意要让风歌听见。

钢琴、钢琴、钢琴。
风歌在小学的日子,很清楚地分为在学校念书和弹钢琴两个部分。在她的生活里,学校的事情渐渐地受到了钢琴方面的事情的挤压,对于风歌来说,她觉得这样挺好的。
别人让她别去上学,到京都一个有名的老师那儿学钢琴,于是她住到了京都的外婆家,在那儿学钢琴。
大人都让她好好地练习钢琴,可是大人一次没有说过要她好好地学习功课。
"老师您谈到了她的出席率问题,可是您能不能看看风歌在钢琴比赛时的成绩呀?这不是可以同学业匹敌的吗?"
妈妈在学校里是这样同老师说的。
风歌从小学时期就不太去上学,她总觉得这样没有什么不好。
直到小学阶段的最后一次钢琴比赛,是她以优胜为目标的一次冲刺,然而这次比赛的结果是第十九名。
当时并非发生了什么意外。
她觉得自己和平常一样弹得不错,没觉得有什么差错。
然而,结果却是第十九名。
外婆说这是全国范围的钢琴比赛,这样已经很厉害了。妈妈的表情却是受到了打击的样子。事后看到了评定的分数,同前十名的孩子相比，她有很大的差距。

风歌听见外公对外婆说："她也很可怜呀！"

"那么，风歌的钢琴准备学到什么时候呢？"

在风歌的家里，没有爸爸。

外公和外婆都对风歌的妈妈说，作为单亲家庭的孩子，没有必要勉强，然而妈妈却咬着牙回答他们："风歌没有勉强，她根本就没有什么地方在勉强。"

关于海外留学的事，因为没有定下去哪个国家、哪个学校、哪个老师等等，一系列的事情都还没有定下来，风歌依旧这样待在日本。

风歌暗暗地思索：之所以这样会不会是因为自己家里没有钱？妈妈天天都在拼命地工作着，风歌学完钢琴回到家里，妈妈总是不在家。有一次家里只有一个冰凉的饭团放在夕阳西照的房间里，风歌想要在微波炉里加热一下，发现家里居然已经断电了。

小学的老师来进行家庭访问时，曾经对风歌家的状况感到大吃一惊。风歌家那处小小的公寓里居然放着很像样的钢琴，还有隔音的设备。但是风歌家的冰箱里总是只有妈妈从打工的地方拿回来的便当、面包等等，只有这些马上就能吃的东西。很少看见妈妈做饭或打扫卫生，妈妈在外面除了工作还是工作，每天非常非常忙碌。

尽管这样，煤气还是会被断掉。先是煤气，然后是电，接着是水，生活必需的这些东西按照顺序依次被掐断，最后被掐断的总是最重要的东西，风歌甚至觉得挺佩服家里这一点的。因为担心风歌独自去学琴的路上会发生问题，妈妈让她拿着一个手机，可是风歌最近想要给妈妈打电话时，却发现连手机的信号也被停掉了。

关于学习钢琴的事，风歌渐渐地有些醒悟了。

她开始觉得自己走的这条路也许并不适合自己。

不仅仅是金钱方面的问题。

天分也是一个问题，不能去留学的原因不单单是金钱的问题。

实际上，根据风歌目前的实力来看，能够接收她的地方不多。在钢琴比赛上无法脱颖而出的话，到外国留学就变成了难以实现的梦想。

"风歌的钢琴准备学到什么时候呢？"

被外公这么一问，风歌才意识到——
自己已经跟不上中学的课程了。
如果一直这样把时间耗在学习钢琴上面，那么学校里的课程就没有时间学习了。

听了外公说的那句话，妈妈放声大哭道："怎么能这样说！""爸爸，你为什么要这么说呢？以后我不再带着风歌回家了。不让风歌再来了！"外婆对着大哭大嚷的妈妈，只能不断地进行安抚，在外公和妈妈之间来回做工作以平息这场风波。

妈妈曾经好几次回绝了外公外婆让她和风歌一起回到京都共同生活的建议。妈妈认为她现在是正式员工，如果辞去了这份工作，将来她就找不到能成为正式员工的工作了。那样的话，她和风歌的生活就没有保障了，风歌的钢琴练习也不得不终止了。

进了中学以后，妈妈比以前更加起劲地推动风歌学习钢琴。

风歌一直很爱她的妈妈。

风歌五岁的时候，父亲因为交通事故而去世了，妈妈独自承担了抚养风歌的责任，她精心地养育着风歌。她白天做着快递公司的办公室业务，晚上做着便当公司的合同工。

"妈妈没有什么才能，风歌你如果有自己的天赋，妈妈会全力以赴地帮助你。"

可是，风歌看见妈妈的脸上充满了疲惫，常常会觉得：自己不是应该弹什么钢琴，而是应该去帮助妈妈。

不是把时间用来去上钢琴课,而是在这个时间里给妈妈做些热乎乎的味噌汤,还有白米饭。风歌偶尔也想让妈妈吃一些自己做的饭,而非她打工地方生产的便当。风歌现在还不到能够在外面打工的年龄,她因为自己是个不能工作、不能挣钱的小孩而痛苦。

学了钢琴却没有获得成果使她感到很悲哀。

所以她会觉得——

现在如果放弃的话,实在太可惜了。

至今为止花在钢琴上的时间和金钱都要白费了。

升入初中以后,风歌去学校的日子越来越少了。在学校里,她和同学们无话可谈。风歌作为不上体育课也不参加社团活动的学生,在同学们中间显得格外突出。

然而风歌觉得这样也没关系,没有朋友也能过。

可是,有一天,风歌正弹着钢琴却看见玄关的镜子发出了光。

来到这个城堡里,和大家相会——

在城堡里,她获得了属于自己的那个房间,进去一看,发现里面有一架钢琴。她试着弹奏了一下,随即,她又粗暴地用双手用力敲打键盘。

这时她想,怎么这里也会有钢琴,讨厌!

"理音,你才这个年纪就已经在海外一个人生活啦?是因为那里的学校或者教练邀请了你吗,是这么一回事吗?"

"没有,只是日本球队的教练为我写了一封推荐信,仅此而已。父母为我找的学校。"

同样都是初中生,有的小孩已经能够去留学了。这让风歌的内心感到格外痛苦。

风歌总是觉得自己与他人不同,是特别的小孩,然而这种想法说不定是错的。

"我从明天开始要去参加暑期讲座，有一阵子不能到城堡里来了。"

风歌嘴上是这样对大家说，其实她是去了京都——到钢琴老师那儿上课，为夏季的钢琴比赛做准备。

比赛的时候，排在风歌前面的小孩的演奏听上去比自己更好，风歌恨不得堵住自己的耳朵。轮到她弹的时候，她不知道自己究竟是弹得好还是弹得差，只知道自己是在拼命地弹，脑子里一片空白。

这个夏季的钢琴比赛上，风歌成了"圈外"的人。

凡是排名三十名以后的孩子，结果一律划为"圈外"。

据说这个钢琴比赛要比风歌小学末期参加的那个钢琴比赛的规模小得多，结果居然是这样。

站在张贴着比赛结果的公告纸的走廊上，风歌觉得自己的双腿都变得僵硬了，仿佛是自己的身体同钢琴一起沉入了冰冷的海水之中。

夏季的钢琴比赛结束以后，风歌回到了东京的家里，到城堡去的时候，小心送给了她一盒点心。

小心说是给她的"生日礼物"。

在风歌的家里，她很少有机会吃掉一整盒点心。一个一个地，她在城堡吃的时候感叹：真好吃。

夏季的钢琴比赛之前，小晶也同样送过生日礼物给她。

嬉野还向她表示过喜爱之情。

虽然风歌对嬉野这样轮番向女生们表达喜爱的行为感到很意外，可是曾经喜欢过小晶和小心这样的女生的嬉野，后来却向自己说出了喜爱之情，风歌感到了难以形容的吃惊，却又挺高兴。

政宗还把自己的游戏给她玩。

风歌本来以为男生只会让可爱的女孩接触自己心爱的东西。

昴称呼她"风歌"。昴有一种绅士的气质，风歌喜欢他这种做派。

连理音这种属于引人注目类型的男生也把风歌当作自己的伙伴，叫她"风歌"。

每一次听见理音叫她的时候,她都会想:自己的名字是"风歌"真好。

和大家有了这些互动以后,风歌才明白一个人有没有才能并不是最重要的。

"咦?你好,我们是不是初次见面呀?"
"……你好。"

一边寒暄,风歌一边想着她可能就是喜多岛老师,终于见着了这位老师。

虽然大家都是在妈妈的陪同下来的,风歌却是瞒着妈妈,独自一人来到了自由学校"心的教室"。

大家都把喜多岛老师作为一种精神的寄托。风歌从小心和嬉野等人的嘴里听到过很多次她的名字,所以风歌也想着要来见见她。

老师经常要去雪科第五中学,她其实已经知道了二年级的学生风歌缺席的天数很多,所以她对风歌说:你来了很好。

陆陆续续,陆陆续续——

两个人进行了许多次很随意的聊天。

自从得知风歌钢琴比赛的结果是圈外以后,妈妈好像内心受到了不小的打击。她已经不再像以前那样拼命地要求风歌快去"练习钢琴"了。她让风歌感到的她的想法已经变成了:"上钢琴课或是去学校都可以。"风歌假装成去上学,其实是去"心的教室"或是城堡。

学校已经成了回不去的地方,妈妈究竟想要让风歌怎么办才好呢?

外公的那句:"风歌的钢琴准备学到什么时候呢?"如今时常会在风歌的心中反复响起,犹如一句咒语。

在和喜多岛老师交谈的过程中,风歌发现原先内心隐隐约约的不安已经变成了重大的现实问题摆在了自己的面前。

风歌告诉老师——

她觉得自己已经回不去学校了。

学习上已经跟不上了。

应该继续学钢琴还是不学,她也拿不定主意了。

"那么,你就学习吧。"喜多岛老师对她说。

她还和颜悦色地告诉风歌,以后会"帮助风歌一起学习"。

"风歌,我听着觉得你至今为止一直走在一条风险比较大的道路上。"

"风险比较大?"

"因为你一直以来瞄准的目标很高,所以当然也会担心,比如自己拿不到优胜怎么办?成不了钢琴演奏家怎么办?经常会焦虑。要我说的话,我觉得学校里的学习是最低风险的事情了。只要去学总会有结果出来,从现在开始去学习的话绝对不会白费功夫。"

喜多岛老师微笑地看着她说:你还是两个方面都去努力吧。

"我明白,对于你来说,学习钢琴也是很重要的事情。但是为了不让钢琴成为你痛苦的根源,从现在起,学习的事情也抓起来吧。"

"老师,你能教教我吗?"

听见风歌这么问,喜多岛老师微微地歪了一下脑袋,不过她的眼神显得很高兴。

"当然可以了。这儿也是学校呀,自然也会教功课的。"

风歌把自己关在城堡里的那间房间里,打开了教科书。做着喜多岛老师交代给她的那些初中一年级内容的复习题,不用多久她就能赶上初中二年级的学习内容了。

在这个既没有妈妈,也没有其他人的环境里,风歌能够静静地集中精力进行学习。

冬天,十二月份的时候也有钢琴比赛,风歌没有像夏天的时候那样心绪烦乱。
房间里的那架钢琴,她一次也没有去弹过。
直到二月份的那个最后的日子。

在二月最后的那天。
风歌来到城堡,发现谁都没有来。只有自己的那面镜子在发光,风歌一瞬间还在想:难道今天就是城堡关闭的日子啦?原来记错了,不是三月份,而是二月底关闭城堡吗?
"'狼大人'!"
风歌不安地叫了一声,"狼大人"并没有出现。风歌第一次遇见这样的状况。
进了自己的房间以后,风歌忽然想弹钢琴了。
打开了钢琴的盖子,风歌的双手放在键盘上。听着琴键发出的悦耳的声音就明白这架钢琴的校音早就做好了。
德彪西的《阿尔贝斯克》和贝多芬的《月光奏鸣曲》——
风歌的手指一旦动了起来,立刻便全身心沉溺其中。
精神上能够专注了。
宁静的空间令人心旷神怡。啊……真快乐呀!风歌想着。
所以直至弹完为止,她都没有意识到有人一直站在那儿听着她弹琴。
风歌弹完钢琴抬起了头,看见房间门被打开了,小晶站在门口。
"……太令人吃惊啦。"
小晶睁大了眼睛。
"对不起,没有得到你的同意就把门打开了。可是,风歌,好厉害呀……你怎么……还会弹钢琴?怎么说……这已经不仅仅是'会弹钢琴'的水平了。这个……"
"啊,嗯,是吗。"

"你是天才吗？"

"天才……哪里呀。"

这是伴随着痛苦的一个话题，被小晶这样提起，风歌回答时自然露出了苦笑。小晶又说：

"哇！还有，这是什么？教科书吗？我是觉得你一个人躲在房间里的时间很多，你到这儿来还把时间用在学习上吗？"

"嗯……"

风歌看着桌上的那些学习用品说：

"学习是最为低风险的事了。"

"哎？"

"我觉得与其把赌注压在有才能还是没有才能的问题上，不如选择更加扎实、更可靠的方法。"

风歌对小晶阐述自己的这个想法时，多少也有点儿担心被小晶误会成自己在故意地刺激她。

"有人告诉我，这样做绝对不会变成浪费时间的事。"

至今为止，小晶的态度总是咄咄逼人，风歌同她交谈时常常会感到困难。今天风歌却觉得有些不可思议，可能因为今天在城堡里只有她们两个人，风歌说话时的心情和语气全都变得轻松随意了。

为了说明自己在这儿学习的缘由，风歌和盘托出了自己参加钢琴比赛的那些事、学校的事、学习的事、妈妈的事、喜多岛老师的事。

"我是不是也该开始学习了呢……"

小晶听完了风歌的这些话后，嘴里轻轻地嘀咕着，而风歌则对她"嗯"了一声，点点头：

"你也开始吧，我们一起学习。"

风歌不想忘记这儿的事情。

不想忘记和大家在一起的事情。

不想忘记自己所做出的决定,以及自己不再不安的心情。

在这儿认识了小心,认识了小晶,认识了昴,认识了嬉野,认识了政宗,认识了理音,风歌不想忘记自己认识了他们是多么开心的事。

"小晶!"
面对着一直发着光的镜子,风歌喊叫着。她大声地呼唤着小晶。
"回来呀!小晶!"
回不来的小晶。
风歌被从镜子的那一面抓回了城堡,在通往小心家的镜子前,她恳求着小心。虽然不想忘记这里的一切,可是如果愿望实现了,大家就会失去对这里的记忆了。

对于小晶那种任性的行为,风歌感到的愤怒已经难以用语言来表达了。

但是——
"小心,你就祈愿吧……"
千万不能让那个同我们曾经在一起的女孩消失,绝对不行。
我都和她说定了,要一起学习,怎么能让她消失呢?
要实现这个愿望。
要把钥匙找到。
风歌从心底里,这么希望着。

在小心的额头上,一阵猛烈的冲击过去了。小心无声地抹着泪水。她把手放在风歌房间的钢琴键盘上。

等着我,她看着桌子的方向呼唤着。
我一定会来救你们。
那时我一定要告诉风歌。
我也觉得和风歌认识真是太好了。

在风歌房间的隔壁是理音的房间。

小心站在门口也犹豫了一下,虽然犹豫,她还是打开了房门。

理音的房间确实像一个男孩住的房间,理音不知什么时候拿来的麻袋和足球被随意扔在地上。这个房间和其他人的房间一样一片狼藉,可是小心仍然觉得,这应该就是理音的房间。

正像理音所说的那样,在房间里的床下面,有一个 X 印记。小心的手摸到了印记。

小心有点儿恐慌。

理音其实已经意识到了。

他意识到"狼大人"指的不是《小红帽》里的狼而是《狼和七只小山羊》里的狼。

可是理音为什么能够发现这一点呢?而且,他为什么不把这个发现告诉大家呢?

小心正想着,听见了一个女孩的可爱声音。

"咚咚咚,我是妈妈呀。""你骗人!你是大灰狼!"

看上去可能是一个小学生。只见一个女孩的面前展开着一本书,她在念着书上的文字。

她就是理音的姐姐,实生。

实生的身上穿着医院里的病人服,还戴着一顶帽子。小心注意到,她没有头发。

理音这时只有五岁,他很喜欢到姐姐住的医院里来。

他的姐姐虽然头发都掉光了,眼睛却很大,皮肤也很白,长得非常可爱。在幼儿园里,被问长大以后和谁结婚时,理音的回答是:"和姐姐!"

姐姐念的绘本特别有趣,理音听了嘿嘿地笑了起来。姐姐非常善于朗读绘本,她会表情很丰富地念出不同角色的对话——"我是妈妈呀。""骗人!你是大灰狼!"

念到中途,她会问理音:"你猜一猜,这是大灰狼呢?还是妈妈呢?"理音则兴奋地叫道:"是大灰狼!"他的情绪已经沉浸到故事里了。

"是呀……那么后来会怎么样呢?"

性格温柔的姐姐翻动书页时做出了一本正经的样子,虽然是她朗读过好多次的一本书,理音仍然每每提出要她读给他听。

今天虽然是把绘本念给理音听,其实姐姐还擅长编一些故事说给理音听。实生编的那些故事都特别有趣,理音不由得觉得,姐姐以后一定能做个画绘本的人。她说过未来的机器人的故事,说过被禁闭在古堡里的寻找间谍的故事。姐姐说的那些故事的情节远比外面书店里的书中的内容有趣。

"好啦,理音。回家吧。后面的故事明天再说吧。"

"好吧。"

"好吧。"

妈妈的声音插了进来,理音和姐姐都无可奈何地点着头。

爸爸妈妈牵着理音的双手,离开了散发出消毒药水味道的病房。姐姐朝着理音挥动着手:"下次再见。"

"我们明天再来,实生。"

理音的父亲说着。

回家的路上,走在落下了红色秋叶的林荫路上,理音的妈妈忽然对理音说:

"理音,不要总是让你的姐姐给你念那本书好吗?"

"为什么?"

姐姐念那本书的样子不是很高兴的吗,为什么不行呢?妈妈握着理音的手,理音感到她的手在颤抖着。只听见妈妈焦灼地回答道:

"那个《狼和七只小山羊》的故事呀,实生在幼儿园的时候本来要和大家一起表演的,后来没有实现。你姐姐一定会回想起这件事情来。"

"别这么说好吗?"理音的爸爸说道,"都是很久以前的事情了,我觉得实生不会一直记得。她喜欢那个绘本,两个人都很开心不是吗?"

"你不要说了!"

理音的妈妈叫喊道。她喊着,突然之间当场崩溃的蹲了下来:

"为什么呀……"

她蹲在那儿从嘴里吐出了轻声的哀叹:

"为什么……是实生呢?为什么不是别人,是实生呢?"

理音吃惊地看着自己被甩开的手。理音的爸爸抚摸着妈妈的背,然后扶着她站了起来。

理音惶恐地站在那儿,看着此时的双亲。

"……对不起。"

理音以为是自己惹他们生气了,所以向他们道歉。可是,妈妈没有回答。她只是默默地咬着自己的嘴唇。爸爸代替妈妈,抚摸着理音的头说:"没关系。"

"理音呀。"

在另一个日子里,面对着来到了病房的理音,姐姐对他说道:

"理音,你一定要健康地守在妈妈他们的身边呀。"

"哎,嗯。"

虽然并不明白姐姐说的话是什么意思,理音还是对她点了点头。实生笑了。

这一天,病房里有了新的玩具。窗边放着圣诞树似的装饰,所以应该是快到圣诞节的日子了。

在床上,放着一个很漂亮的娃娃屋。娃娃屋还有一根电线连着电源,房子里亮着一个小小的灯泡。这个娃娃屋是外国进口的,很大,旁边还摊开着一本英语的说明书。

"如果，我不在了的话……"

实生说道：

"我要恳求上帝帮助理音实现一个愿望。真是对不起，总是让你忍耐着。你一直不能出去旅游，你在幼儿园里参加舞蹈表演的时候，妈妈也无法去观看吧？"

理音迷茫地听着，不知道姐姐为什么要说这些话。

姐姐怎么会不在呢？家里人没有出去旅游，理音在幼儿园的某个活动妈妈没有来，都是理所当然的呀，姐姐怎么会这样说呢？太奇怪了。

"我会向上帝祈求的。"

姐姐重复地说道。

"那么，我要和姐姐一起去学校。"

理音快要升入小学了。他想和姐姐一起去上学，一起在学校里学习，一起玩。

听见理音的话，姐姐陷入了沉默。发现她突然不说话了，理音不解地看着她。

过了一会儿，姐姐抬起了头，对他摇摇头：

"等到你明年上小学的时候，我已经是初中生了。我们也不能在同一个学校里学习。"

"不过，谢谢你了。"姐姐说道，"我也想和你在一个学校里上学，一起玩耍。"

在墙上，挂着姐姐的中学制服。

理音觉得不可能消失的姐姐，后来消失了。

理音最后和姐姐说话的时候，是姐姐离世几个小时之前。

把手朝着弟弟的方向伸去的姐姐，梦呓般地对他说着：

"理音，让你害怕了，对不起。不过，我很快乐……"

理音记得很清楚，姐姐已经到了死亡的边缘还在惦记着别人，她的心地多么善良呀。

正像姐姐自己说的一样，她痛苦的模样看上去确实让理音觉得害怕了。理音不想和姐姐分别，他不停地哭泣着。

在四月份的开始，下着春雨的葬礼上，理音呆坐在父亲的旁边。妈妈的脸色是那样的苍白，仿佛失去了魂魄似的。她眼神空洞地面对着前来吊唁的客人，只是在那儿不住地弯腰低头。

一定要健康地守在妈妈他们的身边呀。

姐姐说的这句话原来是这样的意思，理音在葬礼的席位上终于理解了。

挂在姐姐病房墙上的那件中学制服，一年间一直没有被动过。挂上去的时候姐姐一定想着什么时候能穿着它去上学，结果一次都没有能穿过。

"你怎么这么精力充沛呀？真是不错呀。"

第一次听见妈妈这么说的时候，理音还是小学一年级学生——和姐姐实生发病时是同一个年龄段。

当时，理音开始在附近的一个足球队里学着踢足球，他刚刚开始找到了自己的兴趣。那一天，他手里捧着一个足球，正要出门去练习的时候，妈妈对他说：

"如果能把你身上绰绰有余的健康分一半给她就好了。"

理音听了说不出话来。

他不知道说什么才好，只能"啊，嗯"地回答着。妈妈无可奈何地说了一句"嗯什么"，就垂下了眼皮。

姐姐病情的真相查明的时候，妈妈正怀着理音。妈妈一边要照顾姐姐帮她治疗，一边要哺育婴儿理音，几年之内妈妈都要兼顾这两方面，所以非常辛苦。理音已经知道，妈妈其实心里挺后悔的。

诊断出了病情的时候，姐姐还没有上小学。最终，她一次也没有踏进过学校的校门。

在家中的客厅里面的墙上，挂着姐姐的照片。

一张是她没有住进医院时拍的，是她表演弹钢琴时的照片，还有一张是全家人一起拍的，另有一张是她去世之前的那段时间里和妈妈一起在病房里拍的合影。窗户的旁边，放着父母作为礼物送给姐姐的那个娃娃屋。

虽然我是健康地守在妈妈他们的身边，可是——

理音后来醒悟了，他无法给妈妈他们带来安慰。

理音的运动能力超过了一般的小孩，可是这一点居然成了妈妈"想不通"的原因。她说："为什么？他们是姐弟，可是弟弟却这样健康？""理音的精力和寿命哪怕是分给实生一点也好呀。"

"理音君真棒呀，听说那个足球队专门来要他呢。"

同班同学的妈妈对理音的妈妈说，可是理音的妈妈却摇着头说："没什么没什么。这只是理音自己喜欢的事，我们并没有对他抱过很大的希望。"

理音本来以为能和从小一起玩的朋友们一起练习足球，升入中学以后也能和他们在一起。

可是，到了上小学六年级的时候，妈妈却给他拿来了一本说明书。

说明书上推荐了夏威夷的学校。

看见说明书介绍的寄宿学校的生活，理音的内心立刻一片冰凉。他的脑子里首先感到的是恐惧。

理音从心底里感到不愿意。

本来，每天回到这个家仿佛是理所当然的事情，以后却不能够天天回来了。在一个完全陌生的地方，甚至说不定连语言都听不懂的地方将要独自度过好几年，没有认识的朋友和老师，父母也都不在。

本来一直以为能和同班同学一起毕业，一起进入同一所中学，可是妈妈却要理音秋天的时候到国外的学校去上学。

理音连小学的毕业典礼也没有办法和同班同学一起参加。

"我是考虑到，这样能够尽量开拓你未来的可能性。"

母亲对他说着。

看见了母亲认真地凝视着他的样子，啊啊——他明白，母亲希望他到远方去。

"真行啊，夏威夷的学校吗？"

"那所学校出了好几个职业选手吧？"

"理音真厉害哦。"

被朋友们这么一说，理音渐渐地没有了退路。后来，理音自己也开始觉得这样大概是一种最好的选择了。

"我感觉这个学校是很不错的，不过理音他怎么说呢？"

"他说愿意去。"

有一天晚上，父母的这番对话被理音听见了。下了班回到了家的爸爸问妈妈："真的吗？还在上小学的小孩子没有什么主见，一般都只会听从大人的意思，他真的说过自己愿意去吗？"

"他说过愿意去试试。"

听着爸爸说的话，理音心里在想：爸爸，不是这么一回事。正相反，不是那样的。

虽然是小学生，也会有自己的想法。

我也能够懂得，在这里一直待下去的话只会感到痛苦。

我也希望能够相互保持更加远的距离。

怎么办呢？对不起。

姐姐，虽然我很健康，可是却觉得自己在父母跟前完全无能为力。

到了夏威夷的第二年结束的时候。

妈妈在圣诞节的时候来看理音，她烤好了蛋糕以后就回日本了。

她没有说出让理音和她一起回日本过新年的话。

理音看着没有发亮光的镜子，静静地等待着。在午后的自己的房间里，他摸摸镜子，嘴里念叨着："快点发光呀。"

等到镜子发出了七色虹光时，理音笑逐颜开了。他戴上了手表，向镜子里慢慢地伸进了手去。

啊嗷嗷嗷嗷嗷嗷嗷嗷嗷嗷嗷嗷嗷

"小晶，你在哪里？！已经到了离开的时间啦。刚才，已经开始听到嚎叫啦⋯⋯"

"算啦，嬉野。没有办法了。"

"我们自己先走吧。再不走就到时间啦⋯⋯"

可是，大家离开以后又被抓了回来。

正意识到发生了重大问题的时候，听见有人大叫：

"昴，到这儿来！叫小心过来！"

有声音对着通往小心房间的镜子在叫喊着：

"小心，拜托你了！去把那个'祈愿的钥匙'找出来！"

理音其实早就明白了。

"狼大人"虽然经常强调《小红帽》的话题，其实不过是误导他们而已。

他们一共有七个人。

"我们并不是小红帽。'狼大人'大概是《狼和七只小山羊》里的大灰狼！"

钥匙一定是在大钟的里面。

理音想要实现自己的那个愿望，把这个秘密一直悄悄地藏在心中。

小心觉得额头一阵疼痛。
呼的一下，巨大的冲击打在她的脸上。
就像小时候，玩单杠失败时脸从正面被撞到一样。

就在这时，理音的身影突然不见了。
有一个声音传进了小心的耳朵里：

——你的愿望呢……

不知是谁的声音。不知这是真的声音，或者只是耳朵深处的震动而已，小心不明白。然后，有另外一种声音在回答。这次是一个孩子的声音，女孩子的声音。

——我呀！

——我不要紧。所以，要想办法和那个孩子一起……

"看得见吗？"

这个声音突然插了进来，打断了小心所看见的什么人的记忆中的场景。
听见这个声音以后，小心一下睁开了眼睛。她从床底下抽回了手以后转身朝声音的方向望去，立刻便大声地发出了悲鸣。
是"狼大人"！
房间的门敞开着，"狼大人"站在门外的走廊上。

她的样子和以往一样。

她身上穿着带花边的围裙式连衣裙，头上是狼的面具。

不过，城堡被一种异样的气氛所包围着，由于光线昏暗的缘故，和平时的感觉有很大的区别，小心想要立刻逃出房间。可是，这个窄小的房间里连躲都没有地方躲。"狼大人"站在门口似乎就是要特地将她堵在房间里。

小心仍然站起了身，打算冲出去，只听见"狼大人"厉声喊道："等一等！"小心被吓得喘了一声。

"你已经是第二次想要逃跑了，还记得最初的那一天吗？"

"可是……"

已经把大家都吃掉的……大灰狼。

在小心的想象中，那只大灰狼就是眼前的这个"狼大人"变幻出来的。小心轻手轻脚地走着，在心理上是想躲开她的。

但是怎么会和她交谈起来了呢？

小心刚才还被那嚎叫声吓得不轻，战战兢兢的，现在她又若无其事地和小心说起了话来，小心觉得真是不可思议。

小心看见了"狼大人"身上穿的裙子的裙边，意识到有可能自己把事情全都搞错了。她的裙边和城堡内部一样……变得破破烂烂。蕾丝花边已经破了，七零八落地垂着。服装和狼的假面具都已经脏了。

"我也是无能为力的，一旦发生违反规则的事情就没有办法补救了。"

"狼大人"说道。

"当初建造这个地方的时候，是有条件的。做任何事情都会有相应的代价。"

"狼大人"把她戴着的那个狼面具的鼻子对着小心：

"你不会被吃掉，你属于惩罚对象之外的人。你这条命算是捡到了。"

"那么其他人呢？"

"他们都被埋葬起来了。你不是也看见了吗，在那些 X 印记的下面？"

啊，小心听了闭上了眼睛。

果然不出所料，这些 X 印记都是一些墓碑标记一样的东西。

"你察觉到了吗？"

"狼大人"问她。

关于她所问的事，小心觉得自己已经懂了。小心点了一下头：

"我觉得……我已经明白了。"

"是吗？"

"'狼大人'，我有一件事想问问你。"

"什么事呀？"

"我们这些人能够'再相会'的吧？"

被小心这么一问，"狼大人"立刻陷入了沉默。

虽然她戴着一个假面具所以小心看不见她的表情，但是小心此时怀疑她是不是本来就没有脸。她是镜子城堡的看守人，从一开始，这个狼的脸，大概就是这个孩子的脸。

她究竟是敌是友，小心不明白。

小心又问她：

"现在当然不可能马上就实现，可是，早晚有一天能够相会吧，是不是呀？"

"要这样的话，起码大家今天要能够平安地回来才行。"

"狼大人"说。

听见她这么说，小心觉得她是在肯定自己。原来是这样，小心反复地回味着她的话。

"把你们吃掉，不是我本来的意愿。"

"狼大人"说着，很不愉快地把面具上的鼻子朝向了天花板。

然后,她又看向小心。

"接下来就要看你的啦,小晶在'祈愿的房间里'。"

"狼大人"自顾自地说完了这句话,接着她就一下子消失了。

"你这条命算是捡到了。"

"狼大人"这句话的声音又在小心的耳后响起。

* * *

小晶的房间距离有楼梯的大厅最近,在长廊的最后面的位置。

小心使劲地深呼吸了一下。

她已经下定了决心——

一定要把小晶救出来。

要把那个任性的小晶带回来。

小晶明明知道留在城堡里等于自杀,可是她还是留在了城堡里。

小晶说的话总是充满了抱怨。

——那么,我要逃到别的世界去也不可能啦。

——如果钥匙真的找到了,能实现愿望也挺好呀。

——既然,我们在外面的世界互相帮不上忙,三月份过去以后,大家留下的也只有记忆了吧?不觉得虚无吗?

——有父母替自己操心的家庭真厉害呀。和我们这些人的父母不一样哦。对吧,小心?

小心打开了小晶房间的门。

里面有一个很大的衣柜,柜门打开着。小心迅速地找到了柜里的那个 X 印记。

小心把手放在了印记的上面。

小晶的记忆传进了小心的头脑之中。

小心闻到了一股焚香的气息。

小晶正跪坐在外婆的遗像面前。

小晶的母亲和小晶的表亲们在一起,人们都穿着整齐的丧服,并排坐着。

在小晶母亲的旁边还坐着父亲,他和小晶没有血缘关系,他是小晶的继父。

对于那个在小晶小时候就和妈妈分手的爸爸,妈妈常常把他称作"任性的人"。

"倘若当初没有怀上你的话,我是不会和他结婚的。如果不是生下了你,和他分手以后也不会有这么多的麻烦事。"

这是妈妈常对小晶说的话。

尽管她这么说,可是当亲戚们聚在一起的时候,他们却要反复地唠叨起那个人,说他在千叶开的运动用品商店专门负责参加甲子园比赛的当地高中选手们的体育用品。

外婆——

遗像上的外婆的脸比临终时外婆的样子更为年轻。她后来没有拍过照片,找到的都是很久以前的照片,舅舅他们老是嘀咕这一点。

小晶把头发染了以后,外婆看见她先是大叫了一声。

小晶以为她接着会斥责自己,没想到她大叫的原因是感叹这种头发的颜色太好看了,小晶被她夸得喜出望外。

外婆是一个很有趣的人物，平时爱开玩笑，和她的女儿，也就是小晶的妈妈完全不同。几乎让人产生疑问，为什么她会生出那样的女儿来。她常常会塞给小晶零花钱。"别给你妈妈看见呀。""如果被她发现会给她用掉的，这可是小晶和外婆之间的秘密哟。"说完外婆会朝小晶笨拙地眯起一个眼睛。

小晶在电话俱乐部里认识了大学生厚司君以后，把他介绍给了外婆，外婆一边感叹，一边把煎饼和茶水及腌咸菜端出来招待他。小晶觉得这些用来招待人的东西只有上了年纪的人才会端出来，样子挺不好看的，可是厚司君却高高兴兴地吃了起来。

厚司君说："没有想到你会把我介绍给你的家人。"小晶问他："抱歉，没有成为你的负担吧？"他却说："我很高兴呀。"

二十三岁的厚司君说，他二十三年以来不曾有过女朋友，小晶是他的第一个女朋友，所以要格外地珍惜。虽然他手上没有多少钱，却说想和小晶结婚。

给外婆送葬的时候，厚司君没有来。

最近，小晶很难和他取得联系，即使在寻呼机里留下了短信，也极少收到他的回复。

小晶最盼望见到的其实就是厚司君了。

"这个孩子怎么这个样子呀？"

一个妇人说是外婆的朋友，她看见了小晶以后在嘴上数落着。小晶看见她皱着眉头对妈妈说："都是因为你对她撒手不管的原因。"小晶觉得这个女人真爱管闲事。

然而，小晶心里明白，自己只能和妈妈住在一起，所以是无可奈何的事。

"舞子、舞子，你在哪儿呀？"

葬礼结束以后，小晶回到家一个人待在屋里的时候，听见了那个家伙的叫声。

他正在寻找妈妈。妈妈明明已经说过了，今天因为有许多的事情所以要晚回家。

小晶指望他找不到人以后会快点儿出去，没有想到他的声音却越来越响了："舞子！舞子！喂，舞子！"

"她不在呀！"

看见自己房间的门突然被打开了，小晶烦躁地大声回答着。

"她还没有回来，不在家呀。"

"啊，小晶，你在家里呀。"

小晶的继父粗暴地推开了和室的拉门，看着她。他那松开的领带结下面的衬衣纽扣已经被粗暴地解开了。

他红着脸，身上散发出酒气。闻到他的酒气以后小晶觉得胆战心惊。

这下子糟了，小晶心里想。本来，这家伙在的时候她总是躲在妈妈的衣柜里，屏住呼吸躲开他，今天大意了，被他撞见了。

和以前的时候一样——小晶意识到了，她想要立刻逃走。

"哎哟，你别跑呀！"

跟过来的那个家伙的声音，突然极其惊人地变得甜腻起来。他用湿乎乎的手抓住了小晶的胳膊，小晶立刻全身起了鸡皮疙瘩。她的校服裙子里的双腿抖了起来，嘴里"呀"地喊叫起来。

听到她的声音，对方只是无声地用力拉着她的胳膊，然后小晶的胳膊又被他按住了。

厚司君、厚司君、厚司君——

小晶悲鸣起来。对方的手伸进了她的校服里，然后他又用手捂住了悲鸣着的小晶的嘴。

救救我！

小晶虽然被他捂住了嘴，仍然在心中叫着。

厚司君他明明说过会来帮助我，会来保护我的呀！

"疼死我啦！"

小晶挣扎之中抬起的脚踹中了他的裤裆，随后小晶逃到了客厅，然后她用扫帚把顶住了门。厚司君、厚司君、厚司君、厚司君。她手忙脚乱地拿起了放在墙角的电话听筒。慌乱之中她的手把电话旁边的留言簿、月历以及笔筒全都打乱到了地上。小晶在脑子里想着，用数字把留言发到厚司君的寻呼机里。这个用数字转换留言的过程十分恼人。应该怎么输入数字？应该怎么说才好？

几个数字像咒语般地在她脑子里流过。

四一、三三、二四、四四。

"快来救我。"

"马上就来"——她正要继续往下输入的时候，"小晶！小晶！"那个家伙在门外拼命地推着门，门被他强力地推着几乎快要倒掉似的。

小晶匆忙地扔下了话筒，正想要逃的时候，就在这个关键的时刻——

镜子发出了光。

过去一直是她自己房间里的镜子才会发光，今天却是妈妈用的小小的手镜在发光。可是，"狼大人"曾经说过，大人在的地方镜子是不会发光的。

"小晶！"

她背后像猛兽一样的叫声更加咄咄逼人了，已经根本就没有可以犹豫的时间。小晶把手放在发光的手镜上，向着镜子的对面，整个身体滑了进去。

虽然只是一面小小的镜子，小晶的身体却非常不可思议地从中穿了过去。

转瞬间，小晶已经站在了城堡的大厅里。

她觉得心脏还在猛烈地跳动着,胸口像要炸裂开来似的,胳膊和腿上的鸡皮疙瘩还都在。身上穿的学生服的领巾歪着,纽扣乱七八糟地解开着。小晶看着自己的样子几乎都要哭了。

不远处,站着"狼大人"。

她的手上拿着一个小小的——就像小晶刚刚穿越过来的差不多大小的手镜,镜子上发出了七色虹光。

"狼大人……"

小晶还在气喘吁吁。为什么?怎么让妈妈的镜子发出光的呢?如何能够在大人在的时候允许小晶到这儿来呢?

面对着小晶的疑问,"狼大人"解答道:

"……因为你面临着危机。"

听了这句话,小晶明白她全都看见了。"狼大人"微微地歪着脑袋,和过去她那种一贯傲慢的语调不同,用和她外表一样的小孩子般的语气说:

"不来救你的话,更好吗?"

"不是。"

小晶摇着头。她使劲地摇头:

"不是的……谢谢你了。"

她的话一出口,眼泪也跟着流出来了。随即,就像重新想起来似的,她的身体颤抖了起来。她拉起了"狼大人"的手,"狼大人"并没有拒绝。

然而,"狼大人"什么都没有问,"狼大人"温暖光滑的手是那么好看。摸着她的手,仿佛自己也能跟着一起变得更美丽了。

"我……一直住在这儿不行吗?"

小晶说着,眼泪不断地流了出来。

外婆的面容仿佛出现在远方。小晶不想回去,她觉得寻找不到可以回去的地方。

"不可能。"

"狼大人"的语调重新又恢复到了原来的样子。小晶知道她会这么说，可是，小晶咬紧牙齿。

"我不想回去……"

每天都要小心翼翼地避免和他同处一室的生活也好，学校也好，朋友也好，小晶全都感到厌烦了。

在中学的排球社团里，小晶的体能特别好，她看见别的女生迟缓的样子总是不耐烦。"不要那么呆头呆脑的！"她经常对她们说一些斥责的话……有时候，她还会把表现差的低年级女生单独叫出来，和其他的年长女生一起围着她，让她好好地反省自己："自己说说哪里做得不好。"

小晶觉得这种情况在各个社团里都一样，并不是只有她这么做，可是到了后来，那些女生及其他人却都说，对小晶已经"无法容忍"。

她们都认为小晶的存在让排球社团变得糟糕了。

小晶的做法其实是在霸凌别人。

她觉得自己的本意并非是要霸凌别人，可是在大家的心目中，她已经成了让人无法忍耐的一个人。结果，她只好离开了排球社团。

"不可能。"

"狼大人"虽然是这么对她说，然而她的声音里却仿佛包含着不同的意思。她并没有推开小晶的手，而是主动地握住了小晶的手。这一点让小晶感到格外高兴。

穿着校服的小晶不想回家，她就一个人蹲在"游戏的房间"里。

没过多久，小心走了进来。她就像看见了什么离奇的景象，目不转睛地看着小晶，其实是看着小晶身上的校服。

"小晶，你是雪科第五中学的学生吗？"

小晶茫然地随着小心的视线，打量着自己身上的校服。

"是呀。"

小晶点点头。

"是雪科第五中学。"

小心睁大了眼睛。不久,政宗和昂也都来了,然后他们也都说:

"你穿的这身校服和我的中学里的女生穿的一样哦。"

我们这些人,原来是同一所中学的呀。

所以——

"这么看来我们就可以互相帮忙了。"

对于政宗这句话的含义,小晶有着深切的感悟。

小晶觉得自己太需要得到他人的帮助了。

小晶那天给厚司君发去的留言,没有得到他的任何回音。

小晶都向他发出了那么紧急的求救信号,他却毫无反应。小晶虽然知道他的寻呼机的号码,他却并没有把他的电话号码告诉过小晶,小晶也是这时才明白过来。

小晶曾经把继父的情况全部都告诉过厚司君。

厚司君当时对小晶说:会保护小晶,绝对不会让那个家伙再骚扰小晶。

不过——

小晶想着城堡里的这些伙伴们大概能够帮助她。

他们说不定会同她站在一起和那个家伙斗争。

可是,在一月份的那一天。

小晶是想帮助政宗的——这是她的真实想法,没有一点儿杂念的心情,可是她去了保健室以后,发现谁也没有来。

那一天，天气特别寒冷——

隔着保健室的窗户，小晶望着淡色的天空，心里有种遭遇了背叛的感觉。

"老师，听说小晶今天到学校里来了，是真的吗？"

小晶听见排球部的美铃站在保健室外面问老师。

她顿时想要逃出这里了。

"今天真冷呀。"

保健室的老师一边说一边把手伸在火炉的上面烘着，小晶流着眼泪恳求他：

"一定要说我不在这儿，大家来了都不要告诉她们，绝对不要。"

小晶蜷缩在保健室的床上，她把身体捂在被子里，独自发着抖。

实际上她都明白。

自己的形象很糟糕。

大家会怀着开玩笑的心情打那种挑逗大人的电话俱乐部的电话，没有哪一个女生会实心实意打那种电话找人聊天。

我其实是和美铃她们这些学校里的女生不一样的。

纵然知道了并不是城堡里的人欺骗了她，现实里生活却仍然丝毫没有好转。

我们大家互相见不到。

"我是个头脑简单的人，对于那个挺难懂的平行世界，我没有办法完全地理解。它的意思是不是，我们在外面的那个世界里，是绝对无法见面的，是不是？"

"嗯。"

听了理音说的这些话，政宗点点头。

"是不是我们都无法互助？"

"对的，我们大家……没办法相互帮助。"

三月份要结束了。

希望我的日常生活能变成正常的样子。
希望妈妈不要再那么神经兮兮。
希望那个家伙能被谁杀死。
希望我能恢复到从前不被排球社团的女生们所讨厌时的样子。

如果这些愿望不能够实现的话,我就要一直……待在这里。
最后的那一天之前,小晶下定了决心。
她躲在自己房间的衣柜里,等待着五点钟过去。

"小晶!小晶!你在哪里呀?"
小晶听见了拼命在寻找她的嬉野的喊叫声。
对不起了,嬉野。
对不起大家了。
我……无法独自一人活下去了。
对不起,说不定也会给你们带来麻烦。

我不想回去了。

我不想再活下去了。
我没有办法再活下去了。

啊嗷嗷嗷嗷嗷嗷嗷嗷嗷嗷嗷嗷嗷
啊嗷嗷嗷嗷嗷嗷嗷嗷嗷嗷嗷嗷嗷

能听见远处传来嚎叫的声音。
可怕的亮光在城堡里扩散开来。

衣柜的门被打开了。

出现了狼的头和它巨大的嘴巴——

"不要逃!"

"到这儿来!"

"把手伸过来!"

"求求你了!小晶!"

"小晶,要活下去!"
"小晶,不要紧呀!"
"小晶!"
"小晶!"
"小晶!"
"小晶!"
"小晶!"

醒过来后,小晶发现自己待着的地方有个门关着。
门外正有谁在拼命地敲门,不停地敲着门,同时在呼唤她。

那是小心的声音。

"别害怕呀,小晶!小晶!我们能够相互帮助的!"

"能够再见面呀!"

"能够见面!所以你必须要活下去!你要坚持住,成长为大人!"

"小晶,求你了。我——生活在你的未来,我在小晶活着的、成为大人的那个未来之中!"

这个声音越来越近了。

小晶先是有了朦胧的意识,接着一下子苏醒了,她听见了小心的哭声。小心边哭边砸着门。

"我们的时间……年份都是不一样的呀!"

小心说道。

"不是什么平行世界,我们是各个不同年代的雪科第五中学的学生呀!我们是在同一个世界里的呀!"

让小心幡然醒悟的是东条的那一句话:

"……你什么时候搬家呀?"

"四月一日。"

"就在眼前了……"

"没有办法呀。爸爸他们其实想在三月份里搬家的,可是今年的四月一日正好是星期六,休息日。"

今年的。

小心当时听了东条的话以后,心里曾经计算过。
确实是这么一回事呀——她思忖着。
城堡里的人们,和小心他们,每个星期的日子是不一样的。在不同的年份里,星期的日子是不同的。
比如开学的日子。
还有节庆的日子——比如成人式的日子。

可以把这事想得更加单纯一些。
星期不一样。
天气状况不一样。
买东西的场所不一样。
教师不是同一个人。
班级数不同。
街道的地图不一样。
然而,并不是"整个世界"都不一样。
关键是当时是哪一年——如果时间和时代不同的话,这些不一样就都是理所当然的事情了。

是嬉野的记忆提醒了小心。
嬉野当时在等待之中度过的一月份的那一天。
嬉野一边吃着饭团,一边等着大家。他仰望着蓝天,心中感到无比的幸福。

然后，嬉野的母亲和某一个人——一起来了。

那是一个头发略微有些花白，看上去非常温和的女人。她笑起来的时候眼角上有一些皱纹。

对这个人，嬉野称呼她"喜多岛老师"。

她和小心所了解的喜多岛老师——不一样。然而，看上去很像。这个人确实是喜多岛老师。

她比小心所知道的喜多岛老师的年龄大得多了。

在小心的现实生活里，喜多岛老师是一个年轻的女教师，既没有白头发，脸上也没有皱纹。她确实应该是喜多岛老师，这究竟是怎么一回事呢——

小心思索着，忽然想起来——

以前，在城堡里同嬉野谈起喜多岛老师时，小心说过：

"喜多岛老师很漂亮呀。"

"漂亮吗？"

作为容易对女性动心的嬉野，喜多岛老师应该属于他所喜爱范围里的女性，可是嬉野所表现出的迷惑让小心一直感到疑惑。

原因其实就是因为在"嬉野的现实生活"之中，喜多岛老师不是小心所看见的样子——她不是年轻的女教师。

这样想来，政宗的记忆之中也有让小心感到特别的地方。

"他们这些家伙不可能不来的呀……"

政宗当时正在保健室里哭泣着，喜多岛老师抚摸着他的背：

"是呀，政宗君的朋友们一定被什么事情给耽搁了。"

这么说话的喜多岛老师比小心所知道的老师的头发更长，她看上去的气质和小心所知道的老师有所不同。

小心本来并没有特别在意，可是看到了嬉野的记忆之后，她的心情有了变化。

这也是因为——她不是小心认识的那个喜多岛老师，而是若干年以后的喜多岛老师。

所以，小心看到了大家的记忆。
她被允许看到了这些。

比方说，昴的那个随身听。
在城堡里，只看见昴在用耳机听音乐，小心从来没有看见他放在包里的用耳机线连着的音乐播放器，而记忆中的昴听的是磁带。这和小心在街上所看见的那些播放器相比，外表上显得更厚更重。

最确实的证明是在风歌的记忆之中看见的。
风歌弹着钢琴的时候，她旁边有一个日历，在钢琴比赛的日子上画着红色的圈圈。

月历上印着的年份是"2019年"。

而不是小心所度过的去年"2005年"。

进入了小晶的记忆之后，小心更加确定了。
现如今，学生们用的基本上都是小灵通或者移动电话，可是小晶却用寻呼机来联系他人。关于寻呼机，小心小时候看见妈妈用过，她用这个东西和在单位里工作的爸爸取得联系，小心大致上知道怎么用。这个东西不是用来通话，而是单方面地给对方传送留言。妈妈当年把它简称为"BP机"。
小晶逃进了屋子里忙着给寻呼机发送留言时，不慎碰掉的台式日历上写的年份是"1991年"。

再把其他人的现实生活对比起来看的话，更加容易想通了。

对于小晶来说，小心生活在她的未来。

而对于风歌来说，小心生活在她的过去。

——我没有说过你们不能见面，也没有说过你们不能互相帮助。明白了吧？你们要自己去察觉，自己去考虑。

事实上正像"狼大人"所说的那样。

我们大家能够见面。

等到我们长成了大人，在今后的日子里，就能够进入其他的孩子的时代——我们就能追上其他的孩子的"现实生活"。

虽然那时候大家和现在的模样会不同，年龄也会不同，然而并不是绝对见不上面。

"小晶！"

打开了大钟以后，小心喊叫着。

隐藏在钟摆后面的钥匙——就被黏在那儿。

小心将钥匙拿到了手之后，看见了钟摆的里面有个小小的钥匙孔。

啊啊，原来在这儿。小心惊叹地想。

"祈愿的房间"——

大家一直在寻找它，它却被藏在这个让人意想不到的安全隐蔽的地方。

小心把钥匙插入了钥匙孔里，只听见"嘎吱"一声，大钟的里面被打开了。

小心说出了愿望。

把小晶——

"拜托了！"
她叫着：
"拜托了，请把小晶救出来！小晶的违规行为，算她没有做过吧！"

周围立刻充满了光明。
刚才那种混沌的景象和刺眼的闪光都不见了。
乳白色的、温暖的、柔和的光包围了小心。
"小晶！"
小心面朝光亮拼命地呼喊着。
你一定要勇敢地努力，成长为大人！
"我们大家能够见面的！"

小心想起了《狼和七只小山羊》里，山羊妈妈打开了藏着最小那只山羊的大钟盖子的场面。
小晶，快点出来！
小心一边祈祷着，一边向门里伸出了手。
"你不要逃了！到这儿来！把手伸过来！求求你啦！小晶！"
她倾尽全力喊叫着。
"小晶，要活下去！小晶，不用担心！不要紧！小晶！我们大家会互相帮助的！会见面的！能够见面的！所以你必须要活着！努力呀！要长大成人！小晶，求求你了。我在未来，我在小晶生活着、长成了大人的那个未来之中！"
小心觉得自己的手触到了柔软温暖的东西。
什么人的手握住了小心的手。

小心感受到了这种感触以后，立刻紧紧地闭上了自己的眼睛。她使劲地握住了那只手，想着自己绝对不能松开。

——小心。

"对呀！我就是小心！"
泪水已经涂满了小心的脸。小晶的手，她绝对不会放开。
"我是来接你的。"

——小心，对不起。
——我……

"没有关系！"

小心从心底里发出声音，小心叫着：

"那已经不要紧啦！赶快回来吧！"

小心的嗓子也嘶哑了。
她用尽全力，使劲地拽着那只手。
于是——
"小心！"
她听见了另一个声音，那不是小晶的声音，是从背后传来的。

哎？她来不及反应，就有谁从背后紧紧地抓住了她。回过头去，小心呆住了。
"大家……"

风歌在那儿。

风歌、昴、政宗、嬉野、理音,大家全在。

大家都回来了。愿望……实现了。

"小晶呢?"政宗问。

小心点点头。

"是这样啊!"

也不用多说,大家顿时都明白了,立刻都站在把手伸向大钟里面的小心身后,就像拔河一样,排着队用力地拉着。

昴叫着:"用……力!"

"死也不要放手!"

大家同声喊着。

"吱"地一下,顿时觉得有什么东西被拉动了。

每个人都紧闭上了眼睛,一起拽着小晶的手腕。

——这样一来,这不再是《狼和七只小山羊》了,而是像《拔萝卜》中的场景一样了。小心这么一想,胸口立刻轻松了。

一定能行。

小晶,你快回来!

"我们来了,小晶!"

随着"加油!"的共同喊叫声,小心觉得拉着小晶的手突然轻了。

这样一来,大家都失去了重心,纷纷倒在大楼梯上。

* * *

小心的身体在大楼梯上被撞疼了好几处,她忍痛抬起了头。

只见楼梯的上面,小晶躺倒在大钟的前面。

"小晶!"

小心大叫起来,她边叫着,边跑了过去。

"小晶,你是个笨蛋!"政宗和理音也同声叫着。

"真是的,我都想揍你啦!"昂也说。

小晶一副刚被人从水里捞出来的模样。

起初她显出茫然的样子,接着就有点儿明白过来了,因为她开始哭了起来。她像小孩子似的大哭着,整个人都哭得不能自已。

"对不起……"

小晶一边大声地抽泣着,一边小声说着。她用通红的双眼轮流看着大家。

"对不起,我……"

"你这个……傻瓜!"

风歌使用的语言和政宗他们男生一样粗暴。风歌的脸上,那对眼睛红肿得一点儿也不次于小晶。"你让我们大家怎么办呀!"她喊叫道,"把愿望也都给用掉了不是,都是为了把你救出来!"

"对不起,我……"

"太好了……"风歌说道。

她一边说,一边搂住了小晶的脖子。她拥抱着小晶:

"你平安无事,真是太好了。"

小晶的眼睛吃惊地睁大了。她有些迷惘地接受了风歌围在她脖子上的胳膊,然后,小晶又朝大家看着。

她明白,大家并没有真的对她生气。

关于她一意孤行的做法,每个人当然都感到生气。

可是,与之相比,大家更加感到高兴的是她终于平安地回来了。

从小晶的嘴里,长长地吐出了一口气。

"对不起!"

说出了这句话后,小晶又崩溃地哭了起来。

随即，就在这个时候。

啪、啪、啪、啪。

传来有人轻轻拍手的声音。

关于是谁在拍手的问题——小心他们即使不向那个方向看去，也都能够明白。

在明白的同时，大家刹那间也都领悟了，意识到"那个时刻"即将来临。

既然愿望已经实现，小心他们的记忆也将要消失了。

分别的时刻，一步一步地接近了。

"狼大人……"

大家一齐抬起了头。

"做得很棒呀！"

"狼大人"优雅地鼓着掌，出现在大厅的楼梯前。

闭城

昴生活在 1985 年。
小晶生活在 1992 年。
小心和理音生活在 2006 年。
政宗生活在 2013 年。
风歌生活在 2020 年。
嬉野生活在？年。

大家相互确认出生于公元多少年，来自哪里。
在一片狼藉的"游戏的房间"正中间，大家在摊开了的纸上写着。
"我哪里记得现在是在哪一年呢？"嬉野说道。小心他们十分理解他的说法。
平时，大家在生活中所意识到的总是哪一月哪一日，不必经常去想是在哪一年。
小心他们起先对于自己的记忆还是有点儿不太确定，发现有人生活的年份离得那么远，立刻便发出了无比震惊的声音："哇……"
听见了昴说他是在"1985 年"的时候，大家立刻哗然起来。
"那是昭和时代呀！"
政宗说完，昴奇怪地问："哎，什么意思？那不是理所当然的吗？"

光凭这一点就已经能够明白：接下去很难说通了。

"不是说……"

昂一脸迷茫地看着大家：

"1999年的时候世界没有结束吗？诺斯特拉达姆士的大预言……世界还继续存在吗？"

"怎么可能结束呢，都是什么时候的老话呀。"

政宗忽然"哇"地叫了一声。

"你在玩我的最新式的游戏时从来也不觉得奇怪吗？没有觉得画面特别清晰吗？在你的时代里，游戏机是不是还是红白机呀？"

"我平时基本上不怎么玩游戏，所以我以为就该是那个样子的。政宗说过是你的朋友所开发的最新品种，我就以为这是还没有开始销售的特别先进的东西。"

"我也是……"

小心跟着吃惊地说道：

"其实我多少有点儿奇怪的。政宗的任天堂DS（便携式掌上游戏机），和我所知道的看上去有些不一样，我还以为政宗拿到的是试用产品什么的。"

其实应该更早就意识到了。

如果，政宗所说的那个朋友是虚构的人物，那么他拥有这些就是很奇怪的事了。然而，小心对自己做出的解释是：在平行世界的话，什么都是有可能的。

"啊？这么说的话，小心所指的就是最老的DS了吧？因为我持有的是3DS（具备裸眼3D画面功能的便携式掌上游戏机）呀。"

"哎，那是怎么一回事呀？"

"比你所知道的那种性能好多啦！"

政宗吸了一口气。

"哇，竟然会有这样的事情呀。那样的话，应该对这种最先进的技术感到吃惊呀，你们该承认我是很厉害的呀。"

政宗自我满足地说完之后，不停地端详着昴。

"太不可思议了……我和昴之间……这么说来，整整差了二十九岁呀！"

在纸面的空白部分，写满了各种计算的公式。

"小心，你能发现这一点真是太厉害了，我一点儿也没有想到问题在于每个人的年龄。"

"我只是偶然意识到了……"

被政宗这样直率地表扬着，小心挺不好意思的，不知道怎么说才好。

"我虽然觉得还是无法相信，可是，比起政宗说的那个平行世界，这个解释的确更加靠谱。"

理音说完这话，政宗说着："是的是的。"不高兴地皱起了眉头。

"反正都是我猜错了，对不起大家啦。"

"喂，这样看来，都是相差了七年吧？"

看着大家写出的年份，风歌说道。她用手指着："看这儿"。

"在昴和小晶之间，小心他们、政宗和我之间，全都隔了七年。七这个数字在这儿可能有着特别的含义。我们一共是七个人，钥匙藏的地方也全部都是源自《狼和七只小山羊》。"

"真的呀。"

相互间隔了七年，我们大家的现实生活互相错开了——

从这个角度来分析的话，各个问题的答案便呼之欲出。

比方说，小心经常去的卡莱奥一带，当年曾经是商店街。车站前曾经有过麦当劳店，听说有了卡莱奥以后，它从车站搬过来了。

小晶他们是从"过去"的南东京市来的。

而且，卡莱奥的规模今后将发展得更加大，它大概会成为连电影院都包括在内的庞大的购物中心，就像政宗和风歌所描述的那样。

"所以说，嬉野你一定在小晶和小心他们的中间，因为他们当中间隔的不是七年而是十四年。嬉野是从'1999年'来的吧？"

"哎……这是怎么回事？"

嬉野看着表格立刻陷入沉思，随后他马上摇起了头。

"可是，不可能呀，因为我是2013年出生的呀。"

"哎？！"

大家都吃惊地叫了起来。"如果这样的话……"风歌脸朝上心算起来。

"嬉野你现在是生活在'2027年'，你为什么不早点告诉我们呀！"

"2027年！你生活的未来也太遥远啦！"

昴吃惊地说。嬉野本人却只是有点儿疑惑地歪着脑袋："是吗？"

听着他们的对话，小心也忍不住地嘀咕了一声："不得了……"在小心现在所生活的"2006年"里，嬉野根本还没有出生呢，真无法想象。

"只有我和小心他们中间是这样，和其他的人都不一样，我们之间隔了整整十四年……"

小晶看着表格嘀咕着："为什么呢？"

小晶从"祈愿的房间"回来以后还哭过，现在她的脸虽然还是白里透青，看上去多少有点儿恢复了原样。见她主动对自己说话，小心也觉得放心了，然而小心只能向她摇摇头："不知道呀。"

"总觉得当中应该是还有一个人在……挺奇怪的。"

"可是，有些事情现在也可以想通了。"

风歌说着，大家都向她看去。风歌看着小晶接着说：

"你还记得吗，二月份的最后那天？别人都没有来城堡，一整天只有我们两个人，那天连'狼大人'也叫不出来。"

"嗯。"

小心听了也想起来了。那是三月份的第一天，明明二月底的那天她们两个人发生了一点不开心的事，可是到了第二天也就是三月份的头一天两个人却变得亲密无间的样子，小心还奇怪她们两个人应该是没有时间和好的。

"那是因为闰年的缘故，没错。"

"哦……"

"每四年有一天，二月二十九日。我和小晶的"1992年"和"2020年"正好有这么一天，其他人的年份都没有，所以是从二月二十八日直接到三月一日。你们看是不是这样呀？"

"确实是……"

"只有我们两个人多赚了一天。"

风歌的"多赚了"听上去有些怪怪的，不过听她这么一说，小心立刻有了新的发现。

"我觉得那些节假日也是不一样的。"

"节假日？"

"还记得吗？我们曾经说过一月份在哪一天开学的事。你们记不记得当时提及成人节的话题？昴说成人节是在十五号那天，还说在平行世界里成人节是每个人各不相同的。"

听到这儿，小晶和昴一起说了：

——哎？成人节是十五号呀，我记得并不是三连休呀……

——开学的日子先不去说了，成人节应该是相同的日子呀。

"啊，小晶你们那个年代还没有把节假日同周末连着放吗？我听说以前是那样的。"

"咦，怎么会这样呀？节假日能变更吗？"

"嗯，确实是叫'快乐礼拜一制度'……"

"快乐礼拜一……"

小晶大声地念了一遍，随即笑出了声：

"怎么会有这么好玩的名称！这是正式的名称吗？哎……那些一本正经的大人居然会用这么个名称？小心，你不是在骗我们吧？"

"没有骗你们呀！也不是我想出来的，真是叫这个名字的新制度！"

不擅长开玩笑的小心急急忙忙地分辩着。她一边说着一边感叹：太好了——刚才还有气无力的小晶的状态已经渐渐恢复了。

"还有，在小晶和昂的时代里，星期六也要上学吧？"

风歌问他们：

"我听说以前在星期六还要到学校里上半天课。我当时心想，现在的孩子可真轻松呀。"

听了她的话，小心不由得一愣。

——双休日制度。

小心上到小学三年级时为止，学校每两周星期六放假一次。每隔一周有一个星期六也放假确实蛮开心的。

以前，小晶曾经说过：星期六和男朋友在一起的时候被警察辅导过。小心当时听了以为仅仅是因为小晶打扮得太招摇才被警察怀疑是不良少女，其实是因为小晶那个时代的初中生在星期六应该在学校里上课。

在这一点上，小晶和昂的反应各不相同。昂说："咦，星期六变成休息日啦？"小晶则回答："好像确实会变成那样的吧……我听说过每个月一次星期六会有休息，但我一直没有去学校，所以没有留心这方面的事情。"

原来如此——小晶点了点头：

"在小心你们的现实生活里，星期六已经用不着去上学了，我们真是处在不一样的年代里呀。"

"嗯。"

小心一边点头，一边又有了新的发现：

"在小晶和昂的年代里，在南东京市里会不会还有第二中学和第四中学呀？"

"哎?"

"二中和四中现在已经没有了,和雪科第五中学相邻的学校是一中和三中。以前虽然还有二中和四中,可是小孩的数量渐渐减少了。"

在自由学校里,小心曾经听见里面的一个总负责的老师说过。

许多孩子习惯了小学的大家庭般的环境,进了初中以后,他们适应不了猛烈的变化。尤其是,第五中学在这场学校合并的变化中受的影响特别大,在这一区域属于学生数量格外多的。

以前,在谈论小晶留级的话题时,小心曾经问过她:"会不会转入邻近的中学里呀?"小晶反问了一句:"邻近的中学是不是那个四中呀?"小心当时听了觉得有些奇怪,四中明明是已经没有了呀——

"咦……原来是这么一回事呀。"

没有想到,嬉野忽然大声地嚷起来。只见他瞪大了眼睛向他们看过来。

"我也曾经觉得奇怪,为什么没有四中却会有五中。原来是这么回事,以前五个学校都是存在的,我真是一点也不知道。现在的学校都是奇数的,我还以为用偶数不吉利,所以学校都用奇数来命名。"

"如果说是不吉利……那么,对于其他地方用偶数命名的学校未免太不公平了吧?"

"嗯,所以这样才好。否则被说不吉利的话,让那些学校的学生怎么才能安心地上学呢?"

对于嬉野这种特殊的观点,小晶吃惊地叹了一口气:

"总觉得太不可思议了。在这里,你们看上去都和我差不多,可是小心也好嬉野也好……你们其实都是未来的人呀。"

"你这样说的话,对我来说小晶你们都是过去的人,我同样也觉得太不可思议了,完全没有真实感。"

"话说回来,小心和理音是同龄人呀。"

听昴这么一说,小心和理音立刻对视了一眼。

是这样的呀。

本来以为大家在同一个年代生活着，现在坐在这里确认之后才明白，在同一个年代生活的只有理音和小心两个人。

大家都是应该去雪科第五中学上学，结果却没有去的孩子。

因为有这么一个共同点，这些年龄间隔了七年的人聚集在了这里。

大家都不是同一个年代的人。小心本来曾经觉得奇怪——为什么大家都来自同一个学校？现在她理解了。

虽然和小心一样是"2006年"的人，在海外留学的理音却也包含在这里。

"……可能，因为我是想去雪科第五中学上学的人。"

理音在嘴上嘀咕着。正像"狼大人"以前曾经对他说过的那样。

"她把我叫到了这儿，可能是为了让我在日本的学校里交上朋友，为了和小心认识吧？"

"说不定真的能见上面呢。"

小心也开口说道。理音朝她抬头看去："哎？"

"一月份，第三学期第一天的保健室里，只有理音，说不定会和我在那里见上面呢。"

同这个男孩原来是相同年代的人——这个事实让小心觉得心里暖暖的。夏威夷和日本，如果不是离得那么远的话，她和理音那天说不定能在保健室里见上面。本来如果没有去留学的话，理音就是一个天天去雪科第五中学上课的普通孩子，他也不会被召集到这个城堡里来。不知道有什么机缘使他和小心在这里相遇，小心觉得有点儿费解。

"反正统统都会忘记的，我们再也不会相遇了。"

即使是同一个时期的人，一旦失去了记忆，就再也不会相遇了。倘若理音从夏威夷回来了，即使在大街上遇见了，也不会记得大家在这儿的事。小心不可能想起来理音是"在城堡认识的男孩"，反之，理音也是同样。

这种想象让小心觉得心里挺难过的。

她真不愿意失去这段记忆。

"'狼大人'……"

风歌转过头。

她看见了刚才就默默地坐在壁炉前的"狼大人"。

"我们还有多少时间呀?"

"估计不到一个小时吧。"

"狼大人"用淡然的语调说着。看见大家的视线都集中在她身上,她拎起连衣裙的裙摆站了起来。

"所以,你们大家都快点儿准备吧。"

* * *

啪啪啪——"狼大人"一边拍着手一边出现在大家的面前,她和平时一样地镇静。

在救出了小晶之后的大厅里,她若无其事地站着。

原先她那身破破烂烂的连衣裙,现在已经恢复成崭新漂亮的原样了。本来已经昏暗无比的城堡,不知从何时起又变得很明亮了。

"干得很漂亮呀。"

听见她这句话,大家一时都反应不过来。

"'狼大人'……"

犹豫了一下,小心叫了她一声。

然而,其他的人依旧没有任何表情,呆呆地看着"狼大人"。

小心明白,他们都被大灰狼吃掉过——

小心不明白究竟发生过什么事,她没有看见过那头"巨大的狼"。多半,大家在被"埋葬"在那个 X 印记底下之前,有过非常恐怖的经历。光是想想那种嚎叫声,就能知道所发生的事情非比寻常。

"你们为什么用这种目光看着我呀？"

估计"狼大人"感觉到了大家的紧张心情，所以用漫不经心的语气问着。

"放心吧，那种事情不会再发生了。我本来也不希望出现这种状况，如果不是因为谁违反了规则，这事是不会发生的。"

说到这儿，"狼大人"向着被救出来的小晶瞥了一眼：

"反省吧！"

"……对不起。"

小晶的脸色发青，又浑身抖了起来。"狼大人"坦然地接受了她的道歉，一边点头一边说：

"已经不要紧了。安心吧。"

"真是太疯狂了，吓死人了。"理音说着。

"狼大人"的狼面具上的鼻尖对着小心。小心觉得她的脸上应该是喜悦的表情。

"你真聪明，明白这里是超越时间存在的'城堡'。"

"嗯。"

小心茫然地点头，眼睛直视着狼面具。

"'狼大人'你说过的话为我们提供了线索——我们并非绝对无法见面，我们来自不同年代的雪科第五中学……大家只是年龄不同。"

小心想起理音以前问过的话。

当时看见小晶穿着一身校服，大家顿时明白原来彼此都是同一个中学的学生。

——我记得你说过，曾经召唤过像我们这样的"小红帽"在这里实现自己的愿望。那些"小红帽"也都是雪科第五中学的学生吗？若干年一次，把大家集中在这里吗？

当时，"狼大人"是这么回答：

"若干年一次——属于一种平等的机会吧。"

那就是像她所说的一样。

相隔若干年挑选一年，把各个年代的小孩叫到一起。

不是不能相见。不是不能彼此相互帮助——而是，必须能够意识到才行。

"这个城堡马上就要关闭了。很可惜，在明天到来前必须结束了。"

"狼大人"说着。

大家其实都有所觉悟了，然而还都有话想问她。

"记忆，会被消除吗？"

提问的是风歌：

"在这里所发生的所有事情都会被忘得一干二净吗？"

"嗯嗯。"

"狼大人"点点头。无情地说道：

"既然已经用钥匙实现了愿望，那就像事先所告诉你们的那样，在这儿的一切都将从你们的记忆中抹去。"

不过——

"狼大人"看着大家，随即她又说道：

"再给你们点儿时间吧。"

"时间？"

"因为这里是超越时空的'镜子之城'，在你们各自返回镜子另一边之前，再给你们一些时间。不要落下了自己的东西，快点做准备吧。"

今天简直就像学校里的毕业式的日子，"狼大人"很像提醒大家别把东西忘在课桌和鞋柜里的学校老师。

"放在你们自己房间和客厅里的东西要全部带走，这里从明天起就进不来了。现在，外面世界的时间已经停顿了。到你们回去的时候，外面世界是日本时间十九点。这个时候回家的话，你们的父母还不会太生气。"

在这个变得乱七八糟的城堡里，"狼大人"居然还会替他们担心外面世界的事,她想得真是特别周到。事实上,这样对小心来说很有益。

"那么,这儿不用整理吗?"

问话的是嬉野。他看见城堡里的柱子上出现了裂缝,墙壁脏乎乎的,家具和餐具四处散乱,如果从这个像被暴风蹂躏过的曾经很豪华的城堡不加整理就离去,未免会感到内疚。嬉野诚惶诚恐地问着"狼大人":

"我们只把自己的东西带走就行啦,这样好吗?剩下的由你一个人来整理,能行吗?"

"……不用担心。你多虑了。"

"狼大人"说话的语气和过去相同,充满了傲气。不过,她又看了看嬉野,补充了一句:

"你这个人挺会替别人着想呀。"

"可是……"

听着他们的对话,大家微微有些震惊。他们都没有想到"狼大人"会像普通人一样说这些日常的话题。

"我提议,大家在做回家准备之前,先到'游戏的房间'来一下。我有些事情还没有想明白,头脑有些混乱,请小心说明一下。"

小心点了点头。

回到了乱糟糟的"游戏的房间"以后,大家把被撕破的纸片摊开在翻倒的桌上。

然后小心进行了说明。

再进行了确认。

关于大家分别是生活在不同年份的事实。

* * *

"啊啊啊,真气人呀。怎么会成了这样啊!"

在"游戏的房间"里——

大家都离开了这里,到自己的房间里去确认有没有遗留下什么随身物品,只有政宗一个人,在寻找自己的游戏用品。

他发现放在这里的好几个游戏光盘都被翻倒的桌子压在底下,砸坏了,有几个特别心爱的游戏已经无法启动了。政宗一边叹着气,一边把这些东西塞进背包里。如果拿到厂家去修理,说不定还能有救。

"真是的,不拿来就好了,早知道会这样的话!"

"政宗。"

他正在一个人自言自语地嘀咕着的时候,听见有人在叫他。

他转过身去,看见门口站着刚刚离去的昂。"怎么啦?"政宗问他。

"你不去整理自己的房间吗?"

"哦,我不需要整理。那里本来就没有什么,我没有从家里带什么东西来。那个房间给我以后我没有怎么用,我一直和你在这儿玩游戏。"

我来帮你吧——说着,昂站在地毯上弯下了腰,同政宗一起寻找着游戏光盘。

政宗看着他,不由得陷入了一种不可思议的情绪之中。

越想越觉得真是不可思议。

自己和昂这个家伙,一年来有一大半的时间是在这儿玩着游戏度过的。两个人作为初中三年级和初中二年级的学生,意气相投地在这儿度过了许多欢乐的时光,然而这个家伙居然是过去的 1985 年的初中生。

他和我竟然差了二十九岁。

政宗从一堆废品中找到了已经完全坏掉的 PlayStation(索尼家用游戏主机)2。哎——他在心里哀叹了一下,随即明白这也是无可奈何的事情。反正家里还有 PlayStation 3。第四代主机很快也要开始销售了,到那时,求求父亲的话,估计也会给自己买来一个的。

至于已经被搞坏的这个电视机,就不必再搬回家去了。父亲估计连它的存在都已经忘却了。在家里的仓库里找到的这台旧显像管电视机和液晶电视机相比太厚太重了,已经属于古董了。

"我记得,政宗你以前曾经说过,你家里还有最新的游戏机吧?可是你又说,那个游戏机的插头和电视机不配套,那是什么意思呀?"

"哦哦……这个是 PlayStation 2。"

政宗觉得这话要从头开始说才行,他边寻思着边开始解释:

"我家里还有升级版的 PlayStation 3,其实我更想把那个带到这儿来玩,可是现在的电视机也已经更新换代了,必须用那种新型号的电视机,否则连线插不上去。这种旧型号的电视机不能用,实际上这个 PlayStation 2 还是我爸那个年代玩的游戏机。"

"哦。"

政宗以为自己的说明昴不容易懂,没有想到他听了显得挺开心。

"我的意思不好懂吧?"

听见政宗这么问,昴微笑着说道:"我没有完全听懂,不过觉得你说的未来的事情挺有趣的。"

"看来政宗的父亲也喜欢玩游戏呀,你是不是因为他而喜欢上游戏的呢?"

"……是呀,多少有点儿影响吧。"

政宗最近不太和父亲一起玩了,他从小就看见家里有游戏机和游戏光盘,父亲收集的这些东西他早就司空见惯了。如今,有了新开发的品种的话,只要提出来,父亲总会买给他,这也是因为父亲在这方面很能理解他。虽然父亲是那样的人,在这方面政宗还是很感谢他的。

"我说呀……"昴在搜寻着四散的游戏光盘,嘴里说着。

"什么事呀?"政宗问他。

昴继续说:

"我,是不是该做那个?"

"什么?"

"制作游戏的人。"

政宗正在找东西的手停住了。

他伏在地上,看着昴的样子像是被骗了似的惊讶。昴也停住了手,眼睛直视着政宗。

昴站起了身,随后他又继续说道:

"我这个念头是刚才产生的。到了政宗你现在所处的 2013 年,我四十三岁……四十四岁?虽然很不可思议,可是正是精力充沛的壮年吧。从政宗的角度来看,我已经是大叔了吧?也就是说,是成年人啦。"

昴笑了。他笑着又说:"所以……我要向着那个目标努力。从今天起,做一个'制作游戏的人',让政宗能够说出:'这个游戏是我的朋友制作的。'"

政宗一下子说不出话了。

一种无形的力量仿佛压在了他的胸口上,使他觉得气都透不过来似的。鼻腔里有种酸酸的感觉,眼睛也发热了,他急忙垂下了眼皮。

"……什么呀,你说的。"

他好不容易发出的声音听上去有些沙哑。

"这事呀,我和你不是全都要忘记了吗?那就没有什么意义了。我照旧是个吹牛大王呀。"

"是吗?尽管这样,终究还是会有变化的,你不觉得有些意义吗?本来,我到今天为止,还没有明白自己想做什么事情呢。"

昴语气轻松地说着,和他平时的腔调一样。

政宗心想:你别拿我开玩笑了。听你这么一说,我差点儿当真了呢。

"所以说,人生一旦有了目标,是一桩非常开心的事情。所以说,我会把这个念头牢记在心,回到镜子另一边的世界去以后。我向你保证。所以说,纵然我和政宗全都忘记了这里的一切,政宗也不再是牛皮大王,政宗你确实拥有一个制作游戏的朋友。"

政宗默默地咬着嘴唇。

后来他一下子用力地咬住了嘴唇。

"政宗?"

"……谢谢。"

政宗生怕昴凑过来观察他的表情,赶紧回答了他。昴似乎顿时放心了,"嗯"了一声,点了点头。

凝视着一个坏掉的游戏光盘,昴低声说了一句:"太好了。"

* * *

风歌把钢琴的盖子合上了。

多谢了,至今为止。她深情地巡视着整个房间。

她掏出随身带来的手绢,擦拭着盖上了盖子的钢琴。

正当她在整理着自己的房间时,外面却有人在敲她的房门。

"谁呀?"

"……是我,嬉野。"

怎么回事呢?不是说好了吗,待会儿大家还要在大厅里集合话别吗?风歌疑惑地打开了房间的门。

只见嬉野独自一人站在走廊上。

"咦,嬉野你怎么啦?"

"嗯……我有话想同你说。"

只见嬉野显得挺激动的样子。风歌正琢磨他是怎么了,就见他对着风歌低下了头:"那个……风歌!请你和我交往!"

他的声音很响,在走廊里——城堡中好像都在回荡着。风歌听了瞪大了眼睛,呆呆地看着他。嬉野昴着头,表情非常认真。

"你回到了镜子的另一边以后也行,好好想想,我等着你的回音。

就、就、就是忘了我也可以,如果,就像电视剧里演的那样,命中注定的两个人在人群中发现了对方似的,你突然意识到是我的话……"

"……可是。"

嬉野和风歌之间有时间的差距。

他们之间有七年的间隔,在初中一年级学生嬉野的世界里,风歌大约连高中都已经毕业了。

"我比你的岁数大多啦,而且那时候都已经全忘啦。"

"尽、尽管这样,我还是喜欢你。"

嬉野说着,他紧张的声音虽然有些沙哑,语气却是真诚的:

"我是真的喜欢你。"

他的双手紧紧地握着,因为太用力,拳头呈现出白色了。

风歌看见了之后,突然笑了起来。她心里感到特别开心:

"明白了。"

她答道:

"将来,我如果在什么地方看见了嬉野的话,觉得有一种命中注定的感觉的话,我会和你打招呼的。但是在那时,嬉野说不定正迷恋着某个可爱的小女孩呢。"

"不会发生那种事情!我喜欢你,风歌你才是我所喜欢的人。"笔直地站在门前走廊上的嬉野说。

"什么呀?一口一句喜欢喜欢!烦不烦人呀!"

小晶对着嬉野的脑袋拍了一巴掌,她似乎刚从自己的房间里走出来。嬉野捂住了自己的脑袋:"太疼啦!"在小晶的身后,还有理音和小心站着。小心的脸红红的,对着风歌的方向赔礼地垂着双手,嘴里说:

"对不起,打扰了。"

"你做什么呢?小晶呀,在我们看来,你就是个'阿姨辈'的人了,不可能喜欢你的呀!"

"你说什么?!"

小晶立刻板起了脸,拽住了嬉野的耳朵。风歌看着又笑了起来。

"嬉野。"

她对正被小晶教训着的嬉野说:

"我如果看见你说不定也想不起来了,那也行吗?如果你想起来了,就要好好地对我说明,说服我同你交往。我这个人的特点是比较顽固,不太容易随便相信别人。"

听她这么一说,嬉野顿时呆住了。

"哎?"他提高了嗓门夸张地大声道,"你这是答应我了吗?答应了?"他转动着眼珠子问。

"喂!理音和小心也都听见了吧?这是她答应和我交往了呀!"

"啊……行啦,你太烦人啦!"小晶显得不耐烦地说着。

风歌此时真的很开心,她喜欢这样无拘无束的对话。

* * *

在大厅里,七面镜子都布满了裂纹,但是都已经被放在了原先的地方。看样子是"狼大人"为了大家能够回去而做好了准备。

"真是一段快乐的时光。"

说话的是风歌,她似乎代表了大家的想法。平时不太争先发言的风歌突然这么说,令人觉得有些意外,可是小心觉得自己也是同样的想法。

"嗯。"

"我只有在这儿的时间里能过得像一个普通的孩子,所以我感到特别快乐。"

风歌看着大家。她眼镜后面的目光透着温柔,只是还显得有些寂寞。

"我没有办法和普通人一样生活,我也不知道从什么时候开始,怎么会变成这样,总觉得自己是一个失败的小孩,所以,大家能让我像普通的孩子一样同大家做好朋友,我感到非常高兴。"

听见她的话,小心深深地吸了一口气。小心明白在场的每个人其实都是这样想的。

"没法同普通人一样"是小心一直感觉到的问题。

无法像学校里的同学们那样表现,知道自己无法和他们一样,所以就感到了绝望,感到了痛苦。在这儿却和大家成了朋友,真是无比快乐呀。

然而,就在这时。

"哎,那样说不觉得奇怪吗?"

是嬉野的声音,大家吃惊地向他看去。嬉野一脸严肃——有些生气的样子。

"风歌不普通。"他用强烈的语气断言道。

"她性格温柔,又很严谨,完全不普通。"

"哦,不是那种意思……嬉野这么说的确让人高兴。"

"这么说也很好吧?是像嬉野说的道理一样。"

对嬉野做出声援的是理音。

"本来,把人分成普通和其他类型的想法就很奇怪。我觉得各种样子都可以,只要单纯地觉得风歌是个好人,就愿意同她交朋友,如果是讨厌的家伙就绝对不会交上朋友,大家是不是都这么想呀?"

对于理音说的话,风歌吸了一口气。"不对吗?"理音问她,风歌朝他摇了摇头,小声说:

"谢谢你。"

"我想问一下。"

昴看着政宗,开口问他:

"政宗你是不是有时会叫理音'小帅哥'呀?那是什么意思呢?因为不是当着他的面说的,是不好的叫法吗?现在到了最后了,能告诉我吗？"

"哎？"

政宗多少有点儿紧张和尴尬地看着昴，随即又看着理音。理音则吃惊似的叫了一声："哎，怎么回事呀？你们背后这么叫我太过分了！"

"啊，果然是不好的叫法呀！此外你们老是喜欢在话里加上个'超'字，听上去觉得很夸张呀。"

"不是不好的叫法，只不过不太适合对着本人说罢了。"

可能在昴所生活的"1985年"里，"小帅哥"或"超"等词汇还没有被大量使用及流行开来。确实，对于小心来说这些是年轻人使用的语言。倘若妈妈他们说的话就显得异常了，在这种方面是有差异的。朝着惊讶的小心，昴问："小心也这么说过吧？叫理音小帅哥……"

小心立刻叫了起来："啊！"她的耳朵都热了，这可不能随便说的呀！

"我没有说过哦！"

她确实记得自己没有说过，所以赶紧否认了，只是显得特别慌乱，冷汗也冒了出来。而当事人理音虽然说了一句"哇！好肉麻！"，脸上却笑逐颜开。

最后，昴对大家说：都把全名说出来，然后再分别吧。

他作为实际上的年龄最大的人说道："在大家各自的世界里，看见了全名的话，说不定能够想起来呢。"

"我的名字叫长久昴，姓长久，星座的昴。"

"我的名字叫井上晶子，姓井上，很普通的一个姓。晶是水晶的晶字。"

晶子说，她边说边摇着头，接着又向大家低了一下头：

"其实，我本来不想告诉大家自己的姓。我妈又嫁人了，这个姓是新的，才换的，我不想说出来。"

"我的名字叫水守理音,水守是姓,理科的理,音乐的音。"

"我的名字叫长谷川风歌,风在歌唱的意思吧,风歌。"

"我的名字叫安西心,心用平假名写。"

小心也说了,大家终于把自己的姓名全都说了出来,这样总算能够圆满地分别了,到了最后她居然有种自豪的感觉。

"我的姓名你们都已经知道啦,嬉野遥,遥远的遥。"

嬉野说道。一直沉默的是政宗,他终于开口道:

"政宗青澄。"

"哎!"

大家全都看着他,都仿佛听不清似的继续竖着耳朵。

政宗的脸变得通红:

"就是……政宗青澄呀,青色的青,水很澄澈的澄。"

"这个名的发音和英文里的 Earth 一样呀,用这样的名字?你可别骗人哦。"

"我没有骗人,在 2013 年这种名字并不稀奇呀。别瞎说了,你们全是过去年代的人。"

"哎……Earth 不是地球的意思吗,怎么会取这样的名字?"小晶说着。

政宗对她做出了爱理不理的样子,看着旁边。平时和他亲密无间的昴也像是闻所未闻一般,小心也同他们一样吃惊。

不过小心想起来了,她看见政宗的记忆时,听见"狼大人"对政宗使用的是全名。这时她才明白,政宗是他的姓,不过那时名字没有听清。

"政宗是姓呀,不是名字哦。"

"对,所以我不愿意说出来,知道你们一定会说些什么。"

"哇……比我的姓名更有趣呀,多么光彩夺目的名字呀!"

嬉野这么一说,政宗更加不高兴了。他大声道:"什么光彩夺目,别乱说!"

大家一同站在各自的镜子面前。

看着布满了裂痕的镜子，更令人觉得这是最后的时刻了。听"狼大人"说，在镜子另一边的现实中，它同样也是有很多裂痕的。

"……小晶。"

小心叫着站在旁边的晶子。

"怎么啦，小心？"

晶子看着小心。

"你把手给我。"

晶子疑惑地把手伸给她，小心用力地握住了她的手。

然后，小心在脑子里默想着把自己的想法传递给她。

小心想到了自己所看到的那些事，想到了晶子回到镜子那一头所不得不面对的现实。

那里有她的妈妈，也有她的继父，都是改变不了的晶子的现实。那是无法动摇的现实。这只手松开以后，晶子就只能回到那里去。小心所能够做到的事情，仅此而已。

"我在未来等你。"

小心用全力说出了这句话。晶子睁大了眼睛。

"2006年，在小晶的十四年后的未来，我在那儿等你。你来找我吧。"

一定要听进我的话哦，小心想。

用语言所无法表达的心情让小心觉得特别难过。她只能把话说到这个程度，不知道最终能否有效果。

晶子愣了一下以后，握住了小心的手。

接着，她"嗯"了一声，点点头。

她对小心点头道：

"我明白了。"

将来去相会，她和小心说定了。

"我曾经被狼吃掉过,经历了那么恐怖的事。以后,我再也不会做傻事了。"

说完,她笑了。

"大家,都要好好地生活!"
"嗯!"
"再见!"
"以后见!"
"拜拜!"
"要好好生活呀!"
"有朝一日能再见就好啦!"
晶子的、
小心的、
风歌的、
政宗的、
嬉野的、
理音的、
昴的、
大家的声音重合在一起,成为共鸣。
最后一次穿越镜子,最终大家的身影都融入镜面消失不见了。
大家都回到了各自的现实和时间里去了。

七色虹光遍布四周——然后,也消失了。

在亮光消失之后的大厅里,只留下了戴着狼面具的女孩。
"狼大人"目送着全体人员离去的背影,直到光线已经消失,镜子恢复了原先的宁静之后,她缓慢地转过了身去。

然后她静静地深呼吸。

结束了——她独自静静地舒了口气。

于是，就在这个时候。

"姐姐。"

听见这个声音，戴着狼面具的少女猛地抬起了头，转向发出了声音的方向——刚刚应该消失了光线的镜子望过去。

水守理音……在那里站着。

他在回去的途中，又返回来了。

"狼大人"无言地重新转回身来，面向着前方，做出什么都没有听见的样子。

可是，理音并不死心：

"是你吧，姐姐？回答我呀。"

"……回去吧。"

"狼大人"说，她说话的时候并没有转过身来。

"我应该是说过让你回去的，不要弄得回不去了。"

就好像她如果一旦转过身去，什么东西就要崩溃似的，她咬紧了牙关，直视着大钟的方向。

理音没有走。他不仅没走，还继续说道：

"实际上，从第一天起，我就开始怀疑了。"

三月三十日。

理音继续道：

"城堡将要关门的明天是……姐姐的忌日。"

* * *

理音。

姐姐实生曾经说过：

如果，我不在了的话……我、要恳求上帝帮助理音实现一个愿望。真是对不起，总是让你忍耐着。

理音记得她用柔和的嗓音说过：

她喜欢理音。

她想和理音一起玩。

"本来，我想在明天找到了钥匙以后说出我的愿望。如果不是小晶做出那样的事情，我就要说服大家，我打算许愿'让姐姐回到我的家中'。"

那个戴着狼的面具，把自己的脸遮住的女孩，会不会就是自己的姐姐实生呢？

这座城堡，会不会就是逝去的实生用尽了最后的力气，为了理音而创造出来的呢？

刚开始理音就这么想过。

一旦有了这个念头，这种想法就再也没有从他的头脑中离去。

理音想去的日本的中学。

他想拥有的朋友。

他想实现的愿望。

"实在是太巧了。"

理音继续说着：

"这个城堡，应该就是姐姐的那个玩具娃娃屋。"

父母买来作为礼物的豪华的娃娃屋，一直放在姐姐病房的窗户边。

因为是玩偶的房子，没有水，洗澡间是不能用的，也不能用火。

可是，姐姐的这个娃娃屋里，唯有电源是通的，为了能够点亮那个小小的电灯。

这个城堡也是一样的，虽然其他的功能都不能用，却可以玩电子游戏，灯也能够亮。从某个地方有电通过来。

姐姐在病房里游戏用的那些娃娃，全都穿着现在的"狼大人"身上类似的连衣裙。

姐姐所喜爱的娃娃屋。

召集来的七个人。

模仿着姐姐经常朗读的那本《狼和七只小山羊》的剧情设计的寻找钥匙的游戏。

然后，说是城堡将要关闭的三月三十日。

不是三十一日，而是三十日。

想到那一天是姐姐的忌日，总觉得是有关联的。

这里，是不是为了理音而准备的城堡？

"狼大人"说过，她曾经在这儿召集过好几组类似理音他们的孩子——这其实是编出来的谎言吧？

召集人们到这儿来，这其实是唯一的一次，总共只有自己这几个人吧？

这儿，是"狼大人"准备只用一次的地方吧？

"姐姐！"

对于理音的呼唤，"狼大人"没有回答。

理音继续说：

"在大家的各个年份里，唯独缺了1999年。本来应该每隔七年有一个人，可是这一年的没有人。在小晶和我们之间，相隔了十四年。"

理音向着用背影对着他的"狼大人"，继续坚持地诉说着：

"我和姐姐的年龄正好相差七岁。"

理音六岁的时候，十三岁的姐姐去世了，照理应该是她上初中一年级的时候。挂在病房墙壁上的雪科第五中学的校服，姐姐一次都没有穿过。

想起这些，理音就感到钻心似的难受。

"所以，生活在1999年的应该是姐姐吧？'想到雪科第五中学上学，却不能去的孩子。'这一年的人应该是姐姐。"

"狼大人"头也不回地站着，只是，理音觉得她的背影微微地摇晃了一下。她脚上的那双玩具般的闪亮的皮鞋，使劲地踩在地面上。

理音想：她是什么时候到这儿来的呢？

在最后的一年里，姐姐像睡着了似的闭着眼睛的时候非常多。就连当时还幼小的理音都觉得，她忍着疼痛不如睡着了更好。

大概就是那时候吧。

闭着眼睛，睡着的时候，姐姐每天都来这里。

——如果，我不在了的话，我要恳求上帝帮助理音实现一个愿望。

——我会向上帝祈求。

姐姐的愿望，大概已经实现了。

用"祈愿的钥匙"来实现的"任选一项"愿望，姐姐可能已经得到钥匙了。姐姐是在这个基础上，创造了这个城堡吧？

——那么，我想要和姐姐一起去上学。

理音曾经天真地说出自己的愿望。

——我也想和你在一个学校里上学，一起玩耍。

这是姐姐当时这样回答。姐姐的愿望，一定是这样的：

我想和理音一起玩耍，为想在日本学校里上学的理音，找到他本该拥有的朋友。

这个城堡也好，寻找钥匙的事也好，都是爱编故事的姐姐最善于想象的事情。

听了理音所说的话，"狼大人"没有回过身来。

绝对不转身，也不回答，她那毅然的背影显得无比坚强。

理音所了解的实生的坚强——就是这样的。

"起初……我以为是去世的姐姐回来看我了。可是，当我发现年份的问题以后，终于才意识到了。姐姐一定是从那个病房到这儿来的。现在，姐姐的现实生活中，是和六岁的我一起待在病房中吧？"

泪水快要流出来了，理音继续说：

"你来这里了，姐姐。"

他环视着城堡。

"在这个娃娃屋里……最后的一年，姐姐是和我们一起度过的吧？"

姐姐最后所说的话的意思，理音终于明白了。

——理音。

——让你害怕了，对不起。

——不过，我觉得很快乐。

在六岁时的那一天，理音以为姐姐所指的是自己将要死亡的事情，然而，并非如此。现在不向他转过身来的"狼大人"所说的是她的真心话。

她那时所说的话，是对"现在的理音"说的。姐姐说，她很快乐。

然而，城堡将在明天关闭。

三月三十日。

明天是姐姐的忌日。

姐姐就要走了，她将要消失了。

"你是为了见我所以来的吧……"

理音说着，嗓子像是堵住了，他无法把话全都说出来。

姐姐和理音的年龄相差了七岁。

所以他们不可能一起去上学，不论是在小学还是在中学，姐姐即使没有生病，当理音入学的时候姐姐应该已经是毕业了。

理音今年已经十三岁了。

和初中一年级时去世的姐姐是同一个年龄,这一定不会是单纯的巧合。

姐姐设计出了这里,是为了和未来那个和现在的自己同样年龄的弟弟见面。

不只是为了理音。

姐姐还把相隔了七年的,和自己同样无法去学校的孩子们聚集在这里。姐姐擅长编故事,就像构思绘本一样地制定好规则,大家一起遵循着规则玩耍。

在这个城堡里,"狼大人"是自由的,可以随心所欲地活动。可以让人感觉不到体重地飘然而至,又随意地消失,一边戏弄着我们一边感到特别开心。

理音看着她身着连衣裙的背影。他看着,泪水快要涌出来了。

她选择了自己六岁或是七岁时的样子——这其实是姐姐生病之前的最后的样子。那时她的头发还是长长的,手的颜色虽然白白的,却是胖胖的而且皮肤很有弹性,并不是理音后来看见的那么瘦的手。

她选择了那时候的自己的模样,来同理音相见。

"见到你太好了。"

这句话,理音无论如何都要告诉姐姐。

"狼大人"没有转身。理音眯起了眼,然后他说:

"你来和我见了面,我很高兴,我以后会好好地去生活的。我会把自己想做的事情说出来,不喜欢的事情也……以后遇到不愿意做的事情也会说出来。我会去尝试。虽然并不讨厌我现在的学校,可是我当初没有把自己的想法和盘托出,至今仍然觉得后悔。"

在留学的一年半时间里,理音明白,妈妈让他留学并非完全是要他远离自己。她带着许多的家乡特产来看他,在寄宿学校里为他烘焙蛋糕,总是为他而担心,尽管留学是她的提议。

妈妈曾经问他:"你有没有想要回去的想法呀?"她说希望理音的能

力得到更好的培养,这可能不是骗他。说不定,她真是觉得这样做对理音是最好的。

"其实我是想回日本的。"妈妈如果听见理音这么说的话——

"明白啦。"她会抱着理音回答他。实际上理音如果把自己的想法全都告诉妈妈,妈妈说不定会接受他的意见。把想说的话强行咽下肚子是理音本身的问题。

"姐姐!"

理音呼唤着。"狼大人"并不回答。哦,理音知道了。

姐姐不会回来了,他明白。

给了理音许多回忆和温暖的姐姐不会回来了,然而能在这里见到她,真是太好了。

"……现在已经是最后的时间了,最后还有一个请求,你能答应吗?"

至今为止总是让姐姐答应自己的一个个请求,自己都觉得不好意思了,姐姐一直对理音非常宽容。理音心里充满了对姐姐的怀念。

理音对着没有任何反应的背影继续说道:

"我想记得这些事情。我想,把这些事情都记在心里,大家的事情和姐姐的事情。'不可能'——姐姐你可能会这么说,但是还是……"

"狼大人"没有回答,理音默默地等待着。她没有给理音任何答复。

理音不想让她为难。

他默默地向着镜子转身,在心中向姐姐说:"永别了。"

向着镜子里面,他把手伸了过去。

但是,就在此刻——

"我会妥善地处理的!"

理音听见了一个很清晰的声音。

他震惊地转身望去,但是——镜子所发出的炫目的光亮模糊了他的视线,看不清城堡的大厅的轮廓,"狼大人"的身影也远去了。

理音觉得自己似乎看见"狼大人"正面对着他,慢慢地摘下了自己的狼面具,向他微笑着。

2006 年 4 月 7 日。

小心准时走出家门的时候,妈妈叫住了她,问:"要紧吗?"
"要不要妈妈陪你一起去呀?"
"不要紧,我一个人可以的。"

昨天的晚上,妈妈已经同她说了不少了,可是妈妈还是为小心担心。虽然知道不用过于勉强,可是小心已经下定了决心。

雪科第五中学二年级的第一个学期,今天开始了。

小心能够挺起胸膛走向学校,是因为有人告诉过她:这儿并非唯一能去的地方。

转校离去的东条萌虽然已经不在这里了,她说过的话却深刻地印在小心的头脑里。

不过就是学校。

小心明白,自己也有别的地方可以去。

如果自己觉得不适应这里,还有放春假时曾经参观过的第一中学或第三中学可以去。没关系,自己能够坚持,哪儿都可以去。此外,小心还明白,不管在什么地方,不会只有好事等着自己,总会有让她感到厌恶的人,这种人不可能绝迹。

另外……

有人告诉过她:不想继续战斗的话,不再战斗也可以。

所以,小心想重返学校去试试。

樱花正在绽放。

在学校大门的地方，盛开的樱花花瓣四处飘散。

风儿有力地吹着。

走在路上的小心，被风儿吹得不由抬手压住了头发。此刻，如果说心里没有不安的情绪肯定不是真的，然而她想着自己要堂堂正正地去学校。

就在这个时候——

"喂！"

前方传来了一个声音。

在强风中眯着眼睛的小心慢慢地向前看去，被风吹落的花瓣暂时没有了，小心前面的景象逐渐变得清晰。

只见一个男生坐在自行车上，正看着她。

男生穿着雪科第五中学的立领的学生制服，胸前佩戴着校章。

那儿用刺绣绣着"水守"两个字。

看着这个男生的姓，小心觉得似曾相识，她睁大了眼睛。

比方说——

比方说，有时我会梦想。

班里来了一个转校生。

他在众多的同学里却格外地意识到了我，在他的脸上，浮现出了阳光般灿烂的亲切微笑。随后，他这样说：

"早上好。"

他看着小心，笑着打招呼。

闭幕

当那个孩子走进了房间里的时候——她明白：这一时刻终于来临了。

她并不明白为什么会这样。
可是，在她自己的内心里，一个声音在回响着。
她一直……在等着这一刻。
手腕被使劲地拽住似的——常常会感到的那种疼痛又复苏了。

喜多岛晶子是非营利组织"心的教室"的成员。她一边担任着好几个学校的心理咨询工作，一边在早期就参加了这所自由学校的活动。

同到这儿来的众多学生一样，她也是从这里的雪科第五中学毕业的。

在中学时代，晶子有一段时期没有去上学。
这样下去的话，她上不上得了高中都会成为问题，可是她当时觉得无所谓。初中三年级的秋天，在去世的外婆的葬礼上，她见到了鲛岛老师。

鲛岛老师。

鲛岛百合子老师。

她小时候曾经在外婆家附近住过,据说当年得到过晶子外婆的照料,她是一位个性强烈的女性,葬礼上哭得格外伤心,事实上哭得比亲属们更大声。晶子没有听外婆提起过有这么一个朋友,所以她和其他的亲属看了都感到十分惊讶,当她看见小晶问:"你就是晶子吗?"晶子便更加吃惊了。

虽然晶子从未在外婆那儿听说过鲛岛老师的事,可是好像鲛岛老师却时常从外婆那儿听说晶子的事情。

她用犀利的目光看着晶子,并问道:"听说你没有好好地去上学呀?"然后紧紧地握着晶子的手,泪水汪汪地说:"你这孩子,怎么这样呀?"

对着第一次见面的晶子的母亲,她毫不客气地说:"都怨你放任不管。"晶子的母亲立刻生气地看着鲛岛老师:你是谁呀?你有什么权力这样说呀——

面对晶子的母亲,鲛岛老师的回答也是很强悍的:

"我是这个孩子外婆的朋友。晶子,你的外婆一直很替你担心。她委托我,有问题的时候要来照顾你,既然她给我留下了这样的遗言,我当然就有发言的权力了。"

鲛岛老师经营着一个学费便宜的私塾,专门面向那些学习不好并因此对上学感到畏惧的孩子们。她要晶子也去她那儿,可是晶子觉得她是多管闲事,多次拒绝了。

然而,鲛岛老师非常执着。晶子虽然觉得上不上高中都无所谓,她却领着晶子去了中学。中学的那些老师们本来是想让晶子快点儿毕业算了,她却强硬地说服老师:

"要让这个孩子再好好地学上一年,然后由她自己来决定是接着上高中还是怎么样。我会来照顾她,让她留级一年,在中学好好地继续学习。"

她就这样说着,把晶子留级的事情定了下来。

尽管这样，最初的时候晶子还是一直觉得她太多管闲事了。自己留了级也白搭，弄到后来还是会和以前一样，失去上学的兴趣。

到留级那一年的四月份刚开始的时候为止，她还是那样想的。

然而，新的学年——留级后第二次的初中三年级开始了以后，晶子忽然想要寻求鲛岛老师的帮助了。

小晶遇上了困难，她不懂学习上的事情，而且不知道如何去解决。在这种时候可以去寻求帮助的人，她直接想到了鲛岛老师。

她意识到：自己想要学习。

本来她觉得自己身边没有人会向她伸出援手，但是现在鲛岛老师可以向自己提供帮助。对于这一点，她也是突然意识到的。

也是从那时起，她有时会觉得手腕处感到强烈的疼痛。

原因一点儿都不明白，总觉得有人在使劲地拽着她的手腕一样。

鲛岛老师后来和她联系，说要成立"非营利组织"时，她已经比同龄人晚一年从高中毕业，进了自己志愿的大学教育学部。

鲛岛老师要把自己至今为止所经营的私塾搬到更大的一幢建筑物里，她要成立一所让不能去学校或不想去学校的孩子们去的"自由学校"。

自由学校的名称是"心的教室"。

鲛岛老师问晶子，愿不愿意来帮忙从事这项工作。

晶子给她的答复是：非常愿意。她非常高兴自己能为鲛岛老师助一臂之力，此外她的目标是做一名教师，在"心的教室"里所取得的经验对她肯定很有益。

晶子和喜多岛医生相遇的时候，正是她在"心的教室"里做了几年助手以后——1998年的事情。晶子当时还是大学三年级学生。

喜多岛医生是附近一所综合医院的社会个案工作者，他知道了"心的教室"以后，主动来联系。他想让那些生病住了院，学习跟不上没法去学校的孩子去"心的教室"学习。此外，他还希望"心的教室"的老师们也能到医院来。

晶子被这位态度和蔼笑容温暖的医生所吸引的时候，心里就产生了某种预感。

我说不定会和他结婚。

喜多岛，晶子嘴里念出他的这个姓的时候，心中有着特别强烈的一种感觉。

"喜多岛医生。"

有一天，小晶在医院里听见了一个女孩在叫他的名字。喜多岛医生把她带到了医院的花园里。

她的腿和胳膊都很纤细，是一个非常美丽的女孩。虽说她是初中一年级的年龄，模样却显得更小，然而，目光却显得像大人似的成熟。药物的副作用使她的头发都掉光了，所以她戴着一顶帽子。虽说升入了雪科第五中学，她却一天也没有去上过课。

她就是水守实生。

对于晶子来说，一生不会忘记和她的相逢。

那一年，晶子和实生一星期一次的课程开始了。

"晶子老师，请您多多关照。"

她有强烈的愿望，强烈的好奇心。

在实生一双大眼睛的注视下，晶子挺直了脊梁。晶子心想：听见了她叫着"晶子老师"，自己就必须拿出她的老师的样子出来，一定要做一个无愧于这个孩子期望的老师。

实生是一个让她感到吃惊的孩子。

和实生的相遇对她是一生无法忘记的经历。

实生想去上学却没有办法去，不过，她绝对没有悲观，只要是能够学习的东西，她就尽量地学习吸收。她的毅力反过来鼓舞了晶子，晶子不止一次觉得,自己其实在精神上是被她所拯救了。

就这样,晶子以前的想法被颠覆了。

本来,晶子觉得对于那些不能去上学的孩子,自己是理解的,那些无法融入学校的孩子,那些无法表现得好的孩子,那些被同学排挤的孩子。她想成为一名教师,她帮着维持"心的教室"的运作,内心认为自己理解他们。然而并非如此,晶子自己在中学阶段所遇到的问题和眼前的孩子们的遭遇都是各不相同的,每个人都有自己不同的情况。

晶子上大学四年级的时候,实生去世了。

在春雨飘落的葬礼上,晶子看见了实生正在茫然哭泣的小弟弟。那景象,让晶子觉得窒息般地难过。晶子想起了实生呼唤她"晶子老师"的声音,心里一阵热潮。她感慨:成为那个孩子的"老师"的那段时间是那么珍贵。

晶子觉得,自己真正想要做的可能和学校的教员有些不同。

对于"心的教室"的活动,晶子尽可能地想一直进行下去;对于那些分别抱有不同问题的孩子,晶子想区别对待地为他们每一个人增添力量。

硕士毕业以后,晶子结了婚、改了姓,一边在"心的教室"里工作,一边内心里产生了一种信念。

现在应该轮到我了。

至于为什么会这么想,小晶自己也并不明白。

不过,她过去就在内心记忆着某种景象,她手腕上那种强烈疼痛的感觉一直残留着。

那是被什么人使劲拉住的记忆。

我是被救出来的。

在什么地方有一群孩子,他们在恐惧中拼命拉着我的手,将我拉回到这个世界上来了。

别害怕呀,小晶。

你要长成大人。

在未来等着你。

那些孩子一边叫着一边拉住我,使我成了大人。

在看不清楚的那些孩子的面孔中间,不知为何有个面孔同那个实生的面容重叠在一起。

不知为何会这样,可是,手腕上又感到疼痛时,晶子便会这么想:这回,轮到我来拉住那些孩子的手了。

* * *

安西心走进了这个房间。

她的嘴唇泛青,一对不安的眼睛转动着,慢慢地走了进来。晶子看见她,心里意识到:这个时刻终于到来了。

晶子不知道自己为什么会这么想。

然而,总觉得一直在等待这个时刻。

晶子的手腕上,那种被使劲拽住的感觉——那种疼痛又复苏了。

不知这个女孩遭受过什么样的暴力,如何挣扎过。晶子虽然一点都不了解,可是她想着,便觉得内心非常难过。

不要害怕,小晶由衷地想。

"安西心同学,你是雪科第五中学的学生吧?"

"是的。"

"我也是。"

晶子说了。

"我也曾是雪科第五中学的学生。"

不要紧。晶子在心里呼唤。
等着你呀。有一个声音在晶子的胸中响起。
别害怕。
勇敢起来,要成长为大人。

房间的墙上挂着一面小小的长方形的镜子,镜子照着晶子和小心。日光落在那面镜子上,镜子反射出七色虹光。哎?晶子惊讶地转身望去,她恍然觉得镜子里有当年的——中学时代的自己和眼前的女孩坐在一起。

新绿的季节吹着爽快的风,它温柔地抚摸着镜子的表面,融化了七色虹光。被融化的光静静地、柔软地包围了面对面的小心和晶子。

KAGAMI NO KOJO
Copyright© 2017 MIZUKI TSUJIMURA
All rights reserved.
Originally published in Japan in 2017 by POPLAR Publishing Co., Ltd. Tokyo.
Chinese (in simplified character only) translation rights arranged with
POPLAR Publishing Co., Ltd.
through Bardon-Chinese Media Agency, Taipei.
本书中文简体字版版权，为浙江文艺出版社独家所有。
版权合同登记号：图字：11-2018-306 号

图书在版编目（CIP）数据

镜之孤城 /（日）辻村深月著；李大鸣译 . — 杭州：浙江文艺出版社，2020.1（2024.8 重印）
ISBN 978-7-5339-5920-3
Ⅰ.①镜… Ⅱ.①辻… ②李… Ⅲ.①长篇小说—日本—现代 Ⅳ.① I313.45
中国版本图书馆 CIP 数据核字 (2019) 第 269123 号

策划统筹：曹元勇
责任编辑：睢静静
封面设计：周伟伟
封面插画：嘉荷 x1
责任印制：吴春娟

镜之孤城

[日] 辻村深月　著
李大鸣　译

出版：浙江文艺出版社
地址：杭州市环城北路 177 号　邮编：310003
网址：www.zjwycbs.cn
经销：浙江省新华书店集团有限公司
印刷：浙江新华数码印务有限公司
开本：880 毫米 ×1230 毫米　1/32
字数：385 千字
印张：14.25
插页：3
版次：2020 年 1 月第 1 版
印次：2024 年 8 月第 7 次印刷
书号：ISBN 978-7-5339-5920-3
定价：56.00 元

版权所有　侵权必究
（如有印、装质量问题，请寄承印单位调换）